LOS ARROGANTES MILLONARIOS DE GLENHAVEN

El más prepotente

El más gruñón

El más antipático

Este libro es una obra de ficción. Los nombres, personajes, lugares y hechos aquí descriptos son producto de la imaginación y se usan de forma ficcional. Cualquier semejanza con personas, vivas o muertas, hechos o lugares reales es pura coincidencia.

RELAY PUBLISHING EDITION, JULIO 2024
Copyright © 2024 Relay Publishing Ltd.

Todos los derechos reservados. Publicado en el Reino Unido por Relay Publishing. Queda prohibida la reproducción o utilización de este libro y de cualquiera de sus partes sin previa autorización escrita por parte de la editorial, excepto en el caso de citas breves dentro de una reseña literaria.

Leslie North es un seudónimo creado por Relay Publishing para proyectos de novelas románticas escritas en colaboración por varios autores. Relay Publishing trabaja con equipos increíbles de escritores y editores para crear las mejores historias para sus lectores.

Traducción de: María Elena Gil Alegría

www.relaypub.com

EL MÁS prepotente

LESLIE NORTH

SINOPSIS

SE BUSCA: Niñera que aguante a un multimillonario irlandés muy cascarrabias

Si tirase a Declan Byrne de un avión a 10 000 metros de altura, ¿caería a plomo?
Esa es la pregunta que me hice cuando me dijo que sería «fantástico» que me callara la boca.

No puedo evitarlo, los aviones me ponen muy nerviosa.
Pero esa debería haber sido mi señal para pulsar el botón de «EYECCIÓN».
Porque esta relación de odio mutuo está condenada al fracaso.

Él no puede ser más gruñón.
Es evidente que no le caigo bien.
Es demasiado guapo como para poder concentrarme cuando está cerca.
Y ha dejado clarísimo que me pondrá de patitas en la calle en cuanto encuentre a otra niñera.

Pero esta chica de Minnesota es más dura de lo que parece. Estoy segura de que puedo soportar un verano entero con ese cascarrabias irlandés tan sexi.

O, al menos, eso pensaba yo, hasta que me resultó mucho más difícil resistirme a él.
Por desgracia, cuanto más tiempo paso con Declan, más evidente resulta la verdad: hay un auténtico corazón de oro oculto bajo esa actitud gruñona tan desagradable.
Lo veo en la forma en que trata a Catie, su encantadora sobrina, como a una princesa de cuento.
Y ese *acento*.
Ese acento irlandés suyo, tan encantador, me derrite.

La regla básica que debe seguir cualquier niñera es no liarse con la familia.
Hay que mantener la distancia profesional.
Besar a Declan sería pasarse de la raya.
Y si me acostara con él… Merecería que me encerrasen en la cárcel para niñeras y tirasen la llave.

Algunas reglas están para cumplirlas.
Otras están hechas para saltárselas.

Esta novela sobre un jefe insoportable ofrece un romance de enemigos a amantes repleto de diálogos divertidos, tensión a fuego lento, personajes secundarios encantadores y un final feliz muy merecido. Se puede leer de forma independiente, pero incluye referencias a otros personajes y algunas sorpresas como parte de la serie Glenhaven.

LISTA DE ENVÍO

Gracias por leer "El más prepotente"
(Los arrogantes millonarios de Glenhaven Libro 1)

Suscríbete a mi boletín informativo para enterarte de los nuevos lanzamientos.
www.leslienorthbooks.com/espanola

ÍNDICE

1. Declan — 1
2. Declan — 17
3. Olivia — 21
4. Declan — 30
5. Olivia — 43
6. Declan — 54
7. Olivia — 63
8. Declan — 74
9. Olivia — 82
10. Declan — 91
11. Olivia — 102
12. Declan — 111
13. Olivia — 121
14. Declan — 131
15. Olivia — 140
16. Declan — 150
17. Olivia — 163
18. Declan — 173
19. Olivia — 182
20. Declan — 194
21. Olivia — 202
22. Declan — 218
23. Olivia — 225
24. Declan — 232
25. Declan — 241
26. Olivia — 249
27. Declan — 256
28. Olivia — 264
29. Olivia — 272
30. Declan — 284
31. Olivia — 293
32. Declan — 305
33. Olivia — 311
34. Declan — 320
35. Declan — 331

36. Olivia   343
37. Declan   349
38. Olivia   359
39. Declan   364
40. Olivia   374
41. Olivia   387

   Fin de El más prepotente   395
   ¡Gracias!   397
   Acerca de Leslie   399
   Adelanto: El más gruñón   401
   Otros títulos de Leslie   411

1

DECLAN

Un irlandés entra en un aeropuerto… y daría cualquier cosa por que fuera un bar.

No era una situación agradable, sobre todo considerando que dicho irlandés era yo, pero ¿qué iba a hacer? Estaba cansado, atrapado en un maldito aeropuerto, y hasta las putas narices.

Normalmente, yo no era así. De acuerdo, tampoco era un santo, pero sabía comportarme como un miembro razonable de la sociedad. Claro, que estaba por ver si el aeropuerto de Chicago podía considerarse un lugar adecuado para la vida en sociedad, o si se trataba del nivel más profundo del infierno.

Para empezar, el avión en el que había llegado había estado parado en la pista de aterrizaje durante tanto tiempo, que era muy posible que perdiera mi siguiente vuelo; aun así, creí que tendría el tiempo justo para comprar algo de comida en una de las cafeterías del aeropuerto. Sin embargo, cuando entregué mi tarjeta de crédito al cajero, él se quedó con ella y me acusó de suplantación de identidad porque, según dijo: «Está claro que no eres Declan Byrne, él jamás volaría en turista».

Porque, por supuesto, Declan Byrne era tan rico que debía de tener un avión privado hecho de oro, o algo así. Ya me gustaría.

Así que no solo estaba muerto de hambre, sino que, *además*, iba mal de tiempo. Fuera por donde fuera, siempre se cruzaba en mi camino algún idiota despistado cargado con una maleta, que parecía no haber pisado un maldito aeropuerto en su vida. Las últimas veinticuatro horas habían sido una pesadilla, y yo solo quería subir de una vez al dichoso avión que, *por fin*, me llevaría junto a mi hermana, que me necesitaba.

Llegué a la puerta de embarque corriendo a toda velocidad y le lancé mi billete al empleado de la compañía, quien leyó mi nombre con suspicacia.

—Ja. Te llamas Declan Byrne, como el irlandés que inventó esa red social tan cutre, Snug. Todo el mundo dice que es la bomba, pero está llena de perdedores sin sentido del humor. A mí me cerraron la cuenta por hacer un par de chistes inocentes sobre la zorra esa que ganó el premio Nobel.

Apreté los dientes. Durante un segundo, me planteé comprar esa estúpida compañía aérea y «cerrar» su contrato de trabajo, igual que habían cerrado su cuenta por esos supuestos chistes inocentes. Por suerte para él, tenía otros problemas más apremiantes.

Él me dedicó una sonrisa maliciosa y siguió hablando.

—Me pregunto a qué se dedicará el viejo Declan últimamente.

¿En serio?

—Te diré a qué se dedica —contesté—. A esperar que le escanees el puto billete de una vez.

No hizo falta más. Me miró con los ojos muy abiertos y escaneó mi billete a una velocidad que le habría permitido trabajar en *boxes* en

Fórmula 1. Ignoré sus balbuceantes disculpas, corrí por el pasillo y entré por fin en el avión. Hacía años que no volaba en turista, pero esta había sido la forma más rápida de llegar a Faribault-Northfield, en Minnesota. Mi socio estaba utilizando el avión de la empresa, y no había podido alquilar un avión privado por no sé qué problema con el papeleo.

Al contrario de lo que se suele creer, tener mucho dinero no es lo mismo que tener un genio en una lámpara. Claro, que hasta a un genio le costaría encontrar Faribault-Northfield en un mapa. Mi hermana hablaba en serio cuando dijo que quería encontrar un lugar tranquilo y sin agobios en Estados Unidos. Lo malo era que no lo había encontrado.

Cuando llegué a mi asiento, si es que a esa desvencijada silla se le podía llamar así, me dejé caer en él, aliviado.

—Les rogamos que se dirijan a sus asientos cuanto antes —dijo uno de los auxiliares de vuelo—. En breves momentos cerraremos las puertas y nos prepararemos para el despegue.

Al menos no había nadie sentado a mi lado. Tal vez eso me permitiría relajarme lo bastante como para conseguir dormir un poco. Con suerte, cuando volviera a abrir los ojos ya estaría en…

—¡Lo siento, lo siento! He corrido todo lo que he… ¡Ay, perdón!

Se había formado un atasco en la parte delantera del avión, donde una pelirroja muy guapa estaba tratando de avanzar por el pasillo arrastrando una enorme bolsa de lona y disculpándose con todo el mundo.

—¡Disculpe! ¡Lo siento mucho! Oh, no quería… Vaya, ¿le he dado en la cabeza?

Me masajeé las sienes, pues notaba el inicio de un dolor de cabeza. Solo quería llegar a donde vivían mi hermana Sinead y su hija, Catie;

pero no, seguía atrapado en un maldito avión, esperando a que la Señorita Bolsa Gigantesca encontrara la forma de hacer avanzar el enorme bulto por el pasillo. Al llegar a donde estaba mi asiento, lo levantó para colocarlo en el compartimento de equipajes situado en el lado opuesto.

—No pasa nada —dijo, sonriendo con valentía a nadie en particular—. Ya casi está.

Intentó meter la gigantesca bolsa en el compartimento a base de dar unos cuantos saltos para empujarla con el hombro. No sirvió para nada. Si hubiera sido un combate de boxeo, la bolsa habría sido la clara favorita.

—Por Dios —murmuré para mis adentros. Me puse en pie e intenté coger la bolsa de sus manos—. Deja, yo me encargo.

Sin embargo, al parecer había elegido a la única mujer del mundo que era alérgica a los ofrecimientos de ayuda.

—Gracias, pero puedo hacerlo sola —dijo desde algún lugar al otro lado del enorme bulto.

Lo único que veía de ella eran sus dedos, hundidos en la lona de la bolsa, que parecía pesar como si hubiera metido en ella una losa de piedra.

—Está bastante claro que no puedes —gruñí—. Y estás bloqueando el paso.

Por fin conseguí quitarle la bolsa de las manos, con losa de piedra y todo, y la metí de un empujón en el compartimento para equipajes.

—He dicho que podía sola. —Me miró entre los revueltos mechones de pelo rojo que le caían sobre la cara—. Sé que querías ayudar, y seguramente te estresa volar, pero…

La corté cerrando de un golpe la puerta del compartimento de equipajes, y volví a sentarme en mi asiento.

—Pues vaya —dijo ella—. Te agradezco la ayuda, pero...

—De nada —interrumpí otra vez.

Recé para que eso pusiera fin a la conversación que parecía empeñada en mantener conmigo. A menos que llevara un cadáver en la dichosa bolsa, y hoy en día uno ya no podía estar seguro de nada, lo único que me interesaba era dormir un rato.

—Por favor, pedimos a los pasajeros que ocupen sus asientos —insistió el auxiliar de vuelo, que ahora sonaba un poco desesperado.

Sin embargo, la mujer no siguió avanzando por el pasillo hacia su asiento. En lugar de eso, empezó a rebuscar algo en su bolso. Sus increíbles ojos castaños destacaban en una cara de facciones delicadas y salpicada de pecas. El brillante pelo rojo se ondulaba en rizos desordenados junto a sus sonrojadas mejillas. Si yo no tuviera tanta prisa, y ella no fuera un desastre andante... Pero no, no era mi tipo. Demasiado torpe, demasiado charlatana, demasiado... excesiva.

Ella sacó el teléfono del bolso y miró preocupada la pantalla. Al cabo de un momento, me miró con suspicacia.

—¿Qué pasa? —pregunté.

Si me había reconocido y había decidido que este era el mejor momento para presentar una queja como cliente de mi empresa... Pero, en lugar de eso, me enseñó la pantalla de su teléfono, que mostraba la información de su billete.

—Creo que estás sentado en mi asiento.

Mierda, pensé, levantándome a regañadientes del asiento junto al pasillo. Por supuesto, el asiento junto al mío no solo estaba ocupado, sino que mi compañera sería esta mujer.

Me instalé con un gruñido en el asiento de la ventanilla, donde había bastante menos espacio para las piernas. Mis rodillas quedaron encajadas contra el respaldo delante de mí, y tuve la sensación de estar metido a presión en una lata de sardinas. Justo lo que necesitaba.

La mujer me golpeó con el hombro al sentarse. Olía a lavanda.

—Vaya. Menos mal que no soy alta. —Me miró con una ceja levantada y una ligera sonrisa divertida en los labios—. Estos asientos deben ser muy incómodos para alguien tan alto como tú.

No me molesté en contestar. *Dios mío, solo te pido que no sea una de esas mujeres que dicen en voz alta todo lo que se les pasa por la cabeza.*

—No es que yo sea bajita. En realidad, soy de tamaño medio. Este año se ha reducido la altura media de las mujeres americanas.

Al parecer, yo no debía caerle muy bien a Dios.

Ella inspiró hondo y se peinó el pelo con los dedos, con gesto rápido.

—Oye, ya que nos toca estar sentados juntos, será mejor que nos llevemos bien. Empecemos de nuevo. Me llamo Olivia. —Me tendió una mano, con una sonrisa de disculpa.

Como si me interesara saber cómo se llamaba. No le contesté, pero mi expresión debilitó un poco su amplia sonrisa, y eso me hizo sentir como un imbécil. Le estreché la mano a desgana.

—Declan.

—Declan. Qué nombre *más* bonito. Creo que no he conocido a ningún Declan hasta ahora. —La sonrisa volvió a ampliarse—. ¿No te parece que los viajes son más agradables cuando conoces un poco a la gente que viaja contigo?

Yo resoplé. Me interesaba tanto hacer nuevos amigos en este viaje como recibir un tiro en la cabeza.

—No —repliqué con sequedad, y retiré la mano.

Iba a ser un vuelo muy largo.

∼

Media hora después, ella seguía hablando. No sabía si esa era su forma de ser, o si había elegido esa forma de castigarme por haber sido un poco grosero antes. O quizá se trataba de ambas cosas.

Su voz era cálida y agradable, pero, por todos los cielos, ¿no podía parar un momento? Hasta ahora, había opinado sobre los mejores planes de fidelidad de las compañías aéreas, la discriminación institucional contra los zurdos, por qué los conciertos al aire libre eran más divertidos, la relativa escasez de canciones populares sobre mujeres llamadas Olivia y el año en el que se inventó su tono favorito de color violeta.

—¿Disculpe, podría traerme una copa de vino blanco? —preguntó Olivia a la auxiliar de vuelo cuando pasó junto a ella—. He tenido un día muy complicado.

—En este vuelo no ofrecemos servicio de bebidas —contestó ella—. Solo dura una hora y cuarenta minutos y, además, son las once de la mañana. —Su tono expresaba una crítica no muy sutil.

—Oh. —Olivia se desilusionó—. Claro, eso tiene sentido.

La auxiliar siguió adelante y Olivia se quedó callada.

—Por fin —murmuré, hundiéndome un poco en el asiento.

—Oh, vaya, *ahora* hablas —comentó Olivia.

—¿Qué quiere decir eso? —pregunté.

—Nada. No digo nada. —Fingió cerrarse los labios con una cremallera.

Ya, seguro. Esperé, contando para mis adentros: *1, 2, 3, 4...*

—Es solo que conozco a gente como tú —soltó Olivia—. Eres la clase de tío al que solo le interesa hablar si puedes juzgar a la gente o reírte de ellos. Te preocupa que pase algo malo si te relajas un poco y eres agradable.

—Soy agradable.

Traté de que sonara como si estuviera cediendo un poco. En ese momento, habría admitido haber asesinado a alguien, si con eso conseguía que se callara durante cinco minutos seguidos.

—Apenas me has dicho una palabra —replicó ella—. Y solo contestas con gruñidos. Eso no es lo que yo llamaría agradable.

—Yo...

—¿Te estoy molestando? Porque, si es así, me quedaré callada. —A estas alturas, Dios ya debía estar muerto de risa—. Solo pensaba que un poco de conversación haría que el vuelo pareciera más corto. Además, y no me gusta admitir esto, volar me pone nerviosa. Me agobia mucho estar a quién sabe cuántos kilómetros del suelo. Y con el día que he tenido... necesitaba una distracción. Pero vale, ya lo capto. No diré ni una palabra más.

Contuve la respiración.

—Ni aunque me lo pidas —continuó ella—. Bueno, si me lo pidieras amablemente, tal vez sí. Pero si no...

—¿En serio? —Miré al techo y puse los ojos en blanco—. Entiendo que volar te ponga nerviosa, pero creo que deberías tomarte un respiro. Joder, ya vale.

—No hace falta que te pongas así. —Sonaba dolida, pero me miró con desconfianza—. No sé quién eres, pero...

—Solo soy un tío al que cada vez le duele más la cabeza. —Se lo eché en cara porque estaba empezando a perder la paciencia—. Y tu charla incesante no me está ayudando mucho.

—¿Sabes qué...? No, no pienso ponerme a tu altura. —Cruzó los brazos y miró hacia el otro lado.

Supuse que trataba de adoptar una actitud digna y calmada, pero solo consiguió parecer enfurruñada. Ahora ya estaba claro que no iba a poder dormir ni un momento, así que saqué mi teléfono para echarle un vistazo, aprovechando que el avión tenía wifi. Sin embargo, no se me ocurrió a quién enviar un mensaje. No tenía ganas de escribir a ninguno de mis amigos. ¿Qué les iba a decir? *Por cierto, mi hermana me acaba de confesar que es alcohólica y me ha pedido que cuide de su hija mientras está en una clínica de desintoxicación.* Aún no estaba preparado para contar eso.

Por hacer algo, me conecté a Snug, la red social que mi amigo Anil y yo habíamos lanzado hacía cinco años, y abrí el chat que tenía con @1000words. Ella tenía un blog muy popular en Snug, en el que hacía críticas sobre libros para niños, y a mi sobrina Catie le habían encantado todas sus recomendaciones. Una vez contesté a una crítica suya, eso había iniciado una conversación privada entre los dos y, con el tiempo, nos habíamos hecho amigos. Yo no tenía ni idea de quién era @1000words en la vida real, y ella, desde luego, no sabía quién era yo. A diferencia de otros multimillonarios a los que conocía, yo no había nacido rico. Mi cuenta anónima en Snug era uno de los pocos lugares en los que todavía podía bajar la guardia y comportarme como un tipo normal durante unos minutos. Tal vez esa fue la razón por la que pensé que me vendría bien hablar con @1000words en ese momento. Le envié un mensaje.

¿Tienes algún libro nuevo que recomendar? Estoy a punto de emprender un viaje de dieciséis horas con una niña de seis años que

se aburre fácilmente, y no descarto la posibilidad de sobornar a alguien, si hace falta.

Ella no contestó, por supuesto. Con la suerte que estaba teniendo, habría elegido este momento para evitar las redes sociales durante una temporada, o alguna otra bobada similar.

—No suelo beber por la mañana —dijo entonces Olivia, en tono defensivo.

¿En serio pensaba que yo seguía pensando en ella? Como si no tuviera nada mejor que hacer que reflexionar sobre cuándo, y cuánto, bebía la compañera de viaje más insoportable del mundo.

El caso es que a mí no me vendría mal una copa ahora mismo, pensé, antes de recordar la situación en que se encontraba Sinead, y hacer una mueca.

—Por si te interesa…

—La verdad es que no —murmuré.

—Me han despedido hoy —continuó Olivia—. Otra vez.

—¿Cómo es posible? —pregunté incrédulo—. Aún no es mediodía, y llevas media mañana metida en un avión.

Seguro que ni siquiera ella podría ser tan incompetente.

—Oh, no te pongas en plan capullo pedante. Técnicamente me despidieron ayer —admitió Olivia—. Pero aún no me he ido a dormir. Cuando te despide una familia, lo mejor es marcharse cuanto antes.

—¿Te ha despedido una familia entera? —pregunté confundido.

Me imaginé una oficina, en la que algún gerente desesperado había recurrido a su madre para que le ayudara a meter baza en la conversación, y así poder despedir a Olivia de una vez.

—Solo los padres. Soy niñera interna —explicó.

Supuse que eso tenía sentido. Cuando no me estaba replicando, parecía una persona abierta y agradable, y me recordaba un poco a mi profesora favorita de primero. Claro, que a nadie se le habría ocurrido despedir a la señorita Malone.

Eso me hizo recordar otra cosa. *Maldita sea, creo que debería contratar a una niñera para Catie.* Yo tenía que trabajar y, dado que era verano, no podía enviarla al colegio. Había venido a Estados Unidos tan rápido, que no me había parado a pensar en lo que ocurriría más allá del futuro inmediato.

—No dejaban de pedirme que hiciera cosas que no eran convenientes para su hijo —explicó Olivia.

Por primera vez desde que se había subido al avión, su tono delató el enfado que sentía. Ya me había dejado claro que yo no le caía bien, pero lo que sea que hubieran hecho esos padres, la había puesto absolutamente furiosa.

—Habían apuntado a Wyatt a tantas actividades, que acabó por desarrollar una úlcera por estrés —continuó—. ¡Yo ni siquiera sabía que un niño de once años pudiera tener una úlcera! Pero resultó que la mala era yo por negarme a llevarle a clases de violín, porque el profesor le gritaba.

Ahora que sabía que estaba enfadada por cuenta de un niño, ya no me parecía tan insoportable, sino muy protectora. Le sentaba bien.

—¿Cómo se contrata a una niñera? —pregunté, pensando que, dadas las circunstancias, podía aprovechar la conversación para obtener información útil.

—Mintiendo, y diciéndole a la niñera que confías en su experiencia en el cuidado de niños.

El sarcasmo de Olivia habría sido más efectivo si no hubiera estado luchando por contener un bostezo. Estaba claro que no estaba tan acostumbrada a pasar noches en vela como yo.

—¿Contestaste a una oferta de trabajo, o se pusieron ellos en contacto contigo? —me interesé—. Conozco a alguien que podría necesitar una niñera.

Si admitía que me refería a mí mismo, ella podría intentar convertir el resto del viaje en una entrevista de trabajo. Además, aunque estaba claro que se preocupaba por los niños, yo preferiría a alguien que no fuera tan... como ella.

Olivia se inclinó para buscar algo en el bolso, y la camisa se le subió un poco en la espalda, dejando al aire una franja de suave piel clara. Cuando se enderezó, me entregó una tarjeta de visita.

—Toma. Trabajo en Sunny Days, Cuidado de Niños. Tu amigo puede rellenar su formulario en internet indicando lo que busca, y le enviarán una selección de posibles niñeras. Si tu amigo también es irlandés, puede marcar una casilla para solicitar a alguien que esté dispuesto a viajar a otro país.

—Fantástico.

Cogí la tarjeta y la guardé en la cartera. A estas alturas, había abandonado la esperanza de poder descansar un poco y, como ella me había ayudado, pensé que podía devolverle el favor, aunque fuera la peor compañera de viaje del mundo.

—¿Sabes? Perder un trabajo puede representar una oportunidad para reorientar tu carrera. Podrías buscar una forma de mejorar, para que no te vuelva a ocurrir.

Olivia me miró con la cabeza inclinada a un lado y apretando los dientes.

—¿Mejorar? ¿Quieres decir que te parece bien que los padres causen úlceras por estrés a sus hijos?

Me masajeé el puente de la nariz, deseando haberme quedado calladito.

—O aquella otra vez, cuando…

—Un momento. ¿Cuántas veces te han despedido?

No podían haber sido más de tres veces, ¿no? Era imposible que despidieran a alguien tantas veces sin que aprendiera la lección. Olivia cruzó los brazos, enfadada.

—No es asunto tuyo.

Joder, seguro que habían sido más de tres veces. Si no fuera tan insoportable, casi me habría impresionado. La octava maravilla del mundo profesional: una mujer incapaz de conservar un trabajo.

—Yo que tú, buscaría el denominador común —observé.

—¿Cómo te atreves?

En ese momento pulsé el botón de llamada para que acudiera un auxiliar de vuelo, y saqué la cartera.

—¿Qué necesita? —preguntó la auxiliar cuando llegó a nuestra fila.

—Por favor, tráigale a esta señora su maldita copa de vino blanco —dije, entregándole un billete de cien.

Si era verdad que se había pasado la noche despierta, casi seguro que bastaría una copa para que se quedara dormida, y tal vez así yo conseguiría un poco de paz. Este viaje ya me estaba pareciendo más largo que el que había hecho de Dublín a Nueva York.

La auxiliar cogió el billete con discreción y volvió al poco tiempo con un vaso de plástico lleno de vino blanco, que Olivia aceptó tras dudar un momento. A ver si eso le calmaba los nervios y me concedía unos minutos de bendito silencio.

—Sigo pensando que eres un capullo paternalista —me dijo—. Solo me lo voy a beber porque sería una pena tirarlo.

—¡Por Dios! Bébetelo, o no te lo bebas, a mí me da lo mismo. Mira, lo entiendo: no te gusta volar, estás teniendo un mal día y está claro que necesitas desahogarte. Es solo que… —Me pasé una mano por la cara—. No necesito escuchar cada maldito pensamiento que te pasa por la cabeza. Lo creas o no, yo también tengo un montón de problemas, y me está resultando imposible aclararme las ideas.

Olivia se quedó mirándome, atónita. Por un momento, me pregunté si me habría pasado, pero entonces ella se giró para mirar al frente, fingió ignorarme y, por fin, empezó a beberse el vino *en silencio.* A veces, pasarse era la única manera de conseguir las cosas.

Al mirarla de reojo, transcurridos unos veinte minutos, vi que se había quedado dormida. Le quité de las manos el vaso, que aún estaba medio lleno y se inclinaba peligrosamente hacia mi regazo, y ella dejó escapar un ligero ronquido suave.

Madre de Dios, ni siquiera es capaz de callarse cuando duerme, pensé. Le di un empujoncito en un hombro, a ver si le hacía cambiar de postura y dejaba de roncar. El plan funcionó: frunció un poco el ceño y se revolvió en el asiento. Sin embargo, la sensación de triunfo me duró tan solo un instante, ya que ella volvió a moverse y apoyó la cabeza en mi hombro.

Me quedé paralizado. Su pelo, rizado y despeinado, resultaba muy suave contra mi mejilla. Empecé a sopesar diversas opciones para quitármela de encima, pero las descarté todas porque corría el riesgo de que se despertara y empezara a hablar otra vez. Ella suspiró entre sueños y se acurrucó un poco contra mí. Muy en el fondo, eso me resultó agradable, aunque no lo admitiría en la vida.

No me moví durante el resto del vuelo. Cuando aterrizamos, media hora después, sacudí un poco el hombro en el que estaba apoyada.

—Despierta, *a chara* —dije con un gruñido. Esa palabra significaba amiga, salvo cuando se decía con enfado; en ese caso... también significaba amiga, pero en sentido sarcástico—. Ya hemos aterrizado.

Olivia se enderezó de un salto, parpadeó y miró a su alrededor, donde el resto de los pasajeros se quitaban los cinturones de seguridad y empezaban a ponerse en fila para salir del avión. El pelo se le había aplastado en el lado donde se había apoyado contra mi hombro, y me fijé en que la textura de mi jersey había dejado unas ligeras líneas en su mejilla. Eso le hacía parecer más dulce. Sí, era la personificación del caos y hablaba por los codos, pero cuando se relajaba, se podía apreciar una cierta dulzura en ella. Alguien debería protegerla. Yo no, por supuesto. Me refería a alguna otra persona.

—Oh, Dios mío —dijo Olivia—. Siento mucho haberme apoyado en ti.

—No pasa nada —dije, entregándole el vaso de plástico medio lleno de vino.

—Sé que no te caigo bien —explicó ella—. Bueno, o no te cae bien nadie, en general. Y voy yo y...

Hizo un gesto impulsivo hacia mi hombro para indicar dónde se había quedado dormida. Por desgracia, lo hizo con la mano en la que llevaba el vaso de vino, de forma que el líquido saltó del vaso y me empapó la cara.

Maldita. Mujer.

Cualquier simpatía que hubiera sentido por ella se disipó al instante. De hecho, más que disiparse, se introdujo en el agujero más oscuro y profundo que pudo encontrar, y se quedó allí enterrada, donde nadie la encontraría jamás.

Me limpié el vino de la cara, mientras ella seguía sentada en su asiento, paralizada y bloqueando mi salida hacia el pasillo.

—Quita. —Inspiré hondo—. Fuera. —Inspiré de nuevo—. Quita de en medio.

—Lo siento mucho.

No, ya no aguantaba más.

—Tú apártate.

Ella se encogió un poco y se levantó por fin. Yo la retiré de un empujón y salí del avión lo más rápido que pude.

Lo único bueno de este puñetero día era que no iba a volver a *Olivia* nunca más.

2

DECLAN

Sinead y Catie vivían en una vieja casa que había sido dividida en dos apartamentos. En cuanto llamé a la puerta, esta se abrió y Catie se lanzó a mis brazos.

—¡Tío Declan!

Dejé caer mi bolsa, la cogí en brazos y la abracé con fuerza. Había crecido desde que la vi por última vez, en Navidad, pero sus mejillas seguían tan redondas, sus ojos tan azules y su pelo tan suave como recordaba. Ella me devolvió el abrazo.

—Ya, ya —dije con suavidad, mientras le acariciaba la espalda—. Tu madre te ha explicado que vas a pasar el verano conmigo, ¿verdad?

Ella asintió, con expresión preocupada. Yo le di un tironcito en una oreja y eso la hizo reír.

—Lo pasaremos genial, te lo prometo. Ahora, ve a por tu maleta. Yo tengo que hablar con tu madre.

La dejé en el suelo y ella se dirigió a su habitación. Recorrí la casa, asomándome a las distintas habitaciones hasta encontrar a Sinead sentada en la pequeña y desordenada cocina. Me pareció más delgada que la última vez que la había visto, y su melena oscura caía lacia y sin brillo sobre su cara. Estaba inclinada sobre la mesa de la cocina, pero alzó la cabeza cuando entré. Sus ojos, de un azul tan profundo como los míos, me miraron agotados y algo descoloridos. Me senté en una silla frente a ella y me aclaré la garganta.

—He encontrado un centro de rehabilitación muy bueno aquí cerca. Se llama Serenity Lake. Han propuesto que te quedes sesenta días.

—¿Qué? No, eso es demasiado. Quiero ir un mes a St. Marks, es más barato.

Maldita tozudez. Si era necesario, estaba dispuesto a cargar con ella y llevarla a Serenity Lake a cuestas.

—El coste es lo de menos —mascullé—. Ese centro es mejor, y ya te he pedido una plaza.

Ella abrió la boca para protestar, pero volvió a cerrarla y suspiró.

—Vale, de acuerdo. Gracias.

Me asustó que cediera tan rápidamente. Ella no era así. Le cogí una mano.

—¿Qué te ha pasado, cielo?

—Da igual. —Se libró de mi mano—. Me he dado cuenta de que tenía un problema, y quiero arreglarlo.

Fruncí el ceño. Y una mierda que daba igual. A mí me importaba mucho lo que le estaba pasando, pero no quería presionarla. Al menos, no quería hacerlo en ese momento, cuando parecía que se estaba manteniendo a flote a duras penas.

Catie entró en la habitación arrastrando una maleta rosa y violeta.

—Ya estoy —anunció.

Sinead miró a su hija.

—¿Has metido algo de ropa, o solo libros y juguetes?

Catie le dirigió una mirada cohibida, y Sinead se puso en pie y cogió la maleta.

—Anda, voy a asegurarme de que te llevas todo lo que necesites.

Se dirigió a la puerta y yo me fijé en que se limpiaba una lágrima justo antes de salir por ella. Busqué algo con lo que distraer a Catie, y recordé la tarjeta de Olivia, que estaba en mi bolsillo.

—¿Quieres ayudarme a elegir a tu nueva niñera? Será la persona que te cuide cuando yo esté trabajando, y me gustaría encontrar a alguien que te caiga bien.

Catie me miró, dudosa.

—¿Puede ser alguien a quien le guste el violeta?

Sonreí, aunque notaba que el corazón se me rompía un poco. Quería asegurarme de que Catie solo recordaría este verano como unas vacaciones divertidas en las que había podido hacer todo lo que quisiera.

—Por supuesto —prometí.

Catie fue a buscar a su madre y yo saqué mi teléfono y dediqué unos momentos a mirar mi siempre creciente lista de correos entrantes. Como era habitual, tenía una docena de problemas urgentes que atender y sentí la tentación de sumergirme en el trabajo para arreglar las cosas, pero no lo hice. Hoy tenía otras cosas de las que ocuparme.

Uno de los mensajes me llamó la atención. Era del Club Glenhaven, una organización a la que me había unido hacía unos años. Nunca había creído ser la clase de persona que se une a un club de multimillonarios, pero debía admitir que, de vez en cuando, resultaba muy útil. Gracias a que el club tenía residencias en casi todas las grandes ciudades del planeta, sabía que siempre tendría un lugar en el que dormir allá donde me llevaran mis negocios, por no hablar de las posibilidades que ofrecía para hacer nuevos contactos.

El mensaje me hizo recordar a alguien que había conocido hacía unos meses en Nueva York, cuando viajé allí para asistir a una conferencia. Era el director general de Branson Designs, una legendaria firma de moda. A mí no solían caerme bien las personas procedentes de familias privilegiadas y con dinero, pero James era sorprendentemente sensato. También era un hombre muy entregado a su familia, comprometido con mantener el prestigio de la marca en honor a su abuela, que había fundado el negocio y, al parecer, se había ocupado en buena medida de criarle. En una ocasión, había mencionado que su hermano también había tenido problemas de adicción y había asistido a un programa de rehabilitación. ¿Tal vez él podría darme algún consejo?

Busqué sus datos de contacto y le mandé un mensaje de texto, sin dar demasiados detalles. Le pregunté si estaba disponible y tendría un momento para hablar. Cuando, al cabo de unos segundos, sonó mi teléfono, no pude evitar sonreír. Había encontrado un buen programa para Sinead, pronto contrataría a una niñera para Catie y tenía buenos amigos en los que apoyarme.

Todo iba a salir bien. Encontraría la forma de que así fuera, como siempre.

3

OLIVIA

Un día después del vuelo más desagradable de mi vida —y eso incluía aquella vez que un niño me vomitó encima— estaba tumbada en el sofá, viendo *Tienes un e-mail* por enésima vez. Me seguía sintiendo mal por el hecho de que me hubieran despedido cinco veces en dos años, así que había decidido distraerme con una película, y esta era la más reconfortante del mundo: Tom Hanks, Meg Ryan y la librería para niños más ideal del mundo.

Estaba viendo a Tom Hanks tontear con Meg Ryan, en la escena en que le presenta a esos niños tan monos que son su tía y su hermano, cuando me acordé de que no había contestado a @DBCoder para recomendarle un libro, como me había pedido. Me incorporé de golpe. Su mensaje me había llegado durante aquel vuelo infernal, pero lo había olvidado por completo, distraída por el compañero de asiento más desagradable del mundo. A quién se le ocurriría tratar de dar consejos sobre el trabajo a una completa desconocida, y luego decirle que se callara cuando ella los rechazaba con amabilidad.

Sí, tenía un acento muy sexi. Bueno, todo él había sido muy sexi. Llevaba un jersey de lana de aspecto caro, que le hacía parecer robusto y achuchable a la vez y resaltaba el intenso azul de sus ojos. Tenía una mandíbula pronunciada, pelo abundante y oscuro, y una piel perfecta. Francamente, casi parecía retocado con Photoshop, pero, en mi opinión, lo guapo que era no compensaba sus malos modales. Colarme por un tío bueno, pero desagradable, sería un error que habría cometido a los 21 años, no a los 28.

No, ahora prefería centrarme en hombres ficticios como los de las películas de Tom Hanks. Esos hombres entendían que la forma de llegar al corazón de una mujer era hablar de libros, y comprarlos para los niños. Eso era lo que nos había hecho conectar a @DBCoder y a mí.

Me levanté y me dirigí al otro lado de la habitación para buscar en la estantería un libro que recomendarle. El otro lado de la habitación no estaba muy lejos: como pasaba la mayor parte del tiempo viviendo con las familias para las que trabajaba, mi piso solo era una habitación de invitados sobre el garaje de uno de mis amigos, que me alquilaba a precio de ganga. Tenía una cama, una tostadora y sitio suficiente para la mayoría de mis libros. Había reunido una colección considerable de libros para niños de todas las edades, y me enorgullecía considerarme algo así como una experta. Eran gajes del oficio de niñera: como tendría que leer el mismo libro a algún un niño quince veces seguidas, me resultaba más llevadero si me aseguraba de tener libros que no me hicieran enloquecer. Había puesto en marcha el blog @1000words a sugerencia de una amiga y, con el tiempo, se había convertido en una afición muy divertida que, además, me había permitido hacer buenos amigos virtuales.

Estaba intentando recordar si ya había recomendado *El pingüino Tacky* en mi blog cuando empezó a sonar mi teléfono, y el estómago se me encogió al mirar la pantalla. *Sunny Days, Cuidado de Niños.*

Seguramente llamaban para informarme de que iban a retirar mi perfil de su aplicación. Ya me habían amenazado antes con hacerlo, pero la madre de la primera familia para la que había trabajado había sido una mujer rica e influyente, y les había convencido para que me dieran otra oportunidad. Al parecer, se me habían acabado las oportunidades.

Respiré hondo, me senté en la alfombra y contesté la llamada.

—Hola.

—Olivia, soy Vanessa, de Sunny Days, Cuidado de niños. Necesitamos información adicional que no está en tu perfil.

Un momento, pensé. *¿No me van a despedir?*

—¿Eres diestra o zurda? —preguntó con brusquedad.

—Zurda —contesté.

—¿Cuál es el mejor libro de Eric Carle? —continuó.

Yo parpadeé. Era una pregunta muy concreta. La mayoría de la gente habría citado *La oruga muy hambrienta,* que sin duda era un buen libro, pero a mí me gustaban más otros libros menos populares del autor.

—A mí me gusta *Oso pardo, oso pardo, ¿qué ves ahí?*

—Hmm. —Vanessa sonaba descontenta, y me pregunté si mi respuesta habría sido incorrecta.

—¿Cuál es tu color favorito? —preguntó.

Qué conversación más rara. ¿Qué tenía que ver todo eso con mis aptitudes como niñera?

—Me gustan todos los colores —dije con cautela—. Es importante apreciar cualquier color que le guste a un niño.

—*Tu color favorito* —insistió ella.

—El violeta —contesté.

—Maldita sea —murmuró.

Apoyé la cabeza contra la estantería. Sería irónico que me echaran del equipo solo porque me gustaba el color equivocado. Vanessa dejó escapar un largo suspiro al otro lado de la línea.

—Íbamos a despedirte por lo ocurrido con tus últimos clientes, pero hemos recibido una lista de requisitos muy concretos de un cliente nuevo, y eres la única persona que encaja.

El corazón se me aceleró. Me iban a dar una última oportunidad.

—Si puedes estar en el aeropuerto hoy a las cuatro de la tarde, el trabajo es tuyo, pero estás en periodo de prueba.

—¡Sí! —grité, poniéndome en pie—. Sí, puedo ir al aeropuerto.

—Te mandaré toda la información en un correo electrónico —dijo Vanessa.

—Muchas gracias —contesté—. No os decepcionaré.

El silencio de Vanessa fue muy elocuente.

—Es tu última oportunidad, Olivia. Por el amor de Dios, tú solo haz lo que pida el cliente.

Colgó antes de que pudiera explicarle que no quería resultar difícil, sino que eran los clientes quienes no dejaban de pedir cosas absurdas.

Esta vez será diferente, me dije a mí misma, mientras sacaba la maleta y empezaba a meter cosas dentro. Esta vez, tendría la suerte de que se tratara de un buen cliente y un niño estupendo, y todo saldría bien.

∼

Esperé en la zona de facturación de equipajes, cerca del mostrador de Delta, donde se suponía que tenía que encontrarme con mi nuevo jefe.

Se trataba de un hombre que tenía que cuidar de su sobrina en Irlanda durante dos meses, y necesitaba ayuda. Aún no habían llegado, así que miré mi reloj, preocupada por si me había equivocado de hora.

—Tiene que ser una puta broma —dijo una voz masculina grave detrás de mí, con un fuerte acento irlandés. Era un acento muy sexi que, por alguna extraña razón, me resultó familiar.

—¡Tío Declan! Has dicho una palabrota —le riñó una voz de niña.

Me di la vuelta, sintiendo que el estómago se me caía a los pies. Efectivamente, era el desconocido del avión. Parecía tan contento de verme, como yo de verle a él.

Él sabe que me acaban de despedir, recordé, sintiendo que me ruborizaba por la vergüenza. *¿Por qué iba a querer contratarme?*

Al menos, la niña parecía bastante agradable. Iba de la mano de su tío, se balanceaba sobre las puntas de los pies y miraba a su alrededor con nerviosismo. *Céntrate en la niña,* me dije. Puede que no se me diera bien apaciguar a los padres con mal carácter, pero lo cierto es que se me daba muy bien cuidar de los niños. Le dirigí a ella una sonrisa enorme.

—¿Eres Catie Byrne?

—¡Sí! ¿Cómo lo sabes?

—Porque soy tu nueva niñera, la señorita Olivia. Me alegro mucho de conocerte. —Me agaché para ponerme a su altura y extendí una mano para que la estrechara, lo que hizo enseguida.

—Eres zurda, como yo —me dijo—. Y eres de la misma ciudad que yo. Y tenemos el mismo color favorito.

En ese momento comprendí el motivo del extraño cuestionario telefónico. Lancé una mirada rápida a Declan.

—Catie me ayudó a definir las condiciones del trabajo —confirmó Declan.

Seguía sin parecer contento de verme. Bueno, eso era decirlo con suavidad. Se podría decir que había sobrevivido a un apocalipsis, solo para encontrarse con que él y yo éramos los únicos supervivientes del mundo. Parecía dispuesto a irse andando hasta Asia, con tal de evitar pasar más tiempo conmigo. Claro, que había tenido en cuenta la opinión de su sobrina antes de tomar una decisión importante, así que, tal vez, no era tan malo. Me puse en pie e intenté ser optimista.

Declan no dijo gran cosa mientras compraba mi billete y facturábamos el equipaje. Al principio, Catie se mostró un poco tímida, pero tras hacerle unas cuantas preguntas, conseguí que hablara conmigo. Media hora más tarde, habíamos pasado el control de seguridad y nos dirigíamos a la puerta de embarque. La cara de Catie se iluminó cuando pasamos por delante de una cafetería donde había un expositor con enormes galletas recubiertas de glaseado.

—¿Puedo comerme una de esas? —me preguntó.

Declan estaba mirando su teléfono y no prestó atención. Eso no era buena señal. Daba la impresión de ser otra de esas figuras paternas que hacían más caso a los problemas urgentes recibidos a través del teléfono, que al niño que tenían delante. Mi opinión sobre Declan empeoró aún más, si eso era posible. No entendía a la gente como él. Aquí estaba esta niña lista y curiosa, que adoraba a su tío, y él no podía dedicarle ni un momento. Menudo imbécil.

—Tenemos que preguntarle a tu tío —dije, luchando contra el impulso de dirigir una mirada furiosa al tío en cuestión—. Aún no sé qué normas sigues en cuanto a la comida, o si tienes alguna alergia. Además, ya casi es la hora de cenar.

Por no hablar de que dar una tonelada de azúcar a una niña antes de un vuelo transatlántico no parecía una buena idea. Miré a Declan con interés.

—Puede comer lo que quiera —contestó él, distraído.

Sacó su cartera y me entregó una brillante tarjeta de crédito negra como si fuera calderilla. Yo abrí la boca para sugerir con precaución una alternativa menos azucarada, pero recordé que se suponía que debía hacer exactamente lo que quisiera mi cliente.

Dejé escapar un suspiro y me dirigí hacia el mostrador de galletas con Catie de la mano.

∼

Dieciséis horas más tarde estaba en Irlanda, cargada con mi maleta y la de Catie.

Esta vez habíamos volado en un avión privado. No había sido la primera vez para mí —ese era uno de los riesgos de trabajar para los ricos y groseros— pero era la primera vez que me había encontrado con una tripulación tan solícita y dispuesta a agradar. Al parecer, Declan era más importante de lo que yo pensaba. Eso no me ayudó demasiado, porque volar no me entusiasmaba, y ese detalle me había revuelto el estómago aún más. En mi experiencia, cuanto más «importante» era la gente para la que trabajaba, peores clientes y padres eran, pero hice lo que pude para ignorar mis nervios durante todo el viaje.

Ahora que por fin habíamos aterrizado en Shannon, noté algo extraño en el aeropuerto. Nadie parecía ir con prisa. Todo estaba tranquilo y en calma, lo que me pareció bastante inusual en un aeropuerto. Al menos, esto no parecía tener nada que ver con Declan.

Bienvenida a Irlanda, pensé.

Declan caminaba a mi lado, con su bolsa colgada del hombro y Catie dormida en brazos. La llevaba como si no pesara nada y ella se agarraba a él con fuerza, incluso en sueños. O bien era una niña muy cauta, o le había ocurrido algo en la vida que le había hecho sentirse insegura hasta cuando estaba dormida. Eso me hizo pensar en la nota que me había enviado Sunny Days, en la que me informaban de que su madre estaba en un programa de rehabilitación y me avisaban de que no se lo mencionara a Declan o a Catie.

Me aclaré la garganta.

—¿Son todos los aeropuertos de Irlanda así de tranquilos, o...?

—Te agradezco mucho que hayas aceptado este trabajo tan rápido, pero te aviso de que solo es temporal —interrumpió él.

Cierto. Se me había olvidado que odiaba las conversaciones banales, es decir, hacer algo propio de un ser humano normal.

—Sí. —Le ofrecí mi sonrisa profesional más alegre—. La descripción del trabajo indicaba que solo se trataba de unos meses.

—No —dijo con brusquedad—. Me refiero a que tu agencia ha ofrecido enviarme a otro candidato en cuanto encuentren a otra persona que cumpla todos mis requisitos. Y considerando nuestra... conversación... en el vuelo anterior, me siento inclinado a aceptar su oferta. Si encuentran a alguien que me parezca más adecuado para Catie... —Su tono dejaba claro que estaba seguro de que lo encontrarían.

Se me secó la boca. Si perdía este trabajo, perdería mi puesto en Sunny Days, y aunque en Minnesota había otras agencias de niñeras internas, pagaban mucho menos y no verificaban a las niñeras ni a los clientes. Eso significaba que había que pasar mucho más tiempo buscando trabajo, y menos tiempo trabajando. ¿Y si tenía que dejar el trabajo de niñera y buscar un deprimente trabajo de oficina? ¿Y si me tenía que ir de Minnesota y empezar de nuevo en otro lugar, sin amigos ni contactos? Aparté ese pensamiento tan aterrador enseguida. Eso no me ocurriría, solo tenía que ganarme a Catie y a Declan.

Entonces reparé en que Declan estaba esperando mi respuesta. Alcé un poco la barbilla y le dirigí mi sonrisa más deslumbrante y llena de confianza.

—Buena idea. Catie se merece la mejor niñera disponible.

Lo único que tenía que hacer era demostrar a este capullo rico y desagradable que esa niñera era yo.

Sería fácil, ¿no?

4

DECLAN

—Esto es precioso —dijo Olivia en voz baja, mirando por la ventana del pasajero.

Intenté verlo como lo vería ella: interminables campos de hierba verde divididos por antiguas paredes de piedra, bajo una espesa capa de niebla. Algunos de los pueblos por los que pasábamos seguramente le parecerían muy pintorescos, con sus estrechas calles y edificios bajos de colores. Yo, al ver todo eso, solo pensaba en que ya estaba en casa.

—Llegaremos en unos diez minutos —avisé.

—¿Por qué no vives en Dublín? Allí es donde está la sede de tu empresa, ¿no?

Así que había buscado información sobre mí. Me había preguntado qué había estado haciendo durante el vuelo, ya que se había mantenido muy callada.

—Dublín no está muy lejos, solo a dos horas —contesté—. Y la mayoría de los trabajadores de Snug están dispersos por todo el mundo.

—¿Trabajas desde casa con frecuencia? —me preguntó.

—Lo haré mientras Catie esté aquí.

Tomé el camino que llevaba a mi casa, y Olivia cambió de postura en el asiento. No me quedaba claro si lo que le acababa de decir le había parecido bien o no. Continuamos en silencio hasta llegar a la entrada de la casa.

—Oh. Dios. Mío —dijo Olivia al verla.

Mi arquitecto había sustituido la ruinosa mansión victoriana que una vez se alzó en este lugar por cuatro pisos de cristal y cemento pulido, y hasta había incluido una piscina en el sótano.

—No me acuerdo de esto. —La voz de Catie se oyó desde el asiento trasero. Sonaba débil e insegura, de una forma que me rompió el corazón.

—No me había dado cuenta de que estabas despierta, *a stór* —le dije con cariño—. No es fácil que te acuerdes. Tu madre y tú os fuisteis cuando tenías dos años, y después éramos la abuela y yo quienes íbamos a visitaros.

Aparqué el coche, y llevé a Catie y Olivia al interior para enseñarles la casa. Todo era muy amplio y elegante, y estaba decorado en lo que mi decorador llamaba «tonos cálidos y texturas naturales», o algo así. Lo único que me importaba era que volver a casa siempre me relajaba mucho.

—Este es el salón grande, donde tu abuela se reúne con los miembros del club de lectura cuando les toca venir —expliqué a Catie, antes de pasar a otra habitación—. Y este es más pequeño, pero a mí me gusta más porque tiene una tele enorme.

Catie señaló una pared en la que había unos cuadros, y se relajó lo suficiente como para sonreír.

—Eso lo he visto antes.

—Es lo que ves cuando hablamos por videollamada —expliqué.

Miré a Olivia y la pillé observándonos a Catie y a mí con una sonrisa. Ella apartó la mirada enseguida y se dirigió hacia unas fotos que había en la pared. Por desgracia, eso me dio la ocasión de fijarme en su culo. Tenía un culo estupendo, y me imaginé que el resto de su cuerpo sería igual de fantástico, si alguna vez se quitaba ese jersey enorme. Ya había notado que Olivia era guapa, pero hasta ahora, había conseguido ignorarlo. Sin embargo, ahora que iba a vivir conmigo sería mucho más difícil seguir haciéndolo. Esperaba que eso no acabara siendo un problema.

—¿Quién es este? —preguntó Olivia, señalando una llamativa foto de mi padre, sentado en la borda de un barco.

—Mi abuelo —contestó Catie—. Se murió.

—Oh. Lo siento mucho —dijo Olivia, dirigiéndome una mirada compasiva.

Yo odiaba ese tipo de mirada. Me aclaré la garganta.

—Venid, por aquí se va a la cocina.

Les mostré el resto del piso inferior, donde estaban la resplandeciente cocina, el gimnasio y la biblioteca. Expliqué a Olivia quién era el personal que se ocupaba de la casa: jardineros, una cocinera, limpiadores y demás. Por lo general, intentaban ser discretos y hacer su trabajo cuando yo no estaba, o mientras estaba encerrado en mi despacho. Me gustaba la intimidad, y no acababa de acostumbrarme a tener empleados dando vueltas por la casa, pero necesitaba ayuda para mantener una casa como esta, y la gente del pueblo necesitaba el trabajo.

Las llevé al segundo piso, donde estaban los dormitorios y mi oficina.

—Ese es mi cuarto —indiqué, señalando la puerta al final del pasillo.

Catie no me escuchó. Había encontrado una foto en la que salían Sinead, mi madre y a ella, hecha por mí una vez que organizamos un picnic en el jardín trasero de esta casa, poco después de que terminaran las obras. Miró absorta la foto de su madre, mientras Olivia me miraba a mí con interés.

—La mayoría de las otras habitaciones son para invitados. Puedes quedarte con... esta.

Conduje a Olivia a la habitación de invitados más alejada de la mía. Estaba decorada en tonos amarillo pálido y tenía muebles blancos antiguos. Era una habitación muy alegre, para una mujer alegre hasta el punto de ser insoportable.

—Es preciosa. Un momento, ¿eso es...? —dijo ella, pasando la mano por una de las sillas con admiración—. Una vez vi una silla como esta en una exposición sobre la Edad Dorada. ¡Y ahora hay una en mi habitación!

Yo me encogí de hombros. A mí solo me parecía una silla. Me di la vuelta para salir.

—Bueno, vamos a seguir...

—¿En qué horario quieres que trabaje? —me interrumpió Olivia, que se mordió el labio enseguida—. Perdona, no quería interrumpir, pero tengo algunas preguntas sobre lo que esperas de mi trabajo. Creo que es mejor resolver todo eso cuanto antes, si te parece bien.

—De acuerdo. —Crucé los brazos—. ¿Qué quieres saber?

Ella sacó un pequeño cuaderno del bolsillo de su jersey y cogió un bolígrafo que llevaba clavado en el moño.

—Según mi contrato, voy a trabajar 50 horas a la semana. ¿Qué horario quieres que tenga?

—Cuando yo esté trabajando, pero mi horario cambia mucho.

Abrió la boca, como si quisiera pedir más información, pero la cerró enseguida, escribió algo rápidamente en su cuaderno y pasó a la siguiente pregunta.

—¿Cómo has planificado los días de Catie?

Joder, pensé. *No tengo ni idea.*

—Puede hacer lo que quiera, no necesita un plan.

Olivia levantó mucho las cejas.

—Eso es... ¿Estás seguro?

Qué va, no lo estaba, para nada.

—¿Tienes alguna otra pregunta?

Oliva suspiró y anotó algo más en su cuaderno. Me dio la sensación de que me estaba evaluando, y yo no iba a aprobar.

—¿Hay alguna materia que le cueste más en el colegio? —preguntó Olivia—. ¿Le vendría bien recibir clases adicionales en algún área este verano?

—Es muy lista —dije yo, a la defensiva.

—No he dicho que no lo fuera —observó Olivia en tono apaciguador.

Eso me puso aún más a la defensiva. Me dio la sensación de que estaba intentando organizar las cosas por mí. Cuando empecé mi carrera, yo mismo había tenido que organizar la vida de unos cuantos jefes ineptos, así que me di cuenta de que intentaba hacer lo mismo conmigo. Tampoco necesitaba su desaprobación.

¿Y si tiene razón? ¿Y si no eres capaz de cuidar bien de Catie? Hice un esfuerzo por apartar esa idea de mi mente.

—¿Tiene alguna restricción alimentaria? —preguntó Olivia con una gran sonrisa, aunque apretaba el bolígrafo tan fuerte que los nudillos se le habían puesto blancos.

—Ninguna. —Esa respuesta era sencilla—. Pero no te tienes que preocupar por la comida, porque la cocinera se encargará de la comida y la cena.

En ese momento se escuchó un fuerte ruido desde otro lugar de la casa.

—Oh, oh. —La voz de Catie llegaba desde algún lugar lejano, más allá del pasillo.

Eso era una mala señal. Salí al pasillo y seguí la voz de Catie hasta mi despacho. La encontré en el centro de la habitación, mirando al suelo, donde la pantalla de mi ordenador estaba doblada de una forma que no era normal. Cuando entré, me miró con los ojos muy abiertos, temerosa de haberse metido en un lío.

—Estaba intentando secarlo, porque le había caído agua.

Hice una mueca. Efectivamente, el vaso medio lleno que había dejado sobre mi mesa se había caído, y el agua se estaba extendiendo con rapidez por la mesa.

—Mierda, mierda —murmuré.

Me quité el jersey de un tirón e hice lo que pude por secar el agua antes de que pudiera empapar el resto de las cosas importantes que tenía en la mesa. Olivia se puso manos a la obra a mi lado y empezó a retirar los documentos que estaban en el camino del agua. Conseguimos secarlo todo antes de que tuviera que recurrir a quitarme la camiseta también.

Cuando terminamos, miré mi ordenador con tristeza. No me preocupaba el coste de uno nuevo, sino las horas de trabajo que había perdido. Tenía la costumbre de hacer una copia de seguridad de mi trabajo al final de cada día, pero la llamada de Sinead pidiendo ayuda había interrumpido mi último día de trabajo.

A Catie le estaban temblando los labios, en un esfuerzo por no llorar.

—Eh, eh —dije, arrodillándome frente a ella para darle un abrazo—. No pasa nada. No has hecho nada malo. Yo lo arreglaré. Las niñas valientes no lloran, ¿verdad? ¿Puedes ser una niña valiente?

Catie asintió. Detrás de mí, Olivia se aclaró la garganta.

—Bueno, en realidad llorar es nor... No he dicho nada, olvídalo. Podemos hablar de eso más tarde.

Tras decir eso, anotó algo más en su maldito cuaderno. Yo volví a centrarme en Catie.

—¿Estás mejor? ¿Quieres ver tu cuarto?

Su expresión cambió de la tristeza a un cauto entusiasmo.

—¿Tengo mi propio cuarto?

—Por supuesto.

Cuando ella y Sinead vivían aquí, yo le había asignado una habitación y la había decorado para ella. Después de que se marcharan, no había sido capaz de cambiar nada hasta que, hacía un año o así, me había decidido por fin a quitar la cuna y poner una cama, y le había pedido a mi diseñador que actualizara la decoración y los juguetes, en caso de que Catie y Sinead vinieran alguna vez a visitarme.

Me puse en pie, tomé a Catie de la mano y la conduje hasta su habitación, que estaba enfrente de la mía. Catie entró a toda velocidad y dio un respingo de sorpresa al ver las estanterías llenas de juguetes. Olivia fue a entrar detrás de ella, pero la detuve con una mano en el brazo.

—Crees que he hecho algo mal, ¿no?

—No, para nada... —Era la peor mentirosa que había conocido en mi vida.

—Dame tu cuaderno —le ordené.

Aunque me miró con enfado, hizo lo que le pedía. Había escrito con letras redondeadas y femeninas: *Explicar autenticidad emocional.* Debajo de eso había escrito *test de aptitud académica: apoyar lo que le gusta + entender lo que le resulta difícil* y *Pedir horario trabajo Declan cada viernes a asistente, si tiene.*

—¿Autenticidad emocional? —pregunté, centrándome en lo que me había parecido más absurdo—. ¿Qué cojones significa eso?

En su cara se sucedieron varias expresiones con rapidez. Me resultó fascinante poder apreciar con claridad todo lo que pensaba, desde el nerviosismo por hablar con franqueza, hasta la misma actitud testaruda que había mostrado cuando habló de aquel niño con la úlcera.

—Le has dicho que no llore —explicó Olivia—. Pero es bueno expresar las emociones. De lo contrario... —Le faltó morderse la lengua literalmente, para evitar seguir hablando.

—Oh, no te quedes a medias —la provoqué—. De lo contrario, ¿qué?

—De lo contrario, la gente se vuelve gruñona y prepotente —dijo, mirándome enfadada.

—Por el amor de Dios —gruñí, bajando la voz para que Catie no nos oyera—. No te he contratado para que seas su profesora, ni una terapeuta de andar por casa. Solo necesito que le permitas disfrutar de sus vacaciones de verano. Eso es todo. Y mantenla alejada de mi despacho, a menos que se trate de una cuestión importante. ¿Entendido?

Le tendí su cuaderno. Olivia me lo quitó de un tirón.

—Entendido.

—Señorita Olivia —llamó Catie—. ¿Me puedes leer un cuento?

—Claro, preciosa —dijo Olivia.

Entró en la habitación y dio un respingo al ver las estanterías llenas de libros que cubrían las paredes, del suelo al techo. Los libros para niños estaban en las baldas inferiores, para que Olivia pudiera llegar a ellos. Yo había comprado dos ejemplares de cada libro que le enviaba a Catie, para quedarme uno de ellos y poder leérselo por teléfono. En una ocasión, @1000words y yo habíamos empezado a hablar de los libros que nos habían gustado de adolescentes, y después de esa conversación, había empezado a llenar las baldas más altas con libros que pensé que le gustarían a Catie cuando fuera más mayor. También había algunos de mis propios libros de cuando era pequeño, que había querido conservar.

Olivia acarició los lomos de los libros con admiración, olvidando por el momento lo mucho que yo le había decepcionado.

—Esto es *mucho* mejor que la biblioteca para adultos que hay abajo. Me siento como Bella en esa escena en la que entra en la biblioteca —bromeó Olivia.

—Entonces, ¿quién soy yo? ¿La Bestia? —pregunté.

Olivia me lanzó una sonrisa cargada de significado por encima del hombro y noté que se me calentaba la sangre, pero ella se repuso enseguida y cambió la sonrisa por una más alegre y contenida.

—Catie, ¿qué libro quieres que leamos?

Mi teléfono empezó a vibrar, con un mensaje de Thomas Maher, mi amigo y abogado.

Hay novedades. Llámame.

—Tengo que hacer una llamada. —Miré a Catie y Olivia, que se estaban acomodando en un enorme puf violeta acolchado que había en un rincón de la habitación—. ¿Estaréis bien?

No estaba seguro de a cuál de las dos me dirigía, pero Olivia asintió y Catie ya estaba inmersa en el libro. Me dirigí a mi despacho y cerré la puerta para llamar a Thomas.

—¿Qué pasa?

—Hola a ti también —contestó Thomas—. ¿Quieres ir directo al grano?

Era un abogado excepcional, pero le encantaba charlar, y no había forma de meterle prisa. Esa era una de las razones por las que había decidido establecerse en Galway, en lugar de meterse en el ajetreo de un despacho de abogados de Dublín.

—Sí, tengo a Catie conmigo.

—Ah, ¿sí? Eso es estupendo. —La voz de Thomas sonaba como si estuviera sonriendo de oreja a oreja—. Sinead y tú tendréis que venir a cenar algún día. ¿Hasta cuándo se quedan?

—Sinead no ha venido —contesté—. Solo está Catie, con una niñera desquiciada. Se va a quedar dos meses.

Thomas se quedó en silencio un momento, y después continuó en tono amable.

—Has dicho dos meses. Eso son sesenta días, ¿no?

Yo me dejé caer en la silla, recordando que el padre de Thomas había seguido diferentes programas de rehabilitación en la última década. Cuando había hablado del tema con James, me había resultado sencillo, en parte porque no tenía una amistad tan cercana con él. James no conocía a Sinead, ni a nuestra familia, nuestra comunidad o nuestro pueblo, pero Thomas sí.

—Te agradecería que no lo comentaras.

—Por supuesto —dijo Thomas. Se aclaró la garganta y continuó—. Quizá este no sea el mejor momento para lo que tengo que contarte.

—Dímelo, por favor —dije, frotándome la frente—. Necesito una distracción.

—He oído que los O'Rourke están pensando en vender sus propiedades.

Me enderecé como si una fuerte descarga eléctrica me hubiera recorrido el cuerpo. Los O'Rourke eran escoria. Ellos eran la razón por la que yo no perdonaba a mis enemigos y también el motivo por el que, de entrada, no soportaba a los herederos de grandes fortunas.

La familia O'Rourke era la más rica de Ballybeith desde hacía generaciones. Eran terratenientes y se habían enriquecido a costa de las familias más pobres del pueblo. Pero, además, eran responsables de la muerte de mi padre, pues el actual patriarca, Mark O'Rourke, había decidido conducir borracho una noche, cuando yo aún iba al instituto. Jamás se habían enfrentado a las consecuencias de ninguno de sus actos, y yo había pasado los últimos dieciséis años esperando encontrar la forma de hacerles pagar por ellos.

—¿Por qué iban a querer vender ahora? —pregunté, intentando contener una alegría malsana.

—¿Conoces a Seamus, el hijo? Al parecer le pusieron a cargo del negocio hace un año y, básicamente, lo ha arruinado. Se ha dedicado a gastar el dinero en renovaciones muy caras, ha alquilado las viviendas a personas que no podían pagar los alquileres y les ha permitido vivir sin pagar durante meses.

—¿Se trata de algún tipo de fraude a la compañía de seguros? —Fruncí el ceño—. Eso no tiene sentido.

Si lo hubiera hecho cualquier otra persona, habría creído que se trataba de generosidad, si bien una muy desmesurada y estúpida. Sin embargo, generosidad no era una palabra que asociara con los O'Rourke.

—Yo creo que tan solo es incompetencia —aventuró Thomas—. Mark se había jubilado, pero ha tenido que volver y apartar a su hijo del negocio. Aunque ha subido los alquileres, eso no ha sido suficiente, así que se dice que tendrá que vender alguno de los inmuebles.

Contuve la respiración, mientras pensaba en comprar la mansión O'Rourke y demolerla hasta los cimientos. Podía imaginarme el dolor y la rabia que eso le provocaría a Mark O'Rourke. Destruir la mansión era la única forma de conseguir, sin matar a nadie, que los O'Rourke sintieran una fracción del dolor que habían causado a mi familia. Con suerte, se irían del pueblo avergonzados y venderían todas sus propiedades a alguien que las gestionara de forma racional.

Tal vez eso supondría justicia para mi padre, y yo dejaría de sentir esta rabia oscura que me consumía el corazón y coloreaba todo lo que hacía y sentía. A lo mejor, si conseguía lo único que de verdad me importaba, todo el éxito que había alcanzado hasta entonces me parecería suficiente.

—¿Crees que venderán la mansión? —pregunté.

—Eso tendría sentido, es su propiedad más valiosa —respondió Thomas—. ¿Todavía la quieres?

Ya podía notar el sabor de la venganza en los labios.

—Sí, pero a través de una empresa. No me la venderían a mí.

—¿Cuánto estarías dispuesto a pagar si sale a la venta?

—Lo que sea —contesté con decisión—. Quiero esa casa.

—¿Por qué? ¿Qué vas a hacer con ella?

—Poner fin a su dominio en este pueblo —dije.

Eso era todo lo que Thomas debía saber por ahora. La casa era una especie de monumento local, y él podría no estar de acuerdo con mi plan de echarla abajo, aunque me las apañaría para hacerle cambiar de opinión. Eso sí, antes tenía que conseguir la casa. Le di las gracias, me despedí y me dispuse a colgar, pero Thomas tenía una última cosa que decir.

—Sinead estará bien, Declan, ya la conoces.

—Lo sé —contesté.

Ese era el problema. Sinead era una de las pocas personas a las que nunca había conseguido controlar. Sin quererlo, pensé en Olivia y su maldito cuaderno, y en cómo había intentado discutir cada una de las instrucciones que le había dado.

Empezaba a pensar que una parte cada vez mayor de mi vida se estaba viendo afectada por mujeres imposibles de controlar.

5

OLIVIA

A la mañana siguiente, me desperté en mi tranquila habitación amarilla, decidida a comenzar de nuevo. Mi primer día en el trabajo no había sido... ideal. Estaba claro que mi jefe no sabía nada sobre el cuidado de niños actual. Eso me molestaba, porque en algunos momentos había sido evidente que le tenía mucho cariño a Catie, y ella a él. Sin embargo, había desaparecido de repente para atender aquella llamada de trabajo y, al volver, apenas había prestado atención a nada de lo que habíamos dicho Catie o yo. Se había limitado a asentir, con la cabeza en otro sitio, y a estar de acuerdo con todo lo que decía Catie.

—Pero eso fue ayer —me recordé a mí misma. Hoy sería diferente.

Encontré unas toallas de baño cuidadosamente dobladas en el armario y me dirigí al baño. La habitación de Declan tenía su propio cuarto de baño, pero Catie y yo compartíamos el que había en el pasillo. Una vez allí, coloqué mi teléfono en el alféizar de la ventana y puse mi lista de reproducción favorita, aunque con el volumen bajo para no molestar a nadie. Me desnudé e intenté poner en marcha la ducha, pero resultó más difícil de lo que parecía. Tenía seis grifos y dos cabezales, y daba igual hacia dónde girase los mandos: el agua siempre salía fría. Me quedé un momento de pie en medio del baño, temblando y con la piel erizada de frío.

Tú puedes, me animé para mis adentros. *Puedes darte una ducha fría.*

Aguanté unos cuatro segundos bajo el agua antes de volver a salir de la ducha.

El problema tenía una solución sencilla. Podía pedir ayuda a Declan, pero me imaginaba la cara de superioridad que pondría. Sería la misma que puso cuando intentó darme consejos sobre el trabajo. No, no tenía la más mínima intención de recurrir a él.

Observé la ducha con atención. Tal vez el problema no era que se trataba de una ducha pija de rico, sino que era una ducha pija europea. En tal caso, *sí* que había alguien a quien podía pedir ayuda. No sabría si estaría despierto a las 6:40 de la mañana, pero valía la pena intentarlo. Saqué una foto de la ducha, hecha lo más cerca que pude para que se vieran bien todos los grifos, y se la envié a @DBCoder.

Si puedes decirme cómo conseguir que el agua salga caliente, te lo agradeceré para siempre. Eres el único irlandés simpático que conozco. Envié el mensaje, y él me sorprendió contestando de inmediato. Por desgracia, no envió nada más que un montón de emoticonos muertos de risa.

No te rías de mi desgracia contesté. *Estoy mojada, desnuda y helada de frío, en un país extranjero.*

Dos de esas cosas me parecen muy bien, contestó él.

El estómago me dio un vuelco. De vez en cuando, alguno de nosotros decía algo que se acercaba mucho a un coqueteo, pero el otro se echaba atrás. Era indudable que tontear con un hombre inteligente y divertido tenía su atractivo, pero cuando pensaba en la posibilidad de conocerle en la vida real, me acobardaba. Esta vez fue @DBCoder quien cambió de tema hacia algo menos arriesgado.

Lo siento. No sabes lo mucho que necesitaba reírme un poco. Es una ducha bastante normal. Te voy a enviar las instrucciones, dime si te ayudan.

Cuando llegaron las instrucciones, las seguí al pie de la letra, lo que incluía esperar cinco minutos a que se calentara el agua. Cuando vi que empezaba a salir vapor, casi me eché a llorar de alegría. Envié el emoticono del pulgar hacia arriba y entré en la ducha. Al terminar, después de secarme, vi que me había enviado un último mensaje.

Bienvenida a Irlanda, a chara.

∽

Al salir al pasillo envuelta en una toalla, estuve a punto de chocar con Declan. Di un salto atrás con un pequeño grito, sujetando fuertemente la toalla para evitar que se cayera, y Declan me agarró los brazos para que no rodara escaleras abajo. Sus grandes manos permanecieron sobre mi piel unos segundos más de lo necesario, antes de soltarme y separarse un poco.

—No quería asustarte —dijo con voz un poco ronca—. Solo quería explicarte como usar la ducha. Alguien me ha dicho que a los americanos les podría parecer un poco complicada.

No quería ni pensar en la clase de conversación que podría haberme incluido a mí, la ducha y mi falta de inteligencia. Alcé la barbilla.

—Me he apañado muy bien sin tu ayuda.

—¿Estás segura? —insistió—. No hace mucho que he renovado la casa, pero creo que algunos baños aún tienen los antiguos...

—No he tenido problemas —interrumpí—. Como te he dicho, me las he apañado bien.

—Fantástico —dijo.

Se hizo a un lado para dejarme pasar, al tiempo que yo me movía hacia el mismo lado para esquivarle. Hicimos eso un par de veces más, hasta que él se puso de lado y pasó junto a mí con la espalda pegada a la pared. Yo me deslicé en el hueco que quedaba, tratando de ignorar el aroma a hombre recién duchado. ¿Por qué olía *tan* bien?

Cuando ya no lo tuve delante, recordé que podía ayudarme con algo. Me di la vuelta justo a tiempo para pillarle mirándome el culo. Ignoré la punzada que eso me hizo sentir.

—¿Qué significa *a chara*?

—Se pronuncia con «k», no con «ch» —corrigió Declan—. Significa amigo, pero si quieres ser un capullo, lo puedes decir en plan sarcástico.

Así que @DBCoder no estaba tonteando conmigo cuando me había llamado *a chara*. Solo estaba siendo amable. Bueno, nunca había rechazado una amistad, sobre todo si me ayudaba con el agua caliente. Declan se aclaró la garganta.

—¿Necesitas algo más, o…?

Le estaba costando un esfuerzo mantener los ojos por encima de mi clavícula, y no parecía que eso le hiciera mucha gracia. Estuve a punto de reírme, pero habría sido como azuzar a una bestia salvaje y agresiva.

—No —contesté, antes de volver a toda prisa a la seguridad de mi habitación.

∼

Hice lo posible por conseguir que una Catie medio dormida hablara un poco conmigo mientras desayunaba huevos con tostadas. Declan se ocultó tras su ordenador portátil, escribiendo a tal velocidad que me encontré preguntándome si solo estaría aporreando las teclas para parecer ocupado. Era imposible que su cerebro y sus manos funcionaran tan rápido. No pensé que estaría atento a la conversación que trataba de mantener con Catie, hasta que sugerí que fuéramos a dar un paseo hasta el centro de Ballybeith.

—Deberíais ir a Galway —dijo Declan sin alzar la vista del ordenador—. Tiene mucho más que ver y hay una tienda de juguetes para Catie. En Ballybeith no hay nada.

Yo intenté armarme de paciencia.

—Ese es un buen plan para otro día, pero no tengo coche. Ni siquiera sé si puedo conducir aquí con mi carné.

—Sí que puedes —dijo Declan—. Solo tienes que recordar por qué lado de la carretera debes ir. Puedes coger uno de mis coches, o si prefieres, puedes llevarte a mi chófer.

Y así se esfumó mi plan de dar un paseo tranquilo con Catie para conocernos un poco mejor. Cerré los ojos un momento y conté hasta diez para calmarme. Iba a hacer todo lo posible por ser cortés, tranquila y agradable, pero debía de haber alguna forma de expresar mis opiniones de esa manera, ¿no? Me puse en pie.

—Declan, ¿podemos hablar un momento en privado? —señalé la puerta con la cabeza.

Declan levantó por fin los ojos del ordenador, se levantó y salió de la cocina detrás de mí. Yo crucé los brazos.

—Te agradezco la opinión, pero creo que será mejor que dediquemos el primer día a asentarnos y familiarizarnos con la casa.

—Me parece que no te haces idea de lo pequeño que es Ballybeith —dijo Declan—. Se tarda una hora en verlo entero, y solo hay un bar, una iglesia, un restaurante, un supermercado, y *nada más*.

Abrí la boca para protestar, pero él sacó la cartera y extrajo de ella una tarjeta de crédito que me ofreció como si nada.

—Cómprale todo lo que quiera, ¿de acuerdo?

—No creo que necesite…

—Ahora que lo pienso, los sitios más pequeños solo aceptan efectivo. Necesitarás esto. —Me tendió tres billetes de cincuenta euros.

—Eres muy generoso, pero si me escucharas un momento…

—Olivia, hoy tengo otras cosas de las que ocuparme. ¿Te resulta difícil seguir unas instrucciones sencillas? —exigió Declan.

En ese momento, casi le odié, pero no podía perder este trabajo. No *podía*. Así que me obligué a sonreír.

—Iremos a Galway. Cogeré tu coche.

Lo último que necesitaba era un chófer altanero y leal a Declan siguiéndome por todas partes para luego informarle de todo lo que hiciéramos. Tal vez podría encontrar un parque o un museo agradable en Galway donde tener una charla tranquila con Catie. No me fiaba de mi capacidad para conducir por el lado contrario de la carretera lo bastante como para mantener una conversación seria mientras conducía.

Volví a la mesa del desayuno y fingí estar entusiasmada por el viaje a Galway. Al menos, Catie parecía mostrar algo de interés, y yo traté de animarme pensando en eso mientras terminábamos de desayunar y nos preparábamos para salir.

Nos costó media hora llegar a Galway. El reluciente coche negro de Declan era el mejor que había conducido nunca, pero ir por el lado contrario de la carretera fue una pesadilla. Cuando vi que el parque que había encontrado en el mapa estaba en el extremo más alejado de la calle, me acobardé y decidir aparcar allí mismo. En lugar de ir hasta el parque, paseamos por Shop Street buscando una cafetería agradable.

Tuve que admitir que era una ciudad encantadora. Las calles de piedra estaban formadas por antiguos edificios de colores brillantes, que albergaban una mezcla de bares, boutiques y tiendas de marca. No era lo que habría recomendado a una niña de seis años con *jet lag* que echaba de menos a su madre, pero al menos había mucho que ver, como un violinista que tocaba en una esquina. Catie se detuvo a escucharle.

—¿Podemos darle dinero? —señaló a un cuenco casi vacío, en el que solo había una o dos monedas.

—Claro —dije, antes de caer en la cuenta de que lo único que tenía en efectivo eran los billetes de cincuenta euros que me había dado Declan.

Catie me miró, esperando ansiosa. *Bueno, él ha dicho que le compre todo lo que quiera,* pensé, entregándole un billete de cincuenta. Además, no había duda de que Declan podía permitírselo. Catie se acercó poco a poco al violinista, dejó caer el dinero en el cuenco y luego volvió corriendo hasta mí para coger mi mano. Yo sonreí y seguimos andando. Me encantaba la fase en la que empezaba a conocer a un niño.

Cuando pasamos por una tienda de juguetes, Catie estiró el cuello para mirar el escaparate.

—¿Podemos entrar aquí?

—Mejor otro día —contesté.

Sabía por experiencia que, una vez que un niño tenía un juguete nuevo, eso acaparaba toda su atención durante el resto del día. Intenté distraerla.

—Mira, una librería.

Eso animó un poco a Catie y, cuando entramos, resultó ser un lugar encantador. Estaba decorado de forma que parecía un cuento de hadas, con un simpático dragón de peluche colgado del techo y las paredes pintadas como un bosque mágico. Catie me soltó la mano para correr a la estantería más cercana y sacó un libro de un tirón.

—¡Ten cuidado! —advertí.

—No pasa nada —me aseguró la dependienta. Era una chica joven y muy guapa, un tanto redondita, con el pelo rubio muy claro y un dragón tatuado en colores brillantes que destacaba contra su piel pálida. Llevaba una camiseta de un grupo al que yo no conocía, y una enorme y cálida sonrisa—. Nos encantan los clientes entusiastas.

—Bueno, entusiasmo no nos falta, desde luego —contesté.

Una niña se acercó a Catie y le preguntó por el libro que tenía en la mano. Catie dudó un momento, con el libro apretado contra el pecho. Yo me acerqué un poco, preparada para intervenir si empezaban a pelear, pero Catie cambió de idea y le ofreció el libro con timidez. La otra niña lo aceptó y, a cambio, le dio a Catie una galleta rota que sacó del bolsillo. Catie la mordió antes de que pudiera detenerla.

—Vaya, eso tenía buena pinta —dijo la dependienta con sarcasmo, haciéndome reír—. ¿Estás buscando algo en concreto?

—Solo queríamos echar un vistazo —contesté.

—Tienes acento americano —observó ella. Me fijé en que llevaba una chapa con el nombre «Molly»—. ¿Estás de vacaciones?

—Algo así. Ella está visitando a su tío. —Señalé con la cabeza a Catie, que estaba siguiendo a aquella niña hacia otra estantería—. Yo soy su niñera.

Catie se acercó a mí.

—¿Cuántos libros podemos comprar?

—Hoy, solo uno —indiqué—. Pero podemos volver otro día y comprar más.

Casi pude ver cómo se movían los engranajes en la cabeza de Catie mientras decidía si aceptar el trato, o protestar y hacer pucheros. Por suerte, decidió aceptar la oferta y se dirigió a las estanterías para hacer su elección, mientras su amiga le ofrecía opiniones que no le había pedido.

—¿Te acuerdas de cuando era así de fácil hacer amigos? —dijo Molly, en tono melancólico.

—No teníamos ni idea de lo bien que vivíamos —corroboré, lo que hizo reír a Molly.

Charlamos un rato más hasta que me disculpé para ir a ayudar a Catie a elegir su libro. Me hizo leer seis libros distintos hasta decidirse por uno de ellos. Después de comprarlo, nos despedimos de Molly y nos dirigimos a la puerta.

—Parece que has hecho una nueva amiga —observé—. Pero, a partir de ahora, será mejor que no te comas nada que esté lleno de pelusas.

Catie asintió sin decir nada. Yo lo intenté de nuevo.

—¿De qué habéis hablado?

—De muchas cosas. —Catie encogió sus pequeños hombros—. Me ha preguntado si quería ser su amiga, pero le he dicho que no porque no vivo aquí, y ya no ha querido hablar más conmigo.

El corazón se me encogió un poco.

—Puedes tener amigos que vivan en otro sitio. Como con tu tío Declan.

—La familia te tiene que llamar cuando vives en otro sitio —explicó Catie despacio, pronunciando con claridad, como si le diera miedo que no la entendiera—. Pero los amigos no. Se olvidan de ti.

Entonces creí entenderlo.

—¿Has vivido en muchos sitios distintos, cielo?

Ella asintió.

—¿Sabes? —empecé—. Podéis ser amigas durante un tiempo, mientras estéis las dos aquí. Esas amistades también están bien.

—¿Tú tienes amigos así? —preguntó Catie con curiosidad.

Abrí la boca para contestar que sí, pero eso no habría sido sincero del todo. Había tenido tantos trabajos distintos en los últimos años que, en algún momento, dejé de esforzarme por hacer amistades. Me había llevado bien con los cocineros, jardineros y asistentes que vivían con las familias que me contrataban, pero no recordaba la última vez que me había hecho amiga de alguien que no trabajara conmigo.

Catie seguía esperando mi respuesta. Yo quería servirle de ejemplo, pero estaba cansada de sentirme tan condenadamente sola.

—¿Sabes qué? —le dije a Catie—. Voy a ir a hacer una nueva amiga.

Me di la vuelta y volví a entrar con ella en la librería. Molly alzó la vista de la novela gráfica que estaba leyendo.

—Bienvenidos a... Oh, habéis vuelto. ¿En qué puedo ayudaros?

—Soy Olivia —dije, tendiéndole la mano—. Me he dado cuenta de que no me he presentado.

Molly me miró como si pensara que me había dado un golpe en la cabeza.

—Estamos haciendo nuevos amigos —expliqué—. Y me gustaría ser amiga tuya.

—Ooh —dijo Molly, comprendiendo la situación—. Encantada de conocerte. Seamos amigas.

Nos dimos la mano, mientras Catie nos miraba con los ojos muy abiertos, tratando de decidir si lo decíamos en serio. Molly se inclinó sobre el mostrador y ofreció la mano a Catie.

—Soy Molly. ¿Quieres ser mi amiga también?

Catie le estrechó la mano con precaución.

—Soy Catie. Me lo pensaré.

Eso hizo reír a Molly, sorprendida.

—Haces bien. No te conformes.

Me miró como si estuviera tratando de tomar una decisión, y luego anotó algo en la parte posterior de una de las tarjetas de la librería y me la entregó.

—Si dices en serio lo de ser amigas…

—Lo digo en serio —le aseguré.

—Mándame un mensaje —dijo, sonriéndome—. Podemos quedar para tomar una cerveza.

—Por supuesto.

Salí de la librería pensando que ya no tenía solo un amigo en Irlanda.

Tenía dos.

6

DECLAN

—Y vimos un hombre con un pañuelo naranja que tocaba un violín, y pusimos dinero en su cuenco —dijo Catie durante la cena, sin dejar de comer sus macarrones con queso. Cuando mi cocinera supo que Catie iba a pasar aquí el verano, había aceptado entusiasmada el desafío de preparar comidas que le gustaran.

Olivia sonrió a Catie con auténtico afecto. Eso alivió parte de la culpa que sentía al haberla dejado sola con alguien que era prácticamente una desconocida durante su primer día en Irlanda.

—Luego hemos ido a la librería —continuó Catie—. Y la señorita Olivia ha hecho una amiga, y luego pregunté si podíamos ir a la tienda de juguetes, pero la señorita Olivia dijo que hoy no.

Olivia se puso tensa, y yo la miré con suspicacia.

—¿Eso ha dicho?

Olivia se metió un montón de macarrones con queso en la boca y masticó con aire inocente. Su intento de poner cara de póquer habría resultado encantador, si no hubiera estado enfadado con ella por ignorar mis instrucciones.

—En la librería había un dragón de peluche enorme —siguió diciendo Catie, alegre.

—A lo mejor podría comprártelo —propuse, sobre todo para fastidiar a Olivia.

Sus ojos lanzaron chispas.

—No todo está a la venta —masculló.

—La mayoría de las cosas, sí lo están —repliqué.

—¿Cuándo va a venir mamá? —interrumpió Catie—. ¿Ha salido ya del hospital?

Olivia y yo nos giramos para mirar a Catie.

—¿A qué te refieres, cielo? —preguntó Olivia.

—Mamá dijo que tenía que ir al médico mientras yo visitaba a Declan y a la abuela, y vendría a recogerme cuando acabara —explicó Catie—. Y solo se tarda un día en ir al médico. Bueno, si te rompes una pierna hay que volver otro día para que te quiten la escayola.

Se me partió el corazón. Esa era la razón por la que Catie parecía estar llevando tan bien la situación: pensaba que su madre no tardaría en llegar.

—Lo que tiene que hacer tu madre en el médico lleva más de un día, cariño. Me temo que no llegará hasta agosto, pero te prometo que nos vamos a divertir mucho hasta entonces. Y podrás llamarla cada noche. Ella te quiere mucho, y estoy segura de que te echa mucho de menos, pero necesita este tiempo para ponerse mejor.

Catie nos miraba a Olivia y a mí alternativamente.

—¿Qué quieres decir? —Su voz era más aguda—. ¿Está muy enferma? ¿Por eso se tiene que quedar tanto tiempo?

—No, no, está bien —le aseguré.

—Entonces, ¿por qué no viene?

Olivia la miró con afecto, e inspiró hondo.

—Catie, tu tío tiene razón. Ahora, lo más importante es que recuerdes que tu mamá te quiere mucho y que se va a poner bien. Lo cierto es...

—Lo cierto es que a tu madre le han ofrecido un trabajo muy importante —interrumpí—. Estamos muy orgullosos de ella. Eso significa que tiene que quedarse en Estados Unidos los próximos dos meses, pero vendrá aquí en agosto, como te he dicho antes.

Catie se quedó pensando en todo eso, con los ojos muy abiertos y algo dubitativos. Olivia abrió la boca y yo le lancé una mirada para advertirle: *Ni se te ocurra.*

No me importaba que Olivia estuviera aquí, y me gustaba lo mucho que se preocupaba por Catie, pero tenía que establecer los límites. Decirle a mi sobrina que su madre era una alcohólica sería pasarse de la maldita raya.

Olivia cerró la boca, al tiempo que Catie asentía con decisión.

—Entonces quiero ir a casa. Mamá y yo podemos venir a visitaros cuando acabe el trabajo.

Mierda, pensé. No había pensado en eso.

—Eso no va a poder ser, corazón. Los vuelos son muy caros y, además, queremos dar a tu madre la posibilidad de centrarse en ese trabajo tan importante. Te prometo que nos lo vamos a pasar muy bien. Podemos ir a la tienda de juguetes...

—¡No quiero ir a la tienda de juguetes! ¡Quiero ir a casa! —Catie se había puesto muy colorada y parpadeaba mucho, como si intentara no llorar—. Mamá dice que puedes comprar todo lo que quieras. Yo quiero que me lleves a casa.

—Cariño, no podemos hacer eso —dije con cuidado.

—¡No me haces caso! —Catie se puso de pie de un salto, y su silla cayó al suelo—. ¡Te odio!

—Catie, espera…

Me había puesto en pie, pero ella ya corría escaleras arriba, hacia su habitación. Dudé un momento, escuchando el enfadado ruido de sus pisadas a la carrera. El instinto me impulsaba a correr tras ella, pero no tenía la más mínima idea de qué decirle. Todo lo que había dicho hasta ahora había parecido empeorar las cosas.

—Vaya —dijo Olivia, casi para sus adentros—. Eso ha ido muy bien.

—Ah, ¿es que tú le habrías dicho la verdad? —le solté—. «Catie, tu mamá es alcohólica y va a vivir con esa enfermedad toda su vida, incluso aunque el tratamiento que va a hacer ahora le enseñe cómo controlarlo. Y, además, hay un factor genético, así que es posible que a ti te pase lo mismo. ¿No es fantástico?».

—Obviamente, no se le puede decir eso. —Olivia se puso en pie y empezó a recoger la mesa—. Pero siempre es mejor contarles la verdad a los niños. Una versión de la verdad que sea adecuada para su edad, pero la verdad, al fin y al cabo.

Yo cogí el cuenco de ensalada y seguí a Olivia a la cocina.

—No existe una versión de esto que sea adecuada para ninguna edad. Créeme.

Olivia dejó los platos en la encimera y se volvió para mirarme con las manos en las caderas.

—Entonces, ¿es mejor para ella que te odie?

—No me importa ser el malo, si con eso la protejo de algo que le podría hacer mucho daño —dije, y era de corazón. Si que se enfadara conmigo era el precio que debía pagar para proteger a Catie, lo pagaría de buena gana; incluso dos veces—. Si la rehabilitación va bien y Sinead se recupera, Catie no tendrá que saberlo nunca.

Un destello de algo que parecía compasión cruzó la cara de Olivia.

—Declan, tú sabes que eso no es realista.

Tal vez lo sabía, pero, por experiencia, la gente decía que algo «no es realista» justo antes de tirar la toalla. Yo no estaba dispuesto a tirar la toalla todavía.

—No voy a contarle la verdad sobre su madre —dije, terriblemente serio—. Y tú tampoco lo vas a hacer. Es mi última palabra.

—Pero...

La miré a los ojos con la mandíbula apretada, y traté de pensar en cuál sería la mejor manera de hacerle comprender que no íbamos a discutir más sobre el tema.

—Si no haces lo que digo, te despido, Olivia. —Esperé un segundo—. ¿Entendido?

Ella apretó los labios con fuerza, cogió el cuenco de cristal de mis manos y lo dejó sobre la encimera de mármol con tanta fuerza que se rajó. Estaba claro que mi ultimátum no le había hecho gracia, pero ¿qué esperaba? Al fin y al cabo, trabajaba para mí, y era yo quien establecía las reglas.

Ella tardó un momento en darse cuenta de que había roto el cuenco.

—Oh, vaya, lo siento mucho. No he querido...

—Da igual —dije, molesto por la forma en que se había torcido la noche—. Lo tiraré a la basura.

Olivia se me adelantó y lo tiró ella. Después se volvió hacia mí.

—Tal vez deberías llamar a Sinead. Catie podría calmarse si oye la voz de su madre.

—Eso haré —acepté, y entonces me fijé en su mano—. Estás sangrando.

—¿Qué? Oh. —Se miró la mano y parpadeó, sorprendida.

—Te traeré una tirita —dije.

Estaba seguro de que había un botiquín en la despensa, junto a las botellas de agua y unas linternas para emergencias. Lo encontré enseguida y puse un poco de crema antibacteriana en una tirita.

—Dame la mano.

—Puedo hacerlo sola —protestó ella.

—Claro, igual que podías tú sola con aquella bolsa en el avión —observé.

Olivia dejó escapar un suspiro exasperado, pero me dio la mano. Yo cubrí con cuidado la pequeña herida, tratando de no pensar en lo suave que era su piel. Olivia retiró la mano en cuanto terminé, y pasó las yemas de los dedos por los bordes de la tirita, como para comprobar si lo había hecho bien.

—Deberías ir a llamar a Sinead —dijo Olivia—. Yo recogeré esto.

Le tomé la palabra y me dirigí a resolver los problemas de las mujeres de mi familia.

~

—No me gusta mentirle —me dijo Sinead, una media hora después.

Me había contado que la rehabilitación estaba yendo bien y yo había querido creerla. Una de las razones por las que había elegido esa clínica era que adaptaban sus programas a las necesidades de sus pacientes. En el caso de Sinead, eso significaba que le dejaban hablar con su hija todos los días, incluso aunque el programa habitual no permitía a los pacientes hacer llamadas durante las primeras semanas.

—A mí tampoco —repuse—, pero creo que es mejor protegerla un poco. Cuando a tus padres les pasa algo malo...

No me hizo falta acabar la frase. Sinead recordaba lo difícil que había sido el verano en el que murió nuestro padre. Yo no quería que Catie sintiera ni un ápice de ese dolor, y sabía que Sinead tampoco lo deseaba.

—De acuerdo —dijo Sinead—. Por ahora.

—Por ahora —confirmé.

—¿Me dejas hablar con mi niña?

—Por supuesto.

Llamé a la puerta de la habitación de Catie.

—Catie, cariño. Tu madre está al teléfono y quiere hablar contigo.

Catie abrió la puerta, con los ojos enrojecidos.

—Es mi mamá, no mi madre.

A pesar de esa réplica, cogió el teléfono que le tendía y lo acercó a su carita. Me dio la espalda y se dirigió con él al puf. Quise respetar su intimidad, pero también quería estar cerca por si me necesitaba, así que fui a mi despacho y dejé la puerta abierta. Eché un vistazo a algunas cosas del trabajo, pero sin dejar de prestar atención a la vocecita que llegaba desde la habitación de invitados. A esta distancia no podía entender lo que decía, pero me relajé a medida que los monosílabos con los que había contestado al principio dieron paso a frases más largas.

En ese momento apareció una notificación de Snug en la pantalla, avisando de que tenía un mensaje de @1000words. Lo abrí inmediatamente, agradecido por la distracción.

¿Puedo hacerte una pregunta de trabajo? ¿Qué se puede hacer si tu jefe te pide que hagas una tontería?

Buscar otro trabajo, contesté, a lo que ella respondió con un montón de emoticonos riendo.

Sonreí, contento de haberle hecho reír.

No, en serio, continué, *depende de cómo sea tu jefe. ¿Es una persona razonable que te escucharía si le explicas por qué se ha equivocado? ¿O es un imbécil arrogante que cree que lo que dice va a misa?*

La pantalla mostró el símbolo que indicaba que estaba escribiendo. Después lo borró. Volvió a escribir otra vez. Por fin, envió el mensaje.

Creo que es las dos cosas. A veces pienso que es normal, pero otras veces, me... ARGH.

Su frustración me hizo soltar una carcajada seca. Yo había trabajado para gente así.

Esto no te va a gustar, contesté, *pero, al final, tu trabajo es protegerte a ti misma, no a él ni a su negocio. Si te está diciendo que hagas una tontería, hazlo para que no te despida. Si sale mal, será su problema, no el tuyo. Pero deberías buscar otro trabajo. Tal vez podrías buscar uno en Irlanda y quedarte por aquí.*

Ella tardó tanto en contestar que miré a ver si se había desconectado, pero aún seguía allí. Quizá me había pasado al añadir el emoticono que guiñaba un ojo. En ocasiones, habíamos tonteado un poco. Tuvimos una conversación memorable el día de su cumpleaños cuando, tras haber bebido una copa de más, se había quejado de estar soltera y me había preguntado qué haría si estuviera ahí, con ella. A pesar de aquella invitación tan sugerente, yo me había comportado como un caballero. Bueno, casi del todo. Sin embargo, no solíamos cruzar la raya, así que tal vez ahora ella no estuviera de humor para eso.

Sonó una notificación en mi ordenador y me enderecé.

Ese es un buen consejo, pero es que hay un niño de por medio.

Pues que se joda ese cabrón, contesté a toda velocidad. *Si se trata de un niño, sigue tu instinto. Avísame si necesitas ayuda.*

Ya me has ayudado, contestó ella.

—¿Tío Declan? —llamó Catie—. Ya he acabado.

Me despedí rápidamente de @1000words, cerré la sesión y me dirigí a la habitación de Catie. Ahora parecía menos triste, así que me atreví a sentarme junto a ella en la alfombra. Ella me entregó el teléfono sin decir nada. Al menos, no había dicho otra vez que me odiaba, y eso me pareció buena señal.

—¿Te has quedado con hambre? —pregunté.

Ella negó con la cabeza. Yo me esforcé por pensar en algo que decir, hasta que mis ojos encontraron las estanterías llenas de libros. Recordé lo que había dicho Olivia sobre la rutina y el orden para los niños. A mí me parecía que la rutina y el orden podían resultar agobiantes, pero a veces podían venir muy bien.

—¿Quieres que te lea un cuento? —pregunté—. ¿Como cuando te leo por teléfono, los días que tu madre trabaja hasta tarde?

Catie asintió, dudosa.

—¿Qué te parece si hacemos eso todas las noches? —propuse—. Después de que hables con tu madre, digo con tu mamá —me corregí.

Esta vez Catie asintió más decidida. Eligió un libro que hablaba de elefantes de color violeta y se acurrucó junto a mí.

Yo me relajé por primera vez en toda la noche.

7
OLIVIA

En los días que siguieron, Catie y yo no nos alejamos mucho de la casa, y establecimos nuestra propia rutina. Al terminar de desayunar, jugábamos en el jardín un rato. Después, entrábamos y nos dedicábamos a juegos y actividades educativas. Yo tenía guardadas muchas opciones en internet, y no me fue difícil encontrar actividades que encajaran con los intereses y habilidades de Catie. Algunos días, Declan comía con nosotras, si no estaba muy ocupado. Tras la comida, Catie y yo dábamos un paseo hasta el centro del pueblo y volvíamos a la casa.

Declan había tenido razón. No se tardaba nada en recorrer el pueblo, y no había mucho que hacer, aparte de pasear. Sin embargo, todas las personas con las que nos cruzábamos saludaban a Catie amablemente, y ella devolvía los saludos con timidez. Después del paseo, leíamos un poco y jugábamos a lo que Catie quisiera, hasta la hora de cenar. Declan cenaba casi siempre con nosotras, y aunque luego solía desaparecer en su despacho, siempre aparecía a tiempo para acostarla y leerle algunos cuentos antes de dormir.

Un día fue algo diferente. Declan había tenido que ir a Dublín por trabajo, y me había dicho que la abuela de Catie, Marie, estaba deseando ver a su nieta. Así que, a las siete en punto de la mañana, nos habíamos subido todos al coche para que Declan pudiera dejarnos a Catie y a mí en casa de Marie, en Galway, de camino a Dublín.

En otras circunstancias, yo habría protestado por haber tenido que madrugar, pero las otras opciones eran verme obligada a conducir por el lado contrario una vez más, o que nos llevara el chófer de Declan. Hacía unos días que me había encontrado a la cocinera de Declan y me había contado lo que necesitaba saber sobre trabajar para él. En concreto, me había contado que el «chófer» era un amable vecino del pueblo que ya había cumplido los setenta y al que se le daba muy bien mantener los coches en perfecto estado, pero ya no se sentía cómodo conduciendo más allá del pueblo. Declan no se había dado cuenta porque le gustaba conducir y, como ninguno de los otros empleados necesitaba un chófer, no había habido ningún problema. Yo no quería ser la causante de que ese hombre perdiera su trabajo, así que le había asegurado a la cocinera que podría conducir yo misma si lo necesitaba. Así fue como terminé encerrada con Declan en un espacio pequeño al despuntar el alba.

Catie se había quedado dormida en el asiento trasero. Era la clase de niña capaz de dormirse en cualquier sitio. Yo lancé una mirada rápida a Declan, que tenía la vista clavada en la carretera y el ceño fruncido sobre sus increíbles ojos azules.

—¿Piensas en el trabajo? —aventuré.

—¿Uh?

—Pareces preocupado —le expliqué.

—¿Me estabas mirando? —replicó él.

Noté un repentino calor en las mejillas y me volví para mirar por la ventana. Era posible que hubiera estado mirando a Declan bastante más de lo que habría mirado habitualmente a cualquier otro de mis jefes, pero ninguno de ellos había tenido el aspecto de Declan.

Él rompió el silencio hablando en voz baja.

—Estaba pensando en alguien que me ha pedido consejo no hace mucho. Me preguntaba cómo le habrá ido.

Esa explicación había sido más… humana de lo que había esperado de él. La mayor parte del tiempo se comportaba como un multimillonario enfurruñado, gruñón y muy ocupado, pero de vez en cuando, mostraba un destello de humanidad.

Continuamos en silencio el resto del viaje hasta llegar frente a la colorida casa adosada de Marie, donde Declan aparcó en doble fila y llevó a una Catie todavía dormida hasta la puerta. La trataba con tanto cariño que uno nunca le tomaría por la clase de hombre que mentiría a una niña para facilitarse las cosas a sí mismo; sin embargo, parecía claro que sí era esa clase de hombre.

Marie abrió antes de que Declan tuviera ocasión de llamar a la puerta. Era alta y morena, con ojos de un intenso color azul, pero su melena corta estaba salpicada de canas y tenía un aspecto agradable y acogedor que no podía imaginarme en Declan.

Al entrar en casa de Marie, lo primero que pensé fue *cálido*. Todo resultaba muy hogareño, desde el suelo de madera clara, hasta las paredes de color amarillo claro y la colcha hecha a mano doblada sobre el sofá. Había un fuego encendido en la chimenea, y un arco situado tras el sofá conducía a una cocina igual de acogedora.

—Puedes dejarla en el sofá —dijo Marie—. La dejaremos dormir, pero despiértala un momento para que sepa que te vas. No quiero que se despierte luego con la sensación de estar en un sitio desconocido.

Miré a Marie con respeto, pensando en que se notaba que entendía bien a los niños. Declan hizo lo que le indicaba y recibió un abrazo de la adormilada Catie, que volvió a acurrucarse en el sofá enseguida. Para cuando Declan salió de la casa, ya se había dormido de nuevo.

—Tú eres la niñera, ¿verdad? ¿Olivia? —preguntó Marie.

—Sí —contesté—. Me alegro de conocer a más familiares de Catie.

—¿Te apetece una taza de té? Podemos charlar un poco, y luego puedes tomarte la mañana libre y hacer lo que quieras, mientras Catie y yo hacemos pan de pasas.

—Oh, muchas gracias.

Declan había dicho algo ayer sobre darme la mañana libre, pero Catie había derramado un vaso de zumo de manzana en ese momento y yo me había centrado en limpiarlo. Me pregunté si habría alguna cafetería cerca a la que pudiera ir. Debería haber traído un libro. Eso me recordó que, tal vez, podría pasar por la librería infantil, a ver si estaba Molly.

Sin embargo, en cuanto me senté en la cocina de Marie, me costó mucho decidir marcharme. Mientras sujetaba la taza de té en las manos, escuché a Marie charlar de lo que fuera con su encantador acento, y dejé que la teína me espabilara un poco. Ella me contó que Declan había querido comprarle una casa mejor, pero ella sabía que una casa más grande le habría hecho sentirse más sola; además, esta casa estaba cerca de la bahía, y a ella le gustaba mucho el ambiente ajetreado de la ciudad.

Cuando empezamos a hablar sobre repostería, aproveché para preguntar:

—¿Haces pan a menudo?

—Bueno, sí, de vez en cuando. En esta época del año lo hago más a menudo, porque estoy tratando de perfeccionarlo para competir en el festival. ¿Te apetece otro té?

—Sí, gracias. ¿Qué tipo de festival es? —pregunté.

—¿Conoces esa vieja película de los setenta, *El ciervo y el guerrero*?

Yo negué con la cabeza.

—Bueno, está considerada un clásico, y se rodó en Ballybeith. Como ese es el único acontecimiento importante que ha ocurrido en nuestro pueblo, desde entonces se celebra un festival de verano para conmemorarlo. Dura una semana y termina con una gran fiesta alrededor de una hoguera.

—Y hay un concurso de pan de pasas —añadí yo.

—Y un concurso de pan de pasas —sonrió Marie.

Observé la acogedora cocina con una especie de anhelo que no solía sentir a menudo. La mayor parte de las casas en las que trabajaba eran mansiones, pero este lugar... esta casa era un hogar. Me pregunté cómo sería vivir en el mismo sitio durante décadas y participar en las tradiciones locales.

—Me encantaría aprender a hacer pan casero alguna vez —dije, sintiendo un deje de nostalgia.

—¿Te gustaría aprender hoy? —Marie me miraba con la cabeza inclinada—. Había pensado que preferirías tener unas cuantas horas para ti, pero si quieres quedarte...

—Sí —contesté con una rapidez que me sorprendió hasta a mí misma.

—Eso es lo que me gusta de los americanos —rio Marie—. Siempre decís que sí enseguida. —Miró hacia donde Catie seguía dormida—. No había caído en que sería muy temprano para Catie. ¿Por qué no empezamos el pan nosotras? Así Catie podrá probarlo cuando se despierte.

Marie me enseñó a poner las pasas en remojo, medir los ingredientes y combinarlos en un cuenco grande. Había puesto la radio, y alternaba entre charlar conmigo y tararear las canciones que sonaban.

—¿Has vivido siempre aquí? —le pregunté.

—No. —Su sonrisa se apagó un poco—. Mi marido y yo vivimos en Ballybeith durante muchos años. Allí es donde crecieron Declan y Sinead, pero cuando murió mi marido... bueno. —Pinchó un poco la masa y pareció determinar que ya estaba lo bastante firme, así que la sacó del cuenco y la colocó en un molde redondo de tarta—. Yo me quedé hasta que Sinead terminó el colegio, y luego me mudé aquí. Ballybeith me encanta, pero es agradable poder hacer la compra sin que todo el mundo te dedique miradas de compasión.

Sabía a qué se refería. Yo había perdido a mis padres cuando aún estaba en el instituto, y empezar la universidad y conocer gente nueva me había resultado como un soplo de aire fresco. Miré la masa que tenía entre las manos, y me pregunté si Declan habría perdido a su padre a la misma edad que yo.

—Siento mucho que perdieras a tu marido.

—Muchas gracias, cielo. —La sonrisa de Marie era un poco triste, pero ya resignada—. Han pasado muchos años, pero nunca olvidaré lo mucho que me ayudó Declan. Yo solo quería llorar, pero él fue muy fuerte, y se aseguró de que Sinead no se rezagara con las clases, y que tuviéramos algo que comer cada día. —Hizo una pausa—. Lamento lo rápido que tuvo que crecer, pero estoy muy orgullosa de él.

—No me extraña —dije.

Era capaz de admitir que Declan Byrne era un hombre impresionante a pesar de que no me cayera bien. Y era posible que fuera aún más impresionante de lo que yo había pensado.

∽

Catie y yo acabamos pasando casi todo el día en casa de Marie. Cuando Catie despertó, nos contó que había tenido una pesadilla en la que su madre encontraba un nuevo trabajo y a una nueva hija, así que no venía a Irlanda a por ella. A pesar de que el momento fue triste, Marie y yo pudimos convencerla de que eso no iba a ocurrir, y ella terminó por animarse y disfrutó del resto del día con su abuela.

A última hora, Catie y yo fuimos a la librería infantil, pero, aunque la vez anterior ella había cogido entusiasmada los libros que le gustaban, esta vez solo miraba los lomos a desgana, sin sacar los libros de las estanterías. La felicidad que había sentido al ver a su abuela parecía haberse desvanecido.

—¿Estás bien, peque? —pregunté.

Ella asintió, sombría.

—¿Quieres contarme qué pasa?

Negó con la cabeza, y yo suspiré. Se suponía que Declan volvería pronto y nos recogería en la librería, pero una parte de mí estaba pensando en cambiar de plan y llevarla a la tienda de juguetes, solo para verla sonreír. Me senté en la alfombra junto a ella y, siguiendo una corazonada, saqué un libro que reconocí y que tenía muchos dibujos.

—¿Quieres leer este? Trata de una mamá que se tiene que ir a trabajar, y luego vuelve a casa.

Catie se acercó a mí para mirar el libro.

—¿Le ayuda su hija a prepararse para ir a trabajar? ¿Como cuando le duele mucho la cabeza y necesita que alguien le lleve agua y galletas saladas para que se recupere a tiempo de ir al trabajo?

—¿Es así como ayudas tú a tu mamá? —pregunté.

Catie asintió. El corazón se me cayó a los pies al caer en que parecía estar describiendo la forma en que ayudaba a su madre cuando tenía resaca.

—Si no estoy yo, ¿quién ayudará a mamá a prepararse para ese trabajo muy importante? —Dijo «trabajo muy importante» de la misma manera en que lo había dicho Declan.

Yo sentí una punzada de rabia. A lo mejor Declan pensaba de verdad que podía proteger a Catie, o tal vez solo estaba tratando de evitar una conversación difícil que no se atrevía a tener con ella. Fuera por la razón que fuera, era Catie quien estaba sufriendo. Aunque aún no conociera la palabra «alcohólico», de alguna manera entendía que su madre no estaba bien del todo.

—¿Sabes? Creo que tu tío ha encontrado a unas personas que van a ayudar a tu mamá a sentirse mejor. —Intenté esquivar la cuestión, pero Catie me miró enfadada.

—Es *mentira*. Estáis haciendo eso que hacen los mayores cuando dicen que todo está bien, pero no es verdad. Mamá necesita sus galletas, tengo que volver a casa.

—Catie...

—¡No!

Al tratar de alejarse de mí tan rápido como pudo, se golpeó la cabeza contra una de las estanterías. Empezó a llorar, con la cara muy enrojecida. Yo intenté tranquilizarla, pero cuando traté de tocarla se puso a llorar aún más fuerte, así que me separé un poco y esperé. Sabía por experiencia que, en ocasiones, la mejor táctica para tratar con un niño enfadado es esperar a que se calme lo suficiente como para permitir que alguien le consuele.

Sin embargo, Catie no lloraba porque fuera una niña mimada a la que no le habían dado lo que quería para merendar, o porque no quería ponerse protección solar. La pobre niña tenía miedo por su madre, y estaba enfadada por la forma en que los adultos no le daban toda la información. Entonces recordé el mensaje que me había enviado @DBCoder.

Si se trata de un niño, sigue tu instinto.

Esa era la respuesta correcta, pensé. No podía seguir mintiéndole a Catie sobre esto, incluso aunque me despidieran por ello. Dejé el libro a un lado y me puse frente a Catie.

—Catie, ¿te acuerdas de que tu mamá te dijo que tenía que ir al hospital? Bueno, pues hay distintos tipos de hospitales. En algunos curan tu cuerpo, y en otros curan tu mente y tus emociones. Tu mamá no tiene el cuerpo enfermo.

Catie me miraba con los ojos muy abiertos y el ceño un poco fruncido.

—Lo que necesita es un poco de ayuda con su mente y sus emociones. A veces, cuando está triste, bebe una cosa que se llama alcohol. Lo que pasa es que, si bebes mucho alcohol, te pones malo. Hace que te duela la cabeza y la tripa, de forma que no puedes comer nada más que galletas. —Los ojos de Catie se abrieron aún más cuando empezó a entender—. También hace que resulte difícil tomar decisiones —añadí, cogiendo las manos de Catie—. Pero tu mamá es muy lista y muy valiente, así que ha tomado la decisión de dejar de beber tanto, que es una decisión muy difícil. Por eso, se va a quedar en un hospital especial unos meses, para aprender a hacer otras cosas que le hagan sentirse mejor y que no sean beber. La buena noticia es que ha conseguido ayuda y que se va a poner bien.

Los ojos de Catie seguían muy abiertos, pero ya no fruncía el ceño.

—¿Y ese trabajo muy importante?

—Eso ha sido una historia que se inventó el tío Declan para explicarte por qué tenía que irse un tiempo. Solo lo dijo porque no quería que te preocuparas, pero, a veces, las historias como esa hacen que uno se preocupe más, ¿verdad?

Catie asintió con energía.

—Bueno, ahora que sabes la verdad, ya no tienes que preocuparte por ayudar a tu mamá a prepararse para trabajar. Ella se va a centrar en ponerse mejor, y tú puedes centrarte en pasártelo bien con el tío Declan, con tu abuela y conmigo. —Le dirigí una gran sonrisa—. Tu mamá llegará antes de que te des cuenta. Verás como sí.

—Vale —dijo Catie—. ¿Puedo coger ya un libro?

—Claro —contesté.

Me puse en pie y estuve a punto de chocar con un hombre de mi edad, que se había detenido justo detrás de mí. Tenía el pelo y los ojos castaños, la piel clara, y aspecto corriente. Lo más llamativo sobre él era que llevaba un traje demasiado elegante para un lugar como la librería infantil. Me tambaleé un poco y él me estabilizó con gesto amable.

—Disculpa, yo… tu niña. Es increíble, es exactamente igual que mi hermana cuando tenía su edad. —Se repuso de lo que fuera que estaba pensando y me dirigió una sonrisa de disculpa.

Molly se acercó para recolocar algunos libros.

—Hola, Seamus. Ya veo que has conocido a la menor de los Byrne. —Nos sonrió a Catie y a mí—. Catie, cielo, creo que tu tío Declan acaba de aparcar delante de la puerta.

Aquel hombre, Seamus, se puso tenso, y miró a Catie.

—Creo que conozco a tu mamá, pequeña. ¿Cuántos años tienes?

—Seis —dijo Catie, orgullosa.

—Seis —repitió Seamus, débilmente—. Qué edad más bonita.

La campana de la puerta sonó y, cuando levanté la mirada, vi entrar a Declan, quien sonrió de oreja a oreja cuando Catie corrió hacia él con el libro en la mano. Después, miró hacia donde yo estaba y la sonrisa se le heló en los labios.

—Seamus —dijo, en un tono que habría cortado un cristal.

—Declan —contestó Seamus en un tono igual de cortante.

Molly hizo una mueca y encontró una excusa para alejarse de los hombres y escudarse tras el mostrador. Seamus intentó sonreír.

—Acabo de conocer a tu encantadora sobrina.

—Te agradecería que te mantuvieras alejado de mi familia —interrumpió Declan.

Lanzó unos billetes sobre el mostrador, cogió a Catie de la mano y salió con paso brusco de la tienda, dando un portazo tras él. Yo salí a la calle y le miré, confundida.

—¿De qué iba eso, Declan?

Él esperó hasta haber situado a Catie en el asiento trasero del coche, cerró la puerta y se volvió para mirarme. Su cara tenía una expresión tan dura que casi me asusté.

—Quiero que mantengas a Catie lejos de Seamus O'Rourke y toda su puta familia. ¿Entendido? Son mala gente, todos ellos.

Asentí, preguntándome que podrían haber hecho los O'Rourke para ganarse la ira de Declan.

De vuelta hacia la casa, intenté no pensar en la última regla de Declan que había roto, y qué clase de furia caería sobre mí cuando se enterase.

8

DECLAN

Olivia solo llevaba seis días en el trabajo cuando recibí un correo de Sunny Days, Cuidado de Niños, para decirme que tenían disponible a otra niñera que cumplía todos mis requisitos, y preguntando si querría entrevistarla. Yo estaba desayunando de pie en la cocina, y me quedé mirando el teléfono, sintiendo una irracional falta de decisión sobre cómo responder.

Por un lado, había notado que Olivia se esforzaba por seguir las reglas que había establecido para Catie. No le había contado la verdad sobre Sinead, y había encontrado el término medio entre una disciplina demasiado estricta, y malcriar a Catie. Si Catie quería algo, Oliva asentía, o bien sugería que esperara hasta un poco más adelante, para que Catie tuviera algo que le hiciera ilusión. En mi opinión, Catie merecía tener en el acto todo lo que quisiera, sin condiciones, pero Catie parecía aceptar el planteamiento de Olivia, así que yo había estado dispuesto a no alterar ese equilibrio, al menos hasta encontrar otra alternativa mejor.

Me había acostumbrado a verla por las mañanas, todavía relajada por el sueño y con su maraña de pelo rojo recogido de forma que exponía su elegante cuello. O a escuchar su voz resonar por los pasillos de la casa. A verlas a Catie y a ella riendo en el jardín cuando miraba por la ventana. A veces, cuando sonreía a Catie, me costaba mucho dejar de mirarla.

Aparté esos pensamientos. El mero hecho de acostumbrarse a una mujer no era razón suficiente para mantenerla como empleada.

Ya sabes lo mucho que Olivia necesita este trabajo, susurró una voz que se parecía mucho a mi conciencia.

Solo son negocios, me dije, y contesté al correo electrónico para decirles que esa tarde tenía tiempo para una entrevista.

En ese momento sonó el timbre, entonando a todo volumen una alegre canción de ABBA que se oyó por toda la casa. Hice una mueca. Había cometido el error de mencionar durante una cena que el timbre podía programarse para que sonara cualquier canción que se pudiera escuchar en línea, y ahora Catie y Olivia no dejaban de cambiarlo. Bajo la tutela de su niñera, Catie había descubierto que le encantaba la música disco sueca.

Al abrir la puerta, encontré a Thomas esperando fuera. Como siempre, me alegré de ver su figura delgada y su pelo rubio, pero esta vez tenía una expresión muy seria.

—¿Es una visita de amigo o de abogado? —pregunté.

—Los dos —contestó Thomas—. Se trata de los O'Rourke.

Conduje a Thomas a la cocina y llené de agua la tetera eléctrica. Hice todo lo posible para parecer tranquilo, a pesar de que me había puesto muy tenso.

—¿Han decidido que no van a vender?

—Sí que van a vender, pero no la mansión —dijo Thomas—. Han puesto a la venta dos de los edificios más pequeños.

Encajé la tetera en la base con más fuerza de la necesaria. Siempre había sabido que cabía la posibilidad de que decidieran no vender la mansión, pero tenía tantas ganas de vengarme que solo había pensado en lo que yo quería.

—¿Quieres comprarlos? —sugirió Thomas.

—*No* —espeté—. Solo quiero la mansión. Quiero que sufran, joder. La familia O'Rourke lleva demasiado tiempo emponzoñando este pueblo. Han manipulado las vidas de la gente, y han utilizado su fortuna para protegerse de las consecuencias. Esa mansión es más que su hogar ancestral: es el símbolo de su posición en este pueblo. Se han escudado en ella y han utilizado a los demás como peones de ajedrez.

No, tenía que ser la mansión. El poder de Mark O'Rourke debía llegar a su fin de la forma más abrupta, pública y humillante. Ahora lo tenía tan cerca que casi podía notar su maldito *sabor*. Tenía que encontrar una forma, la que fuera, de conseguir que la única opción que les quedara fuera vender la mansión.

—¿Es un mal momento? —preguntó Olivia con timidez desde la puerta de la cocina—. Venía a por algo de comer para Catie.

Thomas y yo nos volvimos a mirarla. Llevaba los rizos rojos recogidos en una coleta, y vestía unas mallas y una camiseta vieja que destacaba sus curvas. No era nada del otro mundo, solo ropa cómoda, natural... y que la hacía parecer muy guapa. Thomas le dirigió una mirada de admiración que me molestó un poco, aunque sabía que estaba felizmente casado. Y aunque sabía que no debía importarme en absoluto si alguien admiraba a Olivia.

—No, no lo es —contesté con firmeza—. Thomas, esta es la *niñera* de Catie, Olivia. Olivia, este es Thomas, mi amigo y abogado.

—Encantado de conocerte.

Olivia le dirigió una sonrisa amistosa y atravesó la cocina para sacar el plato de comida que Maeve, la cocinera, había dejado preparado para Catie, al parecer inspirado en algún tipo de comida americana para niños. Por lo visto, Maeve y Olivia se habían hecho amigas, y el resultado había sido la introducción de una serie de platos... interesantes en su repertorio culinario habitual.

—No hagas caso del mal humor de Declan —dijo Thomas a Olivia—. Nos estamos enfrentando al cacique local en un negocio, y parece que nos lleva ventaja.

—Por ahora —añadí yo.

Olivia sacó de la nevera un envase de zumo y cerró la puerta con la cadera.

—¿Y hay alguien más a quien podáis recurrir para que os ayude? Durante un tiempo, trabajé para el presidente de una empresa, y esa era la táctica que utilizaba cuando un negocio no le iba bien.

—Por desgracia, eso no va a ser posible en este caso —dijo Thomas, sacudiendo la cabeza, pero a mí se me estaba ocurriendo una idea.

—Tal vez sí lo sea.

Olivia nos dedicó un saludo con el envase de zumo y salió de la cocina para volver con Catie. Cuando volví la mirada a Thomas, él me estaba observando con las cejas levantadas.

—Así que *esa* es la niñera interna.

—Cállate —dije—. Es una empleada y, además, es insoportable.

—No la miras como si fuera una empleada —dijo Thomas con amabilidad—. Ni como si fuera insoportable. ¿Sabes? Creo que te va a venir bien pasar tiempo con una americana alegre y competente. Podría aliviar un poco ese aire melancólico que tienes siempre.

Crucé los brazos e ignoré la forma en que estaba intentando tomarme el pelo.

—Se me ha ocurrido una cosa. ¿Hay alguna forma de que el ayuntamiento impida la venta de esos edificios? Si Mark O'Rourke necesita el dinero ya, y encontramos una forma válida de retrasar cualquier otra venta durante el tiempo suficiente...

—Puede que decida poner a la venta otra de sus propiedades —terminó Thomas—. Lo miraré.

Yo sonreí, cruelmente satisfecho. Conseguiría derrotar a esos desgraciados.

∽

Cuando Thomas se fue, no conseguí centrarme en el trabajo, así que salí al jardín trasero, donde Catie y Olivia estaban jugando. Bueno, en realidad, la que jugaba era Catie. Por alguna razón que no conseguí entender, parecía estar levantando todas las piedras que encontraba en el descuidado jardín y enseñando a Olivia todos los gusanos que encontraba. Al acercarme, escuché la alegre voz de Olivia.

—¡Anda, ese es muy grande! —Se apartó un poco del gusano que Catie sujetaba con orgullo.

—Cógelo tú —ordenó Catie.

—Hum, no hace falta. —Olivia se separó un paso más—. ¿Por qué no dejas que vuelva a su casa cuando te canses de tenerlo en la mano?

—Pero es muy *bonito* —insistió Catie, y yo tuve que contener una carcajada al ver la expresión de Olivia.

Parecía haber encontrado la debilidad de la alegre niñera.

—Dámelo —pedí a Catie—. Yo lo cogeré.

Catie dejó caer el gusano en mi mano. Estaba frío y viscoso, pero era fascinante, sin duda.

—¿Sabías que, si cortas a un gusano por la mitad, las dos mitades siguen vivas? —me contó Catie entusiasmada.

—Bueno, en realidad, eso solo les pasa a algunas clases de gusanos —expliqué—. En los de este tipo, solo sobrevive la mitad de la cola.

Catie miró el gusano que tenía en la mano.

—¿Cuál es la mitad de la cola?

Dirigí una mirada traviesa a Olivia.

—No —dijo Olivia—. Me niego. No vamos a cortar a ningún bicho en dos.

—Creo que eso será lo mejor —acepté—. ¿Por qué no lo pones de nuevo en el suelo? —pregunté a Catie.

Ella cogió el gusano de mi mano y lo volvió dejar en la tierra. Olivia suspiró aliviada. Lo de jugar con bichos me había hecho recordar al niño travieso que fui una vez, y me encontré diciéndole a Olivia:

—Ten cuidado, hay una serpiente junto a tu pie izquierdo.

—¡¡¿Qué?!! —Olivia saltó a la derecha, se agarró a mi brazo y miró por encima del hombro aterrorizada.

No pude contener la risa, aunque, seguramente, era un imbécil por la forma en que disfruté de la sensación de tenerla pegada a mí de ese modo. Olivia se relajó cuando entendió que le estaba gastando una broma y me soltó, agitando el dedo hacia mí con expresión severa. Por suerte, tenía el suficiente sentido del humor como para no enfadarse mucho conmigo.

—Eso no ha sido agradable —dijo sin acritud.

—¿Qué te ha hecho pensar que soy agradable? —pregunté con una sonrisa.

Le sostuve la mirada el tiempo suficiente para que el rubor se extendiera por sus mejillas. Al verlo, sentí *algo*. Di un paso atrás, frotándome la nuca. Tal vez Thomas había tenido razón.

—Cuando mi mamá salga de ese hospital especial, podemos buscar bichos juntas —anunció Catie.

Eso me sorprendió. ¿Lo había entendido bien?

—¿Qué hospital especial?

—Uno para la mente y los sentimientos, para sentirte bien si bebes mucho alcohol —entonó Catie—. ¿Crees que a mamá le gustarán más los gusanos o las arañas?

¿Qué cojones...?

Volví la mirada a Olivia, sintiendo que me calentaba, pero esta vez no por la excitación: estaba furioso. Y pensar que, hacía tan solo unos minutos, me había sentido culpable por haber programado entrevistas con otras niñeras. Mientras tanto, ella se había dedicado a desobedecer las órdenes directas que le había dado, solo porque creía que, en seis días, sabía lo que Catie necesitaba mejor que yo después de seis años.

Contratarla, *fiarme* de ella, había sido un error.

Olivia levantó la barbilla con gesto desafiante, como si hubiera estado esperando una pelea en condiciones desde que nos conocimos en aquel maldito avión. Recordé todas las cosas que me había contado, los padres a los que se había enfrentado, según ella, por proteger a los niños. Me pregunté si sería así como explicaría la forma en que la había echado de mi casa, y de la vida de mi sobrina, al próximo desconocido que se encontrara atrapado junto a ella en un avión.

—Tengo que hablar contigo —gruñí—. Ahora mismo.

9

OLIVIA

Dejé a Catie con un iPad para que viera dibujos animados educativos, mientras me dirigía obedientemente al despacho de Declan.

Tenía el corazón en un puño y no conseguía respirar bien del todo. Se acabó, me iba a despedir, y Sunny Days había dejado clarísimo que, si no hacía bien este trabajo, no me darían más oportunidades. Dos meses. Solo habría necesitado aguantar dos miserables meses con Declan Byrne, pero no lo había conseguido.

Recordé que, en el avión, Declan había sugerido que, si la gente no dejaba de despedirme, lo más probable es que fuera culpa mía. No había querido reflexionar sobre eso, pero ¿y si tenía razón? ¿Era demasiado cabezota? Quizá había dejado de ser una buena niñera en algún momento. Pero no, me negaba a creer eso. Todo lo que había hecho era por el bien de Catie. Ella necesitaba entender lo que estaba ocurriendo en su vida, no que le mintieran una y otra vez. Después de todo ¿no sería peor que averiguara la verdad por sí misma? Si Declan me diera la oportunidad de explicárselo...

Me aferré a aquella esperanza hasta que abrí la puerta y me fijé en su actitud. Estaba de espaldas a la ventana, lo que me obligaba a situarme frente al brillante cielo azul si quería mirarle a los ojos. Él empezó a hablar con una calma que no presagiaba nada bueno.

—Te dije que quería proteger a Catie, a toda costa, de la difícil situación de su madre. Te dije que te despediría si destruías esa protección solo para sentirte mejor por no mentir.

—Eso no es lo que ha ocurrido —dije, cruzando los brazos.

—Ah, ¿no? ¿Se lo ha contado otra persona?

Su voz destilaba sarcasmo, pero también una ira contenida. Sentía cómo emanaba de Declan en oleadas, y me preparé para que me golpearan en cualquier momento. No contesté a la pregunta.

—Acláramelo entonces, Olivia —insistió Declan.

Parecía que me estaba desafiando a meter la cabeza en la boca del lobo. Era posible que quisiera intimidarme, pero solo consiguió que yo también me enfadara. Tal vez me despidiera, pero eso no me impediría seguir luchando por Catie. Además, si iba a hacerlo, podía ser sincera, pues ya no tenía nada que perder.

—Catie me preguntó quién ayudaría a su madre cuando tuviera resaca —enuncié.

Fue como si le hubiera dado un puñetazo. Durante una fracción de segundo, la ira de Declan se tornó en sorpresa.

—Ella no... ella no lo sabe.

—*Sí* que lo sabe —insistí—. Puede que no tenga el vocabulario, pero sabe que a su madre le pasa algo. Algo que hace que se despierte con dolor de cabeza y el estómago revuelto casi todos los días. Algo que lleva a una niña de *seis años* a pensar que necesita estar con su madre para llevarle galletas saladas y agua por las mañanas. Y esa estúpida mentira sobre un trabajo nuevo le estaba preocupando aún más. Tenía *pesadillas,* Declan. Soñaba que su madre iba a perder ese trabajo tan importante porque ella no estaba allí para ayudarle a sentirse mejor por las mañanas.

Declan se había recuperado y volvía a mostrarse firme.

—Aun así, no tenías ningún derecho a tomar esa decisión por tu cuenta. Deberías haberme consultado.

—¡No me escuchas! —Perdí la paciencia. No podía estar más enfadada con él, y con todos los padres y adultos con los que había tratado antes, a los que nunca les importaba el efecto que sus malas decisiones tenían sobre los niños—. Ninguno de vosotros escucháis, y son los niños quienes pagan el precio.

Nos miramos con furia. La tensión en el ambiente se hubiera podido cortar con un cuchillo. Lo peor de todo era que había empezado a pensar que Declan no era como los demás. Que, tal vez, era posible que le importaran más la felicidad y el bienestar de Catie que su propio orgullo.

Dime que lo entiendes, pensé. *Dime que me escucharás.*

Pero no lo hizo.

—No pienso discutir más este tema. Márchate. —Se dirigió a su escritorio—. La agencia ha encontrado una sustituta esta mañana, y estoy seguro de que será más adecuada que tú.

Durante un momento, no fui capaz de respirar. Después entendí lo que decía: Me estaba despidiendo, y ni siquiera había tenido la decencia de mirarme mientras lo hacía. Lo peor de todo, sin embargo, no era el despido en sí, sino la ira en sus ojos y el desprecio en su voz. Ese hombre me *odiaba*.

Bueno, el sentimiento era mutuo. Me di la vuelta y salí con paso enérgico, dando un portazo detrás de mí, aunque las manos me temblaban.

Sabía que no debía dejar que me afectara, teniendo en cuenta las veces que me habían despedido antes. Sin embargo, esta vez la sensación era diferente. Era más personal que en las ocasiones anteriores.

Parpadeé al notar que estaba a punto de echarme a llorar. Si seguía aquí, corría el riesgo de que Declan o Catie me encontraran hecha un mar de lágrimas. No quería que Catie me viera así, porque me caía muy bien; tampoco quería que me viera Declan porque, ahora mismo, le odiaba a muerte, a él y a su estúpida cara bonita. No merecía saber el daño que me había hecho, y lo mucho que me dolía su frialdad.

Pero *¿por qué?* ¿Por qué me estaba afectando tanto? Odiaba su terquedad, sus ideas fijas y, aun así... no seguía teniendo la esperanza de que hubiera algo oculto bajo la superficie. Un interés o una preocupación auténticas, o...

O a lo mejor eres idiota, Olivia, pensé. *Una idiota que lo ve todo color de rosa.*

Normalmente habría esperado hasta que mi jefe me comprara un billete para volver a casa, pero esta vez no quería esperar. Había acumulado las suficientes millas aéreas como para poder comprar un billete en ese momento sin gastar una fortuna. Las había estado guardando para unas vacaciones que nunca cogía. Me dirigí a paso rápido a mi habitación y empecé a hacer la maleta. No tardé mucho, y estaba acabando cuando escuché sonar el timbre con la alegre y muy pegadiza melodía de *Take a Chance on Me*.

A mi madre le encantaba esa canción. Sentí un nudo en la garganta, así que dejé de pensar en ello, cerré la maleta y me dirigí a la puerta, pero Catie se me adelantó.

—¡Abuela! —gritó al abrir la puerta y ver a Marie—. El tío Declan y la señorita Olivia están discutiendo, así que yo estoy viendo un vídeo en el iPad de la señorita Olivia.

—Oh —dijo Marie, y cuando me vio allí con la maleta, repitió—: Oh.

Yo hice una mueca. Marie entregó a Catie una hogaza de pan de pasas envuelto en papel transparente.

—¿Podrías ser tan amable de llevar esto a la cocina, por favor?

Catie asintió y nos dejó en la entrada. Marie cerró la puerta y me miró con expresión arrepentida.

—Sé que Declan puede ser muy duro, pero tú le haces mucho bien a Catie. Estoy segura de que, cuando le conozcas mejor...

—Esto no es decisión mía —interrumpí, porque su actitud optimista estaba empeorando las cosas.

Me habría encantado ser capaz de arreglar esta situación, pero no era posible. Declan me había despedido y quería que desapareciera de su vida y la de su sobrina. Cuanto antes lo aceptara, mejor para todos. Recogí mi iPad de donde lo había dejado Catie y lo metí en el bolso.

—Lo siento mucho, pero tengo que irme.

Marie suspiró, pero no protestó.

—¿Vas a la parada del autobús? Te puedo llevar a Galway y, desde ahí, puedes coger el autobús al aeropuerto de Dublín.

Asentí, pero luego me surgió la duda.

—Iba a esperar a que Declan terminara de trabajar, pero si tú puedes quedarte con Catie, yo podré irme ahora mismo. Prefiero... —Tragué con dificultad—. Prefiero no seguir aquí mucho tiempo.

Marie me miró con tristeza y asintió a desgana.

—Por supuesto.

—Muchas gracias.

Ahora toca la parte difícil, pensé.

Me dirigí a la cocina, donde Catie había acercado con dificultad una silla hasta el armario, para poder llegar a donde estaban los platos y coger algunos para el pan de pasas.

—Oye, cariño —dije, haciendo lo posible por sonar alegre—. Vamos a cambiar un poco los planes. Yo tengo que volver a casa, pero tu abuela se va a ocupar de ti el resto de la tarde y, después de eso, tu tío Declan ha encontrado una chica fantástica que se ocupará de ti cada día, como lo hago yo.

Catie se volvió a mirarme con el ceño fruncido, de esa forma suya que significaba que estaba tratando de entender algo.

—¿Cuándo vas a volver?

Se me encogió el corazón.

—Lo siento, mi vida. No creo que vuelva.

Catie se estaba poniendo cada vez más triste.

—Pero... ahora eres amiga de la señora de la librería.

—Es verdad. —Le sonreí y me agaché para mirarla—. Y me alegro mucho de haber sido su amiga estos días, aunque ahora me tenga que ir. También me alegro mucho de haber sido tu amiga.

El labio inferior de Catie empezó a temblar.

—No quiero que te vayas.

—Oh, cariño. —Le tomé una mano y la apreté con suavidad—. No pasa nada por estar triste cuando alguien se va. Yo también estoy triste, pero me alegro mucho de haber pasado este tiempo contigo. —Abrí mucho los brazos—. ¿Me das un abrazo de despedida?

Ella bajó de la silla y me abrazó. Yo la apreté contra mí e inhalé su agradable aroma a hierba, tierra y niña pequeña.

Me encanta mi trabajo, me dije, haciendo un esfuerzo por contener las lágrimas. *Me encanta mi trabajo, me encanta mi trabajo, me encanta mi trabajo...*

Al separarme de Catie, me obligué a sonreírle y me dirigí a la puerta con mi maleta. No, no podía mentirme a mí misma: a veces odiaba ese trabajo, sobre todo cuando tenía que separarme de niños que me necesitaban.

Intenté no pensar en Declan ni Catie mientras caminaba los quince minutos que se tardaba en llegar a la parada del autobús, arrastrando la maleta tras de mí. El día era cálido y me encontré sudando un poco. Cuando llegué a la parada, tenía la camiseta pegada a la espalda. Me recogí el pelo de cualquier manera para dejar el cuello al aire y consulté el horario del autobús en el teléfono. El siguiente no pasaría hasta dentro de una hora y media.

Mierda, pensé. Y, aprovechando que no había nadie alrededor, lo dije en voz alta para desahogarme.

—Mierda.

Por lo general, no solía decir tacos, ya que casi siempre estaba cerca de niños que me podían escuchar, pero, gracias a Declan, ahora no tenía que preocuparme por eso, ya que mi carrera de niñera se acababa de ir al traste.

—Maldita sea. Joder. Mierda. —Di una patada al poste de la parada del autobús, lo que hizo que me picaran los ojos—. ¡ESTO ES UNA MIERDA! —grité al cielo.

Una mujer mayor asomó la cabeza entre las cortinas de la ventana de su casa, al otro lado de la calle, y me miró escandalizada. Yo me tapé la boca, lamentando el berrinche, y le dirigí un penoso gesto de disculpa. La debí convencer de que no suponía una amenaza, porque dejó caer la cortina y desapareció en la casa.

Me senté en el banco de la parada, sintiéndome agotada de repente. Había hecho un gran esfuerzo en este trabajo, y todo para encontrarme aquí, donde acababa siempre. Sola.

Para sobreponerme a la tristeza, envié un mensaje impulsivo a @DBCoder. *¿No vivirás en Dublín, por casualidad?*

Lo lamenté tan pronto como lo envié. Tenía una regla muy estricta sobre no conocer en la vida real a ninguna de las personas con las que hablaba a través de mi blog. La única vez que la había incumplido, no había sido decisión mía, y había salido tan mal que juré no repetir la experiencia jamás. Daba igual lo sola que me sintiera en ese momento.

Olvida lo que he dicho, es que estoy teniendo un mal día.

Llamarlo mal día era quedarse muy corto.

¿Podrías hablar ahora? Necesito desconectar un poco. Incluso te dejaré hablar todo lo que quieras de ese ladrón tan famoso que robó un avión.

Silencio.

Miré el teléfono durante un rato, antes de admitir que, seguramente, @DBCoder no estaría en Snug justo en ese momento o, si estaba, tendría algo que hacer y no podría responder. Podía escribir a otras personas, como a mis amigos de casa, o a la madre de la primera familia para la que había trabajado. Ella me quería como a una hija y solía ponerse en contacto conmigo cada pocos meses para asegurarse de que todo iba bien. Sin embargo, si llamaba a algún conocido, tendría que explicarle el desastre en que se había convertido mi vida, y ellos querrían ofrecer sugerencias o consejos. Con @DBCoder podría desahogarme y recibir solo consuelo y comprensión. Él era la única persona con la que quería hablar, no me servía nadie más.

Me puse los auriculares, puse en marcha mi lista de reproducción Zen y me repetí los lemas que había estado siguiendo desde la universidad.

La vida es cambio.

Olvidar es bueno. Permite vivir el momento y disfrutar de las cosas buenas que vienen.

Por desgracia, en ese momento, era muy difícil creer que fuera a pasar ninguna cosa buena.

10

DECLAN

A los cinco minutos de iniciar la entrevista con Ava Chase, ya me sentía totalmente seguro de que había tomado la decisión correcta al librarme de Olivia.

Ava era refinada, rápida y profesional. Estábamos de acuerdo en todo, desde lo importante que era dejar que los niños se relajen y disfruten las vacaciones de verano, hasta lo necesario que era protegerles de los complicados problemas de los adultos.

Sonreí a la atractiva mujer que veía en la pantalla. No era tan amistosa como Olivia, pero eso me gustó. Tuve la impresión de que Ava se comportaría como lo que iba a ser: una empleada que entendía dónde estaban los límites. Sería mucho más fácil convivir con ella que con Olivia.

Transcurridos quince minutos, me estaba quedando sin razones para no contratarla en el acto, porque era perfecta. Resultaba difícil creer que tuviera tantas cosas en común con Olivia. Era zurda, le encantaba el violeta y le gustaba el libro favorito de Catie. A medida que hablaba con ella, esas coincidencias me empezaron a inquietar, pero me costó un rato caer en la cuenta: Ava no había estado en desacuerdo con nada de lo que yo había dicho durante la entrevista.

Recordé la acusación de Olivia.

No me escuchas. Ninguno de vosotros escucháis.

—...y por eso creo que una niñera interna es la mejor solución para el cuidado de niños para cualquier familia —terminó Ava.

Bajé un momento la cabeza y decidí poner a prueba la teoría que se me acababa de ocurrir.

—No sé si estoy de acuerdo. La madre de Catie no ha tenido nunca una niñera interna, y creo que a Catie le ha ido muy bien.

Ava hizo una pausa, y rio con calidez.

—Bueno, por supuesto. No me refiero a las situaciones en las que la madre está en casa y disponible todo el tiempo. Pero en las demás situaciones, una niñera interna supone una gran diferencia.

—Sinead trabaja —repuse.

Ava sonrió aún más.

—Estamos de acuerdo. Como dices, si la madre está disponible, tanto si trabaja como si no, la situación cambia.

En ese momento, ya no me pareció una coincidencia que Sunny Days, Cuidado de Niños hubiera podido encontrar tan rápido a otra niñera que cumpliera todos los requisitos. Miré el currículo de Ava y busqué la información sobre las personas para las que había trabajado. Parecía un «quién es quién» de gente rica y poderosa.

—¿Puedes contarme si alguna vez no has estado de acuerdo con los padres acerca de lo que sería mejor para sus hijos? ¿Cómo has resuelto esa situación?

—He tenido la suerte de evitar ese tipo de situaciones eligiendo con cuidado a las familias con las que trabajo —explicó Ava—. Siempre he trabajado con padres y adultos fantásticos, con los que he estado de acuerdo al cien por cien sobre la forma de cuidar a los niños, así que nunca me he encontrado con un conflicto.

Parpadeé. Eso no podía ser cierto. Una de las personas mencionadas en su currículum era una madre soltera *influencer* que se había hecho famosa en Snug con un blog sobre algo a lo que llamaba *Más allá de los padres simpáticos*. Sin embargo, también había trabajado para Kevin Branson, un conocido inversor de capital riesgo, que era primo de mi amigo James. De hecho, Kevin había sido el primer Branson al que conocí, hacía ya unos años. Era un hombre de negocios avispado y, desde luego, no era exactamente un tipo amable y agradable. Los dos Branson eran muy directos, inteligentes y decisivos al máximo, pero James tenía un corazón enorme y una gran lealtad a la gente que le importaba. Tal vez Kevin tenía un lado más amable, pero yo jamás había encontrado ni rastro de él, ni siquiera en su relación con su mujer e hijos. De hecho, sabía que, en su opinión, a los niños les iría mejor hoy en día si los castigos severos no se hubieran pasado de moda.

Cuando mi colega Anil Patel y yo estábamos creando Snug, nunca quisimos contratar a la clase de personas que dicen que sí a todo. Solo queríamos a los mejores, gente a la que le importara su trabajo lo suficiente como para decirnos si nos habíamos equivocado.

Queríamos gente como Olivia, pensé.

Hasta ahora, había interpretado el hecho de que Olivia hiciera algo que le costaría el trabajo como prueba de su arrogancia, de que me había desafiado. Sin embargo, se podía ver de otro modo. Ante el dilema de proteger su trabajo, o hacer lo que creía mejor para Catie, Olivia había elegido a Catie.

Al mirar a la mujer en la pantalla frente a mí, supe que ella no sería lo bastante valiente como para asumir ese riesgo. No tenía sentido continuar la entrevista.

—Muchas gracias por su tiempo, señorita Chase —dije—. Estaremos en contacto.

—De acuerdo. Estoy deseando trabajar con Caitlin.

Desconecté la videollamada sin molestarme en corregirle sobre el nombre de Catie. Estaba seguro de mi decisión, pero consideré que debía confirmar mi intuición. Miré la hora y envié un mensaje a James para ver si ya estaba despierto, teniendo en cuenta la diferencia horaria, aunque sabía que solía despertarse temprano.

¿Recuerdas a Ava Chase, una niñera que trabajó para tu primo? Es rubia, refinada, agradable...

James contestó con una llamada.

—Ni se te ocurra —dijo en cuanto contesté el teléfono, ya que no solía perder el tiempo con banalidades—. Sé que es muy mona, pero, créeme: es mejor que no salgas con ella.

—No tengo la más mínima intención de salir con ella —contesté, poniendo los ojos en blanco—. Es que acabo de entrevistarla para un trabajo como niñera de Catie. La entrevista no ha ido mal, y está claro que tiene la experiencia necesaria, pero no estoy seguro del todo. ¿Qué opinas? ¿Trabaja bien?

—Hmm... —James se tomó un momento para pensar su respuesta—. A Kevin le gustaba, al menos al principio. Por lo que yo sé, es fiable, lista y trabaja mucho, pero me dio la impresión de que daba prioridad a su propia ambición por encima de todo lo demás, incluyendo a los niños a los que cuida. Le gusta estar cerca de la gente poderosa, y por eso ya no trabaja para Kevin. Le ofrecieron un puesto para alguien importante en Hollywood y se marchó sin mirar atrás, una semana antes del cumpleaños de la hija de Kevin.

—Vaya.

—Exacto. Pero, un momento, ¿has esperado hasta ahora para contratar una niñera? Cuando hablamos la última vez, me pareció que querías contratar a una antes de volver a casa. ¿No lo conseguiste?

—Sí, encontré a alguien —admití—. Pero ha habido algunos... problemas.

Expliqué a James lo que había ocurrido con Olivia, pero su respuesta no me ofreció la comprensión que esperaba.

—Parece que la has cagado —afirmó, tan franco como siempre—. ¿Qué piensas hacer para arreglarlo?

Después de hablar con James, envié un mensaje a Sunny Days para confirmar que no iba a contratar a Ava. James y yo estábamos de acuerdo en que tenía que hacer otra cosa, algo que me obligaba a tragarme mi orgullo.

Bajé para tratar de arreglar las cosas con Olivia. Seguía creyendo que habría sido mejor que me consultara antes de contarle la verdad a Catie, pero podía admitir que no siempre había estado dispuesto a escuchar a Olivia cuando no estaba de acuerdo conmigo sobre cómo cuidar de Catie.

En Snug, prestaba atención a las opiniones distintas de la mía porque, en los negocios, todo el mundo se equivocaba alguna vez. Había que escuchar, aprender, corregir los errores y seguir adelante. Pero no quería cometer ningún error con Catie, y por eso había despedido a Olivia, en lugar de escucharla.

Me sorprendió escuchar la voz de mi madre al entrar en la cocina. Estaba sentada en la mesa con Catie, que comía a desgana un poco de pan de pasas, con cara triste.

—¿Qué pasa? —pregunté—. ¿Por qué estas tan triste, Catie?

Mamá me dirigió una mirada exasperada.

—Bueno, has despedido a su niñera.

—¿Cómo? —Sacudí la cabeza—. Eso no es cierto. Hemos tenido un *desacuerdo*.

—Pues ella cree que la has despedido —contestó mi madre—. Cuando se ha despedido de Catie con un abrazo, prácticamente estaba llorando.

Me sentí descolocado, confuso.

—¿Se ha... ido?

Joder. No podía creerme que se hubiera ido de ese modo, sin despedirse de mí ni decirme lo que pensaba. Y, ¿a dónde diablos habría ido? No conocía a nadie en Irlanda.

—No puede irse —dije—. La necesito.

—Pues más vale que empieces a disculparte —sugirió mi madre—. Ha cogido el autobús a Dublín. Si te vas ahora, a lo mejor consigues alcanzarla.

Empecé a dirigirme a la puerta, pero me volví para acercarme a Catie y darle un beso en la cabeza.

—Voy a arreglar esto, cariño. Te lo prometo.

Después de eso, salí corriendo para alcanzar a la niñera a la fuga.

Di un suspiro de alivio cuando paré en seco frente a la parada del autobús. Olivia seguía allí, sentada en el banco con las piernas cruzadas, los ojos cerrados y la cabeza apoyada en la pared de la estructura. No abrió los ojos cuando salí del coche y cerré la puerta de golpe. Se había refugiado en su pequeño mundo.

Me había acostumbrado a verla como una persona sociable, muy enérgica y abierta. Había convivido con ella menos de una semana, pero ya sabía que no solía contener sus emociones, de forma que estas impregnaban toda la casa. Verla allí, tan encerrada en sí misma... no me gustaba. Habría querido dar una paliza al cabrón que le había hecho eso, salvo que ese cabrón era yo.

Esto no tiene nada que ver contigo, me dije. *Esto es por Catie.*

—Olivia.

Ella abrió los ojos de golpe y se quitó los auriculares de un tirón. Se apresuró a ponerse en pie.

—Declan, ¿qué haces aquí?

—Tú eres la mejor niñera para Catie, y ella se merece lo mejor —dije—. El trabajo es tuyo hasta que Sinead termine con la rehabilitación. Se acabó el periodo de prueba, tienes el trabajo.

Olivia no dijo nada. Ni una exclamación de alegría, ni un comentario sarcástico sobre que sabía que cambiaría de opinión. Se limitó a quedarse ahí, mirándome. Yo hice un gesto hacia el coche.

—Vamos, te llevaré a casa.

—Declan... —empezó, pero no hizo ademán de recoger sus cosas.

Mierda, pensé. *¿Cuánto la he cagado?*

—Te subiré el sueldo —dije—. Dime cuánto quieres.

—No se trata del dinero —dijo Olivia, lo cual era muy propio de ella.

—Entonces, ¿de qué se trata?

Estaba perdiendo la paciencia. Solo quería pasar página y olvidar lo que había ocurrido, pero sabía que ella no me lo pondría fácil. Olivia se frotó la muñeca izquierda con la mano derecha, como si lo que tenía que decir le pusiera nerviosa.

—No me importa que no nos pongamos de acuerdo en alguna cuestión, pero no soporto trabajar con alguien que no me escucha, o que basa sus decisiones en lo que le resulta más fácil, en lugar de lo que es mejor para un niño.

Di un paso hacia ella.

—*Jamás* he tomado una decisión sobre Catie basada en lo que fuera más fácil para mí. Es posible que haya cometido errores, pero nunca ha sido por esa razón.

—Entonces, ¿por qué? —protestó Olivia—. ¿Por qué estabas tan decidido a evitar una conversación difícil con ella? Es capaz de soportarlo.

—¡Que pueda soportarlo no significa que tenga que pasar por ello! —Inspiré hondo y me obligué a calmarme. Lo último que quería era una repetición de nuestra última discusión—. Mira, yo... Ya sabes que mi padre murió cuando era un adolescente.

Ella asintió. Su mirada se suavizó un poco y me observó con comprensión. Yo sacudí los hombros, inquieto, sin desear su compasión, pero sabiendo que tenía que contarle esto. Necesitaba que confiara en mí lo suficiente como para volver.

—Mi madre estaba... ella le quería muchísimo, y no pudo... El caso es que yo terminé haciéndome cargo de muchas cosas que eran necesarias. Los adultos a mi alrededor no decían más que «tienes que ser fuerte por tu madre» y «ahora eres el hombre de la familia». —Me metí las manos en los bolsillos y miré hacia otro lado—. Una vez escuché a mi tía preguntar si no estarían cargándome con demasiadas cosas, y mi tío contestó: «Es lo bastante fuerte como para aguantarlo».

Odiaba esa frase, pero Olivia tenía que escuchar esto. Quizá así entendería por qué estaba tan empeñado en proteger a Catie. Tal vez así me comprendería a *mí*.

Ella dio un paso hacia mí instintivamente y me tendió la mano, pero la dejó caer enseguida.

—Oh Declan.

—No importa. —Me encogí de hombros—. Yo era casi un adulto y, en cuanto superamos el primer año, todo fue más fácil. Estoy bien. —Le dirigí una media sonrisa que no le engañó, así que la hice desaparecer—. La cuestión es que yo sé lo que se siente cuando les ocurre algo horrible a tus padres y deseas haber tenido la posibilidad de ocultarte, de distraerte y ser tan solo un niño durante un poco más de tiempo. Y Catie... es tan *pequeña*.

Olivia extendió la mano y la puso sobre mi brazo.

—Lo sé.

—Es posible que me haya pasado con lo de protegerla —admití.

No me resultó sencillo ni divertido, pero James tenía razón: debía admitir mis errores. Me costaba hacerlo, pero no era un caso perdido. Bueno, no del todo.

—Solo un poquito —añadí.

—Un poquito. —La sonrisa de Olivia era burlona, pero amable.

—Bueno. —Me aclaré la garganta—. Intentaré controlar mis demonios, y te escucharé cuando algo te preocupe. No te prometo que vaya a estar siempre de acuerdo contigo, pero escucharé lo que tengas que decir. Así que, si estás lista para volver a casa...

No terminé la frase, porque Olivia se puso de puntillas y me rodeó con los brazos. Inspiré, sorprendido, y coloqué las manos con cuidado en la parte inferior de su espalda. En mis brazos, la sentí cálida y femenina, e intenté no notar su olor a lavanda, o sus suaves curvas o… Joder, no había manera. Era imposible no notar a Olivia. Siempre lo había sido.

—No deberías haber pasado por todo eso tu solo —dijo con voz firme—. Alguien debería haberte protegido, como tú estás protegiendo a Catie.

Sentí un nudo en la garganta. Durante un instante, me había sentido de nuevo como un adolescente, tan impotente, tan… no, no podía pensar en eso. Ya no era ese chico. Él vivía en el pasado, al igual que todos mis sentimientos de impotencia. Ahora era un adulto y, además, un adulto con poder.

—De verdad que no es para tanto —dije, con voz ronca—. No te lo he contado para que me compadezcas.

—No te compadezco. Te entiendo. —Hizo una pausa y continuó—. Mis padres también murieron cuando yo estaba en el instituto. Fue un accidente de barco. Salieron a navegar con un amigo y les pilló una tormenta. La Guardia Costera no los encontró nunca.

—Oh, *a ghrá*.

Estreché a Olivia en mis brazos sin pensar. Había estado tan ocupado pensando en mis propios demonios que ni siquiera se me había ocurrido que ella pudiera tener los suyos.

—Lo siento mucho —añadí.

Ella dejó la cabeza apoyada contra mi pecho.

—¿Qué significa eso?

—¿Uh?

—*A ghrá*. Eso no lo habías dicho antes.

Me quedé paralizado. Había utilizado la palabra «amor» sin pensar. Había sido un despiste, pero si le confesaba la traducción literal, Olivia podría tratar de darle vueltas a la palabra.

Un autobús se estaba acercando por la carretera. La solté.

—Significa amigo —mentí.

Ella levantó la cabeza para mirarme y, Jesús, qué guapa era.

—Dijiste que *a chara* era amigo —señaló.

—Así es. ¿Vas a volver?

Olivia sonrió, y esta vez su sonrisa era relajada y decidida.

—Sí, siempre que mantengas la promesa de comunicarte conmigo.

Cogí su maleta y la metí en el coche.

—No creo que me permitas hacer otra cosa.

El autobús se detuvo en la parada, pero yo hice un gesto al conductor para que continuara. Olivia volvía a casa conmigo.

11

OLIVIA

—¿Qué crees que deberíamos hacer como plan especial de la semana? —pregunté a Catie.

Había pensado que sería buena idea organizar cada semana un plan especial que le gustara a Catie y, además, creía que yo también me merecía un buen plan esta semana. Después de todo, solo habían pasado dos días desde que el gran Declan Byrne me siguió hasta una parada de autobús y me suplicó que volviera porque, por fin, se había dado cuenta de que era la mejor niñera del mundo.

Al menos, así era como se lo había contado a Molly la noche anterior, en el bar. Había suavizado un poco el relato para que pareciera un malentendido gracioso. Lo hice en parte porque me pareció que repetir lo que Declan me había contado sería traicionar su confianza, pero también porque, si lo pensaba demasiado, no podía evitar emocionarme.

Me resultaba difícil pensar en cómo había tenido que progresar de ser un chico que solo esperaba que alguien le dijera que todo iría bien, a un hombre decidido a proteger a una niña a la que adoraba para que no tuviera que enfrentarse ni a la mitad de lo que le había pasado a él.

De todas las familias que me habían despedido, Declan era el único que se había dado cuenta de que estaba equivocado y había corrido a buscarme. Yo sabía que mi trabajo tenía valor, aunque nadie más lo apreciara, pero, por primera vez en años, ahora parecía que alguien más lo apreciaba también. Y había tenido que ser este irlandés gruñón, con taras emocionales y absurdamente guapo, que dormía a tan solo unos metros de mí. Pero no podía pensar en eso, así que me había dedicado con más empeño a mi trabajo.

Catie miró al techo y se columpió un poco mientras pensaba.

—Siempre vamos a la librería, así que eso no es especial, y el tío Declan me deja comer helado todas las noches.

Eso era cierto. Declan era un objetivo muy fácil para necesidades de dulce de Catie.

—Quiero una noche de películas —dijo por fin, con los ojos brillantes—. En la tele grande, no en el ordenador, y con palomitas.

—Me parece perfecto —sonreí.

—Y tenéis que estar el tío Declan y tú. Así será como una noche de películas en familia —añadió Catie.

Oh. Una noche de películas en *familia*. No importaba el número de familias para las que hubiera trabajado: siempre me sorprendía lo rápido que los niños me incluían en su concepto de familia. Era una sensación agridulce, para la que nunca estaba preparada.

Catie estaba esperando mi respuesta, así que me obligué a sonreír.

—Me parece una idea estupenda, pero no sabemos qué planes tiene tu tío. ¿Por qué no te vas a lavar las manos para comer y pones la mesa, y yo le pregunto al tío Declan qué opina?

Catie se marchó, considerando por lo bajo diferentes opciones para la película. Yo subí al piso de arriba y llamé con suavidad a la puerta cerrada del despacho de Declan. No quería interrumpirle si estaba en una reunión.

—Entra, Olivia —contestó.

—¿Cómo sabías que era yo? —pregunté al abrir la puerta.

Declan no dejó de escribir en el teclado a toda velocidad mientras hablaba.

—Eres la única que llama tan suavemente. Es lo único que haces con suavidad.

—Eh, puedo ser muy suave —dije, a la defensiva.

Él me dedicó una sonrisa torcida y un poco traviesa.

—Seguro que sí.

Luché por no ruborizarme, mientras él dejaba de escribir y giraba la silla para mirarme. ¿Por qué iba a ruborizarme?

—¿Qué puedo hacer por usted, señorita St. James? —preguntó Declan, en un tono que se acercaba mucho al afecto. Qué raro, debía haberle oído mal.

—Quiero hacer un plan especial cada semana que le haga ilusión a Catie. Quiere hacer una noche de películas con nosotros. —No conseguí forzarme a decir *noche de películas en familia*—. Pero sé que estás ocupado, así que...

—No, eso suena muy bien. —Su teléfono empezó a vibrar. Él miró la pantalla y contestó la llamada—. Lo hacemos esta noche, ¿vale?

Yo asentí y me marché enseguida para dejarle con la llamada, pues había contestado con una voz firme que daba a entender: *Yo soy quien paga tu salario, así que impresióname.*

Cerré la puerta y dejé escapar un suspiro. Al parecer, me tocaba noche de películas con los Byrne.

A las siete y media, puse las palomitas en el microondas. Declan seguía en su oficina cuando Catie entró saltando en la cocina, muy mona con su pijama morado de mariposas. Yo tuve que mirar dos veces. ¿Tenían colmillos aquellas mariposas?

—¿Por qué no estás en pijama? —preguntó Catie, con las manos en la cintura.

—No hay que ponerse el pijama para ver una película.

—Pero es noche de películas —protestó ella.

En ese momento, Declan entró en la cocina.

—Mmm, huele muy bien.

Yo le dediqué una sonrisa, contenta de que hubiera venido, pero el corazón me dio un vuelco al mirarle. Llevaba unos pantalones de pijama de aspecto suave, con un dibujo que parecía código de software, y una camiseta gris que destacaba sus bíceps de una forma que iba a estar recordando durante bastante tiempo. Su aspecto era... íntimo. Cómodo. Su atuendo lo completaban un par de calcetines de lana de color verde chillón, que eran la única prenda que no me resultaba incomprensiblemente sexi.

—¡Llevas los calcetines que te regalé! —dijo Catie, entusiasmada.

Maldita sea, pensé. Ahora los calcetines también me parecían sexis. Declan arqueó las cejas.

—¿Por qué no estás en pijama? Es noche de películas.

—No hace falta pijama —protesté, riendo.

—En esta familia, sí.

Declan sonrió y me miró durante un momento más de lo necesario. O al menos, eso es lo que me pareció. Me volví para sacar las palomitas del microondas y ponerlas en un cuenco, notando un calor extraño en el cuello.

—Catie ha elegido esa película nueva de dibujos animados sobre un cuervo que resuelve misterios. Si quieres ir a ponerla... —Dejé la frase a medias cuando sonó el teléfono de Declan.

Él miró al teléfono y soltó una maldición.

—Lo siento, es importante. Dadme quince minutos. Cuando vuelva, quiero verte vestida de forma adecuada para la noche de películas.

El estómago se me cayó a los pies cuando se marchó. Había visto esta escena un millón de veces. El padre promete que se unirá al plan familiar, surge un problema importante en el trabajo y yo explico a un niño desolado que papá no vendrá con nosotros, después de todo.

Tras la conversación en la parada del autobús, y lo dispuesto que había estado Declan a unirse al plan de esa noche, había querido creer que él sería diferente. Sabía que quería darle a Catie todo lo que quisiera, pero me habría gustado que hubiera sido sincero consigo mismo en cuanto a si podía dejar de trabajar un rato. Después de todo, querer cumplir una promesa no era lo mismo que cumplirla.

Miré al reloj, tratando de determinar cuánto tiempo debía esperar antes de decirle a Catie que había un pequeño cambio de planes. Para retrasarlo todo un poco, hice más palomitas, serví las bebidas y hasta me puse el pijama. Por fin, nos dirigimos a la sala de la televisión y nos sentamos en el sofá.

—Oye, cielo, cambiamos un poco el plan. El tío Declan ha tenido que contestar una llamada de trabajo, pero...

—Pero ya ha terminado —anunció Declan entrando en la habitación y dejándose caer en el sofá, al otro lado de Catie—. No iríais a empezar la película sin mí, ¿verdad? —Chasqueó la lengua.

No me lo podía creer. Realmente *había* terminado la llamada a tiempo.

—Lo siento —dije—. Nunca había visto una llamada importante de trabajo que durase tan poco.

—Oh, no ha acabado aún —explicó Declan—. Se la he pasado a Anil. Para eso están los socios, ¿no?

Metió la mano en el cuenco de palomitas, sacó una cantidad monumental y cogió el mando. La película comenzó, pero yo no le presté atención. Seguía impresionada por el hecho de que Declan hubiera elegido pasar un rato con su sobrina en lugar de supervisar en persona una cuestión de trabajo. Los millonarios no hacían esas cosas. Y menos los que eran jóvenes, ambiciosos y hechos a sí mismos.

A medida que transcurría la película, fui siendo más consciente de la presencia de Declan. La forma tan natural en que había apoyado el brazo en el respaldo del sofá. Cómo reía con suavidad cuando la película incluía una broma para adultos. La forma en que se rascaba abstraído la barba incipiente, mientras Catie y él discutían teorías sobre quién le habría robado al cuervo su tapón de botella.

Cambié de postura, inquieta. Sí, Declan era muy atractivo, pero cuando no era más que un capullo arrogante para el que trabajaba, yo había conseguido ignorarlo en buena medida. Seguía siendo arrogante y, a veces, se comportaba como un capullo, pero también era capaz de admitir cuándo se equivocaba, y había podido comprobar que siempre anteponía a Catie a todo lo demás.

También era generoso, aunque intentaba ocultarlo. La noche anterior, había averiguado que, aunque Molly vivía ahora en Galway, se había criado en Ballybeith y había ido al mismo colegio que Seamus y Sinead, si bien era unos años más joven. Me había contado encantada todos los cotilleos que se sabía sobre los Byrne. Hacía dos años, el abogado de Declan, Thomas, se había convertido en el administrador único de una misteriosa fundación que parecía tener siempre una beca disponible para cualquier persona del pueblo que estuviera pasando un mal momento. Thomas guardaba el mayor secreto sobre quién aportaba el capital a la fundación, pero todo el mundo pensaba que solo podía ser Declan. También me contó que, aunque Declan había tenido algunas amigas con derecho a roce en Galway, los cotilleos locales indicaban que no había tenido ninguna relación seria desde hacía años.

Miré el perfil de Declan en la penumbra y me pregunté qué se sentiría siendo una de esas mujeres que podían llamarle sin compromiso cuando les apeteciera. ¿Las invitaría a venir cuando no estuviera a cargo de una niña de seis años? ¿O quizá se plantaría en su casa, con una sonrisa endemoniada y una mirada intensa, entraría y las acorralaría inmediatamente contra la pared, apretando su cuerpo contra el de ellas? Esa idea me hizo estremecer.

—No es una película da miedo —bromeó Declan.

—No tengo miedo —murmuré—. Tengo frío.

Declan se levantó con un bostezo y llevó los platos vacíos a la cocina. Estaba claro que no le importaba nada perderse el encantador dueto que estaba entonando el cuervo con un cachorrito. Intenté concentrarme de nuevo en la pantalla, pero solo funcionó hasta que Declan volvió de la cocina y me lanzó una sudadera. Yo la atrapé al vuelo, confusa, hasta que recordé que le había dicho que tenía frío. Esta vez, se sentó junto a mí, porque Catie había aprovechado su ausencia para ocupar la otra mitad del sofá. Era increíble la cantidad de espacio que podía necesitar una niña inquieta de seis años.

Me puse la sudadera, ya que la alternativa era confesar que había estado pensando en mi jefe de una forma un tanto subida de tono. Me quedaba grande, de una forma que me hacía sentir... delicada y protegida. Lo peor era el olor a Declan, un aroma formado por una mezcla de jabón, loción para afeitar y algo más que no logré identificar. Si hubiera estado sola, habría hecho algo realmente bochornoso, como oler la tela para tratar de identificar ese tercer aroma.

Creía poder entender por qué una mujer recurriría a un hombre como Declan para el sexo sin compromiso. Lo que no conseguía entender era cómo dejaba una a alguien así, una vez que lo había tenido. ¿O era él quien las dejaba?

Él se inclinó hacia mí para susurrarme al oído.

—Te apuesto diez euros a que ha sido el gato.

Su voz, baja y grave, hizo que otro escalofrío recorriera todo mi cuerpo. También me hizo comprender que había perdido el hilo de la película sin remedio.

—No hay apuesta. —Dije, echándome un farol—. Está claro que ha sido el gato.

—¡Shhh! —Ordenó Catie—. Parad de hablar.

Declan y yo intercambiamos una mirada contrita, aunque él no parecía lamentarlo demasiado. En ese momento, me sentí como la alumna modelo a la que provoca el chico malo para que hable durante la clase. Conseguimos permanecer en silencio durante casi una hora, hasta que escuché el sonido de una respiración profunda y me fijé en que Catie se había quedado dormida. Di un empujoncito a Declan.

—Se ha dormido. Puedo acostarla yo, si tienes cosas que hacer.

—¿Y quedarme sin descubrir quién ha robado el tapón de la botella? —preguntó él con una sonrisa.

—Has dicho que era el gato —le recordé.

—Hace media hora que el gato ha demostrado su coartada. No estabas prestando atención, ¿verdad?

—Puede que haya estado pensando en otras cosas —admití, cruzando los brazos y hundiéndome un poco más en el sofá.

—¿Como cuáles?

Ya, como si fuera a contárselo. En lugar de eso, cambié de tema.

—Gracias por la sudadera.

—Lo he hecho por mí tanto como por ti —dijo él.

—¿Cómo?

—Esa camiseta que… da igual. —Se inclinó un poco hacia delante y se estiró—. Tienes razón, deberíamos irnos a dormir.

Detuvo la película, recogió a Catie con cuidado y la llevó al piso de arriba. Yo les observé alejarse, sintiendo una oleada de afecto mezclada con algo mucho más peligroso y complicado. Me dejé caer contra el respaldo del sofá y admití a desgana que Declan me gustaba.

Eso no es un problema, pensé, *siempre y cuando no se entere. Y siempre y cuando no pases de admirar sus brazos de vez en cuando. Y su voz. Y su cerebro.*

—Ni hablar —me dije a mí misma, dejando de pensar en ello—. Nada de eso.

No sería un problema. No podía serlo.

12

DECLAN

Thomas se movió muy rápido. Cuatro días después de que Olivia sugiriese reclutar a otras personas para ayudarnos a bajarle los humos a Mark O'Rourke, me encontré sentado en el único restaurante decente de Ballybeith frente al concejal John Kelly. Era un hombre de no menos de ochenta años, de esos que no comenzaban a hablar de negocios hasta haber preguntado por la salud y el bienestar de toda mi familia, la de Thomas y la de todos los conocidos que teníamos en común. Thomas, que era un santo, se ocupó de la mayoría de la charla trivial.

Por fin, John se recostó en su silla y estuvo dispuesto a comenzar a hablar de negocios.

—Bien. Thomas ha mencionado que te preocupan nuestros planes para derogar la norma sobre edificios modernos.

—Así es. —Me incliné ansioso hacia delante.

Thomas había encontrado una antigua ordenanza que el ayuntamiento había aprobado en los años setenta. Tras el éxito de *El ciervo y el guerrero,* y todo el dinero que el turismo relacionado con la película había traído a la ciudad, el ayuntamiento había aprobado una norma que dificultaba la venta de lo que habían definido como «edificios modernos», que se refería a cualquier construcción posterior a 1976. El objetivo había sido conservar la personalidad del pueblo y reducir la posibilidad de que alguien pudiera obtener un beneficio rápido comprando edificios para convertirlos en hoteles para turistas, tiendas de recuerdos y demás, pero lo cierto es que esa norma no era necesaria en absoluto, ya que la película no era demasiado conocida fuera de esta región.

Sin embargo, la mayoría de los edificios propiedad de los O'Rourke habían sido construidos después de 1976, y eso quería decir que, mientras la ordenanza siguiera vigente, Thomas podía utilizarla para retrasar las ventas de edificios... hasta que O'Rourke no tuviera más opción que poner su mansión a la venta. Mansión que, definitivamente, era anterior a la película, ya que aparecía en ella.

—Tienes que admitir que es una ordenanza tonta —dijo John—. O'Rourke dice que está impidiendo cualquier tipo de progreso.

—Lo único que impide es que O'Rourke se aproveche de esta ciudad —dije—. Ya está aprovechándose de sus inquilinos al subirles el alquiler sin cesar. Si derogáis la ordenanza, podrá vender las casas que tiene alquiladas sin avisar a los inquilinos. Con esa norma, al menos los inquilinos se pueden preparar, y los terceros interesados pueden valorar la venta y asegurarse de que se haga en beneficio del pueblo.

—Los terceros interesados, ¿eh? —dijo John con una mirada penetrante. Era viejo, pero no tonto—. ¿Y cómo te beneficia eso a ti? Que no te gusten los O'Rourke es... comprensible, pero no podemos legislar para penalizar a un solo hombre.

¿Por qué no?, pensé.

Por suerte, Thomas intervino en ese momento y ofreció una larga lista de razones prácticas y justas por las que se debería mantener vigente la norma. Observé con detenimiento la expresión de John, tratando de percibir cómo estaba recibiendo nuestras explicaciones, hasta que me distrajo un destello de pelo rojo.

Olivia.

Sabía que era su día libre. Mi madre estaba cuidando de Catie y Olivia había mencionado que había quedado con Molly, pero no sabía que habían quedado aquí para comer.

Intenté ignorar a Olivia y centrarme en la conversación de la mesa, pero mis ojos no dejaban de volverse hacia ella. Estaba distinta. Había cambiado sus vaqueros y camiseta habituales por un vestido verde de verano que se ceñía a la cintura y flotaba alrededor de sus piernas mientras se dirigía hacia su mesa. Era uno de esos vestidos que hacían pensar en picnics y días soleados de descanso. O en jugar con la falda, si se podía, subiéndola poco a poco para ver lo que llevaba debajo la mujer que lo vestía. También llevaba el pelo suelto, de forma que enmarcaba su cara suavemente y con gracia, en lugar de la coleta o moño que solía llevar.

Había pensado que la reveladora camiseta de tirantes que llevaba la noche de películas me había distraído, pero verla así… No parecía una niñera. Parecía una mujer joven y muy guapa en su día libre. Cuando rio en respuesta a algo que dijo el camarero, me sorprendí agarrando mi tenedor más fuerte.

—Y tú, ¿estás de acuerdo con la valoración de Thomas? —me preguntó John.

¿Cómo?

Thomas me dio una patada por debajo de la mesa.

—Claro que sí —dije—. Por completo.

—No estamos sugiriendo que nunca se derogue la ordenanza—dijo Thomas, inclinándose hacia delante—. Solo decimos que ha funcionado bien durante todos estos años, y que no nos debemos apresurar a revocarla. Habría que analizarlo con calma, convocar una asamblea de ciudadanos y tomarse un poco de tiempo para pensar bien algo que podría afectar a nuestro pueblo durante años de formas que ahora no podemos predecir.

—O'Rourke quiere que la revoquemos en nuestra próxima sesión —dijo John—. Es posible que nos haya dado a entender que, si se mantiene en vigor, podría resultarle más difícil comprometerse a celebrar el festival en su mansión cada año.

Cabrón, pensé. Las escenas más famosas de la película se habían celebrado en la mansión y sus terrenos, y eso hacía de ella la ubicación ideal para el festival. Además, era una de las pocas zonas del pueblo lo bastante grandes como para albergarlo.

—Si le permitís que os presione de este modo, le dejaréis claro que siempre podrá hacerlo —dije con brusquedad—. Y ya no dejará de hacerlo.

John suspiró, admitiendo que yo tenía razón.

—Sí, lo hará. —Tamborileó con los dedos sobre la mesa—. Bien, me habéis convencido, pero no respondo por los otros dos concejales. Ya veremos cómo va la votación.

—Por supuesto —dijo Thomas.

Intercambiamos sendas miradas victoriosas. Los dos sabíamos que los otros dos concejales siempre votaban lo mismo que John. Lo habíamos conseguido.

Mientras terminábamos nuestra reunión con la consiguiente conversación informal, noté una desagradable presencia junto a la mesa donde estaban Olivia y Molly. Seamus O'Rourke.

Me puse tenso. Estaba charlando con ellas mientras esperaba a que le entregaran un pedido para llevar. Había que verlo, sonriendo con aspecto inocente, como si su familia no hubiera estado causando problemas en este pueblo durante décadas. En ese momento, Olivia se ajustó el tirante de su vestido distraída y le devolvió la sonrisa, y me dieron ganas de reventar algo.

No me di cuenta de que John se estaba despidiendo hasta que Thomas me dio un golpecito. Una vez que hubo salido del restaurante, arrastrando los pies, Thomas se volvió hacia mí.

—¿Qué te pasa?

—Perdona. Me he distraído.

Thomas siguió mi mirada y, cuando me miró de nuevo, me dedicó una sonrisa traviesa.

—Ah.

—Cállate.

Él levantó las manos en señal de rendición.

—No he dicho nada. Cambiando de tema, Clara estaba pensando en invitar a Catie a jugar con Jane. Deben tener más o menos la misma edad.

—Claro. —Me había distraído de nuevo.

Olivia miró hacia nosotros, como si hubiera notado mis ojos sobre ella, y nuestras miradas se encontraron.

—Oh, oh —dijo Thomas—. Te ha pillado mirándola. Ahora tienes que ir a saludar.

—No la estaba mirando —protesté, pero Thomas ya se había levantado y se dirigía a la puerta.

Por desgracia, tenía razón. Sería muy raro que no me acercara a decir hola. Esa fue la única razón por la que me dirigí a la mesa de Olivia y Molly. Por supuesto, la forma en que el sol brillaba sobre los rizos de

Olivia y la necesidad imperiosa de alejar a Seamus de ella no tuvieron nada que ver.

Mi humor mejoró un poco al observar que Seamus pareció palidecer un poco al verme.

—Acabo de recordar que... tengo que... —Hizo un gesto con la cabeza en señal de despedida y se batió en retirada con su bolsa de comida para llevar.

Molly sonrió al verme.

—¡Hola, Declan! Nunca te veo fuera de la tienda. —Se volvió hacia Olivia—. Desde que nació Catie, ha sido uno de nuestros mejores clientes.

—Me lo creo —dijo Olivia por encima de su cerveza.

Sentí un extraño calor en la parte posterior del cuello y me apresuré a cambiar de tema.

—Thomas ha invitado a Catie a jugar con su hija Jane. ¿Puedes encargarte de organizarlo?

—Claro —dijo Olivia—. Es una gran idea. Necesita más amigos de su edad.

—Eso pensaba yo —dije, y Olivia me sonrió. ¿Cuándo me había empezado a parecer su aprobación tan brillante como la luz del sol?

—Siéntate y tómate una cerveza —propuso Molly—. Estoy intentando convencer a Olivia de que se una a mi proyecto, y necesito apoyo.

—Oh, seguro que tiene mucho que hacer —dijo Olivia.

Así era, pero acepté la invitación.

—Creo que puedo tomarme unos minutos. —Me senté e hice una señal al camarero—. ¿En qué consiste el proyecto?

—Yo siempre he querido ilustrar libros, pero resulta que soy penosa escribiendo —explicó Molly—. Pero Olivia tiene un grado en escritura creativa, e incluso tiene una idea para un libro para niños, pero no quiere contármelo porque dice que es una tontería. Y eso sí que es una tontería, porque está claro que nuestro destino era conocernos y escribir el mejor libro ilustrado para niños de la historia.

Miré a Olivia, impresionado.

—¿Eres escritora?

—Lo era —corrigió Olivia, sujetándose un mechón de pelo detrás de la oreja—. En una vida anterior, pero después descubrí mi auténtica vocación.

—¿Ser niñera de gilipollas ricos? —preguntó Molly, escéptica.

—¡Molly! —exclamó Olivia.

—¿Qué? Oh. —Puso los ojos en blanco—. Excluyendo a tu jefe actual.

Eso me hizo reír. Olivia parecía tan avergonzada que quise ayudarla.

—Creo que se refiere a ayudar a los niños y darles el apoyo que necesiten.

—Sí —dijo Olivia agradecida—. Eso.

—Hasta los que tienen tíos gilipollas —añadí.

Esta vez fue Molly quien rio, mientras Olivia se cubría la cara con las manos. Seguimos hablando un rato y me sorprendí al darme cuenta de que me estaba divirtiendo. Nunca había prestado demasiada atención a Molly, ya que era unos años menor que yo, pero tenía un sentido del humor muy agudo y me divertía verla hacer reír a Olivia. También me gustaba conocer mejor a Olivia, fuera de su trabajo para mí. Al estar fuera de la casa y sin Catie, me daba la sensación de que podía hacerle preguntas más personales.

Averigüé que había crecido en una ciudad costera del sur de California, pero se había trasladado a Minnesota al recibir una beca para la universidad. Había viajado mucho con las familias para las que había trabajado, pero esta era su primera vez en Irlanda. Y, a juzgar por las bromas que gastaba Molly, no tenía novio.

Yo ya había dado por hecho que ese sería el caso. Olivia nunca había mencionado a un hombre, y no era exactamente la clase de persona que se guardaba nada para sí misma. Incluso si hubiera sido capaz de mantener una discreción que no era propia de ella, ¿a qué hombre le parecería bien que su chica se fuera a trabajar al otro lado del océano y pasara meses viviendo en la casa de otro hombre? Me gustaba tener la confirmación de mi sospecha, aunque no quise pensar mucho en por qué me gustaba.

Antes de darme cuenta, habían pasado dos horas y Molly tuvo que volver a la librería. Olivia y yo nos dirigimos andando de vuelta a casa. Era agradable pasear juntos y disfrutar de uno de los escasos días cálidos y soleados.

—Bueno, ¿y cuál es la idea que tienes para el libro?

—Oh no —dijo Olivia, riendo—. No pienso contártelo a ti.

—¿Qué quieres decir con «a mí»? —Levanté una ceja.

—Porque tú… eres tú. —Hizo un vago gesto hacia mí—. Tú has tenido un éxito increíble y has montado una empresa multimillonaria. Tu sueño ha cambiado el mundo de la tecnología. Sin embargo, mi sueño no son más que unas pocas líneas anotadas en un documento en mi ordenador, que no he abierto en cinco años.

Yo me centré en lo más importante de todo lo que había dicho.

—Así que ese sigue siendo tu sueño.

—No lo sé —dijo, mordiéndose el labio—. Hace mucho tiempo que no escribo ficción. ¿Y si no se me da bien?

—Probablemente no se te dará bien, al menos, al principio. Pero luego aprenderás de tus errores y lo volverás a intentar todas las veces que haga falta, hasta que lo consigas.

Olivia me lanzó una mirada divertida.

—Me cuesta mucho imaginarte a ti fracasando una y otra vez. ¿Snug no fue un éxito inmediato?

—Snug no fue la primera empresa que creé —expliqué—. Hasta dejé la universidad para trabajar en la primera de ellas, porque creía que podía cambiar el mundo.

—¿Y qué pasó? —preguntó Olivia.

—Se vino abajo en siete meses. Me quedé sin cobrar un mes de sueldo, pero aprendí un montón. Además, allí conocí a Anil, que había sido lo bastante listo como para no dejar la universidad. —Me encogí de hombros—. No digo que todo el mundo deba tener un gran sueño, ni que no se pase mal cuando te lo juegas todo y pierdes, pero ¿no es mejor correr riesgos? Sobre todo, si llevas cinco años pensando en ello.

Olivia no dijo nada, pero se quedó pensativa un momento.

—Además, si publicas el libro, conozco al mejor crítico de libros para niños del mundo —bromeé.

Olivia puso los ojos en blanco.

—Cómo no, tienes contactos en una editorial. ¿Hay algún sector en el que no tengas contactos?

Pensé en todas las empresas que promocionaban sus negocios en Snug, y en los amigos que había hecho a través de Glenhaven Club y otros contactos.

—La verdad es que no.

Ella suspiró, exasperada, pero sus ojos eran amables. Su mano rozó la mía accidentalmente al andar, y sentí el extraño impulso de cogerla y entrelazar mis dedos con los suyos.

No, me dije. *Trabaja para ti y, aunque no lo hiciera, no eres de los que van de la mano. Pero ella sí lo es.*

Me metí las manos en los bolsillos y pasé a otro tema menos personal, haciendo un esfuerzo enorme para no sentirme como un jovencito que acompañaba a casa a la chica que le gusta.

Casi lo consigo.

13

OLIVIA

Solo habían pasado un par de días desde que tuve aquel día libre, y estaba ansiosa por que llegara el siguiente. Normalmente, me encantaba mi trabajo, pero ese día Catie me estaba poniendo de los nervios. Me había costado media hora solo que se vistiera, porque no dejaba de distraerse con los juguetes de su habitación. Después, se había tirado por encima el zumo de naranja durante el desayuno, y habíamos tenido que volver a empezar. En general, yo era capaz de adaptarme al caos que creaban los niños pequeños, pero aquel día...

No pienses en qué día es hoy, me propuse.

—Vamos —pedí a Catie—. Saldremos fuera a jugar un rato al fútbol, para liberar toda esa energía.

Ella dio un pisotón al suelo.

—No *quiero* salir fuera, quiero ver una película. Quiero...

—A veces hay que hacer cosas que uno no quiere —expliqué, frustrada—. Así que respira hondo y no seas quejica, ¿vale?

Catie pareció sorprendida, y luego empezó a temblarle el labio, en un intento por no llorar.

—Oh cariño, lo siento. —Me agaché para ponerme a su nivel y le di un abrazo—. No debía haberte hablado así. No pasa nada si das rienda suelta a tus sentimientos y me dices lo que quieres. Es solo que he dormido mal esta noche y estoy de mal humor. Lo siento mucho. —Me separé de ella y le apreté los hombros—. No has hecho nada malo, soy yo quien tiene un mal día. Eres una niña estupenda, ¿de acuerdo?

—¿También cuando soy quejica? —Sorbió por la nariz.

—No eres quejica. No debería haber dicho eso —dije—. Pero, incluso si tienes un mal día y tienes que quejarte, sigues siendo estupenda, te lo prometo. Vamos a por un pañuelo, ¿vale?

Catie asintió.

—Voy a por la pelota.

—Eso me parece perfecto. Gracias por ayudarme —contesté.

Catie se animó un poco ante el agradecimiento y fue a buscar la pelota. Yo salí al pasillo para ir a por un pañuelo y me encontré a Declan al volver la esquina. Se me encogió el estómago. ¿Cuánto tiempo llevaba ahí?

Yo sabía cómo ser firme con los niños, pero casi nunca perdía la paciencia de ese modo. Declan y yo por fin nos entendíamos bien, pero si él pensaba que no estaba portándome de forma profesional con su sobrina…

—¿Estás bien? —preguntó.

Jolín, pensé. *Me ha oído.*

—Lo siento mucho —dije—. Te prometo que no volverá a ocurrir.

—Lo sé —dijo Declan, que añadió con amabilidad—: ¿Supongo que no se trata solo de una noche sin dormir?

Yo aparté la mirada. Quería decirle que no se entrometiera, pero había perdido el derecho a hacerlo cuando perdí la paciencia con Catie.

—Hoy es el aniversario de la muerte de mis padres. No pensé que me fuera a afectar de este modo. Normalmente me cojo unos días libres y voy al lago donde solíamos ir de vacaciones. Pero este año estoy aquí y… —Sacudí la cabeza—. Lo siento, eso no es una excusa.

Declan me miró con interés y sin delatar ninguna emoción. Una parte de mí se preguntó cuánto le costaría encontrar una niñera con menos problemas emocionales. Entonces, me sorprendió.

—Dame veinte minutos.

∾

Al cabo de veinte minutos, Declan interrumpió nuestro juego de «no lanzar la pelota a las flores» para anunciar que se tomaba el resto del día libre y nos iba a llevar a un lugar llamado Salthill. Catie aulló de alegría.

—Es una playa, no un lago —me explicó Declan—. Pero creo que te gustará.

Tuvo razón. Menos de una hora más tarde, estábamos extendiendo unas toallas en la arena mientras Catie buscaba el lugar perfecto para construir un castillo. Comparado con las amplias playas del Pacífico en las que yo había crecido, Salthill me pareció muy pequeño y muy mono. La playa era estrecha y, detrás de nosotros, había un paseo marítimo bordeado de tiendas. Un poco más allá, se alzaba una noria dominando el relieve. Seguramente, la playa estaría llena otros días, pero como habíamos venido en un día laborable, no se estaba mal. El día era muy soleado, pero la temperatura no llegaba a los veinte grados, y me sentí un poco tonta por haberme puesto el bañador debajo de la camiseta y los vaqueros.

—¿Siempre hace tanto frío? —pregunté.

—¿Qué dices? —preguntó Declan, quitándose la camiseta y mostrando un torso esbelto y musculoso con una sombra de pelo oscuro—. Este es el día de verano perfecto.

—Creo que ningún californiano estaría de acuerdo contigo —bromeé.

—Ya no estás en California, *a chara* —contestó con una sonrisa.

Declan me sostuvo la mirada y sentí mariposas en el estómago, pero él volvió su atención hacia Catie.

—¿Vamos a por agua para tu castillo de arena?

—¡Sí! —cogió a Declan de la mano y fue con él saltando hacia el agua con el cubo en la mano.

Juntos eran encantadores, parecían una familia. Me picaban los ojos. Inspiré profundamente el aire salado, me froté con la mano el dolor que sentía en el pecho, y me dije que todo iba bien. Mis padres no habían tenido una vida larga, pero había sido una buena vida. Les gustaban sus trabajos, se querían, les encantaban nuestras vacaciones en el lago, y habrían disfrutado muchísimo de un día como hoy.

Me tumbé en la toalla, miré el cielo azul y escuché el relajante sonido de las olas mientras enterraba los dedos de los pies en la arena. Cuando las voces de Declan y Catie me sacaron de mi ensoñación, comprendí que hacía meses que no sentía tanta paz. Me senté para mirarlos construir el castillo de arena, hasta que Catie decidió que Declan lo estaba haciendo todo mal, y le mandó a sentarse en la toalla conmigo.

—Muchas gracias por esto —dije a Declan en voz baja—. No sé cómo lo sabías, pero es justo lo que necesitaba.

—Pues no has visto nada todavía —contestó él en tono ligero—. Hay un puesto de pescado frito y patatas en el paseo marítimo que sabe a vacaciones de verano. Comeremos allí.

—Suena genial. —Metí la mano en mi bolso y saqué un bote de protección solar—. Eh, Catie, ven a ponerte crema para que no te quemes.

—El tío Declan nunca se pone —protestó ella.

—El tío Declan también va a ponerse un poco —contesté.

—Ah, ¿sí? —preguntó Declan.

—Ya lo creo —dije con firmeza.

Como pelirroja, sabía que era mucho mejor lidiar con el engorro de la protección solar que con una quemadura en la piel.

Declan dejó escapar un gruñido casi tan teatral como el de Catie, y yo contuve una sonrisa. Después de trabajar como niñera durante años, se me daba muy bien poner crema de forma rápida y eficiente a niños inquietos. Terminé conmigo y con Catie en unos minutos, mientras Declan seguía tratando de extenderse la crema por los brazos y las piernas entre murmullos de protesta. Aunque, para ser justa, él tenía mucha más piel que proteger que yo.

—¿Quieres que te la ponga en la espalda? —pregunté, solo para lamentarlo enseguida. Lo último que necesitaba era recorrer su ancha espalda con las manos.

—Eso sería fantástico, gracias —dijo Declan, volviéndose hacia el otro lado.

Sentí que se me secaba la boca cuando me puse de rodillas para llegar mejor a sus hombros. Él se puso un poco tenso cuando le toqué, pero comenzó a relajarse a medida que extendía la crema sobre su piel, dándole un pequeño masaje sin querer. De acuerdo, tal vez no fuera exactamente sin querer, pero en mi defensa, era un hombre espectacular. Todo mi instinto me pedía acariciar la pendiente de sus omóplatos, la línea de su columna y la curva de la parte baja de su espalda.

—Mmm. —Declan dejó caer la cabeza hacia atrás—. Eso es muy agradable.

—Es tu recompensa por ponerte protección solar —dije con sequedad. Al menos, intenté que sonara así, pero sonó un poquito jadeante.

Cuando terminé, Declan se giró para mirarme.

—¿Quieres que te ponga a ti?

—No hace falta —dije, tirando de la tela de mi camiseta.

—¿No te vas a bañar? —preguntó Declan, incrédulo.

Yo le miré, pensando que estaba loco.

—El agua parece estar demasiado fría para bañarse.

—Eh, solo está unos cinco grados más fría que el aire.

Yo negué firmemente con la cabeza.

—Cobarde —dijo Declan, con ojos desafiantes.

—¡No lo soy!

Él se limitó a sonreír con superioridad, como si supiera que el desafío funcionaría. Y vaya si funcionó, maldita sea.

—De acuerdo —dije, quitándome la camiseta y los vaqueros—. Me meteré en el agua.

—Esa es mi chica —dijo él, y el tono cálido de su voz me llegó dentro.

Noté sus ojos sobre mí mientras me extendía la crema por las piernas. Una pequeña parte de mí, más presumida, deseó llevar puesto un bikini sexi, pero había hecho la maleta para ir a trabajar, no para unas vacaciones, así que solo había traído un bañador entero negro. Al menos, el diseño de la parte superior, que se ataba detrás del cuello, me hacía un pecho estupendo.

Le entregué el bote de protección solar a Declan y me puse de espaldas a él.

—Te toca —dije, tratando de no pensar mucho en ello.

Declan me retiró el pelo con cuidado y lo puso por delante de mi hombro, antes de extender la crema por la parte superior de mi espalda con pasadas rápidas y eficientes.

—¿Podrías, esto, poner un poco debajo del lazo del cuello? —pregunté con torpeza—. Se suele mover y me quemo...

Él levantó con cuidado las cintas y usó las puntas de los dedos para extender la crema por toda la base de mi cuello. Cuando terminó, mi respiración era un poco más rápida. Me puse en pie sin mirarle.

—¡De acuerdo! Hora del baño.

Catie vino conmigo encantada, pero no la llevé más allá de donde el agua me llegaba a las caderas, y no le solté la mano, porque no conocía las mareas. Pero Declan sí las conocía y se adentró mucho más, nadando con brazadas ágiles y muy masculinas, antes de volver a donde estábamos Catie y yo. A medida que se acercaba a la orilla, dejó de nadar y empezó a caminar hacia nosotras. Observé cómo el agua se deslizaba por su cuerpo, y pensé todas esas cosas que siempre piensan las mujeres cuando ven un tío bueno salir del agua.

Cuando estuvo cerca, Declan nos empezó a salpicar a Catie y a mí. Nosotras le devolvimos las salpicaduras hasta que todos estuvimos empapados, helados y muertos de risa. Cuando salimos del agua, Catie volvió a su castillo, y Declan y yo nos dejamos caer sobre las toallas.

—Me gusta la idea de ir a un sitio agradable en el aniversario de la muerte de un ser querido —dijo Declan con suavidad, y me di cuenta de que se refería a su padre—. Yo suelo evitar a la gente y los sitios en los que no quiero estar, pero me gusta la idea de ir a otro sitio en cambio.

—¿Cómo era? —pregunté, girando la cabeza para mirarle.

—Era un hombre tranquilo y bueno. —Declan sonrió al cielo azul—. Veía lo mejor de todo el mundo. Recuerdo que, cuando tenía unos diez años, me levanté una noche para coger un vaso de agua. Estaba con uno de sus amigos, que claramente estaba preocupado por algo. Recuerdo que mi padre le dijo: «Ya sabes que no llegará hasta ese extremo. Tienes a un montón de gente que te apoya, empezando por mí».

—Eso es muy bonito —dije.

—Le encantaba Ballybeith. Hasta las zonas feas. —Declan se volvió entonces a mirarme—. ¿Y tus padres? ¿Cómo eran?

—Aventureros. Felices. —Sonreí—. Mi padre trabajaba en temas inmobiliarios, pero solo era un trabajo, una forma de pagar las facturas. Le encantaba volver a casa con mi madre y conmigo al terminar el día. A veces, cuando les apetecía, en vez de irnos a la cama, nos subíamos todos al coche en pijama e íbamos a la playa, aparcábamos junto al mar y escuchábamos música. Mis padres hablaban en el asiento delantero y yo me quedaba dormida en el de atrás.

—¿Qué música escuchabais? —preguntó Declan.

—Si elegía mi padre, los Rolling Stones. Si elegía mi madre, ABBA.

—Eso explica lo del timbre —observó Declan, y yo me eché a reír, y seguí riendo mucho más de lo que justificaba la broma, hasta que la risa dio paso a lágrimas silenciosas.

—Eh, eh. —Él entrelazó sus dedos con los míos y apretó—. No pasa nada.

Pero yo no tengo un montón de gente que me apoye, pensé. *Solo estoy yo*. Aunque, en ese momento, con su fuerte mano en la mía, no me sentí tan sola.

Catie se dejó caer entonces sobre la toalla.

—¿Podemos leer ya? Oye, ¿por qué lloras?

Yo solté mi mano de la de Declan de un tirón y los dos nos sentamos, mientras yo me secaba los ojos con discreción.

—Es solo que me he acordado de una cosa que me ha puesto triste, pero no pasa nada. Y me encantará leer contigo. A ver, ¿qué libros has traído? —Saqué de la bolsa los libros de Catie, y me fijé en que había dos ejemplares de *El día de playa de Emmy Lou*.

—¿Por qué tienes este libro dos veces? —pregunté, confundida.

—Uno es mío y el otro es del tío Declan —explicó Catie—. Así me lo puede leer por teléfono.

Oh, por Dios, qué hombre. Noté una punzada de dolor más o menos donde debía estar mi corazón.

—Sí, pero eso es para cuando estás en Estados Unidos —aclaró Declan—. Cuando estás aquí no hace falta que traigas los dos.

—Este es para mí y la señorita Olivia —dijo Catie—. Y este es para ti. Ella me lo lee a mí, y tú puedes leerlo solo.

—Bien pensado —alabó Declan con seriedad, aunque sus ojos reían mientras aceptaba el libro.

—Léemelo —exigió Catie, que había apoyado su húmedo e inquieto cuerpecillo contra mí para poder ver las ilustraciones.

Seguramente nunca sería posible eliminar toda la arena de ninguno de los dos libros, que seguirían siendo iguales hasta en eso. Leí en voz alta para Declan y Catie, consciente de que recordaría ese momento con cariño el resto de mi vida. Buena parte de eso se debía al hombre tumbado boca abajo a mi lado, que seguía la lectura sin perder detalle solo porque se lo había ordenado su sobrina.

14

DECLAN

Había propuesto pasar el día en la playa por Olivia, sin pensar en lo mucho que yo lo necesitaba también.

Anil y yo estábamos decidiendo si debíamos adquirir una nueva empresa de tecnología situada en Praga, que proporcionaría a Snug la capacidad de añadir vídeos de manera sencilla. Hasta ahora, Snug era una plataforma basada en el texto, aunque era posible incluir enlaces para ver vídeos alojados en otras redes. Si añadiéramos la posibilidad de subir vídeos, podríamos competir con las redes sociales basadas en vídeo, pero eso también cambiaría la esencia de nuestra plataforma.

En el mundo de la tecnología, el equilibrio era muy delicado. Si no nos manteníamos al día, no conseguiríamos usuarios nuevos. Si cambiábamos demasiado, perderíamos usuarios existentes, y corríamos el riesgo de acabar en una situación en la que, tal vez, el servicio que ofreciéramos a nuestros usuarios no fuera tan bueno como el de nuestros competidores. Ni qué decir tiene que la decisión me estaba estresando bastante. Me había venido muy bien desconectar durante unas horas escuchando el sonido de las olas. Cuando hablé con Sinead esa noche, hasta ella notó que sonaba más relajado.

Había sido buena cosa que el agua estuviera fría. El recatado bañador de Olivia se había adherido a sus curvas de una forma que me había hecho preguntarme qué pasaría si desatara ese lazo que llevaba al cuello para poder… bueno... En fin, mi abuelo decía que el agua fría era la aliada de un caballero. Mi abuela le reñía mucho cuando decía eso delante de los niños, pero él tenía toda la razón.

Cuando fui a hacerme una taza de té a la mañana siguiente, encontré a Olivia en la cocina, preparando el desayuno para Olivia.

—¡Tío Declan! Mamá dijo anoche que tienes un barco.

—Sí, tengo uno. —Cogí mi taza favorita del armario, pero dudé un momento antes de preparar el té. Eché un vistazo a Olivia, que estaba colocando una sartén al fuego. Me fijé en que había dejado los huevos sobre la encimera, así que los rompí en un cuenco y comencé a batirlos. Olivia levantó una ceja cuando se fijó en lo que estaba haciendo y me dedicó una sonrisa. No sabía qué era *esto*, pero me gustaba.

—¿Podemos ir hoy en el barco? —El entusiasmo hizo que Catie empezara a saltar en su silla.

Estaba a punto de decir que sí, cuando recordé lo que había dicho Olivia sobre la rutina y los planes.

—Hoy no, cielo, tengo que trabajar. Pero podemos ir a navegar el fin de semana.

Miré a Olivia, para ver si lo había resuelto bien. Ella me dedicó una sonrisa de aprobación al coger el cuenco con los huevos batidos y verterlos en la sartén.

—Creo que es un plan estupendo para este fin de semana.

Catie emitió un suspiro dramático y volvió a su desayuno.

—Bueno, eso también vale.

Contuve una sonrisa, pues Sinead también había sido muy dramática a esa edad. Las mujeres de mi familia sentían grandes emociones. Me preparé el té mientras Olivia terminaba de hacer los huevos y el beicon, pero no volví a mi despacho. El plan para el fin de semana me estaba haciendo sentirme más optimista respecto del trabajo, así que, en vez de volver inmediatamente a mi ordenador, me senté junto a Catie.

—Huele fenomenal —dije—. ¿Me dejáis que me apunte al desayuno, chicas?

—Solo si nos llevas hoy en el barco —exigió Catie, escupiendo migas en todas direcciones porque se había metido un trozo enorme de tostada en la boca.

—Buen intento —dijimos Olivia y yo a la vez.

Nos miramos con una sonrisa de complicidad, y ella me apretó el hombro con simpatía antes de sentarse a comer. Fue un gesto inocente y sencillo, pero…

Sí, pensé. *Esto me gusta.*

～

El sábado por la mañana amaneció gris y con niebla, pero no me importó. Para eso se inventaron los jerséis y, además, la niebla se disiparía cuando el día avanzara un poco. Ayudé a Olivia y Catie a subir a mi barco, el *Selkie*, que estaba atracado en el puerto de Galway. Era lo bastante grande para que estuviéramos cómodos, pero no tanto como para no poder manejarlo yo solo.

Me aseguré de que todo el mundo llevara puesto el chaleco salvavidas y hubieran entendido las reglas de seguridad, antes de poner el motor en marcha para salir del puerto. Cuando saliéramos a mar abierto, habría viento suficiente para navegar a vela.

Era bastante temprano, así que Catie, que aún se estaba despertando, pareció conformarse con quedarse sentada y observarlo todo con los ojos muy abiertos. Sin embargo, al mirar a Olivia, me fijé en que agarraba la barandilla con fuerza. Eso me preocupó. ¿Estaría nerviosa? Ella notó que la observaba.

—¿Cuánto tiempo hace que tienes este barco? ¿Es una afición reciente?

—Lo compré hace unos años, pero llevo navegando desde que era pequeño. El padre de mi madre era pescador. —Sonreí al viento. No había nada como estar en el agua—. ¿Te estás mareando? En cuanto salgamos, se calmará un poco —aseguré a Olivia.

—No, yo... mis padres. —Hizo una mueca—. Antes me gustaba mucho navegar.

Mierda. Me sentí como un puto idiota. Me había contado que sus padres murieron en un accidente de barco.

—Podemos volver —dije, en voz lo bastante baja como para que Catie no nos oyera—. Me inventaré una excusa.

—No —dijo Olivia con terquedad—. He navegado después de aquello. A una de las familias para las que trabajé le encantaban los barcos. Si navego lo suficiente, ya no... —Levantó la barbilla—. Quiero continuar.

Eso me hizo sentir una oleada de afecto por ella. Siempre había sentido debilidad por las mujeres valientes.

—Ven. —Hice un gesto a Olivia para que se acercara—. Voy a enseñarte a dirigirlo. Te sentirás mejor si sabes controlarlo.

Me aparté un poco para que Olivia pudiera sentarse delante de mí.

—Pon una pierna a cada lado del timón, y mira hacia delante.

Ella hizo lo que le indicaba, mientras yo caía en la cuenta de que una ventaja de mi plan era tener a Olivia prácticamente sentada en mi regazo. Su altura me permitía mirar por encima de su cabeza, mientras sus rizos acariciaban mis labios.

—¿Ves cómo tengo el brazo situado sobre el timón? Pon tus manos bajo las mías. Yo te indico.

Ella asintió muy concentrada, e hizo lo que le decía.

Me pregunto si se fiaría tanto de mí en la cama, se preguntó, traicionera, una parte de mi mente. *O a lo mejor es obstinada y fogosa, y querrá desafiarme en todo.*

Aparté esas ideas de mi cabeza y traté de centrarme en enseñar a Olivia a navegar, para que se sintiera de nuevo a gusto en un barco.

—Mantenlo firme. El truco está en hacer movimientos suaves y breves. Va mucho mejor si se maneja con cuidado.

—Como el sexo —dijo Olivia, que se tapó la boca con una mano con rapidez—. Ay. Olvida que he dicho eso.

Ni de puta coña, pensé. Me aclaré la garganta.

—¿Tienes alguna pregunta?

—Sí. Apenas puedo ver por encima del timón. ¿Eso es un problema? ¿Y si choco con algo?

Eso me hizo gracia. Seguí explicándole trucos de navegación hasta que empezó a relajarse y, cuando estuvimos en alta mar, apagué el motor. Olivia llevó el timón sola durante unos minutos, aunque yo no me moví de donde estaba sentado detrás de ella, dispuesto a tomar el control si era necesario. Cuando me lo devolvió, lo hizo con una sonrisa ilusionada.

—Ha sido increíble.

Estaba a solo unos centímetros de mí, con las mejillas encendidas y los ojos llenos de vida. Sentí el impulso repentino de acercarme más y besarla; en ese momento, me pareció lo más natural del mundo, pero la idea también me resultaba aterradora. En lugar de eso, me separé un poco de ella para permitirle levantarse.

—¿Puedes ayudarme con las velas? Luego podemos preguntar a Catie si quiere aprender a llevar el timón. No te preocupes, aún tienen que pasar muchos años para que le deje llevarlo sola.

—Claro. —Se puso en pie, se separó un poco y extendió los brazos para estirarse, mientras el viento sacudía sus rizos. Parecía que estaba abrazando el horizonte—. Oh, esto es fantástico. Los días como este me hacen recordar que tengo el mejor trabajo del mundo.

—¿De verdad? —espeté—. Incluso cuando no te... bueno, cuando no te despiden, sigues teniendo que aguantar a padres difíciles. Tampoco puedes quedarte nunca en el mismo sitio, ni tener tu propia casa.

—Tengo una casa —protestó Olivia.

—¿Y serías capaz de vivir en ella todo el tiempo, en lugar de solo cuando estás sin trabajo? —pregunté—. Si no quieres asentarte allí, entonces no es un hogar.

Ella no contestó, pero la expresión de su cara dejaba claro que no quería.

—No todos queremos vivir en el pueblo en el que nacimos —replicó ella con intención.

—Eso es verdad —acepté—. Supongo que... Es obvio que se te da muy bien tu trabajo, pero ¿has pensado alguna vez en hacer alguna otra cosa? ¿Algo que te permita quedarte en el mismo sitio una temporada?

No tenía ni idea de por qué le estaba preguntando esas cosas, ni por qué me importaba su respuesta. Bueno, eso fue lo que me dije a mí mismo.

Olivia deslizó una mano por la barandilla mientras pensaba cómo contestar.

—He descubierto que es mejor no obsesionarse con la idea de la estabilidad. —Me dedicó una sonrisa rápida—. Eso me permite vivir en el momento, y no pasarlo muy mal cuando acaba algo bueno.

Medité el significado de sus palabras mientras le enseñaba a utilizar el sistema de izado automático de las velas. No sabía si era lo más inteligente que había oído nunca, o lo más triste.

~

Me habría gustado seguir navegando mucho más, pero un barco no ofrecía muchas opciones para entretener de forma segura a una niña inquieta de seis años, así que volvimos a puerto al cabo de unas horas. Atraqué, apagué el motor y recogí las velas, mientras Olivia guardaba los chalecos salvavidas. Después de saltar al muelle, ayudé a Catie a bajar del yate.

—¿Te lo has pasado bien? —pregunté.

—¡Sí! ¿Podemos volver otro día?

—Claro que sí —dije.

Extendí la mano hacia Olivia para ayudarle a bajar. Ella la tomó, saltó al muelle ágilmente y cayó mucho más cerca de mí de lo esperado. Un intenso rubor se extendió por sus mejillas, y yo volví a pensar en robarle un beso. En ese momento, mi teléfono emitió un zumbido y ambos nos separamos con rapidez.

Se trataba de un mensaje de mi asistente. Después de llevar semanas tratando de hablar con un ingeniero de software que había trabajado para la empresa que Snug estaba tratando de adquirir, ahora estaba disponible para hablar conmigo.

—Lo siento mucho —dije a Catie y Olivia—. Tengo que hacer una llamada. ¿Os puedo dejar solas un rato?

—Claro —dijo Olivia—. Molly opina que Catie ya tiene edad para empezar con los libros de la Casa Mágica del Árbol, así que iremos a la librería a comprar uno mientras haces la llamada.

—Gracias —contesté, antes de dar a Catie un beso en su cabecita—. Pórtate bien con la señorita Olivia.

Catie asintió, pensando ya en el libro nuevo que le habían prometido, aunque eso no le impidió hacer una sugerencia inesperada.

—Deberías dar un beso de despedida a la señorita Olivia también, para que no se ponga triste.

Yo abrí la boca, pero la volví a cerrar, sin saber cómo responder. Sin embargo, Olivia, mucho más acostumbrada que yo a la extraña lógica de los niños, soltó una carcajada y se dio unos golpecitos exagerados en la mejilla.

Yo me acerqué y le di un rápido y casto beso, pero el tacto de su suave piel bajo mis labios se me quedó grabado dentro. Olía a lavanda, protección solar y mar. Una parte de mí, fuera de control, quiso hundir la cabeza en su cuello para aspirar mejor su aroma. Mis labios permanecieron en su mejilla un momento más de lo razonable, pero me separé e intenté hacer como si no pasara nada. Como si no me hubiera afectado de un modo que no era capaz de explicar. Olivia conservó una sonrisa tan amable y normal como siempre, pero me pareció que respiraba un poco más rápido de lo habitual.

—Vale. Bueno, vamos a... —Olivia hizo un gesto tras ella, tomó a Catie de la mano y comenzó a andar hacia Shop Street.

Yo me giré en la dirección contraria y me dispuse a buscar un lugar tranquilo en el que hablar por teléfono. Iba pensando en qué demonios estaba ocurriendo entre Olivia y yo, cuando estuve a punto de chocar con Mark O'Rourke. Verle me devolvió de golpe a la realidad. Tenía el mismo aspecto de siempre: un buen traje, pelo gris, piel enrojecida y una mirada adusta que asustaría a un niño.

Las fantasías que había tenido sobre Olivia cuando estábamos navegando no eran más que eso. Ella no era parte de mi vida, pero este hombre, por desgracia, sí lo era. Al menos, por ahora. Le esquivé, apretando los labios con fuerza.

—No creas que me puedes ignorar, Byrne —me ladró—. Sé lo que estás haciendo. Sé que eres tú quien está bloqueando la venta de mis edificios.

Al oír eso, me detuve. Acababa de confirmar que mi plan estaba funcionando, y eso me encantó. Me volví para enfrentarme a él y levanté una ceja.

—No sabía que necesitabas vender. ¿Tienes problemas de dinero? —Ladeé la cabeza en un gesto de simpatía fingida—. Vaya, cuánto lo siento. Es una pena que le pase algo así a alguien tan agradable.

La cara de Mark enrojeció aún más por la ira.

—Aparta, chaval, o de lo contrario…

Le di la espalda y me alejé de él silbando. Me costó un minuto caer en la cuenta de que la canción que silbaba era *Waterloo,* de ABBA.

15

OLIVIA

Había acostado a Catie y me había retirado a mi habitación para acurrucarme bajo las sábanas y leer algunos de los blogs de autores y críticos de libros a los que seguía en Snug. Declan me había invitado a ver la tele con él, pero después de los momentos íntimos que habíamos tenido durante el paseo en barco de esa mañana, necesitaba poner un poco de espacio entre él y yo.

Me encontré preguntándome, por enésima vez, si de verdad había sido tan íntimo como yo había creído. Hubo un momento en el que le sonreí, y sus ojos bajaron a mis labios, y hubiera jurado que...

Dejé escapar una exhalación temblorosa. Aunque se hubiera producido un momento íntimo, eso no significaba nada. Declan era un multimillonario soltero muy guapo, con un acento muy sexi y, además, debajo de esa fachada gruñona se ocultaba un hombre sorprendentemente decente. Estaba casi segura de que la mayoría de las mujeres que lo conocían creerían haber tenido «momentos» con él.

Aun así, la forma en que sus ojos habían parecido más oscuros... la forma en que se había inclinado hacia mí...

Aparté las sábanas de una patada, sintiendo un calor extraño de repente. En ese momento, sonó mi teléfono con el aviso de un mensaje de @DBCoder, y agradecí la distracción. Nos habíamos escrito varias veces desde el día en que Declan me «despidió», y @DBCoder se había disculpado por no haber visto mis mensajes cuando los envié. Por lo visto, había estado ocupado con algún problema de trabajo.

El mensaje de esa noche preguntaba: *¿Puedo pedirte consejo?*

Claro, contesté.

¿Hay alguna situación en la que sea aceptable pedir una cita a una mujer que trabaja para uno?

Uf, vaya pregunta complicada. Antes de conocer a Declan, habría contestado *«No, es demasiado complicado, no lo hagas»*. A mí nunca me había atraído ninguno de los hombres para los que había trabajado, y me habría sentido incomodísima si alguno de ellos hubiera intentado algo conmigo. Sin embargo, ahora sabía que era posible conocer a alguien en el trabajo y… planteártelo.

Sabía que Declan no me pediría jamás una cita. Él valoraba nuestra relación profesional y, en cualquier caso, yo no era su tipo, pero intenté imaginarme qué pasaría si me pidiera que saliera con él, solo para saber qué tipo de consejo darle a mi amigo. El estómago se me llenó de mariposas al pensarlo.

¿Y si la chica de @DBCoder sentía las mismas mariposas mientras esperaba que él le dijera algo? Claro que, por otro lado, ¿qué pasaría si ese no era el caso, y su intento de salir con ella estropeaba una buena relación de trabajo?

Esto no te va a gustar, pero la única situación en la que es aceptable pedir una cita a tu empleada es cuando sabes que a ella también le interesas, escribí.

Eso tiene mucho sentido, contestó él. *¿Cómo se supone que voy a saber lo que piensa si no le pido una cita?*

No lo puedes saber si ella no te lo dice, respondí.

Él empezó a escribir, pero se detuvo. Me lo imaginaba dándole vueltas a mi observación.

Perdona, continué. *Ya te he dicho que no te iba a gustar mi respuesta.*

Sí, lo dijiste. Gracias. Añadió un gif de un actor, al que no reconocí, golpeándose la cabeza contra una pared. Eso me hizo reír. El pobre...

A una parte de mí le daba envidia esa mujer del mundo de @DBCoder que le gustaba. Pero yo me había negado a ir más allá de una relación en línea con él, así que no tenía ningún derecho a sentir celos. Además, era mi amigo, y quería que fuera feliz.

Si te hace sentir mejor, no eres el único, escribí y, antes de acobardarme, añadí: *A mí también me gusta un tío con el que trabajo. Ha sido...*

Intenté encontrar la palabra adecuada.

Me está distrayendo mucho, añadí.

Chica mala, bromeó él, y añadió. *¿Trabaja para ti?*

Le había contado a @DBCoder que trabajaba con niños pequeños, pero nunca le había dado muchos detalles. Hasta donde él sabía, yo podía ser la directora de una escuela primaria, o una administrativa en una agencia de niñeras. La pregunta me hizo imaginar a Declan haciéndome una presentación en alguna oficina, y la imagen me pareció a la vez muy divertida y sorprendentemente excitante. Solté un resoplido y contesté.

No.

Entonces, pídele tú una cita, dijo @DBCoder. *Según tus normas, tú no tienes ningún problema.*

Y una mierda. Había un millón de razones por las que pedir una cita a Declan sería una idea horrible, pero no iba a entrar en detalles con @DBCoder.

Está muy por encima de mis posibilidades, expliqué, ya que eso también era verdad.

Me contestó al instante.

Permíteme que lo dude.

La respuesta me hizo sonreír. @DBCoder podía ser sarcástico, pero también era encantador. En la vida real, no había hombres tan encantadores como él o, al menos, yo no conocía a ninguno.

Buenas noches, le dije. *Anda, ve a hacerte una cuenta en una aplicación de citas, y así conocerás a alguien que no trabaje para ti.*

Ja, ja. En mi caso, las aplicaciones de citas no son una opción, pero te agradezco la sugerencia.

Desconecté y apagué la lámpara junto a mi cama. Estaba a punto de quedarme dormida cuando caí en la cuenta de que no sabía qué había querido decir @DBCoder con lo de «en mi caso».

∽

Soñé que estaba en el barco de Declan, pero no era él quien estaba conmigo, sino @DBCoder. Solo era una silueta borrosa, pero, de esa forma propia de los sueños, sabía que era él quien estaba de pie detrás de mí. Deslizaba la mano por mi estómago y me estaba besando, primero en la mejilla, y luego en la base del cuello. Me encantaba, pero sabía que estaba mal.

No puedo, dije. *Contigo, no.*

¿Y si fuera otra persona? Me volvió hacia él y ya no era @DBCoder, sino Declan, y no estaba borroso ni indefinido. Era Declan quien me besaba con intensidad, eran las manos de Declan las que sujetaban mis caderas, y era él quien me había alzado hasta sentarme en la barandilla de la borda, para que pudiera rodear sus caderas con mis piernas. Agarré su camisa sintiendo la excitación recorrer mi cuerpo, pero recordé que no llevábamos chalecos salvavidas.

Nos vamos a caer, protesté.

Pues caigamos, dijo Declan, antes de deslizar las manos por debajo de mi vestido. Rodeó mis pechos y los acarició, me mordió el cuello con suavidad y me ordenó que cayera con él. ¿O era una súplica? Me retorcí entre sus brazos, justo cuando una ola me hizo caer del barco y me separó de Declan, y me encontré retorciéndome entre las sábanas. Me desperté del todo al oír su voz.

—Olivia. ¿Estás despierta?

Parpadeé al notar la luz del sol, con el corazón a latiendo a toda velocidad. Escuché un golpe ligero en mi puerta, y volví a oír la voz de Declan al otro lado.

—¿Olivia?

—¿Sí?

La confusión se disipó cuando me di cuenta de que me había quedado dormida, y era más de una hora más tarde de lo habitual.

—Jolín.

Salté de la cama y me puse una sudadera encima del pijama para cubrirme un poco más. Abrí la puerta de un tirón, mientras me retiraba el pelo de la cara con la otra mano.

—Lo siento mucho. Me he quedado dormida. ¿Necesita ayuda Catie? Voy en un segundo.

—Calma, no pasa nada —contestó Declan con una sonrisa perezosa y apoyándose contra el marco de la puerta—. Catie está bien. Es que estoy preparando huevos con beicon y quería saber si te apetecían a ti también. —Frunció el ceño y su sonrisa se apagó un poco—. Tú nunca te quedas dormida. ¿Te encuentras bien?

Me puso el dorso de la mano en la frente, pero, por desgracia, eso solo me recordó todo lo que sus manos me habían hecho en el sueño.

—No tienes sueño, pero pareces sofocada —dijo él con aire preocupado.

—Estoy bien.

Le retiré la mano, pero él me miraba dudoso.

—¡En serio! Estoy bien.

—Lo que tú digas. El desayuno estará listo en diez minutos. —Me miró de arriba abajo una vez más, con una sonrisa contenida—. Me gusta tu sudadera.

Mientras él se alejaba, miré hacia abajo, confundida, y me fijé en que, con las prisas, me había puesto la sudadera que me había prestado la noche de películas. Seguramente ahora pensaba que dormía con su ropa, como una rarita. O como si me gustara. Dejé escapar un gemido de frustración y fui a vestirme lo más rápido que pude.

Al entrar en la cocina quince minutos más tarde, comprendí que lo de «huevos con beicon» se había quedado corto. Declan había preparado huevos, pero también salchichas, patatas, jamón, tostadas y, por alguna razón misteriosa, tomates a la plancha.

—¿Qué es todo esto? —pregunté, mirando cómo Catie llevaba platos cargados a la mesa.

—No podía dormir y me ha apetecido cocinar —dijo Declan—. Tienes agua caliente en la tetera.

Me giré y vi que había puesto mi taza favorita junto a la tetera. Era solo un detalle, pero en mi estómago aleteó una sensación deliciosa.

—El tío Declan dice que mi abuelo preparaba un desayuno enorme para todos cada domingo, para no tener que ir a la iglesia —me informó Catie.

Miré sorprendida a Declan. No sabía por qué me parecía importante que hiciera algo que solía hacer su padre, pero eso fue lo que pensé. Declan, despeinado y cohibido, se rascó la nuca de una forma encantadora.

—Vale —dijo con sequedad—. Se está enfriando la comida.

Catie llevó el peso de la conversación durante el desayuno y nos puso al día de todo lo que había hablado con su madre la noche anterior. Al parecer, dos de los hombres en su grupo de terapia eran «unos plastas», pero el resto de la gente a la que Sinead había conocido allí eran «bastante majos».

—Vamos a no decir «plasta» en la mesa —dije yo.

—¿Y cuándo puedo decirlo? —preguntó Catie, con toda la razón.

—Cuando seas más mayor —contestó Declan, que cambió de tema antes de que Catie pudiera replicarle—. Olivia, quiero darte las gracias por tus consejos.

Yo pestañeé, confusa.

—¿Los consejos sobre citas?

Él me miró extrañado.

—¿Cómo?

Me sonrojé al darme cuenta de que estaba pensando en la conversación con @DBCoder de la noche anterior. Por lo visto, no solo confundía a los dos hombres en mis sueños.

—Oh, santo cielo, no. Perdona. Estaba pensando en otra persona. —Me sonrojé aún más, desesperada por lo mucho que me había trastocado el sueño. Di un trago enorme a mi té, porque estaba claro que me hacía falta la teína—. ¿A qué consejo te refieres?

—Sugeriste que buscáramos algún aliado para ese negocio en el que nos estamos enfrentando a un abusón. —Pronunció las palabras despacio, como si le preocupara un poco que me hubiera dado un golpe en la cabeza—. He seguido tu consejo, y funciona.

—Ah, eso. Qué bien. —Agité un poco el tenedor al hablar, como si el gesto fuera a ayudarme a encontrar algo más inteligente que decir.

No funcionó. Declan me sonrió con afecto, y su sonrisa me encantó y, a la vez, no me gustó nada, porque era la misma que había visto en mi sueño. En ese momento, decidí que necesitaba alejarme un poco de Declan. De hecho, necesitaba alejarme todo lo que pudiera.

—Catie, ¿quieres ir a la librería después del desayuno? Podemos visitar a Molly y dejar a tu tío en paz un rato.

—¡Sí! —Catie se metió un trozo enorme de tostada en la boca, llena de entusiasmo.

La sonrisa de Declan pareció apagarse un poco. Demasiado tarde, caí en la cuenta de que, probablemente, había sido descortés no invitarle a él también, ya que tenía el día libre, pero no pude evitarlo.

Necesitaba *alejarme*, o acabaría haciendo algo estúpido e irreparable.

∼

Para cuando Catie y yo llegamos a la librería, ya había decidido que mi problema era que tenía demasiado tiempo libre. A diferencia de lo que había ocurrido en otros trabajos anteriores, Declan respetaba mi horario, y eso me dejaba demasiado tiempo para pensar en cosas indebidas.

Me acerqué a Molly en cuanto tuvo un hueco entre los clientes a los que estaba atendiendo.

—Venga. Vamos a hacerlo. Escribamos juntas ese libro ilustrado.

—Va a ser la leche. ¡Sabía que dirías que sí! —Pero enseguida se puso en plan amiga y frunció el ceño—. Un momento, ¿por qué has aceptado? ¿Estás segura? Antes no querías hacerlo.

—Digamos que... —Suspiré—. Necesito dejar de pensar en... alguien.

—¿Alguien con quien estás viviendo? —Molly había levantado mucho las cejas.

—¡No!

—Ya. Vi cómo le mirabas el otro día, en la comida.

Dejé escapar un quejido y oculté la cara en las manos.

—¿Se nota mucho?

—Él no lo nota —me aseguró Molly—. Los tíos no se enteran. Y hablando de eso, ¿quieres que organicemos una cita doble conmigo y el chico con el que estoy saliendo? Ha venido su primo y, según me ha dicho, «no es demasiado aburrido».

Me eché a reír.

—Haces que parezca muy atractivo.

—Has dicho que necesitas dejar de pensar en alguien —me recordó ella—. Venga, así me puedes dar tu opinión sobre mi novio. La mitad de mis amigos creen que debería mandarle a paseo de una vez, y la otra mitad creen que no es peor que cualquier otro tío.

Pensé que, si tenía que pedir opiniones a otras personas sobre el tío con el que salía, ya tenía la respuesta que necesitaba, pero quizá tenía razón. Salir una noche podría ser divertido.

—De acuerdo —dije—. Vamos a organizarlo, pero tenemos que quedar después de la hora de acostar a Catie, o una noche que Declan me deje salir antes.

—Genial. —Molly sonrió de oreja a oreja, pero enseguida se puso seria—. Oye, ¿decías en serio lo del libro de ilustraciones? Es que una amiga mía trabaja en una pequeña editorial en Dublín y le encantan mis dibujos. Me ha dicho más de una vez que hable con ella, si alguna vez encuentro un escritor con quien trabajar. —Puso los ojos en blanco, con un poco de timidez—. O, bueno, tampoco tiene que ser nada serio, podemos hacerlo solo por diversión…

No hacía mucho que conocía a Molly, pero me había dado cuenta de que este proyecto no era una diversión para ella, sino que quería intentarlo de verdad. Y, cuanto más lo pensaba, más me contagiaba de su entusiasmo.

—No, lo escribiremos. Haremos algo que le puedas presentar a tu amiga.

Molly soltó un chillido.

Si tenía suerte, eso me mantendría lo bastante ocupada como para no pensar en acostarme con nadie, concretamente, con mi jefe.

16

DECLAN

Pasé la mayor parte del lunes en Dublín, resolviendo un problema tras otro en el trabajo. Cuando Sinead llamó para tener su conversación diaria con Catie, todavía estaba en la carretera, a más de veinte minutos de casa.

—Te puedo dar el número de Olivia —propuse—. Si tienes prisa, ella te puede poner con Catie.

—¿Por qué iba a tener prisa? Estoy en rehabilitación, no tengo *nada* que hacer —se quejó Sinead.

—Puedes poner eso en tus comentarios cuando te marches —reí—. «Sí, me han ayudado con lo de la adicción, pero ¿y lo que me he aburrido?».

Sinead rio con suavidad.

—¿Ves? Por eso te echo de menos. Los americanos son demasiado serios, joder.

A mi alrededor, el verde paisaje se deslizaba con rapidez. A esta hora del día, cuando el sol se estaba poniendo, la vegetación parecía frondosa y espectacular. Era mi hogar.

—Sabes que podrías volver. Aquí no hay americanos serios.

Ella hizo un sonido ambiguo y cambió de tema al momento.

—Hablando de eso, ¿cómo te va con tu americana?

Me costó un momento caer en la cuenta de que se refería a Olivia.

—Es buena, y a Catie le gusta. Sabe cosas sobre el cuidado de niños que a mí nunca se me habrían ocurrido. —Continué, hablando con sinceridad—. Empezamos con mal pie, pero me disculpé con ella y ahora todo es fantástico.

Sinead dejó escapar un respingo muy teatral.

—¿Te has disculpado? ¿*Tú*? —Bajó el tono a un susurro artificial—. Declan, ¿te gusta?

—*No.* —Agité los hombros—. Es decir... no estaría bien que me gustara. Así que, no.

Prácticamente podía escuchar la sonrisa de Sinead a través del teléfono.

—Oh, por Dios, te has pillado por la niñera —se burló con alegría, como la típica hermana pequeña malcriada—. No se me ocurre una situación más clásica.

A mi pesar, me encantó oírla, porque volvía a sonar como ella misma, pero dejé escapar un gemido.

—No es eso. Bueno, sí, está muy bien, pero es más... —Busqué las palabras adecuadas, porque me costaba explicarlo—. Es su forma de ser. Es valiente y cabezota, y tiene una sonrisa que...

—Oh, oh. —La voz de Sinead ya no sonaba divertida—. Va en serio.

—Yo no voy en serio —protesté.

—Tal vez deberías hacerlo —contestó ella.

Hice el mismo sonido ambiguo que había hecho ella cuando le sugerí que volviera a Irlanda. A los Byrne se nos daba muy bien evitar las conversaciones profundas, y eso me hizo pensar que yo tampoco sabía mucho de la vida de mi hermana en ese aspecto.

—¿Tú has tenido alguna relación seria? —pregunté—. No sé, ¿con algún tío en Estados Unidos? —¿Habría sido una mala relación lo que le había hecho caer en el alcoholismo?

—¿Te refieres a enamorarme y todo eso? No —dijo Sinead—. No es fácil salir con nadie siendo una madre soltera.

Sentí una cierta culpa al pensar en todas las formas en que su vida era mucho más difícil que la mía. Ella continuó hablando, en tono melancólico.

—Creo que lo más cerca que he estado fue con el padre de Catie, pero los dos éramos muy jóvenes y yo sabía que él no estaba preparado para ser padre.

Yo pestañeé sorprendido. Cuando Sinead se quedó embarazada, mamá y yo le habíamos suplicado que nos dijera quién era el padre, pero ella se negó a contestar. Con el tiempo, llegamos a la conclusión de que había sido un rollo de una noche y le daba vergüenza admitirlo. Sin embargo, si sentía algo por él, la cosa cambiaba.

—¿Alguna vez me contarás quién es? —pregunté.

—Un momento, ¿es eso lo que estás buscando? —Sinead se puso a la defensiva—. ¿Has sacado el tema de las relaciones para hurgar en mi pasado? No voy a permitir que me juzgues, Declan.

—No te estoy juzgando —protesté.

—Siempre me estás juzgando —replicó ella.

—Es que no te *entiendo* —expliqué, frustrado.

—Creo que es mejor que me des el número de la niñera —cortó Sinead—. Quiero hablar con mi hija.

Yo me tragué la frustración, le di el número y terminé la llamada.

Sinead y yo habíamos peleado mucho de pequeños. Los dos éramos muy emocionales y, aunque nos queríamos, no siempre demostrábamos el cariño de la misma manera. Yo intentaba mostrarle mi afecto cuidándola y ocupándome de las cosas por ella, pero nunca salía como esperaba. Sin embargo, ella siempre supo que yo le apoyaría. También habíamos pasado muchos buenos momentos, sobre todo cuando a ella le apetecía ir en busca de aventuras, aunque solo fuera bajar a la tienda a comprar patatas fritas y chucherías, o pasar el día en Salthill. Catie me recordaba a ella en ese aspecto, por su instinto de aprovechar cada momento para hacer algo fantástico.

No sabía por qué Sinead y yo no conseguíamos forjar una relación normal de adultos. No quería seguir peleando con ella como si fuéramos niños, quería ayudarla.

¿Por qué no se fiaba de mí?

∽

—Toc, toc —dijo Olivia alegremente para llamar a la puerta de mi despacho.

En ese momento, no me apetecía mucho trabajar, pero tenía que ponerme al día con los correos electrónicos, y prefería hacer eso en lugar de pensar en por qué era incapaz de tener una relación normal con mi hermana.

—Solo quería que supieras que ya he acostado a Catie —continuó Olivia—. Me alegro de que le dieras mi número a Sinead, por si tienes que trabajar hasta tarde otro día.

Le contesté con un gruñido.

—Vale, de acuerdo —dijo ella—. Si no te apetece hablar, me voy a acostar yo también.

—Fantástico —contesté, sin apartar la vista de la pantalla.

Olivia dio media vuelta y salió de mi despacho. Dos minutos más tarde, estaba de vuelta.

—No, lo siento, no puedo. No voy a dejarte aquí solo y enfurruñado. Estas de muy mal humor. ¿Ha pasado algo en el trabajo?

—Todo va bien —contesté—. Estoy bien.

—No lo estás —insistió Olivia—. Si no es el trabajo, ¿se trata de tu familia? ¿Sinead está bien?

—Sí, está bien, es solo su forma de ser. Se le ha metido en la cabeza que no puede fiarse de mí, y si le hago una pregunta inocente, al parecer estoy juzgando sus decisiones anteriores que, por otra parte, fueron bastante penosas. Así que, si fuera cierto que la estoy juzgando, estaría plenamente justificado.

Olivia alzó una ceja.

—No pasa nada —insistí—. Estoy bien, joder. No quiero hablar de ello.

—Vale —dijo Olivia—. No tenemos que hablar de eso. ¿Puedo hacer algo para que te distraigas?

Se me pasaron por la cabeza toda clase de cosas excitantes y deliciosas que Olivia podía hacer para distraerme. Me aclaré la garganta y aparté la vista.

—Eres muy amable, pero tu trabajo no incluye la gestión de mis sentimientos.

—Estoy tratando de ayudarte, tonto —dijo Olivia, poniendo los ojos en blanco—. Tú me ayudaste a mí cuando lo necesitaba. ¿Por qué lo estás poniendo tan difícil?

Porque no estoy acostumbrado a que alguien quiera ayudarme. Porque no te perdono lo encantadora que eres. Porque tú haces que quiera ser mejor persona. Se me ocurrieron todas esas razones en un momento, pero no podía decirlas en voz alta.

—Sí, supongo que te lo estoy poniendo difícil —admití a regañadientes.

Eso hizo sonreír a Olivia.

—Te lo voy a poner fácil. ¿Quieres ver una película cursi conmigo para reírnos un rato?

—Pareces la clase de chica a la que le gustan las películas cursis.

—Me gustan, pero es para animarte a ti, porque sé que te gusta burlarte de las emociones sinceras. —Agitó una mano hacia mí—. Sobre todo, cuando estás así de enfurruñado.

En eso tenía razón.

—Entonces —dijo Olivia, inclinándose hacia delante con una expresión traviesa muy contagiosa—, ¿cuál es la película más cursi, ridícula y tonta que conoces?

Lo pensé un momento, y sonreí de oreja a oreja. Diez minutos más tarde estábamos delante de la televisión, viendo *El ciervo y el guerrero*, y Olivia observaba la acción con expresión muy concentrada.

En la pantalla, un hombre con una melena corta que ondeaba al viento y una camisa de estilo medieval igual de ondeante, descendía por la escalera de una mansión de la época Victoriana decorada con tapices anticuados.

—¿En qué época se supone que estamos?

—Iban a rodar la película en un castillo de la zona, pero el techo se vino abajo y le cayó encima al actor principal —expliqué—. Después de eso, se preocuparon más por encontrar edificios estables que por la fidelidad histórica.

—Te acabas de inventar todo eso. —Olivia me miró atónita.

Yo le dediqué una amplia sonrisa. Seguramente, ella habría crecido viendo películas de Hollywood que, más o menos, tenían sentido, y no estaba preparada para el tipo de película antigua de ambiente exagerado que estaba a punto de ver. Olivia continuó mirando la pantalla en silencio.

—No parece una película romántica. Él no hace nada más que cazar ciervos.

En la pantalla, Fionn había tensado la cuerda de su arco y se preparaba para matar a una cierva asustadiza, cuando su segundo al mando le detuvo y le explicó que, como era evidente, esa cierva no era un animal, sino una mujer víctima de una maldición.

—Un momento… ¿Esa es la protagonista? —preguntó Olivia, indignada—. ¡Ni siquiera es humana!

—Por eso es un clásico. Las heroínas que no pueden hablar son mucho mejores —dije yo.

Olivia me golpeó la cabeza con un cojín. Me reí y le sujeté las muñecas con las manos antes de que pudiera golpearme de nuevo. Sus ojos centellearon y esbozó una sonrisa, mientras intentaba soltarse para poder darme otro golpe. El esfuerzo había sonrojado sus mejillas, y mis ojos descendieron hasta sus labios, y luego a su pecho, que tensaba su fina camiseta de tirantes con cada respiración jadeante.

Sentí una necesidad urgente de recostarla sobre los cojines y besarla, algo que deseaba hacer desde hacía más tiempo del que estaba dispuesto a admitir. Olivia separó un poco los labios.

Debe estar a punto de preguntar qué demonios crees que estás haciendo, me recordó la parte de mi cerebro que todavía funcionaba. La solté bruscamente y volví a centrarme en la película.

Al menos, eso es lo que intenté hacer, pero no podía dejar de notar cada movimiento que hacía Olivia, cada vez que se reía, o se sorprendía, o se ponía el pelo detrás de una oreja. Cuando cambió de postura y terminó sentada un poco más cerca de mí, noté ese aroma a lavanda que siempre emanaba de ella. ¿Sería jabón? ¿Su perfume? Me la imaginé dejando caer unas gotas de perfume en sus muñecas y en la base de su cuello, un diminuto gesto femenino antes de pasarse el día lidiando con una niña revoltosa. También la imaginé enjabonándose en la ducha al final de un largo día, utilizando su propio jabón con ese aroma delicado, en lugar del gel que compraba mi asistente.

Joder. Me moví un poco, tratando de evitar que se me pusiera dura, y pensando en cómo ocultarlo si no lo conseguía.

—Un momento, ¿por qué ahora es humana? —preguntó Olivia.

—Porque están en las tierras de Fionn. Cuando la lleva a su casa, la maldición se rompe.

—Eso es bonito —dijo Olivia, ladeando la cabeza.

—A Sinead también le gusta esa parte —dije yo—. En realidad, esta película le encanta, pero no tengo ni idea de por qué.

Olivia me miró como si lo entendiera.

—¿Es esa la razón por la que la has elegido hoy?

No contesté a su pregunta. En la película, la protagonista se había identificado como Lady Sadhbh y Fionn daba instrucciones a los suyos para que cuidaran de ella. Después, Sadhbh conocía a la hermana de Fionn y las dos se hacían amigas enseguida.

—En la leyenda original no hay hermana —expliqué.

—Y supongo que tampoco hay música folk de los años setenta —hizo notar Olivia.

—No, eso sí que está en el original —bromeé, pero sonó algo forzado.

Olivia no había insistido para que siguiera hablando de Sinead y, por alguna razón, eso me decepcionó, ya que, en ese momento, una parte de mí quería seguir hablando de ella. Tal vez se debía a que me resultaba más fácil hablar de cosas importantes con la vista fija en una película absurda, en lugar de mirarnos cara a cara.

—No sé quién es el padre de Catie —admití—. Siempre he asumido que Sinead no lo sabía o, al menos, que era alguien al que apenas conocía, y esa es la razón por la que nunca intentó que se implicara. Hoy básicamente me ha admitido que estaba enamorada de ese cabrón, pero no me quiere decir quién es porque cree que voy a juzgarla.

—Y eso te duele —añadió Olivia con voz queda, comprensiva.

—No —protesté—. Bueno, puede que un poco.

Olivia extendió la mano y tomó la mía.

—Tú sigue haciendo lo que puedas para apoyarla, y dale tiempo. Te lo contará cuando esté lista.

Me apretó un poco la mano y la soltó. Yo luché contra el impulso de volver a cogerle la mano. En la pantalla, la película había llegado a la escena en la que Fionn cortejaba a Sadhbh. Hasta ahora, le había entregado una rosa salvaje, había cantado una canción folclórica un tanto gutural y había dado una paliza a un hombre que la había insultado.

—¿Las mujeres consideran todo eso romántico? —pregunté, sobre todo porque quería cambiar de tema y hablar de algo más ligero y sencillo.

—No es lo que hace, sino la forma de hacerlo —explicó Olivia.

—¿Qué quiere decir eso?

—¿Ves cómo la mira, como si fuera lo más bonito del mundo? ¿Y ves cómo mantiene el contacto con ella hasta el último segundo, como si no quisiera soltarla? —Se abanicó de forma exagerada, de una forma que me hizo gracia.

—¿Es eso lo que esperas tú? —Le sonreí—. ¿Un tío que te mire como si fuera lelo y te coja de la mano?

—En la vida real, los tíos no están esperando enamorarse de una —resopló Olivia—. Y si alguno lo está esperando, las cosas se ponen feas enseguida. Por eso me gustan tanto las películas.

Fruncí el ceño. No me hacía gracia que Olivia dudara de que ningún hombre se sintiera afortunado por estar con ella. Y, desde luego, no me gustaba nada la idea de que algún indeseable la pusiera nerviosa, o arruinara su idea de lo que era romántico.

—Me da la sensación de que detrás de eso hay una historia —le animó.

Olivia hizo una mueca.

—No es nada serio, es solo que tuve una mala experiencia con un tío al que conocí en una aplicación de citas.

Eso me puso en alerta.

—¿Olivia, a qué te refieres con «una mala experiencia»?

Como algún desgraciado le hubiera hecho daño…

—Al principio todo fue bien. Coincidimos en la aplicación, salimos unas cuantas veces y demás, pero cuando aún nos estábamos conociendo en internet, mencioné una tontada de blog que tenía en Snug. Entonces, él creó un perfil anónimo en el blog y fingió ser otra persona, para conocerme mejor. —Olivia subió los pies al sofá y se rodeó las rodillas con los brazos, como para protegerse mientras contaba la historia—. No me lo contó hasta que llevábamos un mes o así saliendo.

—Qué asqueroso —dije.

—¿Verdad? Creo que pensó que eso sería romántico o algo así. Dos personas que no dejan de encontrarse por casualidad hasta que se enamoran. Pero, en la vida real, solo resultó… agobiante. Como si me hubiera estado espiando, o manipulando. —Sacudió los hombros como si estuviera quitándose de encima un mal recuerdo—. Bueno, el caso es que le dejé y le bloqueé en internet. Después de eso, mantuve mi vida completamente separada del blog. —Me miró con la cabeza ladeada—. ¿Y tú? ¿Estás esperando una historia de amor maravillosa? ¿La mujer perfecta?

Sin embargo, yo no estaba dispuesto a dejar pasar lo que acababa de contar.

—¿Cómo se llama ese cabrón? ¿Tienes sus datos de contacto?

—¿Por qué? —preguntó Olivia.

—Para bloquearle en Snug —dije, hablando muy en serio.

—No fue para tanto —protestó ella—. Internet está lleno de hombres desagradables, no puedes bloquearlos a todos.

—Y una mierda que no.

—Oh —sonrió Olivia—. Quieres hacer el equivalente electrónico de dar un puñetazo al tío que ha insultado mi honor. —Ella se volvió hacia la pantalla y su sonrisa se suavizó aún más—. Tienes más de héroe de lo que crees.

Menuda *chorrada*. Sin embargo, saqué el teléfono y envié un mensaje rápido a Anil para recordarle que debíamos revisar las directrices de Snug sobre acoso en línea, y ver si podíamos mejorar algún aspecto.

—Bueno, ¿de qué trataba tu blog? —pregunté, para relajar un poco la situación—. ¿Ficción sobre los personajes de tu serie favorita de la tele? ¿Consejos para niñeras? ¿Los secretos de todos los jefes idiotas para los que trabajas?

Olivia rio, y su risa corrió por mis venas como el whiskey.

—En realidad —bromeó Olivia—, escribía historias basadas en *El ciervo y el guerrero*. Confieso que estoy obsesionada con esa película, y solo he aceptado este trabajo por ella. Estoy buscando un irlandés que prometa protegerme de los magos malvados. Es un fetiche muy particular.

—En ese caso… —Le dediqué una sonrisa seductora y me preparé para recitar una de las frases más conocidas de la película, poniendo la voz más grave, exagerando mi acento y mirándole a los ojos con intensidad—. Muchacha, no puedo ignorar la llamada de las armas, pero esta noche bailaremos. Trata bien a tu hombre, y hazme sentir por última vez aquello por lo que daría mi vida.

Durante un momento, ninguno de los dos pudimos aguantar la risa, pero, para cuando terminé la frase, las palabras ya no me parecían tan ridículas. Si Olivia me besara junto a una hoguera y me enviara al campo de batalla para protegerla, estaba empezando a pensar que iría sin rechistar.

Los ojos de Olivia se oscurecieron un poco, y mi pulso se aceleró al notarlo. Un momento, ¿a ella le había gustado? Porque me sabía la puta película de memoria.

Sin embargo, Olivia se separó abruptamente de mí y se volvió hacia la pantalla, con las mejillas sonrojadas.

—Se me había olvidado decírtelo. Molly me ha invitado esta semana a una cita doble. ¿Hay alguna noche en la que no te venga mal que termine antes?

Sus palabras me sentaron como un jarro de agua fría. Lo que quería de mí no era un beso, sino permiso para salir con otro hombre. Me dieron ganas de maldecir, o de patear algo. Me estaba enredando en mis propias emociones, y lo peor de todo era que ella no tenía ni idea de lo que me estaba haciendo.

—Elige la noche que quieras —contesté con aspereza—. Ya me organizaré.

Odiaba la idea de que saliera con otro hombre, pero, a diferencia de Fionn, yo no tenía derecho a estar celoso. Ni esto era una historia de amor, ni Olivia era mía.

Tan solo era la niñera, pero estaba poniendo mi mundo patas arriba sin darse cuenta.

17

OLIVIA

El día después de que Declan me hubiera derretido, citando como si tal cosa una frase de una película mala —Dios, no se podía ser más patética—, esperé hasta acostar a Catie y cogí prestado uno de los coches de Declan para encontrarme con Molly en un bar de Galway y hablar de la idea para nuestro libro. No me hacía mucha gracia conducir de noche por el lado contrario de la carretera, pero no creía que mis hormonas pudieran soportar otra noche viendo películas con Declan.

Estaba tan bueno que prácticamente era radioactivo, y yo estaba segura de que recordaría lo de *trata bien a tu hombre, y hazme sentir por última vez aquello por lo que daría mi vida* hasta cuando fuera una anciana viviendo en una residencia.

Al menos, salir con Molly ha sido productivo, pensé mientras conducía de vuelta a casa, agotada pero llena de energía creativa. A Molly le había encantado mi idea para la historia, que trataba de un patito que se perdía y superaba una serie de adversidades a base de preguntarse «¿qué diría mamá?» y seguir esos consejos. Sería un libro de ilustraciones muy simpático que ayudaría a los niños a procesar sus emociones si se veían separados de sus padres durante un tiempo, o para siempre.

En lo único en que no estábamos de acuerdo era en el animal protagonista. Ella quería un erizo.

Iba conduciendo sin prestar mucha atención, pensando en diferentes animales monos que pudieran ser el protagonista, cuando un coche giró la curva y se dirigió directo hacia mí. *Mierda*, pensé aterrada, al comprender que me había metido sin darme cuenta en el carril derecho de la carretera. Di un volantazo, al tiempo que el otro conductor pisaba el freno, pero me pasé, salí de la carretera y choqué con un muro bajo de piedra.

Me quedé sentada en el coche, sintiendo que el corazón se me iba a salir del pecho al pensar en lo terrible que podía haber sido el accidente si no me hubiera apartado.

El otro conductor, un hombre algo mayor que llevaba un jersey y una gorra, salió del coche y se acercó enfadado hacia mí. Abrí la puerta, pensando medio aturdida que deberíamos darnos los datos para el seguro, y que, por desgracia, no tenía ni idea de cuál sería la información de Declan.

Oh, santo cielo, pensé. *Tendré que contárselo a Declan.*

—¿En qué diablos ibas pensando? —exigió el hombre.

—Lo siento mucho —dije.

Le ofrecí una torpe explicación balbuceante. Debió parecer bastante lamentable, porque la expresión del hombre pasó de la ira a la preocupación.

—Eres americana, ¿no? Seguro que te olvidaste del lado por el que tenías que conducir. Bueno, supongo que no ha pasado nada serio, aunque le has dado un buen golpe al coche —gruñó.

Me dieron ganas de vomitar. Había echado a perder el carísimo coche de lujo de Declan.

—Pareces agobiada. ¿Puedo llamar a alguien para que te lleve a casa?

—No, estoy bien. Ya llamo yo. Muchas gracias.

El hombre se marchó, y yo saqué el teléfono y llamé a Declan con dedos temblorosos. Si me despedía ahora, esta vez me lo habría merecido.

—¿Olivia? ¿Qué pasa? Es muy tarde —dijo al contestar.

Tan solo con oír el sonido de su voz me sentí más calmada, y algo menos mareada. Por desgracia, también me hizo ser más consciente de la situación en la que me encontraba. Las lágrimas no derramadas formaron un nudo en mi garganta. No quería separarme de Catie y Declan, aún no estaba preparada para eso.

—He tenido un accidente —me obligué a explicarle—. Ha sido culpa mía y tu coche se ha llevado un golpe…

—¿Dónde estás? —me interrumpió Declan—. ¿Estás bien?

—Creo que sí. —Me miré el cuerpo—. Hum… Estoy en la carretera que lleva al pueblo, donde está ese árbol grande… —Enfoqué la vista para leer el letrero que había un poco más adelante y di la información a Declan.

—Llegaré enseguida —dijo él, sin ningún tipo de entonación.

—Lo siento mucho —dije, pero ya había cortado la llamada.

Intenté salir del coche para examinar los daños, pero me temblaban las piernas, así que volví a sentarme de lado y hundí la cabeza entre las rodillas. Me quedé mirando mis pies, apoyados en la gravilla de la cuneta, e intenté respirar hondo. No supe si habían pasado diez minutos o veinte, pero empecé a calmarme cuando escuché el sonido de un coche que me resultó familiar, y que se detuvo de un frenazo.

Declan saltó del coche, cruzó la carretera y se agachó junto a mí, con una rodilla puesta en el suelo. Sus manos recorrieron ansiosas mis brazos, cuello y mejillas. No miró al coche en ningún momento.

—Te he destrozado el coche —expliqué, por si no había oído esa parte por teléfono.

—No parece que tengas una conmoción —dijo, mirándome las pupilas—. ¿Puedes moverlo todo? ¿Los dedos de las manos y los pies?

—Pues claro —dije, confusa—. No ha sido un golpe muy fuerte. Ni siquiera han saltado los airbags, pero el lateral del coche...

—Oh, gracias a Dios.

Declan me envolvió en un abrazo enorme y sujetó la parte posterior de mi cabeza con una de sus grandes manos. Me encantó que me abrazara, pero no entendía por qué se preocupaba tanto por mí. Al fin y al cabo, solo era la niñera... Hasta que recordé cómo había muerto su padre.

Se comportaría igual con cualquiera que hubiera tenido un accidente de coche, pensé. Por alguna razón, al comprenderlo, me permití devolverle el abrazo, inhalar su aroma y relajarme por primera vez desde que me había salido de la carretera. No se había vuelto loco.

Él me besó la frente y el estómago me dio un vuelco.

—¿Qué ha pasado? —preguntó.

—Me he distraído y me he pasado al lado contrario de la carretera —admití, sintiéndome como una completa idiota.

Él se apartó un poco y me sujetó la cara con firmeza.

—Si alguna vez estás demasiado cansada para conducir, o si has bebido un poco, o si estás de mal humor y no te puedes concentrar...

Sea lo que sea, puedes llamarme. ¿Lo prometes? Iré a buscarte yo mismo, o te enviaré el coche si no puedo ir.

Asentí. El tono intenso de su voz hizo que se me secara la boca.

—Promételo —ordenó.

—Te lo prometo —contesté—. ¿Y Catie?

—Está en casa, dormida. Llamé a Thomas para que se quedara con ella.

Me dije que debía hacer algo por Thomas para agradecérselo. Declan seguía mirándome como si fuera algo importante que había estado a punto de perder, y eso estaba haciendo que mi corazón sintiera cosas raras. De pronto, pensé que me apetecía mucho menos ir a esa cita doble al día siguiente, pero eso suponía una razón más para acudir. Tenía que superar esta estúpida fijación que empezaba a tener con Declan, antes de que las cosas se complicaran más entre nosotros.

—¿Podemos ir a casa? —le pregunté.

—Sí, *a ghrá*. Podemos ir a casa.

Por suerte, el día siguiente con Catie transcurrió sin incidentes. Thomas trajo a su hija para que jugaran juntas, así que pasé un día tranquilo descansando en la terraza mientras Catie enseñaba a su nueva amiga los mejores sitios del jardín para encontrar bichos. Yo me mantuve cerca por si tenía que encargarme de algo, pero sabía que las amistades de la infancia necesitaban espacio para florecer, y quería que Catie tuviera más amigos de su edad. Eso me dio tiempo también para escribir el primer borrador del libro. No se tardaba mucho en escribir un libro ilustrado, pero podía llevar siglos perfeccionarlo.

Declan cumplió su palabra y salió de su despacho para quedarse con Catie cuando llegó la hora de que yo fuera a arreglarme para mi cita. El problema era que no quería hacerlo, así que volví a leer el borrador del libro una vez más. Aún no estaba preparada para enseñárselo a Molly, pero quería que alguien lo viera y me diera su opinión. Siguiendo un impulso, abrí Snug y envié el documento a @DBCoder.

No te rías, escribí, *pero quiero escribir un libro para niños. Me encantaría saber qué te parece, pero no seas muy duro, por favor.*

Me quedé mirando el teléfono y esperando su respuesta porque vi que él estaba conectado, pero enseguida me fijé en la hora y solté un juramento. Casi me había quedado sin tiempo para arreglarme, porque el primo del novio de Molly me recogería en doce minutos.

Me puse un poco de fijador en el pelo y algo de maquillaje, y elegí un ajustado vestido negro que me hacía un escote fantástico. Era lo mejor de mi vestuario, un vestido de Branson Designs que solo me había podido permitir porque lo había encontrado en una tienda de segunda mano hacía unos años. Nadie que se interesara por la moda se pondría un vestido de tantas temporadas atrás, pero era precioso y me encantaba cómo me sentaba. Nada como una prenda de Branson Designs para sentirse guapa y segura de sí misma. Era más formal de lo que me habría puesto normalmente para una primera cita, pero cuando hice la maleta, no estaba pensando en tener ninguna. Me puse unos sencillos zapatos negros de tacón y saqué de la bolsa de bisutería unos pendientes largos de color azul que destacaban contra mi pelo, y unas pulseras azules y plateadas que había comprado en un mercadillo. Cogí el bolso, me dirigí al piso de abajo y asomé la cabeza en la cocina, donde Declan preparaba algo que parecía un salteado.

—Qué bien huele, pero a Catie no le gusta mezclar distintas comidas.

Sin dejar de mirar la sartén, Declan señaló el microondas, que sonó justo en ese momento.

—Ella tiene *nuggets* de pollo. No te preocupes. —Miró por encima del hombro y sonrió—. Ve a divertirte con tu... —Dejó la frase a medias cuando se fijó en lo que llevaba puesto.

Me apoyé sobre el otro pie, muy cohibida.

—¿Me he pasado?

Él negó con la cabeza sin decir nada.

—Estás... Vas bien. —Cogió una botella de cerveza de la encimera, bebió un trago y me miró de arriba abajo. Me fijé en que los nudillos de la mano que agarraba la botella estaban blancos—. ¿Quién es ese hombre con el que vas a salir?

—El primo del novio de Molly.

—El novio de Molly tiene un montón de primos —gruñó Declan—. Y muchos de ellos son gilipollas.

—Este se llama Brendan Carr —contesté.

—Brendan no está mal —concedió Declan a desgana, y sin parecer muy contento.

En ese momento, alguien tocó el timbre y *Take a chance on me,* de ABBA, sonó por toda la casa.

—Ese será él —dije, sintiéndome nerviosa de repente—. Bueno, si alguna vez quieres salir tú con alguien, yo puedo hacerme cargo de Catie por la noche.

Él me miró sin expresión y volvió a dedicarse al salteado.

—No me esperes despierto —bromeé.

Sus hombros se tensaron de forma casi imperceptible. ¿Por qué estaba tan raro?

El timbre sonó de nuevo y corrí a la puerta. Esta noche no tenía tiempo para pensar en el humor de Declan.

∽

La comida era deliciosa. Molly estaba guapísima, con una blusa suelta que mostraba sus tatuajes. Oisin, su novio, era encantador, aunque un poco raro, y Brendan Carr resultó ser todo un caballero. Me dedicó toda su atención durante la cena, se ofreció a invitarme y ni siquiera miró el teléfono una sola vez. El único problema era que me aburría como una ostra.

—Ahora mismo hay mucha gente que busca alquileres más baratos —explicó Brendan—. Desde que Mark O'Rourke quitó de en medio a Seamus, no ha hecho más que subir los alquileres de todos sus edificios.

Brendan se dedicaba a los negocios inmobiliarios y, por lo visto, seguía de cerca el mercado local.

—Mark es así —dijo Molly—. Si no se encargara del festival de verano todos los años, no le querría nadie en este pueblo.

—¿Se encarga de todo el festival? —pregunté, sorprendida.

—Solo del último día. *El ciervo y el guerrero* se rodó en la mansión O'Rourke, así que el último día del festival se enciende una hoguera enorme en el jardín —explicó Molly—. Todo el mundo se emborracha, es genial.

—Lo cierto es que contribuye a la economía local —admitió Brendan—. Bueno, su mansión es la que contribuye. Sin ella, no habría festival y, sin festival, la mitad de los negocios de Ballybeith se irían a pique.

Ellos continuaron hablando, pero yo desconecté de la conversación.

En ese momento, vibró mi teléfono y le eché un vistazo discreto por debajo de la mesa. Era un mensaje de @DBCoder.

Me encanta tu libro, es fantástico, joder. ¿Cuándo podré comprarlo?

Sentí que me sonrojaba y tuve que contener una sonrisa. Entonces llegó otro mensaje.

Me he acordado de ti hoy. Creo que deberíamos conocernos antes de que te vayas de Irlanda. Ya sé que no estás muy convencida, pero creo que eres una de mis personas favoritas. Prométeme que lo pensarás.

En mi estómago revolotearon un millón de mariposas aterradas. Me encantaba que quisiera conocerme, pero también me asustaba mucho. ¿Y si @DBCoder no era tan fantástico en persona como detrás de la pantalla? ¿Y si lo era?

—¿Olivia? ¿Tú qué opinas? —preguntó Brendan.

Sorprendida, miré la agradable cara del hombre con el que se suponía que había salido. Molly acudió al rescate.

—Estamos hablando de si pedimos postre o no. Oisin tiene que irse porque le toca madrugar mañana, pero Brendan y tú podéis quedaros.

Decidí que eso me daba una salida.

—El caso es que me acaba de llegar un mensaje del trabajo. Creo que será mejor que nos vayamos todos.

Pagamos la cuenta y nos despedimos. Brendan ofreció llevarme a casa, pero le rechacé con amabilidad. Prefería pagar un taxi a pasar otra media hora de charla aburrida y cortés con él, y arriesgarme a que esperase un beso de buenas noches que no quería darle. Cuando los hombres se fueron, Molly y yo nos quedamos un momento a solas delante del restaurante. Ella me miró con interés.

—Supongo que lo del trabajo era una excusa para no pasar más tiempo con Brendan, ¿no?

—Es majo, pero… —Hice una mueca y no terminé la frase.

—Más soso que un plato de agua —terminó Molly por mí. Me cogió del brazo y propuso—: ¿Te apetece ir al bar y hablar de libros?

—Ay, sí, gracias —contesté—. Y, por cierto, Oisin es un cielo y está totalmente pillado por ti. Si te gusta, no hagas caso de lo que digan los demás.

—Sabía que me caías bien —dijo Molly.

Me eché a reír y nos dirigimos hacia el bar.

18

DECLAN

Tres horas después de haber acostado a Catie, seguía en mi ordenador resolviendo problemas de trabajo. El hecho de que me hubiera instalado en el salón, donde podría ver a Olivia tan pronto como llegara a casa, no significaba nada. Nada en absoluto.

Hasta ahora, había completado tres proyectos de mi lista de tareas pendientes y había llamado a Thomas para que me pusiera al día sobre nuestra lucha inmobiliaria contra O'Rourke. Al parecer, el ayuntamiento se había negado a derogar la ordenanza en cuestión, y O'Rourke había renunciado a vender el primero de los inmuebles que había puesto a la venta. Había pasado a intentar vender su tercera propiedad más antigua que, por desgracia, no era la mansión, pero Thomas me había asegurado que era posible retrasar esa venta también. Había encontrado un error en el testamento que transmitió en su día la propiedad a la persona que se la había vendido a O'Rourke. Si el testamento era declarado nulo, la propiedad podría pasar a una profesora de música del pueblo, y O'Rourke se quedaría sin ella. Y si O'Rourke no era el propietario, no podría vender.

Según Thomas, ningún juez llegaría al punto de quitarle la propiedad a O'Rourke, pero la profesora de música era una de las muchas personas del pueblo que no tenían ningún aprecio a Mark O'Rourke, y estaba dispuesta a ayudar a Thomas a amargarle la vida durante unos cuantos meses.

Recordé la cara airada de O'Rourke cuando me lo había encontrado el otro día, y sentí una oleada de satisfacción. A pesar de que había tratado de parecer altanero, yo noté que estaba ante un hombre desesperado por conseguir dinero, y eso significaba que no podría esperar unos meses para obtener una decisión judicial. Eso le dejaba con solo dos propiedades antiguas que pudiera vender, y una de ellas era la mansión.

Sonreí perversamente, notando el sabor de la victoria, hasta que me fijé en el reloj. La victoria sabría mucho mejor si Olivia no estuviera divirtiéndose con otro hombre, llevando un vestido que se ajustaba a sus curvas de una forma que debería estar prohibida, y unos tacones que hacían imposible apartar la mirada de sus piernas y su culo.

No pienses en eso, me ordené.

Envié otro mensaje a mi asistente, después otro a nuestro jefe de programadores, y otro a Anil. Si seguía trabajando, no pensaría en Olivia. Joder, hasta había pedido a @1000words que quedara conmigo, aunque no pensaba que, cuando me sugirió que tuviera una cita, Olivia se hubiera referido a quedar con una amiga anónima de internet para un café.

Comprobé mi teléfono, pero @1000words aún no me había contestado. Habían pasado horas, y sabía que había leído mi mensaje, así que ahora tenía que evitar pensar en dos mujeres diferentes. Envié otro mensaje a Anil y, menos de un minuto después, me sorprendió recibir una notificación de una videollamada suya. La acepté, y su cara amable llenó la pantalla.

—Hola —dije—. ¿Has visto mi mensaje sobre las posibles soluciones para ese error? La opción A me parece la mejor, pero...

—Esto es una intervención —interrumpió Anil—. Aléjate del ordenador. Vive tu vida. Intenta salir con alguna chica.

—Ya lo he intentado —dije, con cara de pocos amigos.

—Ooh —contestó Anil, con más simpatía—. ¿Te ha rechazado?

—Aún no ha contestado, y estoy tratando de no pensar en ello. Ni en que la niñera ha salido con el puto Brendan Carr y está haciendo solo Dios sabe qué. —Me pasé una mano por el pelo.

—¿Cómo se atreve? —dijo Anil, porque era el mejor de los amigos, pero enseguida preguntó—: ¿Quién es Brendan Carr?

—Un tío que fue al colegio conmigo. El rugby se le daba bien, y las mujeres, mal.

—Pero parece que a tu niñera le gusta —señaló Anil con calma.

Yo le hice una peineta.

—¿Por qué te importa con quién sale la niñera? —preguntó.

—No me importa.

—¿Qué está pasando? —preguntó, tras soltar un resoplido—. Nunca te he visto así por una chica.

—No lo *sé* —dije, frustrado—. Es que ella... Y llevaba un vestido que...

—Vaya. No me lo creí cuando me lo contó Thomas, pero tenía razón. Te ha dado fuerte.

—No es verdad —dije, pero enseguida caí en la cuenta de lo que había dicho—. Un momento. ¿Thomas y tú habláis sobre mí? Pero si apenas os conocéis.

—Qué desagradable eres. Nos conocimos en ese evento en Dublín el año pasado y hemos seguido en contacto. A diferencia de *otras personas*, Thomas cree que los memes que envío son divertidos. —Se miró el reloj—. Tengo que irme, he quedado con una actriz y cantante que acaba de dejar a su novio y quiere que la consuele.

—No dejes que te rompa el corazón —dije con un suspiro—. ¿Cuándo vas a dejar de permitir que las mujeres te utilicen como ligue de rebote?

Si mi problema era que no me implicaba en las relaciones amorosas, a Anil le pasaba lo contrario. Era un romántico incorregible, y desde que se había hecho rico, las mujeres de Dublín básicamente le utilizaban para practicar.

—Es mejor correr riesgos que pasar las noches torturando a colegas y empleados enviando un millón de correos electrónicos —replicó—. Te lo digo en serio, deja de trabajar. Tu asistente está muy preocupada.

Con eso, desconectó la llamada y me dejó mirando una pantalla negra. Volví a mirar el reloj. Era pasada la medianoche. ¿Cuánto tiempo iba a estar Olivia con ese tío?

Estaba tenso, inquieto. No me parecía que Olivia fuera la clase de chica que iría a casa de un hombre después de una cita a ciegas. Todavía no se sentiría cómoda con él, ella necesitaba más tiempo para conocer a alguien. Mierda, ¿y si le pasaba algo? ¿Y si el tío era un cabrón, o si había tenido un accidente de vuelta a casa, o...?

Si te necesita, te llamará, me dije con firmeza. *Y si no llama, no es asunto tuyo.*

Me puse en pie y empecé a caminar. El problema era que tenía la sensación de que sí era asunto mío. Olivia estaba en un país extranjero en el que apenas conocía a nadie más que a mí. Era una persona demasiado dulce, llevaba un vestido que era toda una tentación, y yo me estaba volviendo loco. No estaba acostumbrado a quedarme esperando a verlas venir. Lo mío era darlo todo para conseguir lo que quería. Y lo que quería era a Olivia, ya no podía seguir fingiendo.

A la mierda los límites profesionales. Ella era mía.

Estaba a medio camino de la puerta, con la vaga idea de ir a buscarla, cuando recordé que no podía dejar a Catie sola en casa. Cerré los ojos y me apreté la frente con un puño.

—Se me está yendo la cabeza.

Fue entonces cuando, por fin, lo oí: un coche acababa de parar en la entrada.

Estaba decidiendo si volver al salón para que no notara que la había estado esperando, cuando se abrió la puerta y Olivia entró en casa. Tenía las mejillas sonrosadas y el pelo le caía sobre los hombros en rizos alborotados.

—Oh, Declan, aún estás despierto —me sonrió somnolienta.

Parecía que se lo había pasado bien. Me dieron ganas de darle un puñetazo a algo.

—¿Qué tal la cita? —Intenté sonar despreocupado.

—Pues... no muy bien. —Se inclinó para quitarse los zapatos, lo que me ofreció una vista directa de su escote, blanco y suave. Solo conseguí apartar los ojos con un esfuerzo monumental—. No eras tú, pero Molly y yo hemos ido a tomar algo después, y entonces sí que me he divertido.

Mis pulsaciones parecieron calmarse un poco, como las de un depredador que ha localizado un punto débil en su presa.

—Olivia, ¿qué quiere decir eso de que no era yo? —Las palabras salieron de mi boca antes de que pudiera detenerlas.

Ella se enderezó, muy sonrojada.

—No he dicho... Bueno, no quería decir... A ver, sí quería, pero trabajo para ti, así que no está bien... —Hizo una pausa—. No está bien que quiera...

No la dejé terminar. Me acerqué a ella y la interrumpí con el beso que llevaba tanto tiempo deseando darle. Mi boca encontró la suya y, un instante después, la hice retroceder contra la puerta. Joder, qué dulce era. Ella separó los labios con un respingo y, al momento, hundió los dedos en mi pelo y me devolvió el beso, con tanta intensidad como era propia de ella. Le puse una mano en la nuca y ella se estremeció.

—A la mierda lo que está bien —gruñí—. Si lo quieres, es tuyo.

No me atreví a decirle a qué me refería. Mi cuerpo, mi tiempo, tal vez mi corazón. No sabía cómo sería lo que había entre nosotros, ni cuanto duraría. Solo sabía que no podía seguir luchando contra ello.

Olivia apoyó la cabeza contra la puerta y me miró con los ojos oscurecidos por el deseo. La vi tan deseable que tuve que volver a besarla, y después deslicé los labios por la suave piel de su cuello, hasta que encontré un punto que le hizo gemir y arquear la espalda hacia mí mientras me agarraba la camisa. Mis manos encontraron sus caderas y apreté su cuerpo contra mi polla dura. ¿Cuándo fue la última vez que había deseado a alguien tanto como deseaba, como *necesitaba*, a Olivia?

—Oh —suspiró ella.

Me dedicó una sonrisa dulce, deliciosamente femenina. No sabía cómo era posible, pero eso solo me hizo desearla aún más. Iba a ordenarle que se quitara el vestido para poder ofrecerle todo el placer que quisiera, hasta dejar su mente en blanco, hasta que no pudiera pensar en nadie que no fuera yo. Sabía que diría que sí, aunque se arrepintiera por la mañana, cuando los dos volviéramos a la realidad de nuestra relación profesional. Pero ya resolveríamos eso al día siguiente. Estaba a punto de decirlo cuando alguien llamó a la puerta.

Olivia dio un salto y se alejó de la puerta y de mí.

—¿Olivia? —dijo Molly desde el otro lado de la puerta.

Yo solté una maldición y abrí la puerta de un tirón.

—Oh, hola, Declan —dijo Molly quien, sin amedrentarse lo más mínimo al ver mi cara de malas pulgas, me esquivó y mostró un teléfono para que lo viera Olivia—. Te has dejado esto en el coche.

—¡Oh, Dios mío! Gracias —contestó Olivia, acercándose para coger el teléfono.

—Sí, gracias —dije yo, tratando de cerrarle la puerta en las narices.

—Por cierto, ¿puedo ir al baño, ya que estoy aquí? —pidió Molly—. Creo que me ha sobrado esa última cerveza, y Olivia ha dicho que tienes el baño más pijo que ha visto nunca.

Yo suspiré y abrí la puerta del todo, aceptando lo inevitable. Olivia indicó a Molly dónde estaba el baño, y enseguida nos quedamos solos de nuevo.

—Bueno, esto… Buenas noches —dijo Olivia, dándose la vuelta para marcharse.

Yo le sujeté un brazo.

—Oh no, ni hablar. No hemos terminado.

Ella se mordió el labio.

—¿No crees que deberíamos dejarlo aquí? ¿Crees que merece la pena complicar las cosas por un lío de una noche?

Sí, pensé, pero eso no era suficiente. Yo tenía claro que quería algo más que una sola noche. Quería ser yo quien saliera con Olivia, quien la hiciera reír durante horas. Quería que se acostara conmigo sin arrepentirse, y que volviera a hacerlo durante todas las noches que quisiera dedicarme. Deslicé la mano por su brazo y dejé que mis dedos le acariciaran el dorso de la mano.

—Sal conmigo mañana, Olivia —dije—. Una cita en toda regla, que no termine contigo escondida en un bar con Molly.

Ella levantó una ceja.

—¿Y cómo acaba una cita en toda regla?

Yo me acerqué aún más e incliné la cabeza para que mis labios casi rozaran los suyos.

—Como tú quieras, *a ghrá*.

Ella se acercó un poco a mí, inquieta y ansiosa, y sentí una oleada de victoria masculina. Aun así, ella seguía sin estar segura, y volvió a morderse el labio.

—Declan, si empezamos algo... se podría complicar mucho. Podría ser peor que un rollo de una sola noche. ¿Y si acaba mal? ¿Y si se vuelve desagradable?

Ya se había complicado. Me había pasado las últimas horas enloqueciendo de celos, pero ese era mi problema, no el suyo. Alcé una mano y le acaricié los labios con el pulgar, marcando mi territorio hasta que me permitiera volver a él.

—Haremos que sea divertido y sin complicaciones.

Ella seguía dudando.

—Te mereces que alguien te trate bien por una vez —dije en voz baja—. Deja que sea yo, Olivia.

Ella me estudió. Hice lo que pude para parecer relajado y casual, para que no se notara que me estaba muriendo por follármela contra la pared. Entonces escuchamos una puerta que se abría y unos pasos se acercaban por el pasillo. Molly llegaría en un segundo.

—Divertido y sin complicaciones —repitió Olivia—. ¿Me lo prometes?

—Por supuesto. Será como tú quieras.

Le robé un último beso para aguantar hasta nuestra cita.

19

OLIVIA

¿Cómo se viste una para una cita con un hombre que ya ha visto toda tu ropa? Declan no había conseguido encontrar canguro para esa noche, ya que su canguro habitual era yo misma, así que nuestra cita no era más que otra noche en casa. Eso debería haberme ayudado a pensar en ella como algo menos serio y sin riesgos, pero solo había servido para recordarme lo entrelazadas que estaban nuestras vidas.

Dejé escapar un suspiro de ansiedad y volví a cambiarme de ropa. Al mirar el reloj, comprobé que solo faltaban unos minutos para que Declan terminara de acostar a Catie. Mi cuerpo temblaba con una mezcla de nervios, temor y excitación, y necesitaba hablar con alguien. Cogí el teléfono, pero me detuve un momento. Por alguna razón, me parecía raro pedir consejo sobre esto a @DBCoder. Había rechazado cortésmente su invitación para conocernos, y él se lo había tomado bien, pero no estaba segura de en qué punto nos dejaba eso, así que llamé a Molly.

—Hola. ¿Qué puedo ponerme para una cita?

—¿Vas a volver a salir con Brendan? —preguntó ella, en un tono muy escéptico.

—No, bueno, es una primera cita.

—¿Y con quién más podrías…? Oooh —exclamó, comprendiendo la situación—. Declan se ha dado cuenta por fin de que te pone.

Me pasé una mano por la cara. Dicho así, resultaba un tanto humillante.

—Ponte el vestido que llevabas el día que fuimos a comer —propuso Molly—. Aquella vez, él no dejaba de mirarte.

—¡Gracias! —Me dirigí al armario para buscar el vestido antes de caer en el significado de sus palabras—. Un momento. ¿No dejó de mirarme?

—Como un niño en una tienda de caramelos —dijo Molly—. Tú no le hiciste ni caso.

—¿Y por qué no me lo habías dicho? —pregunté, exasperada, mientras me ponía el vestido.

—Creí que estabas fingiendo no darte cuenta porque estabas tratando de evitar salir con tu jefe —explicó Molly—. Y, por cierto, ¿qué ha sido de todo eso?

—Me besó contra una puerta y perdí la cabeza por completo —dije, y solté un gemido—. Uf, esto es un error, ¿verdad? Dice que podemos tomárnoslo en plan ligero y divertido para que no acabe mal, pero ¿eso es posible?

—Si alguien puede conseguirlo, ese es Declan —dijo Molly.

Por desgracia, eso no era un sí, y ella debió notar que yo seguía dudando.

—A ver, ¿tú quieres ir a esa cita? —preguntó.

—Sí. Dios, claro que quiero.

Solo con recordar la forma en que me había besado la noche anterior, mi cuerpo entero se encendía. Jamás había estado con alguien como Declan, y aún no podía creer que yo le interesara.

—Pues entonces, relájate y disfruta —ordenó Molly con firmeza—. Te mereces un poco de diversión.

Acababa de colgar el teléfono cuando oí un golpe ligero en mi puerta. El estómago me dio un vuelco.

—¿Olivia? —preguntó Declan en voz baja para no despertar a Catie—. Baja al jardín cuando estés lista.

—De acuerdo —dije.

Me puse un poquito de maquillaje, me recogí el pelo en una coleta y bajé a ver qué había preparado Declan.

Cuando salí al jardín, no pude evitar un respingo de sorpresa. Declan había preparado un picnic espectacular a la luz de las velas. Estaba vestido con una camisa blanca y pantalones negros, pero las mangas enrolladas y sus pies descalzos le daban un aspecto relajado e íntimo, a pesar de las prendas de diseño. Este era su lugar, este jardín en penumbra que parecía salido de un cuento de hadas. Él era parte de esta tierra y de esta comunidad, mientras que yo solo estaba de paso.

Divertido y sin complicaciones, me recordé a mí misma.

—Esto es precioso —dije, acercándome a donde me esperaba.

—No te dejes impresionar. Maeve ha preparado toda la comida, y un amigo mío que trabaja en decoración se ha ocupado del resto.

Me quité las sandalias y me puse sobre la manta de cachemira roja en la que había dispuesto el picnic.

—¿Así que todos estos pétalos de rosa blanca no los has extendido tú mismo? Vaya, con lo romántico que queda...

—Lo retiro —mintió Declan con una sonrisa traviesa—. Si lo que te gusta es la decoración, entonces no solo he colocado yo mismo cada pétalo, sino que he plantado y cuidado de cada una de esas rosas con mis propias manos.

Yo reí, y ambos nos miramos durante un momento, sin saber cómo actuar. El momento me pareció increíblemente frágil.

—Dios, eres preciosa —dijo Declan, rompiendo el silencio.

Me sonrojé y, para evitar mirarle a los ojos, me senté en la manta.

—Me ves todos los días.

—Lo pienso todos los días —respondió él, sentándose junto a mí.

Me estaba empezando a costar respirar. Declan me miró con la cabeza ladeada.

—Olivia, ¿no sabes lo guapa que eres?

—¿Me puedes poner un poco de vino? —pedí, señalando con un gesto la botella que había apoyada contra la cesta de picnic.

La sonrisa de Declan se torció hacia un lado. Descorchó la botella y me sirvió una copa.

—Así que no puedes aceptar un cumplido. ¿Qué otras cosas no sé de ti?

Pensé en mi blog de crítica de libros infantiles en Snug. Una parte de mí quería contárselo, porque pensé que le haría gracia, considerando lo mucho que le gustaba leer libros a Catie, pero desde la mala experiencia que había tenido con Eddie, había erigido una especie de muralla alrededor de todo ello, de forma que ninguno de mis amigos de la vida real sabía nada de mi afición en internet.

—Nada importante —respondí—. Soy solo yo.

—Entonces, brindemos por «solo tú». —Declan alzó su copa hacia mí—. La mujer que ha puesto patas arriba todo mi verano. *Sláinte*.

—*Sláinte* —repetí, mientras sus cumplidos se me subían a la cabeza más rápido que el vino.

Hablamos de mi opinión sobre Irlanda, sus planes para arreglar el jardín y una empresa situada en Praga que estaba pensando comprar. Me contó historias divertidas de cuando era pequeño, como una travesura que había organizado una vez con otros chicos para meter una oveja en medio de un partido de fútbol.

Seguía muerta de risa, cuando él abrió la cesta y empezó a sacar un postre tras otro. Había pastelitos de crema, tarta de fresa, helado de lavanda, bizcocho de chocolate y tiramisú.

—No sabía qué te gusta más —explicó Declan.

—Podías habérmelo preguntado —señalé.

—Eso no sería divertido —bromeó, y se metió un pastelito de crema entero en la boca.

Yo empecé con el helado de lavanda porque, bueno, era *helado*. Había empezado a derretirse un poco, pero estaba delicioso. Declan sonrió.

—Debería haber sabido que elegirías la lavanda.

Yo levanté las cejas en una pregunta silenciosa.

—Hueles a lavanda —dijo él—. Es tu jabón, o tu perfume, o... no sé, pero ese es tu olor. —El tono de su voz bajó un poco—. Me gusta mucho, desde el avión.

—Es la leche hidratante —dije con esfuerzo. ¿Se había fijado en mi olor?

Él se recostó con languidez en la manta, muy relajado.

—¿Te la pones por la mañana, después de la ducha? ¿O por la noche, antes de acostarte?

—¿Por qué quieres saberlo? —Me sentía cada vez más acalorada.

—Para mis fantasías, obviamente.

Dejé el helado, sintiéndome un poco descolocada. Él era *demasiado*. Creía estar acostumbrada a su presencia, pero en ese momento comprendí que, por lo general, solo lo veía cuando estaba ocupado con varias cosas a la vez: Catie, el trabajo, cómo ayudar a su hermana... Ahora que me dedicaba toda su atención, me sentía deslumbrada, y también confusa.

—No te rías de mí —dije.

—No lo hago —contestó Declan, sorprendido.

—Ya sabes a qué me refiero. Tus cumplidos, las bromas sobre fantasías... No tienes que hacer todo eso, no hace falta que me seduzcas. Ya nos conocemos, puedes decirme lo que piensas de verdad.

Declan me miró con el ceño un poco fruncido, y se incorporó despacio y con intención. Yo intenté apartar la mirada, pero él se inclinó hacia mí y me sujetó la barbilla con cuidado, pero con firmeza, para asegurarse de que le miraba a la cara.

—No te estoy seduciendo. Te estoy contando lo que pienso, Olivia. Ya llevo un tiempo pensándolo. El hecho de que no lo creas me hace pensar que no me conoces tan bien como crees. O tal vez no te conoces bien a ti misma.

Miré sus ojos azules, profundos y cautivadores, e hice un esfuerzo por tragar. Nunca un hombre había expresado que me deseaba de una forma tan clara. Pensé en la forma en que sus manos habían sujetado mis caderas la noche anterior y cómo su boca se había apoderado de la mía, y me estremecí. Él me miró preocupado.

—¿Tienes frío, *a ghrá*?

Se giró, recogió algo situado detrás de él y se volvió para colocar una chaqueta suya sobre mis hombros. Olía como él, cálida y segura. Al parecer, mi nuevo fetiche era que Declan me pusiera su ropa.

—¿En serio que *a ghrá* significa amigo? —dije sin pensar—. Porque no lo dices como si significara eso.

—Ah. —Declan se rascó la nuca y, por primera vez esa noche, pareció cohibido—. Eso es porque significa *cariño*. No quise decirlo aquella primera vez, es que... se me escapó; así que, bueno, te mentí.

En ese momento empecé a creer que sus cumplidos iban en serio, y sentí que algo ardía en mi interior. Declan Byrne me había estado llamando *cariño*, pensaba que era guapa, sabía cómo prefería el té y había notado el olor de mi crema hidratante. Me había dicho que fantaseaba conmigo y me había besado como si se muriese por mí.

En un impulso, me puse de rodillas de forma que, por una vez, fui yo quien le miraba a él desde arriba. Le sujeté la cara con las manos y le besé. Si el beso de la noche anterior había sido una tormenta desbocada, este fue como una suave lluvia de verano. Sus manos encontraron mis caderas y me atrajo hacia su regazo mientras nuestras bocas continuaban unidas. Sabía a vino, a hombre y a algo embriagador que no sabría describir. Cuando le mordí con suavidad el labio inferior, él gruñó y me atrajo aún más hacia sí, de forma que sentí su erección contra la cadera.

Podríamos hacerlo aquí mismo, pensé. No había ninguna razón para detenerse, salvo las que ya había ignorado al aceptar esta cita. Catie estaba dormida, y el jardín de Declan estaba resguardado de las miradas. Estábamos solos bajo las estrellas. Ya no quedaban excusas, y mi cuerpo era consciente de ello. Declan parecía estar pensando lo mismo que yo, pero hizo un último esfuerzo por comportarse como un caballero.

—No hace falta que hagamos nada —dijo con voz jadeante.

—Lo sé —contesté, besándole con más intensidad.

Le besé como si fuera lo último que haría en la vida. Cada célula de mi cuerpo anhelaba el contacto con el suyo. Santo cielo, casi no podía pensar. ¿Había perdido el control de este modo alguna vez? Nuestras caricias se volvieron más apasionadas. La chaqueta cayó de mis hombros, y yo le desabroché la camisa para recorrer su firme pecho con las manos y sujetarme a sus fuertes y anchos hombros.

—Eso... ¿te parece bien? —jadeé.

Él me respondió tirando hacia abajo del escote de mi vestido y dejando escapar una maldición en voz baja cuando comprobó que no llevaba sujetador. Mis pechos escaparon del vestido y un escalofrío me recorrió la espalda cuando acarició uno de mis pezones con el pulgar. Acariciaba mi cuerpo de una forma casi reverencial. Cuando se inclinó para besar uno de mis pechos, cualquier duda que me quedara sobre lo lejos que le permitiría llegar se desvaneció en el aire. Quería más. *Necesitaba* más. Más de este placer abrumador, más de él. Más de todo.

—Por favor —supliqué—. Necesito...

Su sonrisa era prepotente, pero cálida y agradecida. Como si supiera que era él quien estaba a cargo, pero no lo diera por supuesto.

—¿Dónde me necesitas, Olivia St. James? —Sus labios encontraron el lugar más sensible de mi cuello, y me besó allí hasta que no pude evitar gemir—. ¿Me necesitas aquí? —Tomó uno de mis pezones entre los dedos y lo giró un poco, haciendo que me retorciera en su regazo. El calor se extendió por mi cuerpo, llenándome de deseo—. ¿O aquí?

—Ya sabes dónde —dije, notando que todo ese deseo se acumulaba en el lugar donde más necesitaba sentirle.

Su mano se deslizó más abajo, se introdujo debajo de mi falda y empezó a acariciar mis braguitas húmedas. Incliné la cabeza hacia atrás, respirando con rapidez.

—Puede que sea un problema de idioma —dijo, excitándome con sus palabras y sus dedos. Su voz baja en mi oído me hacía estremecer—. A lo mejor tú llamas a esto chochito, o algo así. Yo lo llamo tu coño.

Sus palabras añadieron más excitación a las sensaciones que me estaban llevando al límite. Declan me había hecho perder la cabeza de una forma que me encantaba y estaba a punto de perder el control. Me estaba dejando llevar por completo, y la sensación era maravillosa.

—Lo llames como lo llames, me encanta —siguió diciendo Declan, con voz áspera.

Apartó mis bragas para poder tocarme con más facilidad, y casi muero en ese momento.

—Eres preciosa, Olivia. Necesito besarte ahí. Necesito follarte.

—*Declan* —gemí, a punto de perder la capacidad de hablar.

Los oídos me zumbaban y me parecía ver estrellas bailando delante de mis párpados entrecerrados. Declan me estaba haciendo enloquecer, tenía que ser eso. Siguió acariciándome y mi respiración se aceleró, hasta que el zumbido se detuvo. Pero luego volvió a comenzar otra vez.

Un momento, ese zumbido no estaba en mi cabeza. Era un teléfono.

—¿Eso es tu teléfono? —Estaba tan ida que mi propia voz sonó extraña en mis oídos.

—¿Hm?

Sus ojos parecían más oscuros y hambrientos a la luz de las velas. Estaba tan excitado que parecía colocado, y eso me hizo sentir una descarga de satisfacción.

—Creo que está vibrando tu teléfono —dije.

Él parpadeó y pareció volver en sí. Se metió la mano en el bolsillo y miró la pantalla. La llamada era del teléfono fijo de la casa. Declan no lo utilizaba mucho, pero se había asegurado de enseñar a Catie cómo usarlo en caso de emergencia. Su actitud cambió inmediatamente y contestó preocupado.

—¿Catie? ¿Estás bien, cariño?

—No te *encuentro*. —Catie estaba a punto de llorar—. No encuentro a nadie. La señorita Olivia se ha ido, y mamá se iba en mi sueño, y ahora te has ido tú también…

—Estoy en el jardín —le aseguró Declan, que me había apartado de su regazo para ponerse en pie a toda prisa—. La señorita Olivia también está aquí, ahora mismo entramos. Respira hondo, cariño, no pasa nada.

Echó a correr hacia la casa, pero se detuvo para volverse a mirarme, indeciso.

—Lo siento, ya lo recogeré luego.

—No, ve. Yo me ocupo de esto —dije, señalando al picnic con un gesto.

El pareció estar a punto de decir algo más, pero se limitó a asentir y entró en la casa a toda velocidad. Dentro había una niña pequeña asustada, y eso importaba más que ninguna otra cosa, como debía ser. Le miré marchar con el corazón en un puño. Mi cuerpo se estaba enfriando, pero mis emociones no. Era divertido salir con Declan, pero me estaría engañando a mí misma si pensaba que podría separar al hombre sexi y divertido con el que acababa de estar, de ese otro hombre tan responsable, real e imperfecto dispuesto a hacer cualquier cosa por la gente a la que quería.

Recogí el picnic y apagué las velas. Ahora hacía más frío, así que me puse la chaqueta de Declan antes de llevarlo todo dentro. Estaba metiendo la comida en la nevera cuando se me ocurrió una idea. Tal vez Declan tenía razón cuando habló de malcriar a Catie todo lo posible. Preparé un vaso de leche, cogí el bizcocho de chocolate y subí al piso de arriba. La puerta de la habitación de Catie estaba abierta y la luz de la mesilla, encendida. Declan estaba sentado en la cama de Catie, mientras ella hacía lo posible por enterrarse en su pecho y él le daba palmaditas en la espalda.

—No pasa nada —estaba diciendo él, con voz baja y tranquilizadora—. Solo ha sido un mal sueño. Tu mamá está bien, y tú también.

—No se me olvida —susurró Catie.

—A lo mejor esto ayuda —dije yo—. ¿Alguna vez has comido postre en mitad de la noche?

Catie abrió mucho los ojos y asintió lentamente.

—A veces, con mamá. Si no podemos dormir, ella da unas palmadas, dice que es una Noche Mágica y nos levantamos y comemos galletas.

—Creo que esta es una Noche Mágica —dije yo con una sonrisa—. No tengo galletas, pero hay bizcocho de chocolate.

Catie sonrió y tendió una mano hacia el bizcocho. Yo dejé el vaso en la mesilla, le entregué el plato y ella empezó a comer, animándose un poco más con cada mordisco.

Gracias, vocalizó Declan sin hablar, mientras yo me dirigía a la puerta. Catie me miró.

—¿Puedes quedarte? —Su vocecita me partió el corazón.

—Claro —dije, sentándome junto a Declan.

—Tú también puedes comer un poco —dijo Catie, ofreciéndome con generosidad un trozo de bizcocho.

—Gracias —dije, aceptando su ofrenda.

—Puedes compartirlo con el tío Declan —indicó Catie.

Yo contuve una sonrisa. Si empezaba a dar órdenes, eso significaba que se encontraba mejor. Declan tenía los brazos ocupados en abrazar a su sobrina, así que le acerqué un trozo de bizcocho a la boca. La excitación volvió a recorrerme el cuerpo cuando sus labios tocaron mis dedos.

Creo que no voy a poder limitarme a algo divertido y sin complicaciones, comprendí. Era demasiado. Demasiado perfecto, demasiado él.

Me quedé de guardia con Declan hasta que nuestra niña volvió a dormirse, esta vez con una sonrisa.

20

DECLAN

Catie se sorprendió al ver lo que había en la nevera a la mañana siguiente.

—¿Puedo desayunar postre?

—No, no puedes —gruñí—. Es la *Noche* Mágica, no la mañana mágica. Cómete algo saludable, como unas espinacas.

En la mesa, Olivia se tapó la sonrisa con su taza de té.

—¿Qué tal has dormido, Declan? —preguntó en tono inocente.

Yo le lancé una mirada asesina.

—He dormido como un hombre que... fue interrumpido —terminé, consciente del par de orejitas que nos escuchaban desde la nevera.

Olivia tuvo la insolencia de parecer divertida. Las mujeres eran horribles. Horribles y maravillosas. Estaba ansioso por tener la siguiente cita con ella y, esta vez, no tenía la más mínima intención de permitir ninguna interrupción. Encontraría un maldito canguro, aunque me costara mil euros la noche. Olivia me sonrió y se me aceleró el pulso. Esto se estaba poniendo peligroso.

Después de desayunar, Olivia se quedó en la cocina mientras Catie corría a vestirse.

—He estado pensando que podríamos hacer algo todos juntos hoy —dijo Olivia.

—Cuéntame —dije, mientras dejaba los platos en el fregadero.

—Hoy es el último día del festival de verano, ¿no? ¿El día de la fiesta en la mansión? Podríamos ir todos juntos —dijo como si nada.

Fue como si hubiera lanzado un jarro de agua helada a mi buen humor.

—No hay nada en este mundo que pueda hacerme ir a la casa de ese hombre.

—Pero...

—Olivia, él mató a mi padre —dije con aspereza—. No pienso ir, y te prohíbo que vayas con Catie.

—Declan, sé muy bien lo que es perder a alguien. —Me miró con simpatía.

—No de esta forma —repliqué.

Ella se encogió un poco. Sabía que estaba siendo cruel, pero necesitaba que me entendiera.

—Tus padres... lo que les ocurrió fue horrible, sin lugar a dudas, pero fue un accidente. Para mí es diferente. Mark O'Rourke jamás se ha enfrentado a una puta *consecuencia* por lo que hizo.

Su cara se me vino a la mente y cerré los puños. Durante una fracción de segundo, mi cuerpo revivió la sensación de ser un adolescente y comprender que mi padre no volvería a casa nunca más. Solo me calmé al recordar que ya no era un crío, y que Mark O'Rourke pagaría por lo que hizo, pasara lo que pasara.

—Es que, bueno, este es todo un acontecimiento en la comunidad —continuó Olivia con dulzura—. Participa todo el pueblo, ¿no quieres que Catie tenga la oportunidad de vivir esa experiencia? ¿No te preocupa que tu odio por los O'Rourke esté levantando una barrera entre el resto del pueblo y tú?

—¿Lo dices en serio, Olivia? —No podía creer lo que oía, había creído que ella me conocía—. ¿Cómo puede ser que no lo entiendas? Mark O'Rourke estaba *borracho*. Estaba borracho, decidió coger el coche y mató a mi padre. Así que no, no pienso ir a su maldita fiesta.

—Declan...

—Y tampoco va a ir ninguno de mis empleados.

Mi tono fue muy mordaz. En ese momento no era el hombre que necesitaba a Olivia tanto como el aire que respiraba, sino un instrumento de castigo, determinado a acabar con Mark O'Rourke a toda costa. Sin embargo, al ver la cara de Olivia, me di cuenta de que me había pasado. No parecía enfadada, sino completamente calmada. Inspiró hondo antes de hablar.

—Soy consciente de que esto es muy doloroso para ti, así que voy a dejar pasar lo que has dicho, pero Molly me ha invitado a ir al festival y voy a aceptar. Puede que seas mi jefe, pero es mi día libre, y tú no vas a controlar a dónde voy, ni con quién salgo. *Nunca*.

—Olivia...

Solo pensar en ella en la casa de ese monstruo... No, no pensaba permitirlo. Puede que estuviera equivocado, pero no podía soportar esa idea. Ella soltó los platos en la encimera de golpe.

—Declan, está claro que no nos vamos a poner de acuerdo en esto. Creí que sería una buena oportunidad para pasar un buen rato todos juntos, pero ya veo que me he equivocado. Espero que te diviertas hoy con Catie.

Tras decir eso, salió con paso firme de la cocina. Yo me quedé mirando el lugar en el que acababa de estar. ¿Me había pasado?

¿Tal vez mi odio hacia O'Rourke era más fuerte que lo que sentía por Olivia?

∽

Me pasé el día inmerso en el trabajo, mientras Catie veía dibujos animados en uno de mis ordenadores portátiles de repuesto, acomodada en su puf. Llevaba varias horas sin parar cuando recibí una videollamada de Anil.

—Te voy a cancelar la cuenta de correo electrónico. No me puedo creer que hayas llamado imbécil a uno de los periodistas más influyentes en cuestiones de tecnología.

—Es que es imbécil —gruñí.

—Imbécil es una palabrota —apuntó Catie desde su rincón.

—¿Esa es Catie? —preguntó Anil—. Catie, ¿qué tripa se le ha roto a tu tío?

—Se ha peleado con mi niñera —contestó Catie.

Yo la miré sorprendido.

—¿Lo has oído?

Catie me miró con desaprobación.

—Le has gritado y ella se ha ido. Siempre haces lo mismo.

—Yo no… —Me pasé una mano por la cara y me dirigí a Anil—. A ver, es complicado, pero tengo toda la razón en esto.

—Ya sabes lo que decimos en los negocios. —Anil me miraba escéptico—. Es mejor ser flexible y tener éxito, que ser cabezota y fracasar, por mucha razón que tengas.

No me gustaba nada a dónde quería ir a parar.

—En la vida personal, es lo mismo.

—Que te den —contesté, y corté la llamada. Catie me lanzó otra mirada crítica—. Sí, ya lo sé, eso es otra palabrota.

—¿Puedo comerme uno de esos postres? —Se puso en pie—. Porque no paras de decir palabrotas.

—No, no puedes.

—Se ha pasado la hora de merendar, tengo hambre. —Cruzó los brazos, obstinada.

Miré el reloj y tuve que contener otra palabrota más. Tenía razón, ya era casi la hora de cenar. En el festival, los niños se estarían marchando a casa y los adultos estarían subiendo el volumen de la música y sacando el whiskey. Imaginarme a Olivia, bailando alrededor de la hoguera con un pueblerino borracho, me estaba revolviendo el estómago.

Los consejos de Anil habían sido acertados en muchas ocasiones, pero esa vez no fue así. No iba a traicionar la memoria de mi padre solo porque me lo pidiera una americana guapa. Yo tenía toda la razón, y eso era lo que importaba. ¿No?

—Bueno, puedes comer tarta de fresa —dije a Catie—. Tiene fruta, así que es saludable.

Ella salió de la habitación muy contenta. Yo necesitaba hablar con alguien que me comprendiera, porque Olivia y Anil no habían conocido a mi padre y no lo entendían. Llamé a mi madre y le conté lo ocurrido, omitiendo solo lo de la cita con Olivia.

—Aún no puedo creer que me lo haya preguntado. Es una falta de respeto, es insultante. —No pude evitar sujetar el teléfono con fuerza, porque me costaba creer que hubiera decidido ir, incluso después de lo que yo le había contado.

—Ay, Declan —suspiró mi madre—. ¿No crees que estás siendo demasiado duro, cariño?

Miré el teléfono que tenía en la mano, atónito.

—Mamá, ninguno de tus amigos esperaría que tú asistieras.

—Claro que no lo esperan —admitió ella—, pero siempre me han invitado. Gracias a eso, siempre he sabido que sería bienvenida si alguna vez decidía ir. Ya sabes que mi amiga Moe trabaja para Mark y se encarga de la fiesta todos los años. Hace unos años, me di cuenta de que ya estaba lista, así que empecé a asistir otra vez.

¿Lo había entendido bien?

—¿Cómo? —grité, pero enseguida bajé la voz, para que no pensara que le estaba gritando a ella—. ¿Por qué no me lo dijiste?

—Cielo, cuando crees que tienes razón, te vuelves muy susceptible —dijo ella con precaución—. Te quiero mucho, pero eres mi hijo, no mi guardián. No voy a dejar que intentes controlar mi vida como lo haces con Sinead.

Me dejé caer sobre la silla, sintiendo que el mundo no era tan firme bajo mis pies como había creído. ¿Era eso lo que le había estado haciendo a Sinead? ¿Y estaba tratando de hacer lo mismo con Olivia?

—Mamá, yo no... no intento controlarla. Si lo hiciera, ella no viviría al otro lado del maldito océano.

—Esa es la *razón* por la que vive al otro lado del maldito océano —corrigió mi madre—. ¿Te acuerdas de su primer novio, cuando estaba aún en el colegio? Tú no paraste de decirle lo horrible que era, hasta que le dejó.

—Es que *era* horrible —protesté.

—¿Y aquella guardería a la que quería llevar a Catie? Le presionaste para que la niña fuera a otra más cara, porque la pagabas tú —me recordó.

—No era más cara —me defendí—. Era mejor. ¿No deberíamos darle lo mejor a Catie?

—No digo que estés equivocado, Declan —continuó mi madre, después de un profundo suspiro—. Yo nunca perdonaré a Mark O'Rourke. Jamás. Si no hubiera tenido que ocuparme de vosotros dos, le habría matado yo misma, por arrebatarme a tu padre.

Sentí una punzada en el corazón. Algo en el tono de su voz me decía que no estaba exagerando. Por alguna razón, se me ocurrió que, si un conductor borracho matara a Olivia, yo le asesinaría con mis propias manos.

—Sin embargo, eso no es lo que habría querido tu padre —continuó mi madre—. Y tampoco querría que te perdieras algo bueno en su nombre.

—El festival tampoco es tan bueno —protesté.

—El festival no son los O'Rourke, Declan, para nada. El festival pertenece a la comunidad, pero no me estoy refiriendo a eso —explicó ella con calma, de una forma que me hizo comprender que había captado mucho más en mi explicación de lo que yo había admitido—. ¿Prefieres quedarte en casa, lamiéndote esa vieja herida, o ir a reunirte con esa chica tan guapa, que te espera, sintiéndose sola?

Abrí la boca, pero la volví a cerrar. Al cabo de un momento, lo intenté de nuevo.

—¿Cómo sabes que se siente sola?

—Igual que sé que tú también te sientes solo —respondió ella.

Pensé en lo contenta que había estado Olivia cuando sugirió que fuéramos al festival, y lo rápido que yo había arruinado su alegría con mi propio dolor. Eso no era lo que quería para ella, ni tampoco para mí mismo. Tal vez, podría declarar una tregua en mi guerra contra O'Rourke por una noche y hacerla feliz.

Me pasé la mano por el pelo, incapaz de creer que lo estaba sopesando. Estaba claro que había perdido la cabeza. Me asustaba un poco pensar hasta qué punto quería hacer feliz a Olivia. Era un instinto tan profundo y cierto, que parecía proceder de lo más hondo de mi ser, de la misma forma en que un pájaro sabe en qué dirección volar. En algún momento, Olivia había empezado a ser como un mapa para mí, y sus opiniones se habían convertido en mi norte. El problema era que no tenía ni idea de hacia dónde me estaba dirigiendo.

—¿Tú vas a ir al festival esta noche? —pregunté con sequedad.

—No, acabo de llegar a casa. —Bostezó de una forma demasiado casual—. Iba a quedarme aquí descansando, pero me encantaría que mi nieta favorita pasara la noche conmigo si, por casualidad, tú tuvieras que ir a algún sitio.

Miré una vieja foto familiar que tenía sobre mi mesa. Estábamos todos juntos: mamá, papá, Sinead y yo. En esa foto estaban todas las personas que me habían importado hasta ahora, pero ya no era así. No estaba Catie, ni tampoco... nadie más.

Miré la foto y tomé una decisión.

21

OLIVIA

—No me puedo creer que le pidieras a Declan que viniera —dijo Molly, sacudiendo la cabeza por encima de su pinta de cerveza—. Vaya forma de provocarle.

Oisin, ella y yo nos habíamos situado cerca de un seto en el famoso jardín de la mansión O'Rourke; bueno, famoso para los fans de *El ciervo y el guerrero*. A diferencia del jardín descuidado y sin podar de Declan, este estaba cuidado y arreglado hasta la última hoja. Los setos estaban bien recortados, los árboles tenían formas perfectas y las flores estaban organizadas por color. Lo único que parecía indisciplinado era la hoguera, que algunos de los hombres del pueblo alimentaban para que fuera cada vez más alta.

—Tampoco ha sido para tanto —protesté, sobre todo porque no quería darle más importancia.

Sabía que debía haber mantenido la calma y hablarlo con él, pero en cuanto intentó prohibirme que asistiera, perdí la cabeza.

—Bueno, es verdad que Mark O'Rourke es lo peor —dijo Oisin tras aclararse la garganta—. Todo el mundo lo sabe, pero si vives aquí, tienes que fingir que no lo es, porque, tarde o temprano, necesitarás algo de él. Una casa para alquilar, un préstamo, un trabajo... La única persona que se atrevió a enfrentarse a él fue el señor Byrne. —Bebió un trago de cerveza y continuó—. Y cuando murió, Declan siguió donde su padre lo había dejado.

—Entonces... ¿no es solo que les odia por la muerte de su padre? —El cielo sabía que eso ya era una buena razón para el enfado de Declan.

—Lo del accidente fue lo más serio, pero también es verdad que Mark O'Rourke es un pedazo de cabrón.

—Si es tan malo, ¿por qué venís a su fiesta? —pregunté, bastante indignada.

—Porque lo pasamos bien —dijo Molly—. Y no es la fiesta de Mark, es la nuestra. —Dijo eso último con cierto orgullo, señalando con la cabeza a quienes nos rodeaban.

La gente reía, contaba historias, comía y bebía. Dos mujeres jóvenes estaban algo separadas del bullicio y charlaban mientras acunaban a sus bebés dormidos. En ese momento, los músicos volvieron de su descanso: un violinista, un flautista, un hombre que tocaba el acordeón y otro con un tambor plano. Se situaron en sus asientos y empezaron a tocar. Cuando empezó la música, la gente comenzó a seguir el ritmo con los pies y a cantar. Una mujer mayor se puso en pie y empezó a zapatear y saltar con unos movimientos rápidos que hacían imposible seguir sus pies con la vista.

Sabía que lo que le había dicho a Declan antes, y lo que Molly acababa de explicar, era cierto. Mark O'Rourke era el anfitrión de la fiesta, pero no le pertenecía. Pertenecía al pueblo de Ballybeith. Aun así, estaba empezando a entender por qué Declan había reaccionado tan negativamente, y el límite que yo le había pedido que cruzara.

Me fijé en que al otro lado de la hoguera estaba Thomas, el amigo de Declan, y le saludé. Junto a él estaba su mujer, Bridget, a la que había conocido cuando vino a recoger a su hija el día que estuvo jugando con Catie. Thomas me devolvió el saludo con alegría y rodeó la hoguera con Bridget para reunirse con nosotros.

—¡Olivia! No sabía que ibas a venir.

—Me ha invitado Molly —dije.

—Me alegro de eso —dijo, y todos chocamos nuestros vasos en un brindis colectivo.

—¿Queréis oír algo gracioso? —preguntó Molly—. Olivia le ha pedido a Declan que viniera.

El trago de cerveza que acababa de beber Thomas se le escapó en un chorro que fue directo a la cara de Oisin.

—Que has hecho ¿*qué*? —exclamó.

A juzgar por su reacción, se hubiera dicho que le había pedido a Declan que cerrara todas sus empresas y quemara su dinero en la hoguera. Bridget entregó a Oisin una servilleta de papel.

—No lo *sabía* —me disculpé.

Me estaba empezando a preocupar. Había creído que la discusión entre Declan y yo había sido una discusión normal, pero ¿y si al venir aquí había quebrantado su confianza de alguna forma esencial que no sería posible resolver?

Por suerte, la conversación cambió de tema y, al poco tiempo, los músicos empezaron a tocar una canción muy pegadiza que todo el mundo, excepto yo, parecía conocer. Las parejas con las que estaba se marcharon a bailar alrededor de la hoguera, y me quedé sola. Me rodeé el cuerpo con las manos porque, sin la distracción de la charla, noté que la temperatura había bajado un poco. Mientras miraba a la gente bailar a la parpadeante luz dorada de la hoguera, sentí un doloroso anhelo. Quería bailar con alguien. Quería pertenecer a un grupo.

Tenías a alguien con quien bailar, me recordé. *Lo que pasa es que has decidido venir al único sitio al que no puede seguirte.*

Decidí que la situación era ridícula. Sí, el festival era divertido, y yo había querido venir, pero me apetecía mucho más pasar la noche con Declan. Esperaba no haberlo echado a perder todo con él. Llamé la atención de Molly para indicarle con un gesto que me iba a marchar y empecé a dirigirme a la salida del jardín. De camino, al dejar mi vaso vacío en una mesa, choqué con un hombre, que extendió una mano automáticamente para sujetarme. Me costó un momento reconocer a Seamus O'Rourke.

—¡Olivia! —dijo con alegría—. ¡Has venido, es estupendo! —La bebida que tenía en la mano había coloreado sus mejillas, y había transformado su simpatía natural en una familiaridad excesiva.

Sonreí e intenté esquivarle, pero él no lo captó.

—¿Estás con Catie? —preguntó, mirando alrededor esperanzado.

—No.

—Ah, claro. Por Declan —dijo, ahora un poco decepcionado, pero se animó enseguida—. ¿Sabes si va a venir Sinead este verano?

Yo me encogí de hombros sin comprometerme, bastante segura de que a Sinead no le gustaría que yo hablara de sus planes.

—¿Conoces mucho a Sinead? —pregunté.

—Antes, sí —dijo en voz baja, mirando hacia otro lado con una sonrisa triste—. Me la encontré la última vez que estuvo por aquí. Dijo que... —Soltó una risa irónica—. Bueno, algunas mujeres hacen que uno se vuelva a plantear todas sus decisiones, ¿no?

—Bueno, supongo que sí —dije, sin tener ni idea de a qué se refería.

—¡Oh! —dijo Seamus, al ver a una mujer, unos metros más allá, que se parecía un poco a él—. Perdona, tengo que hablar con mi hermana. Se ha mudado a Londres para no aguantar a nuestro padre, así que ya no la veo mucho. —Me apretó el hombro con afecto y se adentró entre la multitud.

Observé a Seamus saludar a su hermana levantándola del suelo con un abrazo enorme, y eso me hizo sonreír. Sabía que Declan había tenido problemas con Seamus, bueno, con el padre de Seamus, y parecía que eso le había hecho odiar a toda la familia, pero yo pensé que un hombre que quisiera tanto a sus familiares no podía ser tan malo. Estaba a punto de dirigirme a la salida cuando oí unos murmullos y una exclamación de sorpresa. De repente, todo el mundo estaba intentando ver algo, con el cuello estirado, o de puntillas.

—¿Qué pasa? —pregunté a una mujer mayor que estaba cerca.

—Todo un milagro —contestó ella, mirando a lo lejos con ojos muy abiertos—. Es el chico de Marie y James.

No, pensé. *No puede ser.* Pero lo era.

Un momento después, el hombre en cuestión quedó a la vista y mi corazón se aceleró. Era Declan: alto, orgulloso y más guapo que nunca. Su pelo oscuro y sus ojos azules le hacían parecer aún más extraordinario, como un rey de las hadas que se dignaba a hacer acto de presencia en un jardín humano. Cuando sus ojos se posaron sobre mí, noté algo más que su mirada. Sentí como si me reclamara.

La gente se separó para abrirle paso a medida que avanzaba hacia mí.

—Declan, yo... ¿qué haces aquí? —Sentí que me invadía el temor. No habría venido hasta aquí sin un buen motivo—. ¿Le pasa algo a Catie?

—Está bien, está con mi madre.

Se detuvo delante de mí. Durante un momento, pensé que me abrazaría, pero se detuvo en el último segundo y se metió las manos en los bolsillos. Miró por encima del hombro y se fijó en que todo el mundo le estaba mirando, pero enseguida apartaron la vista. Él puso los ojos en blanco y se volvió hacia mí.

—Oye, no me apetecía mucho venir, pero dijiste que esto te haría feliz, así que…

El corazón me latía a toda velocidad, y mi cuerpo pareció entender cosas que mi mente no estaba dispuesta a admitir. Me humedecí los labios.

—Yo… creo que no me di cuenta de lo que significaba pedírtelo, Declan. Lo siento. Cuando te pedí que vinieras, lo único que quería era pasar más tiempo contigo.

Él sonrió y sus ojos se iluminaron de una manera que parecía reservar solo para mí.

—Eso es muy conveniente, porque yo también quiero pasar más tiempo contigo.

—Oh.

Me sonrojé, sin poder creer aún que estuviera aquí. El hombre más orgulloso al que conocía había dejado de lado ese orgullo por mí, a pesar de que habíamos discutido, y aunque no estaba de acuerdo conmigo. Nadie había hecho eso por mí jamás.

—¿No habías venido con Molly? —dijo él, mirando a nuestro alrededor.

—Está bailando, y Thomas también.

—¿Nos unimos a ellos? —Me tendió una mano.

—Oh, yo no… algunas de estas personas bailan muy bien.

—No voy a hacerte bailar una danza irlandesa, si es lo que te preocupa —dijo él, riendo—. Vamos, *a ghrá*, baila conmigo.

Puse mi mano en la de Declan y le dejé conducirme a la hoguera. Mientras nos acercábamos, los músicos terminaron la pieza rápida que estaban tocando y cambiaron a una más lenta y tranquila. Una mujer de mediana edad, con una copa en la mano, se sentó junto a los músicos y comenzó a cantar en gaélico una balada triste y melancólica.

Declan me rodeó con sus brazos, yo puse los míos alrededor de su cuello y nos balanceamos con suavidad a la parpadeante luz de la hoguera.

—¿De qué trata esta canción? —pregunté—. Parece muy triste.

—Es una canción tradicional sobre Fionn y Sadhbh. La cantan todos los años.

Me apoyé contra él, encantada con la sensación posesiva y protectora de sus manos alrededor de mi cintura.

—Parece mucho más triste que la película.

—La canción trata del final de la historia —explicó Declan—. Es la parte en la que aparece el mago oscuro, después de que Fionn se marche a la guerra, y vuelve a convertir a Sadhbh en un ciervo. Fionn no la encuentra jamás, por mucho que la busque.

—Esa es la parte que menos me gustó de la película —dije—. Ella acababa de encontrar un hogar, y se lo arrebataron.

—Pero no acaba tan mal —dijo Declan, sonriéndome—. Fionn encuentra más tarde un cervatillo en el bosque y lo reconoce como su hijo. Cuando el niño vuelve a casa, el hechizo se rompe y viven juntos para siempre.

—Pero ¿y Sadhbh? —pregunté—. Nunca se sabe qué le ocurre. Solo sabemos que pierde su hogar, a su hombre y hasta a su hijo.

—No te preocupes, cielo. —Declan me puso la mano en la mejilla—. Solo es una historia.

No me di cuenta de lo triste que estaba hasta que noté cómo me tranquilizaba el contacto de su mano con mi piel. Cerré los ojos un momento.

—Lo sé, soy una tonta. Es solo que me gustaría que la historia acabara mejor.

—Entonces, vamos a darle un final más feliz. —Me hizo girar sobre mí misma, y me volvió a rodear con los brazos—. Ella escapa del mago y construye un nuevo hogar. Cuando cruza el umbral, vuelve a ser humana y, esta vez, el mago no puede volver a hacerle nada porque lleva su hogar en su corazón.

—¿Y su amor? ¿Fionn vuelve a encontrarla? —pregunté.

—¿Quiere ella que la encuentre? —preguntó Declan, con ojos penetrantes a la luz de la hoguera.

Tuve la sensación de que hablábamos de algo más que de una historia inventada, pero, antes de que pudiera contestar, la canción terminó y la música volvió a cambiar a una pieza más rápida y alegre. El resto de los bailarines empezaron a vitorear y dar golpes con los pies y, antes de que supiera qué estaba pasando, Declan y yo nos vimos arrastrados a donde un grupo de gente cogida de las manos había formado un círculo alrededor del fuego y giraba cada vez más rápido. El ritmo de la música aumentó, el cielo dio vueltas sobre mi cabeza y, cuando todos se soltaron las manos y alzaron los brazos, caí hacia atrás, mareada.

Declan me sujetó con facilidad, pasando un brazo por detrás de mi espalda, y me apretó contra su cuerpo sin dejar de reír. Me apoyé en su pecho para estabilizarme, y sentí su corazón latir bajo las puntas de mis dedos.

—¿Cuál es esa frase de la película? Señor, me habéis dejado sin respiración.

Él bajó el tono de voz y exageró mucho el acento.

—Es justo, pues vos me habéis robado el corazón.

—Entonces, robadme un beso, mi señor, pues es vuestro —dije sin pudor, sintiéndome orgullosa de mí misma por haber recordado la frase.

Pensándolo bien, las palabras no tenían mucho sentido, porque si el beso era suyo, no lo estaba robando, pero la expresión brotó de mí con mucha naturalidad. Declan me miró con ojos divertidos y, sin previo aviso, me inclinó hacia atrás y me besó teatralmente, justo como en la película. Al principio, me agarré a sus hombros y reí contra su boca, mientras la gente que nos rodeaba aplaudía y gritaba, pero, a medida que se alargaba el beso y supe que no me iba a dejar caer, me relajé en sus brazos. Confiaba en él.

La música cambió de nuevo, a un tema apasionado y romántico, con una percusión que latía al ritmo de mi corazón. Declan se enderezó conmigo y empezamos a bailar de nuevo, pero ya no parecíamos capaces de mantener los labios separados durante mucho tiempo. Yo me sentía arder, como la hoguera que calentaba mi espalda.

—Ven a casa conmigo, Olivia —me susurró al oído con voz ronca—. Trata bien a tu hombre.

Yo me estremecí al recordar lo que ocurría en la película después de esa frase... y comprendí a la perfección lo que me estaba pidiendo Declan.

—Sí —suspire—. Claro que sí.

Mi corazón latía a toda velocidad mientras volvíamos a casa en coche. No podía creer que esto fuera a ocurrir. Me aclaré la garganta.

—¿Tenemos que recoger a Catie en casa de tu madre? Tal vez sea mejor hacerlo ahora, antes de… Aunque quizá no sea buena idea hacerlo con Catie en casa. No es que yo haga ruido. Bueno, creo que no hago mucho ruido, pero a lo mejor tú sí lo haces. Una vez trabajé para una familia que no era *nada silenciosa*, por decirlo suavemente, y el niño me preguntó qué eran esos ruidos, y te puedo asegurar que no es una conversación que quiera volver a tener en mi vida…

Declan me tomó una mano sin decir palabra y se la llevó a los labios. Algo maravilloso aleteó en mi estómago.

—Ya me he ocupado de eso, *a ghrá*. Tenemos la casa para nosotros solos esta noche.

Eso me pareció lo más excitante que ningún hombre me había dicho jamás. Aparcamos delante de la puerta y sentí que todo mi ser brillaba y resplandecía con la emoción de la expectativa. Declan me ayudó a salir del coche, como en un cuento de hadas anticuado, y me condujo a la casa sin soltarme la mano. La oscuridad nos rodeó en cuanto entramos, pues, al parecer, él no se había molestado en dejar ninguna luz encendida al marcharse. La única luz tenue procedía de las estrellas.

—Estás temblando —dijo, apretándome la mano. El contacto fue tranquilizador, pero solo sirvió para avivar las llamas de mis sensaciones—. ¿Tienes frío, o es que…?

¿Has cambiado de opinión?

No hizo falta que terminara la frase.

—No. Es decir, sí. Sí que quiero. Y no es la oscuridad, es que... *No recuerdo haber deseado nunca nada como te deseo a ti.*

Pero no podía decírselo; al menos, no con palabras.

—Es que estoy esperando que me beses —dije, conteniendo una risa, por lo embarazoso que resultaba todo.

Declan tiró de mí hacia el interior de la casa y las escaleras.

—Si empiezo a besarte ahora, no podré parar. —El deseo en sus ojos era suficiente para que se me detuviera el corazón—. Y prefiero hacer esto en la cama. ¿Tú no?

La necesidad evidente en su voz me hizo sentir otro escalofrío. El corazón me martilleó en el pecho mientras le seguía a su dormitorio y nuestros pasos rompían el silencio de la enorme y lujosa casa. Cuando entramos en su dormitorio, Declan cerró la puerta y encendió la luz, lo que me hizo parpadear por el contraste con la oscuridad del resto de la casa.

—¿Tienes... una lámpara de araña sobre la cama?

—Puedes mandar las quejas a mi decorador —contestó él, antes de empezar a besarme y borrar de mi cabeza cualquier pensamiento que no fuera...

Por fin.

Le devolví los besos con todas mis ganas, apretando mi cuerpo contra el suyo. La sensación de poder tocarle era maravillosa. Su cuerpo era fuerte, tan masculino y perfecto, que no pude dejar de sonreír. Por alguna razón, él también sonreía. Nos dejamos caer sobre su cama entre risas, sin separarnos, y comenzamos a desnudarnos el uno al otro.

Había sido él quien había tomado el control durante aquel picnic interrumpido, pero ahora parecía que su control estaba cediendo ante la intensidad de su deseo. Me desvistió con gestos un tanto bruscos, y su respiración se entrecortó cuando me quedé con solo las braguitas y el sujetador. Noté su mirada sobre mi cuerpo como un calor que me recorría la piel desnuda. Él inspiró hondo, como si tratara de controlar un ansia indomable, antes de desabrocharme el sujetador, que resbaló de mis hombros para dejar mis pechos al descubierto. El aire frío me había endurecido los pezones, pero apenas lo noté, porque me sentía arder desde dentro. Nunca me había sentido tan atractiva.

—Dios, Olivia —dijo, recorriendo mis curvas desnudas con sus ojos—. Eres preciosa, joder.

Deslizó una mano entre mis pechos, como si yo fuera un objeto maravilloso y le asustara estropearlo con su contacto.

—¿No tengo demasiadas pecas? —bromeé.

—Me encantan tus pecas. —Se tendió sobre mí, rodeándome con su calor y su fuerza—. Sueño con tus pecas. Son estrellas, y tú eres mi constelación.

Eso me llegó al alma. ¿Cómo se le había ocurrido algo así?

Declan siguió besándome todo el cuerpo, al parecer sin ser consciente de que había dicho la frase más romántica que había oído en mi vida. Rodeó con los labios cada uno de mis pezones y los besó y lamió, hasta dejarme temblorosa y jadeante bajo su cuerpo. Me torturó acariciando uno de ellos con la lengua y los dedos y, cuando creí que ya no podía más, hizo lo mismo con el otro. Y después, repitió el proceso en un punto muy sensible en mi abdomen, todo ello sin dejar de murmurar piropos profanos contra mi piel que apenas podía escuchar. Sus caricias y sus palabras me habían llevado tan lejos que me costó un momento volver en mí y comprender lo que estaba a punto de hacer. Cuando caí en la cuenta, casi se me detuvo el corazón.

—Oh, no hace falta que... —dije, pero él ya me estaba quitando las bragas y colocando su cara entre mis muslos.

Inspiró con ansia y me besó en la cadera. ¿Sería posible morir de simple excitación? Porque creí estar a punto de fallecer antes de que empezara.

—¿Cómo es esa frase que te excita? —murmuró Declan, de forma que su aliento acarició la parte interior de mis muslos—. «¿Trata bien a tu hombre y déjame probar aquello por lo que me muero?»

—Eso no... Él no se refería a esto —dije, avergonzada y excitada a partes iguales.

Declan me dedicó una amplia sonrisa, traviesa y juguetona.

—¿Cómo lo sabes?

Y tras decir eso, su boca descendió sobre mí y perdí la capacidad de pensar. Me estaba tocando, besando y gimiendo de tal forma que se hubiera dicho que era *yo* quien le estaba haciendo un favor. ¿Dejé de respirar? Es posible que sí, durante un momento. El aire no parecía necesario cuando su boca estaba haciendo *eso*. Cuando introdujo dos dedos dentro de mí e hizo algo mágico con la lengua, me dejé llevar por la sensación de una descarga eléctrica que recorrió mi espalda, y todo mi cuerpo se estremeció en un estallido de placer. Durante unos segundos, no pude ver ni oír nada, mientras dejaba que la sensación se apoderase de mí, agarrada al cabecero con una mano, y al pelo de Declan con la otra.

Él me miró sonriente, y yo jadeé, con los muslos aún temblorosos.

—Eso ha sido... es decir...

—De nada —dijo él con toda la arrogancia del mundo.

En otras circunstancias, le habría dicho cuatro cosas en respuesta a ese comentario, pero me sentía demasiado satisfecha, y él se había ganado el derecho a ser arrogante. De hecho, se merecía una medalla por lo que acababa de hacer y, probablemente, hasta un desfile con serpentinas.

Él se apartó un poco y noté el aire fresco sobre mi piel. Me volví hacia donde estaba, sin la menor intención de permitir que se alejara ni siquiera un instante.

—¿A dónde vas?

Si era sincera, no sabía si mi cuerpo aguantaría más, pero me daba lo mismo. Quería todo lo que me pudiera dar, y al infierno con las consecuencias.

—A por un condón —dijo él, sacando un paquete del cajón de su mesilla y dejándolo caer en la almohada.

Después, sacó otros dos, por si acaso. Eso me hizo reír.

—¿No estás siendo un poco optimista?

—Ahora mismo me siento muy optimista —contestó, rodeándome la cintura con un brazo y atrayéndome hacia sí.

El gesto me hizo reír aún más, y me sentí muy femenina.

—¿Los multimillonarios usáis condones pijos de diseño, o los normales, como todo el mundo?

—De diseño, por supuesto —dijo él, conteniendo una risa y besándome el cuello—. Los hacen con polvo de oro y pétalos de orquídea.

Yo reí, hasta que su boca encontró la mía y me serené al instante. Me besaba con demasiada pasión, casi con locura. Habíamos acordado que esto sería divertido y no iría en serio, pero, en ese momento, hubiera jurado que le importaba. Que *esto* era importante para él, como también lo era para mí.

Aparté esa peligrosa idea de la cabeza y me rendí a la sensación de su cuerpo sobre el mío. Sus músculos, su boca insistente, y sus dedos, tan hábiles.

También averigüé cosas sobre él. Su respiración se entrecortó cuando deslicé las yemas de los dedos desde su pecho hacia su estómago. Cuando le di un beso suave sobre el corazón, me sujetó las muñecas contra la cama y me besó con un abandono salvaje, y cuando gemí su nombre y recorrí su espalda con las uñas, casi perdió la cabeza. Enredó los dedos en mi pelo, me miró a los ojos y utilizó la otra mano para colocarse ante mi entrada. Yo contuve la respiración cuando noté la dureza de su pene contra mí, justo antes de que se introdujera con un solo impulso.

Dejé caer la cabeza hacia atrás, le abracé y clavé las uñas en sus músculos con fuerza suficiente para hacerle sangrar, tal era mi desesperación por sentirle unido a mí. Nuestros ojos se encontraron mientras él se movía sobre mí y el mundo pareció detenerse: sólo estábamos él y yo. La forma en que la lámpara de cristal le iluminaba desde atrás le hacía parecer un ángel caído.

Al cabo de un momento, Declan inspiró hondo y el mundo volvió a girar de nuevo. No dejé de mirarle, llena de pasión y asombro, mientras se movía dentro de mí, conmigo, hasta que perdió el último átomo de control que le quedaba. Fue lo más excitante que había visto en mi vida. Nunca me cansaría de verle así, tan expuesto y desprotegido.

—Tócate —me ordenó, o puede que me lo suplicara. Su voz anuló todos mis pensamientos mientras él movía mi mano para colocarla entre nosotros—. Quiero que te corras mientras estoy dentro de ti.

Asentí, pues algo en mi interior respondía a su intensidad. Casi no podía contener el placer, pero le mostré cómo me gustaba que me tocara en el punto más sensible de mi cuerpo. Encontramos juntos el ritmo adecuado, hasta que casi no pude aguantar la sensación y tuve que retirar mi mano y ceder al placer que me embargaba, incapaz de hacer nada que no fuera dejarme llevar. Declan soltó un gemido y empujó fuerte una última vez.

Sus incansables manos me volvieron a llevar al orgasmo un momento después del suyo, y crucé el límite con un secreto latiendo en mi corazón: si pasaba una sola noche más en su cama, no estaba segura de que podría evitar enamorarme de Declan Byrne.

22

DECLAN

Yacía en la cama tumbado frente a Olivia, recorriendo distraído con los dedos los delicados huesos de su mano. Me sentía agotado y satisfecho, pero no era capaz de dejar de tocarla. La sensación era demasiado agradable, demasiado perfecta y, aun así, no podía evitar pensar que disfrutábamos de un tiempo prestado. Como si algo tan maravilloso como esto solo significara que estaba a punto de ocurrir un desastre.

Olivia bostezó y se acomodó en la almohada.

—¿A qué hora va a volver Catie?

—Mi madre la traerá hacia el mediodía, así que puedes dormir hasta tarde.

Yo tenía una reunión a primera hora de la mañana que no podía cambiar, pero me gustaba pensar que Olivia estaría descansando en mi cama, completamente desnuda. Ella me sonrió, somnolienta.

—Es verdad que se te da todo bien.

—Eso es porque aprendo de mis errores. —Le besé las puntas de los dedos—. La primera vez que tuve un rollo de una noche, ninguno de los dos quedó demasiado satisfecho.

Ella se quedó inmóvil, por lo que me apresuré a aclarar las cosas.

—No es que esto sea un rollo de una noche. No lo es.

—Lo sé —contestó ella con una sonrisa que aumentó la distancia entre los dos—. Divertido y sin complicaciones, ¿no?

—Divertido y sin complicaciones —repetí, aunque las palabras no me parecieron en absoluto adecuadas para lo que acababa de ocurrir.

Olivia se puso de espaldas y miró al techo.

—Tal vez por eso se me dan tan mal las relaciones. Creo que la única razón por la que tengo el listón tan alto para los hombres es que tengo miedo de fracasar en una relación y perder a alguien que me importa.

Sus palabras me cortaron la respiración, porque ella siempre parecía alegre y muy segura de sí misma. Su trabajo le obligaba a comenzar de nuevo una y otra vez, en un sitio distinto y con una familia diferente en cada ocasión. Sin embargo, también era la chica a la que no le había gustado la parte de la leyenda en la que Sadhbh desaparecía en el bosque y no volvía jamás a casa. Era la chica que había perdido a las personas que más quería, y tenía miedo de perder a alguien más.

Le rodeé la cintura con un brazo y la atraje hacia mí, de forma que su espalda quedó pegada a mi pecho. Sabía muy bien que la gente entraba y salía de la vida de uno de formas que no se podían controlar, pero, si pudiera, me aseguraría de que Olivia no volviera a perder a nadie jamás.

—Bueno, o se trata de eso, o he salido escarmentada después de demasiadas citas malas en internet —bromeó, y yo reí porque comprendí que esperaba que lo hiciera.

—Crees... ¿Crees que tu miedo al fracaso también afecta a las cosas de trabajo? —pregunté.

En realidad, lo que quería decir era *¿Crees que podrías ser feliz con algún trabajo que no fuera de niñera? ¿Un trabajo que te permitiera quedarte en Irlanda?* No me gustaba la idea de que hubiera un océano entre nosotros; solo con pensarlo, sentía una opresión en el pecho. Olivia me dirigió una mirada de enfado fingido por encima del hombro.

—Eso ha sido muy perspicaz por tu parte. Me estás fastidiando el momento.

—Pues eso no se puede permitir.

Le besé detrás de la oreja; después, le besé el cuello y la parte posterior del hombro. Deslicé una mano por su costado y me detuve al llegar a la suave piel de su muslo. Olivia suspiró contenta y se acurrucó contra mí.

—Mmm. Tus manos son mágicas.

—Cuéntame de qué va tu libro. —Me gustaba cómo sonaba su voz cuando era feliz—. Dijiste que Molly se lo iba a enviar a una editorial, pero no me has contado de qué va la historia.

Ella dudó un momento.

—Pero no me critiques, ¿vale? Esto es nuevo para mí. Solo puedes decir, «Olivia, eres un genio».

—Eso puedo hacerlo —dije, riendo contra su pelo.

Ella empezó a contarme la historia de un patito que había perdido a su madre y, cuando se metía en un lío, recordaba los consejos de su mamá y eso le ayudaba a resolver el problema. A medida que iba hablando, la historia me resultaba extrañamente familiar; hubiera jurado que ya la conocía. Entonces, en un momento de absoluta claridad, lo comprendí: @1000words.

Era la misma historia que había escrito @1000words.

@1000words, que estaba pasando una temporada en Irlanda, a quien le gustaba un hombre con el que trabajaba, y que se había quejado de un jefe exigente, que no quería hacer lo mejor para un niño. Y también había necesitado ayuda para saber cómo utilizar mi ducha.

@1000words era Olivia. Olivia, que había dicho que tenía un blog en Snug. Olivia, a la que le encantaban todos los libros para niños que había comprado a Catie basándome en las opiniones de @1000words.

De repente, muchas cosas empezaron a tener sentido, incluyendo mi atracción hacia las dos mujeres. Al principio, no había caído en la cuenta porque Olivia me ocultaba sus debilidades y @1000words me ocultaba su vida real, pero ambas eran inteligentes y amables, y ninguna tenía reparos en decirme la verdad, aunque se tratara de algo que yo no quisiera oír. Me sentí como si hubiera estado haciendo las dos mitades de un puzle, y por fin las hubiera unido y viera la imagen completa.

Parecía tratarse del destino, que no era algo en lo que yo hubiera creído nunca; sin embargo, en ese momento, con Olivia en mis brazos, habría creído cualquier cosa. Me disponía a decírselo cuando recordé lo que me había contado de aquel tipo asqueroso al que había conocido en la vida real, y que le había estado acechando en su blog para atraerla a una falsa amistad. Esta situación no era como aquella, *en absoluto*, pero ¿lo vería ella así?

No quería estropear las cosas entre nosotros, y ni por asomo haría nada que le hiciera sentir incómoda o, peor aún, insegura. Decidí proceder con cautela.

—Es curioso cómo se conoce la gente. Tú te sentaste a mi lado en un avión, y luego resultaste ser la única niñera adecuada para este trabajo. ¿Te imaginas que nos hubiéramos cruzado antes de todo esto y no lo supiéramos?

Olivia dejó escapar un ruido somnoliento, escuchando solo a medias. Yo continué hablando.

—Tú tienes un blog en mi red social. ¿Y si yo lo hubiera leído sin saber que eras tú? Eso sería romántico, ¿no?

—No, gracias —dijo ella, estremeciéndose—. Mi blog es anónimo por una razón. Además, me recordaría demasiado a ese tío que me acosó.

Olivia se separó de mí y se sentó, cubriéndose con las sábanas.

—Declan, ¿buscaste mi cuenta y mi blog cuando te conté que lo tenía? ¿Podrías hacer eso, como propietario de la red? Porque no estaría nada bien.

—¡No! —Me senté yo también—. A ver, podría hacerlo, con tu dirección de correo electrónico, pero no lo he hecho.

Olivia se apretó la sábana contra el pecho, y pareció muy frágil.

—Te lo prometo —dije, acariciándole los hombros—. No traicionaría tu intimidad de ese modo.

Olivia se relajó y dejó escapar un suspiro de alivio.

—Lo siento, yo… —Me pasó una mano por el pelo—. Supongo que la historia con Eddie me asustó más de lo que pensaba. Crees que conoces a alguien y luego averiguas que no es así.

Yo la recosté de nuevo, la cubrí con las sábanas y la apreté contra mi pecho.

—A mí ya me conoces, Olivia. Te lo prometo.

Ella asintió y me devolvió el abrazo. Yo la estreché en mis brazos y le acaricié el pelo hasta que se quedó dormida. Me dije a mí mismo que no había cometido un error tremendo al permanecer en silencio, pero ella había parecido muy inquieta, y esto era demasiado reciente.

Encontraré el modo de decírselo cuando llegue el momento, me prometí.

Tal vez podría dejar caer alguna pista para que lo descubriera ella sola, igual que lo había hecho yo. Tal vez eso le daría la sensación de que controlaba la situación y no le pillaría por sorpresa. O, tal vez, me estaba engañando a mí mismo, y la mejor manera de resolverlo sería dejar de hablar con @1000words y esperar que Olivia nunca atara los cabos. Pero eso me parecía un gesto de capullo y, de un modo ilógico, también sería como perder a una amiga.

Fuera, la lluvia golpeaba con suavidad los cristales de las ventanas. Apagué la lámpara de la mesilla y dejé que la oscuridad nos rodeara. Inspiré el aroma de Olivia mientras intentaba acallar mis dudas. Jamás me había sentido así antes, tan obsesionado con una mujer, desesperado por que lo que había entre nosotros durase todo el tiempo posible. Era irónico porque, de todas las relaciones que había tenido, esa era la única que no podía durar. En algún momento, Sinead vendría a por Catie y Olivia volvería a Estados Unidos.

La distancia no era un obstáculo insuperable: yo podría ir a verla cada semana si fuera necesario, pero sabía que no sería capaz de soportarlo. Después de todo, ¿quién podría sobrevivir si su corazón se encuentra al otro lado del mundo? No, no me bastaría con videollamadas de una hora y visitas semanales… La necesitaba junto a mí.

Por supuesto, pedir a Olivia que se quedara conmigo no era una opción. Era demasiado pronto. Pero si encontraba alguna otra razón para que se quedara en Irlanda… Tal vez podría ayudarle a buscar la forma de conseguir que su blog diera dinero, ya que estaba claro que le encantaba escribirlo. Quizá podría conseguirle algunos patrocinadores, para que ya no tuviera que trabajar de niñera.

Me quedé dormido mientras buscaba con inquietud respuestas que no estaba muy seguro de que existieran.

23

OLIVIA

Estaba canturreando para mis adentros mientras ojeaba libros para niños en la librería y esperaba a que Molly terminara su turno para trabajar en nuestro libro, como habíamos acordado. Ella iba un poco retrasada y me estaba haciendo esperar, pero no me importaba. Probablemente no me habría importado ni que me cayera en la cabeza una estantería llena de libros. Después de tres noches con Declan, el buen humor de cualquier mujer se volvería a prueba de balas.

Tres noches también habían bastado para hacerme admitir que corría el riesgo de enamorarme de él. Yo seguía intentando no tomármelo en serio y proteger mi corazón, pero él debilitaba mis defensas y conseguía hacerme bajar la guardia cuando menos lo esperaba. Si conseguía dejar de pensar en él durante un par de minutos y hacer algo productivo, me sorprendía con un beso robado mientras Catie estaba en otra habitación; o bien me enviaba un mensaje de texto subido de tono cuando estábamos con otras personas, y mi cabeza volvía a perderse en las nubes… y, en ocasiones, en su dormitorio. Sus mensajes podían ser muy explícitos, muy dulces y, a veces, ambas cosas. Para cuando

Catie estaba acostada, me resultaba muy difícil seguir mintiéndome a mí misma.

Una noche más no será un problema. Puedo controlarlo, me decía. *Cuando me tenga que ir, no se me romperá el corazón.*

Había supuesto un alivio que Molly me propusiera quedar después del trabajo para comentar los cambios que su amiga, la editora, había propuesto para nuestro libro antes de mostrárselo a su jefe. Cuando estaba con Declan, no podía pensar con claridad. Me volvía *eufórica*, como una adolescente enamorada. Necesitaba pasar tiempo con Molly para aclararme la cabeza y que mis hormonas se relajaran.

—¡Olivia! Esperaba encontrarte aquí —dijo una voz de hombre a mis espaldas.

Me volví para encontrar a Seamus O'Rourke mirándome con una sonrisa un poco nerviosa.

—Ah, ¿sí? —No tenía la menor idea de por qué me habría estado buscando.

—Se trata de Declan —explicó, dando un paso hacia mí—. Tengo que hablar con él de algo importante, pero ignora mis llamadas y los mensajes que le mando para pedirle una reunión. ¿Podrías pedírselo tú por mí? —Me sonrió, esperanzado—. Igual que le convenciste para que fuera al festival de verano el fin de semana pasado. Hasta ahora, *nadie* había conseguido que asistiera, así que está claro que a ti te escucha.

—Para un momento —dije, levantando una mano—. Soy consciente de que la dinámica entre Declan y tú es...complicada, y que no se debe a nada que hayas hecho tú personalmente, pero no voy a hacer de mensajera. Declan toma sus propias decisiones.

Me hice a un lado para esquivarle, con ganas de terminar la conversación, pero él me cortó el paso.

—Se trata de Catie —soltó.

—¿Qué...? —Fruncí el ceño, confusa.

—Yo soy su padre —explicó con rapidez, manteniendo la voz baja para que nadie nos escuchara—. No tenía ni idea hasta que la vi aquí aquel día y me fijé en lo mucho que se parece a mi hermana. He intentado ponerme en contacto con Sinead, pero no contesta el teléfono, y no ha publicado nada en las redes sociales desde hace tiempo.

Eso será porque está en rehabilitación, pensé.

—Así que localicé a la mejor amiga de Sinead del colegio y ella me confirmó que soy el padre —terminó Seamus.

Noté el inicio de un dolor de cabeza. No quería saber nada de esto, ni verme arrastrada a la guerra de Declan contra los O'Rourke.

—Ya sé lo que estás pensando. ¿Qué clase de imbécil egoísta no sabe que tiene una hija? —Seamus se frotó la nuca con gesto inseguro—. Sinead y yo fuimos novios hace siete años, pero cuando me enteré de que estaba embarazada, ya lo habíamos dejado. Como ella misma no me dijo nada, me imaginé que habría encontrado a otro tío.

—Seamus —dije—. Con quien tienes que hablar de esto es con Sinead y Declan, no conmigo.

—Pues ayúdame a hablar con ellos —suplicó él—. Sólo quiero pasar un poco de tiempo con Catie mientras esté aquí. Entiendo que Sinead no quiera contarle aún quién soy yo, y estoy dispuesto a seguir las reglas que imponga. Pero, si pudiera ir a visitarla, tú podrías decirle que soy un amigo de la familia. Eso podría funcionar, ¿no?

Yo dudé, porque no podía tomar esa decisión por Sinead, ni por Declan, que era responsable de Catie mientras estuviera aquí. Sin embargo, algún día, Catie podría desear haber conocido a su padre y, por lo que parecía, Seamus tenía buenas intenciones y le hacía ilusión conocer a su hija. Eso debía ser una buena señal.

—Hablaré con Declan —dije al fin—. Pero no te prometo nada.

Seamus sonrió aliviado, y el corazón se me cayó a los pies cuando comprendí de dónde había sacado Catie sus hoyuelos.

∼

Estaba en mi habitación esa noche, preparándome para acostarme, cuando entró Declan, vestido con solo unos pantalones de algodón sujetos muy abajo en sus caderas.

—He pensado —dijo—, que tengo una piscina en el sótano, y estarías espectacular nadando desnuda.

Sonreí y me puse un poco de crema hidratante en la palma de la mano. Las últimas noches me había saltado mis rituales de antes de dormir, y no quería empezar a sentir la piel seca e irritada.

—¿En tu familia todo el mundo tiene insomnio, o solo lo tienes tú?

—Solo me pasa cuando estoy tratando de resolver un problema.

Empezó a juguetear con la bisutería y los artículos de maquillaje que había sobre la cómoda, cogiéndolos y organizándolos en filas distraído, y de una forma que solo parecía tener sentido para él.

—¿Qué problema estás intentando resolver? —pregunté.

Declan ignoró mi pregunta y se dejó caer sobre mi cama, con una gracia muy masculina. Hubiera quedado perfecto en un cartel publicitario, promocionando algo muy caro e irresistible.

—Ven a nadar conmigo.

Sus palabras me excitaron inmediatamente, pero dejé escapar un suspiro.

—Necesito dormir un poco.

Declan abrió mi bote de crema, lo olió y me miró con una sonrisa.

—Huele a ti.

—Bueno, más bien soy yo quien huele a eso —señalé, pero él ya había tomado la iniciativa. Colocó mi pierna sobre su regazo y empezó a masajearla con la crema.

No pude evitar gemir. Catie me hacía correr de un lado a otro todo el día, y nunca tenía un momento para descansar o estirar los músculos.

—Hum, me encanta.

—Podría acostumbrarme a esto, a ayudarte cada noche a ponerte crema en todos los sitios difíciles de alcanzar.

—*Declan* —le reñí, riendo.

—Me refería a tu espalda —dijo con fingida inocencia—. ¿Qué tal te ha ido con Molly?

—Bien —dije, y recordé la petición de Seamus—. Me he encontrado a Seamus O'Rourke.

Las manos de Declan apretaron un poco mi pantorrilla.

—¿Te ha molestado?

—No. No parece tan malo como su padre —dije—. Me ha dicho que está intentando ponerse en contacto contigo para hablar de algo importante.

—Seamus es un niño rico malcriado, y cree que, al ser tan simpático, queda absuelto del daño que su padre hace a los demás —dijo Declan con ojos centelleantes—. No tengo nada que hablar con él. Puede que él crea que tiene algo importante que decirme, pero dudo mucho de que pensemos igual. —Frunció el ceño—. ¿Por qué ha hablado contigo?

—Hum, bueno, creo que se dio cuenta de que fuiste al festival —dije, tratando de sonar despreocupada—, y ha oído que fue porque yo te lo pedí.

—Por el amor de Dios.

La expresión de Declan se nubló. Se separó de mí y se volvió, para dejar caer las piernas por un lado de la cama y quedar de espaldas a mí. Noté que me invadía el pánico. No quería que se alejara, ni que se arrepintiera de haber ido al festival conmigo aquella noche, o de lo que ocurrió después.

—Lo siento —dije—. Lo siento mucho. No volveré a hablar con él.

—No estoy enfadado contigo —dijo Declan—. Estoy enfadado con él. Con él y con toda su puta familia.

¿Y si parte de su familia también fuera tu familia?, pensé, pero él aún no estaba preparado para oír eso. Todavía no.

Volví a abrir el bote de crema y se lo entregué. El olor a lavanda flotó entre nosotros.

—¿Me ayudas con la espalda?

Él me lanzó una mirada escéptica por encima del hombro.

—¿Te pones crema en la espalda?

—No —admití—. Es que me gusta que me toques.

Él sonrió un poco y cogió el bote.

—A mí también me gusta —dijo con voz más ronca.

Me quité la camiseta y me tumbé boca abajo en la cama para permitir que se distrajera con mi cuerpo. Mientras disfrutaba del placer que me proporcionaban sus manos, me dije a mí misma que sería mejor para todos si Declan hiciera las paces con Seamus. Catie se merecía que su tío y su padre se dirigieran la palabra.

Solo tenía que encontrar la forma de que Declan lo viera de esa forma.

24

DECLAN

Olivia seguía tensa. Durante las últimas noches, me había convertido en un experto en su cuerpo, y la notaba rígida y en alerta, cuando yo la quería relajada y dócil. No habíamos discutido, pero ella había levantado una barrera entre nosotros después de que yo estallara cuando hablamos de Seamus. Eso no me gustaba lo más mínimo. Todo lo relativo a esa familia era tóxico y sentía un ansia, muy instintiva y poderosa, de mantener a Olivia alejada de los O'Rourke y su veneno.

—Ven conmigo a Praga —le dije.

Ella se giró para colocarse boca arriba y mirarme. Por Dios, qué preciosa era, con su pecho desnudo para mí y sus rizos rojos extendidos sobre la almohada alrededor de su cabeza, como un ángel salvaje.

—¿Te refieres a tu viaje de trabajo? —preguntó.

—Catie me ha preguntado hoy si podía venir conmigo, y creo que es una idea estupenda. —Acaricié la curva de su pecho con un dedo—. Quería saber qué opinas.

Su cara se iluminó con una sonrisa enorme.

—Sería maravilloso. Nunca he estado en Praga.

—Te encantará. Os gustará mucho a las dos —le prometí. Me aseguraría de que así fuera.

Olivia me sonrió con ojos brillantes de alegría. Sentí muchas ganas de besarla, pero sabía que, si lo hacía, no podría parar. Ella había dejado claro que esa noche prefería dormir a un revolcón, y debía respetar su deseo, sobre todo debido a la diferencia de poder inherente a nuestra relación. Claro que, en realidad, no parecía haber mucha diferencia. Cuanto más tiempo pasábamos juntos, más me daba cuenta de que, aunque yo tuviera el dinero, ella tenía todo lo que me importaba de verdad. Joder, si hasta había ido a la fiesta de los O'Rourke solo para hacerla feliz.

Le puse una mano en el abdomen, lo más abajo que me permitiría ir esa noche. Ella me miró con los ojos entrecerrados y la polla se me puso dura.

—Vale —dije con brusquedad—. Pues está decidido. Buenas noches.

Le di un beso en la frente y me puse en pie para marcharme. Ella se quedó con la boca abierta.

—Creía que... ¿Era verdad que solo querías que nos diéramos un baño? —Miró el lugar en el que mi pantalón de algodón era incapaz de ocultar mi erección.

—Has dicho que necesitabas dormir —dije, tratando de sonar paciente e indiferente, aunque me sentía incómodo. Qué difícil lo estaba poniendo, maldita sea.

—Y... ¿vas a hacer lo que te he pedido? —preguntó al comprender.

Yo asentí con un movimiento seco. No sabía si deseaba que se volviera a poner la camiseta, o que no se la pusiera.

—Haré lo que tú quieras, Olivia.

—Bueno —contestó en voz más baja—. Ahora, de repente, ya no estoy tan cansada.

Se acercó al borde de la cama, introdujo los dedos en la cintura de mi pantalón y tiró hasta liberar mi ansiosa polla. Se inclinó sin dejar de mirarme a los ojos y me dio un beso en la punta.

—Dios, Olivia —dije, enredando los dedos en su pelo.

Ella me miró con una sonrisa endiablada.

—¿Sí?

No me dio tiempo de decir nada. Me rodeó con sus labios y el calor de su boca fue suficiente para hacerme perder la cabeza. Cerré los ojos y me rendí a la sensación de sus labios, su lengua y sus dedos sobre mi piel. Era el paraíso, pero no era suficiente.

Cogí su pelo y la separé de mí con cuidado, saliendo de su boca con un sonido húmedo.

—Ven aquí —ordené, tumbándola sobre el colchón.

—Estoy aquí mismo —susurró.

—Sí —exhalé, situándome sobre ella—. Sí que lo estás.

Perdí la noción del tiempo durante unas horas. Solo me di cuenta de que era medianoche cuando Olivia me dio un empujoncito y me sacó del ligero y agradable sueño en el que me había sumido, con ella satisfecha y acomodada en mis brazos.

—Tu teléfono está vibrando —dijo, adormilada.

Alcancé los pantalones que me había quitado y, al tirar de ellos para silenciar el teléfono, vi que Thomas me había enviado un mensaje.

O'Rourke ha abandonado la idea de vender el segundo edificio: demasiados problemas. Va a buscar otra opción. Aún no vende la mansión, pero si encontramos la forma de retrasar esta otra venta, será nuestro.

Me senté de golpe en la cama, sintiendo una descarga de adrenalina en todo el cuerpo. Ya casi lo teníamos. *Ve a por él con todo lo que tengas,* contesté. *Sin reparar en gastos.*

—¿Quién es? —preguntó Olivia—. ¿No sabe lo tarde que es?

Estaba a punto de contárselo, cuando recordé cómo había acabado nuestra última conversación sobre los O'Rourke.

—Nada, cosas del trabajo.

—Ser multimillonario no vale la pena —bromeó Olivia, pero la sonrisa no llegó a sus ojos. Se había dado cuenta de que le estaba ocultando algo.

Dejé el teléfono a un lado y la abracé.

—No valía la pena hasta que empecé a acostarme con el personal.

Esta vez Olivia sí rio, y yo la cubrí con mi cuerpo y procedí a distraernos a ambos.

~

Me desperté sintiendo como si me golpearan la cabeza, pero enseguida comprendí que los golpes sonaban en la puerta.

—¿Señorita Olivia? —dijo Catie desde el otro lado—. No encuentro al tío Declan.

Olivia miró el reloj y soltó una maldición.

—Nos hemos quedado dormidos —susurró—. Métete debajo de la cama, rápido.

—¡No me pienso esconder como un adolescente!

—Pues claro que te vas a esconder, Declan Byrne, o juro por Dios...
—Olivia me empujó hasta el borde de la cama y me hizo caer al suelo de un golpe.

—La puerta está cerrada —informó Catie a Olivia, como si pensara que se trataba de un error.

—Un segundo, cielo —dijo Olivia, vistiéndose a toda velocidad y haciéndome gestos desesperados para que me ocultara.

Yo solté un gruñido de protesta, pero acepté y me metí debajo de la cama. Al menos, la zona no estaba llena de pelusas; tendría que subirles el sueldo a los de la limpieza. Oí que se abría la puerta y vi los pies de Catie, calzados con calcetines, entrar a toda prisa en la habitación.

—Vamos a desayunar, cariño —dijo Olivia, tratando de sacar a Catie de allí.

—Tengo que encontrar al tío Declan para preguntarle una cosa —insistió Catie.

—De acuerdo —dijo Olivia—. Ven, vamos a buscarle.

Se hizo el silencio mientras Catie consideraba la oferta, pero enseguida se le ocurrió otra solución.

—También te puedo preguntar a ti.

—Claro —dijo Olivia, que sonaba cada vez más agobiada—. Vamos a desayunar y me lo cuentas.

—Ya he desayunado —anunció Catie—. He comido helado.

Me habría impresionado mucho la cabezonería de Catie si no hubiera estado atrapado desnudo, debajo de una cama.

—Eso no es... —Olivia no terminó la frase, y se repuso enseguida—. Vale, Catie, ¿qué quieres preguntar?

—¿Puede venir Imani a jugar conmigo?

¿Quién es Imani? pensé.

Olivia también debió parecer confundida, porque Catie siguió hablando.

—La he conocido en la librería, a la hora de los cuentos. —Siguió hablando, y explicó que se lo había pasado bien jugando con la hija de Thomas, pero a ella no le hacían gracia los bichos—. A Imani le gustan los bichos y los libros, así que podemos ser amigas.

Eso me pareció muy lógico y comprensible, pero Olivia reaccionó como si se tratara de algún tipo de descubrimiento emocional.

—Oh, cariño, me alegro mucho de que quieras hacer amigos aquí.

Sentí una punzada en el pecho. ¿Catie no había querido hacer amigos?

—Es una idea estupenda —continuó Olivia—. Preguntaré a Molly si conoce a los padres de Imani, para invitarla a venir. Si no los localizamos, el próximo día que la veamos a la hora de los cuentos se lo preguntaremos a ella. ¿Ya sabes lo que quieres hacer cuando venga? Podemos organizar una merienda en la casa, o pasar el día en la playa de Salthill.

Yo carraspeé para recordar a Olivia que seguía aquí debajo, antes de que se distrajera haciendo planes.

—¿Sabes qué? Vamos a hablar de todo eso mientras desayunamos —dijo Olivia alegremente.

—Pero yo ya...

—El helado no es desayuno —dijo Olivia con firmeza, sacando por fin a Catie de la habitación.

Cuando se marcharon, me duché, me vestí y envié unos cuantos correos urgentes de trabajo. Después, bajé a ver a Olivia, que estaba fregando los platos del desayuno mientras Catie coloreaba en la habitación de al lado. Tenía que hablar con ella.

—¿Qué diablos ha sido todo eso? —pregunté en voz baja para que Catie no me oyera—. ¿Qué hay de lo de decir siempre la verdad a los niños?

Olivia siguió frotando una sartén.

—Hay una diferencia entre mentir a un niño que te hace una pregunta directa, y no hablar a un niño de un tema de adultos por el que no ha preguntado.

—Entonces, si te pregunta por nosotros, ¿le dirás la verdad? —presioné, con los brazos cruzados.

—No nos preguntará, si somos discretos —replicó ella, en un tono profesional y terso, con la misma actitud artificial que había mostrado cuando la contraté, y que ya no me gustaba nada.

Me acerqué a ella y le puse las manos en los hombros, para girarla hacia mí.

—Olivia, ¿por qué es tan importante para ti que no sepa que estamos saliendo?

Ella se mordió el labio.

—Los niños no llevan bien la falta de estabilidad. Creo que no es buena idea presentar a un niño a tu pareja, si no va a durar.

La idea de que lo que había entre nosotros solo era temporal quedó implícita entre los dos. No había muchas posibilidades de tener nada a largo plazo, salvo que Olivia decidiera trasplantar aquí toda su vida. Estuve a punto de rebatir lo que acababa de decir, pero me detuve. Yo solía ser muy realista, ¿por qué ahora no dejaba de pensar en algo que tan solo era una fantasía?

Tal vez es porque quiero que sea algo más que una fantasía, pensé.

—Dijiste divertido y sin complicaciones —me recordó, mirándome con atención—. ¿Has cambiado de opinión?

Tuve la sensación de estar al borde de un precipicio, sobre un océano que se estrellaba contra las peligrosas rocas de abajo. Si decía que sí y ella quería lo mismo que yo...

Pero ¿y si le decía que sí y ella se asustaba, y no me daba tiempo de buscarle oportunidades de trabajo que me permitieran convencerla para que se quedara? No, no podía dejar que ocurriera eso. Tal vez fuera el miedo lo que me impulsaba, pero Olivia era demasiado importante para mí como para jugármelo todo en ese momento. No había levantado mi imperio tecnológico siendo temerario, y ahora me jugaba mucho más de lo que nunca había arriesgado en una sala de juntas. Tenía que ser inteligente y ganar algo de tiempo.

—Te prometí algo divertido y sin complicaciones —repetí—. Como tú querías.

Me obligué a sonreír y dejé que mis manos cayeran de sus hombros. Entonces, fue ella quien dio un paso hacia mí.

—Y tú, ¿por qué quieres contárselo?

—¿Además de para no tener que esconderme bajo una cama en mi propia casa? —gruñí, y me pasé una mano por el pelo con un suspiro—. Creo que me preocupa tener un secreto. ¿Y si se nos escapa sin querer, y ella no lo entiende, o le duele que no se lo hayamos contado?

No pude evitar pensar en el otro secreto que le estaba ocultando a Olivia, ese otro secreto que no sabía cómo decirle que conocía. Ella me miró con atención, y con algo en la mirada que no supe interpretar.

—Creo que no pasa nada por guardar un secreto hasta que la otra persona esté preparada para oírlo —dijo despacio—. ¿No estás de acuerdo?

—Sí, pero creo que esa lógica solo le va bien a quien guarda el secreto.

Olivia apartó la mirada y volvió a la sartén que había dejado a medio fregar.

—Si lo pregunta, se lo diremos —prometió.

Esperé que pensara lo mismo cuando le confesara a quién le había estado contando sus secretos en internet. Me di la vuelta y me alejé, con el corazón apesadumbrado.

25

DECLAN

Al día siguiente, recibí una llamada mientras estaba en mi despacho revisando el itinerario del viaje a Praga y contesté sin mirar a la pantalla.

—Declan Byrne al habla.

—Hola, Declan —dijo Sinead—. ¿Puedes hablar un momento?

—¿Va todo bien? —pregunté, sentándome más erguido.

—Todo bien —me aseguró Sinead, con una risa amarga—. Bueno, soy una alcohólica que está en rehabilitación, pero bueno, aparte de eso, bien. Mi terapeuta cree que debería contarte, hum, bueno, el momento en que toqué fondo. Ya sabes, lo que me llevó a admitir que tenía un problema.

Yo también quería que me lo contara, pero el tono de su voz me dio la impresión de que se sentía incómoda, y no pude evitar querer defenderla.

—Que le den a tu terapeuta. No tienes que contarme nada que no quieras, ¿de acuerdo?

—De acuerdo —dijo ella, con voz un poco más segura.

Durante un momento se hizo el silencio en la línea.

—Voy a llevarme a Catie y Olivia a Praga, a un viaje de trabajo —dije, solo por romper el silencio—. Catie me ha pedido ir y no he podido negarme.

—Nunca has podido negarle nada —dijo Sinead en tono triste y afectuoso al mismo tiempo—. Eres una buena persona, Declan. Seguramente no te lo digo tanto como debería.

—Mamá cree que soy controlador y susceptible.

—Bueno, eso también es verdad —rio ella.

Yo sonreí también. El silencio que siguió fue mucho más cómodo.

—Creo que quiero contártelo —dijo Sinead por fin—. Lo de «tocar fondo».

Casi pude oír las comillas, y parpadeé, sorprendido.

—De acuerdo.

Me levanté y cerré la puerta de mi despacho, para que Catie y Olivia no pudieran oír mi mitad de la conversación, y me quedé de pie en medio de la habitación, preparado para lo peor.

—Cuando trabajaba de camarera no bebía. Al menos, no más de una o dos cervezas —empezó Sinead—. Pero, a veces, me quedaba después del trabajo para charlar con mis amigos y divertirme un poco. Cuando tenía que trabajar hasta tarde, una amiga mía se quedaba con Catie. Se la llevaba a dormir a su casa y la traía por la mañana, así que daba igual si yo llegaba a casa un poco más tarde. El caso es que me quedaba en el bar una o dos horas más y fingía que... bueno, que mi vida no era un desastre. En fin.

Esperé mientras ella suspiraba y hacía una pausa.

—Una noche, creí que estaba lo bastante sobria como para conducir, pero no era así. Yo no... —Inspiró hondo—. Estaba demasiado borracha, Declan. Demasiado borracha como para darme cuenta de que me había metido en el carril contrario. Tuve que dar un volantazo para evitar a otro coche... Al final, acabé metida en el jardín de una casa y choqué con un buzón, pero... Dios, podría haber atropellado a un niño, o haberme estampado contra algo más grande, o...

Hizo una pausa y, aunque no lo dijo, supe con toda claridad lo que quería decir.

—Santo cielo, Sinead. —Me senté en la silla, porque las piernas me flaqueaban. Pensé en los restos del accidente de nuestro padre. Recordé cuando fui al depósito de cadáveres con mi madre para identificar su cuerpo formalmente y recoger sus pertenencias. En el último momento, ella no había querido ver a mi padre en ese estado, de modo que fui yo quien se encargó de la identificación.

—Podías...

—Lo sé —dijo ella, con voz abatida—. Podía haber hecho a otra familia lo mismo que O'Rourke nos hizo a nosotros.

Era muy posible que yo fuera un cabrón egoísta, porque, en aquel momento, eso no me importó.

—O te podía haber pasado algo a ti.

—Lo sé —repitió Sinead—. Lo sé.

Nos quedamos en silencio, juntos, hasta que ella continuó.

—Bueno, eso es lo que pasó. Toqué fondo y recibí un aviso, todo en uno. Llamé un taxi, busqué clínicas de rehabilitación en internet y te llamé. No te lo conté porque me daba vergüenza —explicó—, pero, por lo visto, la vergüenza puede dar lugar a una recaída. Y bueno, eso es todo. No me guardes rencor.

—No podría guardarte rencor nunca —dije al instante, y desde el fondo de mi corazón—. Te quiero, Sinead. Joder, te quiero muchísimo.

—Lo sé —dijo ella, y noté en su voz que estaba llorando.

Seguimos los dos al teléfono hasta que ella se repuso, y después colgó para ir a jugar a las damas con su compañera de habitación.

Yo me quedé sentado en mi despacho, sintiéndome dolorido e insensible al mismo tiempo. Si fuera un hombre religioso, daría las gracias a Dios por ese buzón. No quería ni pensar en lo cerca que había estado de perder a otra persona a la que quería. Me quedé mirando a la pantalla hasta que sonó en mi teléfono una notificación de @1000-words. Miré la pantalla.

Aún no me creo que sea verdad. Una mujer me ha mandado un mensaje a través de Snug y ¡¡¡parece que hay una editorial interesada en patrocinar mi blog!!!

Sonreí. Había hablado del blog de Olivia a una de las empleadas de nuestro departamento de asociaciones empresariales, y ella había encontrado rápidamente una empresa interesada. Yo sabía que @1000words, es decir, Olivia, era buena, pero me alegraba que alguien más se diera cuenta por fin.

Es fantástico, te lo mereces, respondí.

¿Crees que debería aceptar? preguntó. *Aún no hay nada definitivo. Quieren que grabe un vídeo leyendo uno de sus libros y, si les gusta, lo publicarán y me pagarán.*

Tienes que aceptar, sin duda, confirmé, consciente de que mi empleada no le habría propuesto un mal trato. *Es el siguiente paso en tu carrera. ¿Quién sabe? Si va bien y decides aceptar más patrocinios, tal vez puedas dejar tu trabajo habitual.*

Pulsé el botón de enviar sintiéndome optimista por primera vez en todo el día.

∽

No sabía si era porque ahora sabía lo cerca que había estado de perder a Sinead, pero aquella noche, durante la cena con Catie y Olivia, me encontré prestando atención a los pequeños detalles. La charla incesante de Catie, el sabor del pan integral casero que Maeve había hecho para cenar, o el destello de risa en los ojos de Olivia cuando hice una broma subida de tono de la que Catie no se enteró.

Comprendí la suerte que había tenido al poder pasar este verano con Olivia y Catie, y que eso sería cierto incluso si Olivia se marchaba de Irlanda al terminar su contrato. Por supuesto, esperaba que no se fuera, pero, en aquel momento, me sentí feliz, y eso no es algo que pueda decir todo el mundo.

Después de la cena, Olivia envió a Catie a ponerse el pijama y se quedó en la mesa, alegando que tenía algo importante que comentar conmigo. No pude evitar sentir un destello de ansiosa esperanza.

Tal vez ha conseguido vender su libro para niños. O quizá quiera dedicarse al blog a tiempo concreto. Es posible que haya decidido dejar de ser niñera, pensé. *Tal vez quiera quedarse en Irlanda.*

Pero ¿me importa eso? En ese momento tuve otra idea. *Irlanda, Estados Unidos... joder, hasta la Antártida. Iré donde quiera que vaya esta mujer.*

—Bueno. —Miré a Olivia, sentada al otro lado de la mesa con una expresión neutra que no alentaba la esperanza que anidaba en mi estómago—. ¿De qué querías hablar?

Olivia inspiró hondo, mientras juntaba y separaba las manos como si estuviera nerviosa, así que continué en un tono más amable.

—Puedes contarme lo que sea.

—Creo que deberías pensar en tratar mejor a Seamus O'Rourke —dijo ella.

—¿Cómo? —Fue como si me hubiera abofeteado.

—Ha estado intentando ponerse en contacto contigo para hablar sobre algo, pero has ignorado sus mensajes. ¿Y si es importante? —insistió.

—Que se joda —gruñí.

Olivia se encogió un poco, y eso no me gustó, pero me estaba costando trabajo mantener la calma. ¿Por qué no dejaba de hablar de Seamus? ¿Por qué no me escuchaba a *mí*?

—Necesito que entiendas una cosa —dije, en un tono mortalmente serio—. Nunca, jamás tendré nada que hablar con ese hombre. La familia entera es despreciable, y es necesario que alguien les pare los pies.

—No puedes decirlo en serio —dijo Olivia—. Sé que el padre de Seamus es horrible, pero estoy segura de que no juzgarías a un hombre solo por su apellido.

—Lo haría, y lo hago. Olivia, te juro que un día compraré su mansión y la arrasaré hasta los cimientos, para que puedan sentir una fracción del dolor que han causado a mi familia.

—Pero…

—No.

Me puse en pie y me dirigí con paso firme escaleras arriba, a mi oficina, pero los pasos de Olivia me siguieron.

—Espera, Declan. ¿Y si lo que tiene que decirte afecta…?

Yo me giré en lo alto de la escalera y la miré desde arriba.

—Esto no tiene nada que ver contigo, Olivia. ¿Por qué te importa?

¿Cómo es posible que te pongas de su lado, y no del mío? quise preguntar, pero no estaba preparado para revelarle esa debilidad.

Ella fue a decir algo, pero se contuvo. Era posible que no tuviera una respuesta para mi pregunta, o tal vez la tenía, pero no quería compartirla conmigo. No sabía cuál de las dos opciones era peor. Dejó escapar un suspiro y sacudió la cabeza, como si tratara de distanciarse un poco de la discusión.

—Necesito tomar el aire —dijo al cabo de un momento—. Voy a coger el coche un rato.

La idea de que cogiera el coche estando alterada me heló la sangre. No hacía mucho que me había llamado desde una cuneta porque había tenido un accidente. No pude evitar imaginármela inconsciente, derrumbada sobre el volante.

—Ni hablar —le ordené.

—He dicho que voy a… —replicó, cruzando los brazos.

—Y yo te he dicho que ni hablar.

—*¿Perdona?* ¿Acabas de *prohibirme* hacer algo?

—No, quiero decir… —Mi mano apretó y soltó la barandilla de la escalera varias veces. Joder, ¿por qué tenía que ser tan difícil?—. Yo te llevo, o que te recoja Molly. Maldita sea, llama un taxi si lo prefieres, ya que tienes esa manía de no utilizar a mi chófer. Me da igual, solo te pido que no conduzcas estando enfadada, por favor. Si tuvieras otro accidente, yo no…

El pulso me latía en las sienes y tuve que luchar contra las imágenes que se sucedían en mi mente: mi padre en el depósito de cadáveres, Olivia conmocionada después de salirse de la carretera con mi coche, Sinead llorando sola en rehabilitación mientras me contaba lo de su accidente... La preocupación se me debió notar en la cara, porque Olivia habló con más dulzura.

—No me va a pasar nada, Declan, te lo prometo, pero no puedo vivir mi vida en función de tus miedos.

Esta vez fui yo quien se encogió ante sus palabras. ¿Era eso lo que estaba haciendo? Ella terminó de subir la escalera, me tomó la cara entre sus manos y me dio un beso rápido y muy cariñoso.

—Tendré cuidado. ¿Puedes acostar tú a Catie?

Yo asentí, paralizado, y ella se marchó, dejándome de pie en la escalera.

Cómo odiaba al puto Seamus O'Rourke.

26

OLIVIA

—Vaya, tienes pinta de que te vendría bien una cerveza —dijo Molly al abrir la puerta de su piso.

—No, gracias —contesté. Aunque estaba enfadada con Declan, le había prometido que tendría cuidado, y pensaba cumplir mi promesa—. Luego tengo que conducir hasta casa.

Molly se apartó de la puerta para dejarme entrar en el piso. La zona donde estaban la cocina y el salón era pequeña y tenía una forma un poco rara, pero el sofá parecía muy cómodo y los cuadros de las paredes creaban un ambiente agradable y ecléctico.

—Bueno, ¿de qué querías hablar? —preguntó Molly, dirigiéndose a la cocina para poner la tetera y sacar unas tazas del armario.

—Antes de nada, lo que te voy a contar tiene que quedar entre nosotras —advertí.

Molly había dicho que su compañera de piso iba a pasar la noche fuera, así que no me preocupó que nadie nos escuchara. Molly me miró con interés.

—De acuerdo. Mis labios están sellados. ¿Qué pasa?

—Seamus O'Rourke está bastante seguro de que es el padre de Catie, y quiere que Declan le dé permiso para visitarla mientras está aquí, pero Declan se niega a hablar con Seamus, y yo estoy en medio de todo eso.

Molly parpadeó varias veces seguidas.

—De acuerdo. Tengo que asimilar ese notición. ¿Por qué estás tú en medio? ¿Y qué clase de té quieres tomar?

Miré las cajas que me mostraba Molly y señalé el té de melocotón.

—Seamus me ha pedido que convenza a Declan para que le escuche. Creo que, como Declan fue al festival porque yo se lo pedí, ahora Seamus piensa que…

—Que Declan movería el cielo y la tierra por ti —terminó Molly, dejando caer una bolsita de té en su taza con aspecto pensativo—. Y el caso es que no se equivoca.

Me ardieron las mejillas. Sabía que le gustaba a Declan, pero, entre sus cambios de humor y su actitud inescrutable, a veces no era capaz de determinar si quería de mí algo más que una amiga con la que acostarse.

—El problema es que Declan se cierra en banda cada vez que menciono a Seamus —expliqué—. No es probable que vaya a leer sus mensajes, ¿no?

—No, creo que no es fácil —dijo Molly.

En ese momento sonó la tetera, y ella vertió el agua en las tazas y me entregó una. Nos quedamos calladas mientras preparábamos nuestros tés con leche y azúcar, y después nos acomodamos en el sofá.

—Estaba pensando que… —empecé—. Tal vez, si puedo demostrar a

Declan que Seamus es una buena persona, estará de acuerdo en hablar con él.

—No, no, no, *no* —dijo Molly con una aspereza que no era propia de ella—. Es una idea horrible. Solo tienes una opción: dile a Declan lo que te ha contado Seamus, y luego quítate de en medio para que Declan decida por sí mismo. Lo peor que puedes hacer es entrometerte en una pelea de hace más de una década.

—Pero si pudiera ayudarle a empezar de cero... —insistí, inclinándome hacia delante.

Pero Molly estaba agitando la cabeza tan vigorosamente que no supe cómo terminar la frase.

—A los americanos os gusta mucho eso de empezar de cero, pero los irlandeses sabemos que, a veces, hay demasiada historia como para volver a empezar. Si Declan quisiera ver en Seamus algo que no fuera su familia, ya lo habría hecho.

Suspiré y volví a hundirme en el sofá. Una parte de mí sabía que Molly tenía razón, pero no era capaz de admitirlo. Declan se iba a poner *furioso* cuando se lo contara. ¿Y si el hecho de que me hubiera guardado la información, aunque solo hubieran sido unos días, bastaba para destruir lo que había entre nosotros?

—No me puedo creer que Sinead se tirase a Seamus —dijo Molly sorprendida—. Me pregunto si será bueno en la cama...

Yo solté un lamento y dejé caer la cabeza contra el sofá.

—Esa *no* es la cuestión.

Molly soltó una risilla en su taza de té.

∼

Me quedé en casa de Molly durante una hora más, charlando sobre su vida. Me resultó una distracción muy agradable, pero, mientras conducía de vuelta a casa, no pude evitar volver a pensar en Declan. No podía ignorar lo que me había contado Seamus y privar a Catie de la oportunidad de conocer a su padre. Eso significaba que debía superar mi recelo y contárselo a Declan. Sin embargo, prefería no hacerlo esa noche, después de nuestra discusión. Se lo podía contar al día siguiente, pero sabía que iba a estar muy ocupado con el trabajo hasta la fecha del viaje a Praga.

Se lo contaré cuando volvamos del viaje, me prometí.

Sabía que estaba siendo egoísta, pero quería tener unos cuantos días más con él en los que todo fuera perfecto, o lo más parecido a la perfección que Declan y yo podríamos alcanzar.

Mi teléfono se iluminó al recibir un mensaje de @DBCoder y le eché un vistazo rápido.

Estaba pensando en ti. ¿Qué tal vas?

Seguí conduciendo mientras consideraba cómo contestar a esa pregunta. Podía decir algo como: *Tengo que contarle a alguien una cosa que no quiere oír, y me preocupa que me odie por eso.* O podría decirle: *Me estoy enamorando sin remedio de un hombre. Se suponía que solo iba a ser un lío informal, pero cuando le pregunté directamente si quería algo más, me dijo que no, que quiere seguir sin comprometerse.* También podría contestar: *¿Te acuerdas de la oferta de patrocinio de la que te hablé? Me da miedo aceptarla, porque me aterra hacer algo que no sea trabajar de niñera.*

Me encontraba en medio del campo, no demasiado lejos de la casa de Declan y, en un impulso, salí a la cuneta y cogí el teléfono para contestar el mensaje.

Si te soy sincera, no estoy demasiado bien, contesté. *¿Te acuerdas de ese tío con el que trabajo del que te hablé?*

Él contestó enseguida.

Sí, me acuerdo. ¿Qué ha hecho?

Me costó articular la respuesta con palabras. Declan no había *hecho* nada, en realidad. Las parejas discutían e, incluso después de la discusión, a él le había preocupado que condujera sola por la noche y tuviera otro accidente. Aunque hubiera dicho que quería seguir sin complicaciones, estaba segura de que yo le importaba, hasta cierto punto. Además, debido a su forma de ser, le importaba de un modo intenso y protector que me cortaba la respiración cuando me paraba a pensarlo con calma. No me sentía dolida por algo que hubiera hecho Declan, sino porque me preocupaba lo que pudiera llegar a hacer algún día.

Hay un hombre al que no soporta, y se enfada mucho cada vez que lo menciono. Me pregunto... si yo alguna vez cometiera un error demasiado grande, ¿me odiará a mí también de ese modo?

La respuesta de @DBCoder llegó al instante.

Por supuesto que no. Nadie podría odiarte a ti, tú eres TÚ.

Sonreí al teléfono con tristeza.

Eso no lo sabes, contesté.

Vi que estaba escribiendo algo y, a juzgar por el rato que tardó, parecía que iba a ser un mensaje muy largo; sin embargo, al final, se limitó a escribir: *Siento que te haya hecho daño.*

Iba a darle las gracias cuando pensé en lo raro que sería. Comprendí que, por mucho que necesitara hablar con alguien de mis problemas con Declan, no estaba bien hacerlo con @DBCoder. El interés que sentía por un desconocido de internet palidecía en comparación con los complicados, pero muy reales sentimientos que tenía hacia Declan, y no quería hablar de sus fallos con un hombre que, en una ocasión, creía que me había pedido salir. Tal vez.

Gracias por escucharme, escribí, *pero creo que deberíamos volver a hablar de libros para niños. No me siento cómoda hablando de él contigo.*

Aunque vi que @DBCoder leyó mi mensaje, se desconectó en lugar de contestar. Seguramente eso sería lo mejor, pero no pude evitar sentirme desilusionada. ¿Por qué los hombres en mi vida eran tan complicados? Volví a poner el coche en marcha y seguí conduciendo hasta la casa.

Al entrar, vi que la luz del salón estaba encendida. Declan me había esperado despierto, como hizo la noche en que salí con Brendan Carr. La noche en que admití que me gustaba, y él me había empujado contra una pared y me había besado como si se estuviera muriendo por mí. El estómago me dio un vuelco tenso. Le deseaba tanto, incluso después de haber discutido con él.

Declan cerró el portátil al verme y se puso en pie.

—Quería pedirte perdón por perder los papeles. No tenía nada que ver contigo y, para que quede claro, es imposible que me enfade contigo tanto como lo estoy con los O'Rourke, hagas lo que hagas.

Yo dudé. Eso era justo lo que había necesitado oír, pero una parte de mí aún no se fiaba. Hasta ahora, cuando Declan y yo no habíamos estado de acuerdo, siempre habíamos conseguido resolverlo cediendo un poco cada uno de los dos. Esta vez, sin embargo, él había dicho lo que yo esperaba oír, sin ninguna concesión por mi parte. Parecía... demasiado fácil. Claro, que tal vez le estaba dando demasiadas vueltas. Era posible que me hubiera vuelto tan adicta a discutir con Declan como a todo lo que tuviera que ver con él.

Él esperó pacientemente mi respuesta. Su cara, que la luz de la lámpara dejaba en sombra, parecía vulnerable y decidida a la vez.

—Te perdono —contesté.

Su alivio fue evidente.

—¿Quieres ver una película, o algo?

—No, creo que debería… me vendría bien acostarme pronto.

Me di la vuelta y hui antes de que pudiera convencerme para pasar otra noche perfecta, intensa y complicada con él.

Si al menos también pudiera huir de mis sentimientos hacia él…

27

DECLAN

Las cosas con Olivia seguían sin volver a la normalidad tres días después de nuestra discusión. No sabía exactamente por qué, pero nos tratábamos con mucho más cuidado, y no era lo mismo. Echaba de menos la forma en que su personalidad llenaba toda una habitación cuando estaba feliz y relajada, y no me gustaba nada verla tan insegura. Casi parecía retraída.

Estaba sentado en mi oficina, mirando sin ver la bandeja de entrada del correo electrónico y dándole vueltas al tema. Tras mi disculpa inicial, había intentado derribar sus murallas con noches de película en familia, nadando desnudos en la piscina después de acostar a Catie y, por supuesto, con todo el sexo posible. En una o dos ocasiones se había abierto por completo y se había mostrado como era antes, pero solo para volver a encerrarse en sí misma y alejarse de mí enseguida. Debía tener algo en la cabeza que no me podía contar.

Si se tratara de una historia romántica cursi, como *El ciervo y el guerrero*, la habría sujetado por los hombros, le habría dado una o dos sacudidas y le habría exigido que me contara sus secretos. Después de eso, le habría dado un beso abrumador que acabaría con lo que fuera que la estuviera atormentando.

Pero, por desgracia, Olivia no quería que matara a sus demonios por ella; solo quería que fuera cortés. Maldita sea.

Con una mueca, busqué entre mis mensajes el último correo de Seamus O'Rourke. Si Olivia quería que me reuniera con él para demostrar que era un hombre cabal y no una bestia indomable a la que temer, podría hacerlo. Quedaría con Seamus, él se comportaría como un imbécil, como siempre, y entonces podría odiarle por ser un imbécil, en lugar de por su apellido. Esperaba que la distinción fuera suficiente para Olivia.

Contesté a Seamus para decirle que podría reunirme con él dentro de tres horas, en el bar de un hotel de Galway, pero que solo le podía dedicar quince minutos. Se trataba de un lugar muy frecuentado por turistas y viajeros, así que no era fácil que nos viera nadie de Ballybeith.

Seamus contestó enseguida con un ridículo mensaje de agradecimiento, en el que hasta utilizó tres símbolos de exclamación.

—Venga, hombre. Ten un poco de dignidad —murmuré para mis adentros.

Llegué al bar tres desafortunadas horas más tarde. El hotel era antiguo, con techos bajos, mesas de madera oscura y cuadros poco interesantes en las paredes. Seamus ya estaba sentado en la barra, y giraba con actitud nerviosa una pinta de cerveza a la que le faltaba más de la mitad.

—A la mierda —murmuré al verle, y me dirigí hacia él.

Hazlo por Olivia, me dije.

Al verme, Seamus se levantó con tanto entusiasmo que casi se cayó del taburete antes de saludarme. Cuando se estabilizó, me tendió la mano para que se la estrechara.

—Declan.

—O'Rourke. —En lugar de estrecharle la mano, me senté en el taburete junto al suyo.

—¿Puedo invitarte a algo? —me preguntó, como si esto fuera una reunión social.

—¿De qué va esto, Seamus? ¿Me vas a pedir que no interfiera en los intentos de Mark de vender sus propiedades? —pregunté.

—¿Qué? —Seamus sacudió la cabeza, confundido—. Esto no tiene nada que ver con los negocios, es personal.

Me reí, en un tono que sonó frío y sarcástico incluso a mis propios oídos.

—Tú y yo no tenemos nada *personal* de lo que hablar. Nada en absoluto.

Seamus volvió a girar su vaso, nervioso pero testarudo.

—¿Cómo está Sinead?

—Que no se te ocurra pronunciar su nombre. —Me costó conseguir que no sonara como un gruñido.

Seamus alzó las manos en señal de rendición.

—Caray, qué susceptible estás. No le estoy faltando al respeto, es que no contesta el teléfono.

Porque está en rehabilitación, imbécil, pensé, pero no fue eso lo que dije.

—Seguro que eso significa que no quiere hablar contigo, Seamus. Si crees que voy a hablarle bien de ti, eres aún más tonto de lo que pensaba.

Seamus apretó los dientes, y eso me dejó claro que le estaba poniendo nervioso. Se sentía incómodo.

Adelante, enséñame de qué pasta estás hecho, pensé.

Seamus me miró directamente a los ojos.

—Quería hablar con Sinead y contigo porque soy el padre de Catie, y quiero formar parte de su vida.

—Que eres ¿*qué*? —El corazón me latía con fuerza. No era verdad, era *imposible*. No podía creer que Sinead hubiera podido liarse con ese cabrón.

Pero, por otro lado, ahora entendía que no hubiera querido contarme nunca quién era el padre de Catie. También me parecía la hostia de propio de Seamus O'Rourke que hubiera abandonado a mi hermana y dejado a Catie crecer sin un padre. Y, después de todos estos años, ¿ahora quería ser parte de su vida? Había que joderse.

—Cabrón —masculeé, y me lancé hacia él.

Él me esquivó, pero se deslizó del taburete y cayó al suelo con un fuerte golpe. Se recuperó y se puso en pie enseguida, alejándose de mi.

—Ya se lo dije a Olivia. No hace falta que le digáis nada a Catie, lo único que pido es poder pasar un poco de tiempo con ella mientras esté aquí…

Pero yo había dejado de escucharle después de la primera frase, que se estaba repitiendo en mi cabeza como en un bucle.

Ya se lo dije a Olivia….

No quise aceptar que Olivia me hubiera traicionado de ese modo, que hubiera hablado con Seamus a mis espaldas y ocultado algo tan serio como esto. Yo había confiado en ella, y ella sabía lo que pensaba de los O'Rourke y lo que representaban para mí. Me iba a venir abajo. Ahora ya sabía por qué había insistido tanto en que hablara con Seamus.

—Mantente alejado de mi familia —le ordené—. O sufrirás las consecuencias.

Seamus se encogió un poco. Salí a toda prisa del bar a la luz del sol, donde la gente paseaba como si no acabara de ocurrir algo extraordinario, como si toda mi vida no acabara de ponerse patas arriba.

Sinead había confiado en un O'Rourke, y él le había traicionado. Yo había confiado en Olivia y ella me había traicionado.

La parte de mí que había empezado a abrirse a ella, joder, que había empezado a tener esperanza, a medida que pasaba más tiempo con Olivia, se cerró en banda como una puerta dando un portazo. Debía recordar la verdad: si bajaba la guardia, la gente haría daño a mi familia. Hasta las mejores personas podían ser manipuladas por las malas personas.

No podía permitirme creer que nadie me daría su apoyo. Ya no.

Subí al coche y volví a casa, sintiendo arder la rabia, caliente y envenenada, en mi interior.

~

Cerré la puerta de un golpe al entrar y recorrí la casa hasta encontrar a Olivia, que estaba jugando en el jardín con Catie.

—Entra, Olivia. Tengo que hablar contigo.

—Un momento —contestó ella—. Deja que termine...

—Entra, ahora —grité.

Ella abrió mucho los ojos, dio a Catie unas palmaditas en el hombro y unas instrucciones y me siguió al interior de la casa.

—¿Qué pasa...?

—¿Cuánto tiempo hace que sabes que Seamus es el padre de Catie? —pregunté.

—Cinco días —dijo ella, con cara de susto.

Hasta que lo admitió, no había entendido lo mucho que esperaba que contestara: *No sé de qué me hablas. Está claro que Seamus miente.*

—Te lo iba a decir —explicó ella apresuradamente.

Extendió una mano hacia mi brazo, pero lo retiré de un tirón y di un paso atrás. Su presencia, su *contacto*, me solía hacer sentir mejor conmigo mismo, pero ahora eso era lo último que necesitaba. No podía permitirle aplacar la ira que había estado cultivando durante más de una década, hasta convertirla en un arma peligrosa. Ella tragó y lo intentó de nuevo.

—Esperaba que, si le veías como a una persona y no solo como a un O'Rourke, no reaccionarías así. Creí que podrías ver el lado bueno.

—¿Qué lado *bueno*?

—Catie podría conocer a su padre. Y, tal vez, tú... —Se detuvo y se mordió el labio.

—¿Qué? ¡Suéltalo ya! —exigí.

—Tú podrías participar más en este pueblo y ser un miembro activo de la comunidad. Podrías dejar de aislarte solo para evitar a los O'Rourke —dijo Olivia—. No quiero que vuelvas a sentirte solo en esta enorme casa cuando yo me vaya.

Me dolió recordar que iba a marcharse, fue como verter un vaso de whiskey sobre una herida abierta, y acabó con cualquier intención que hubiera tenido de tratarla con ternura. Había estado ciego, hasta el punto de ser un estúpido. Había dejado que mi corazón me distrajera de lo que importaba de verdad.

—Tú nunca me entenderás, Olivia. Jamás comprenderás por lo que pasó mi familia, ni por qué les odio tanto. —Sacudí la cabeza—. Y mientras no lo entiendas, no puedo fiarme de ti.

—Te entiendo más de lo que crees.

—Ni siquiera entendías la puta ducha hasta que te lo expliqué. —Me aparté de ella porque no podía soportar mirarla, y me acerqué a la ventana, para ver a Catie jugar feliz en el jardín. Cuando volví a hablar, lo hice en un tono de calma mortal—. ¿Cómo vas a entender lo que es crecer a unos cuantos kilómetros del hombre que mató a tu padre? ¿Ver a todo el mundo doblegarse ante él y tratarle con deferencia porque, incluso después de *matar a alguien*, no se atreven a enfrentarse a él?

Olivia no dijo nada enseguida, pero, al cabo de un momento, habló con voz temblorosa.

—No fuiste tú quien me explicó cómo funcionaba la ducha. Me lo dijo @DBCoder.

Sus palabras cayeron como un jarro de agua fría por mi espalda. Hostia.

Me volví hacia ella, sin saber qué iba a decir, si iba a ser capaz de explicárselo, pero ella vio la verdad en mi cara.

—Eres tú. Tú eres @DBCoder.

Intenté ignorar sus palabras, pero fue inútil. No podía mentirle.

—Sí —contesté.

Ella retrocedió y se alejó de mí todo lo que pudo. Yo di medio paso hacia ella y le tendí una mano.

—Olivia, por favor, no te asustes...

—No estoy asustada —dijo Olivia, con las mejillas encendidas—. Lo que estoy es muy enfadada, maldita sea.

Podía sentir cómo se tambaleaban los cimientos de nuestra relación, pero no sabía qué hacer para detener aquello. No sabía si quería detenerlo después de lo que ella me había hecho a mí.

—¿Hace cuánto tiempo que lo sabes? —quiso saber ella.

Así que se lo conté todo.

28

OLIVIA

Declan se pasó la mano por el pelo con gesto impaciente.

—Lo descubrí hace una semana o así, cuando me contaste el argumento del libro que estás escribiendo con Molly. Era el mismo libro que está escribiendo @1000words, bueno, tú.

Me rodeé el cuerpo con los brazos e intenté evitar que mi mundo se viniera abajo.

—Quieres decir que fue justo después de que nos acostáramos por primera vez.

Al menos, Declan tuvo la decencia de no defenderse, pero yo necesitaba que lo hiciera. Necesitaba que me diera una razón para seguir creyendo en él, en nosotros, porque en ese momento me estaba quedando sin ninguna.

—¿Por qué no me lo contaste? —Mi voz sonó áspera y rota.

—Intenté hacerlo, pero no dejabas de decir que te ponía nerviosa que alguien a quien conocías en la vida real pudiera encontrar tu blog. Cuanto más hablábamos de ello, más te alterabas. —Declan abría y cerraba las manos con impotencia—. Lo último que quería era ponerte nerviosa. Tienes que creerme, *a ghrá*.

El término cariñoso hizo desaparecer mi enfado y dejó mi corazón abierto, en carne viva. Yo había confiado en él. Me había quejado de mi jefe, *a mi jefe*. Me había desahogado hablando de mi amante con *mi amante*. Había comentado mi blog con el *hombre que había creado Snug*.

Al hacer memoria, cada vez que me había quejado a @DBCoder de algún problema o mal funcionamiento de Snug, un par de días después estaba resuelto como por arte de magia.

—Esto no será algún rollo raro de control de calidad, ¿no? —pregunté, tratando de encontrarle algún sentido—. ¿Te haces amigo de la gente que tiene blogs en Snug sin identificarte para estudiar a tus clientes, o algo así?

—*No* —enfatizó Declan, que se acercó un poco más—. Tengo una cuenta anónima para poder utilizar la red sin que nadie trate de impresionarme, o sacarme dinero, o meterse conmigo. Y, sí, utilizarlo como un usuario normal me ha permitido hacer mejoras, pero esa no es la razón por la que lo hago.

—Ya. Y encontraste mi blog de pura casualidad, ¿no? Con la cantidad de blogs mil veces más populares que hay en Snug.

Tuve que contener la risa amarga que pugnó por escaparse. Si lo pensaba con calma, sabía que solo se trataba de una simple coincidencia; después de todo, había estado hablando regularmente con @DBCoder mucho antes de conocer a Declan, pero me parecía que el universo se reía de mí.

—Ya te expliqué cómo encontré tu blog. Buscaba libros para enviar a Catie.

Recordé su primer mensaje, hacía ya muchos meses. *Hola, me encanta tu blog. Solo quería decirte que he comprado «Oso pardo, oso pardo, ¿qué ves ahí?» para mi sobrina. ¿Me podrías recomendar algún otro libro para una niña pequeña que adora los bichos?*

Tuve la sensación de estar visualizando nuestro pasado como en una pantalla dividida por la mitad. A un lado estaba todo lo que recordaba sobre cómo me había hecho amiga de un desconocido encantador en internet. En la otra, veía a Declan solo, en esta enorme casa vacía, leyendo las entradas de mi blog en busca de libros para enviar a Catie. Declan, uno de los hombres más poderosos del mundo de la tecnología, que me había enviado vídeos graciosos de gatos para animarme si tenía un mal día. Su personaje en internet me había ayudado aquellos primeros días en Irlanda, al mismo tiempo que, en la vida real, Declan hacía de mi vida un infierno. Declan, que me había pedido consejo porque le gustaba una mujer que trabajaba para él.

—Todo esto es muy confuso —dije, pasándome una mano por la cara.

—Por eso no te lo dije —explicó él, y se acercó a mí para sujetarme por los hombros—. ¿De verdad habrías preferido que te soltara todo esto cuando estabas desnuda y vulnerable, a punto de dormirte en mi cama por primera vez?

No, pensé. *Sí. No lo sé.* Me separé de él de un tirón.

—Esa decisión no era tuya. Pensaba que podía fiarme de ti, pero ya no sé si puedo. Me siento traicionada, Declan.

—Pues ahora ya sabes lo que siento yo respecto de que me ocultaras lo que te dijo Seamus —replicó él.

—Oh, eso no es lo mismo, para nada. —Le di unos golpes en el pecho con el índice—. Yo estaba tratando de protegerte, y tú estabas intentando manipularme.

—No estaba tratando de manipularte, maldita sea. Lo que intentaba era controlar la situación.

La garganta se me llenó de lágrimas de enfado al comprender una verdad incómoda. Declan Byrne siempre iba a intentar controlar cualquier situación que le afectara. Por eso era un genio de los negocios, y la roca en la que se apoyaba su familia. Y sí, a eso se debía también buena parte de su magnetismo y su abrumador atractivo, pero también significaba que, en una relación, nunca estaríamos en términos de igualdad. No me fiaba de que no intentara controlar todos sus aspectos, incluyendo hasta qué punto yo decidía abrirme a él. Él no podría evitarlo, era su forma de ser.

Me negué a que me viera llorar. En lugar de eso, apoyé las manos contra su pecho y empujé con fuerza, pero no se movió ni un centímetro.

—Maldito seas, Declan Byrne.

—¡Parar de pelear! —gritó Catie desde la puerta en ese momento, con una vocecita chillona y temblorosa por el miedo—. ¡Que paréis ahora mismo!

Declan y yo nos separamos de un salto y, tras intercambiar una rápida mirada de culpabilidad, nos dispusimos inmediatamente a resolver la situación. Declan se arrodilló frente a Catie.

—No pasa nada, cariño. Los adultos discuten a veces, pero nos seguimos cayendo bien y nos respetamos.

¿Seguro? pensé con sarcasmo, aunque sabía que tenía razón. Saqué un pañuelo de papel del bolsillo y me situé junto a Declan para limpiar las lágrimas de Catie.

—Tu tío tiene razón, cielo. No pasa nada.

—Pe... pero la última vez que os peleasteis, él te despidió y tú te *fuiste* —dijo Catie, cuya angustia le hizo tartamudear.

Declan hizo una mueca.

—Me porté como un imbécil, ¿verdad?

—Has dicho una palabra mala —dijo Catie, con los ojos muy abiertos.

—Bueno, es que hice una cosa mala —dijo Declan, y me miró para transmitirme una especie de disculpa silenciosa.

—Y yo también —dije yo—. Ese día me fui enseguida, sin pararme a pensar un poco, ni esperar a saber algo más sobre la situación.

Catie se mordió el labio.

—Sabemos que, cuando los adultos se pelean, pueden dar un poco de miedo —continué, al tiempo que colocaba a Catie un mechón de pelo detrás de la oreja—. Pero, a veces, las peleas de los adultos sirven para decir las cosas difíciles o que nos asustan, y así podemos ponernos de acuerdo. Si lo miras de ese modo, esta pelea nos ha venido muy bien.

Declan me miró con una ceja levantada, como diciendo: *¿No estás exagerando un poco?*

Yo le devolví una mirada cargada de significado, que trataba de responder: *Tiene seis años y está llorando. Si es para tranquilizarla, ninguna explicación es exagerada.*

Declan se aclaró la garganta y tiró con cuidado de Catie para darle un abrazo.

—Lo importante es que no voy a despedir a la señorita Olivia y ella no se va a ir. Se va a quedar con nosotros hasta que tu mamá venga a por ti. Te lo prometo.

Catie le devolvió un abrazo fuerte, pero volvió la cabeza para mirarme.

—¿Por qué estabais peleando?

Mierda.

—Hum. Bueno, ya sabes que la gente dice que no es bueno guardar secretos, y que los secretos hacen daño, ¿no? —empecé—. Pues se nos olvidó eso a los dos y nos hemos hecho daño sin querer, pero ya nos hemos contado los secretos y todo está resuelto.

Dicho así, parecía muy sencillo. El problema era que yo no tenía ni idea de si habíamos resuelto las cosas, ni qué significaba eso para nosotros dos. ¿Podríamos superar esto como pareja? ¿Como amigos? ¿O volveríamos a tratarnos como dos desconocidos, corteses y profesionales, que vivían en la misma casa, como habíamos hecho al principio? Se me partía el corazón al pensarlo.

—¿Qué secretos eran? —preguntó Catie, curiosa.

—Eh, ¡tengo una idea! —interrumpió Declan con alegría fingida—. Vamos a llamar a tu abuela y preguntarle si quiere venir a cenar.

Diez minutos más tarde, Catie estaba en la otra habitación, hablando con su abuela por teléfono muy contenta. Declan volvió a la cocina, con actitud cautelosa y las manos en los bolsillos.

—Ya sé que crees que hay que decir la verdad a los niños, pero lo de Seamus... —dijo en voz baja, sin terminar la frase.

Yo asentí. Creía que Catie debería saber quién era su padre, pero no me correspondía tomar esa decisión, y soltárselo a Catie por las buenas mientras su madre estaba al otro lado del océano parecía una solución que parecía abocada a provocarle algún tipo de trauma.

Tal vez me estaba volviendo un poco como Declan, o tal vez él estaba más acostumbrado que yo a vivir con secretos oscuros.

—Lo siento mucho —dije con suavidad—. Siento no haber sido más honesta contigo, no quería hacerte daño.

—Yo tampoco quería hacerte daño. Créeme, eso es lo último que querría. —No era exactamente una disculpa, pero su voz sonaba lo bastante insegura como para que supiera que lo decía de corazón.

—A partir de ahora, tal vez deberíamos... —empecé, al mismo tiempo que él decía—: Quizá podríamos...

Ambos reímos sin muchas ganas, pero, al menos, era un avance.

—Tú primero —le insté—. ¿Qué ibas a decir?

Declan cerró los ojos un segundo, como si ni siquiera él supiera lo que iba a decir.

—Tal vez deberíamos tomarnos un descanso y limitarnos a... Bueno, a ser dos personas que cuidan juntas a una niña. Creo que deberíamos centrarnos en ocuparnos de Catie, mientras decidimos lo que queremos cada uno.

Sentí que se me cortaba la respiración. Retrocedí y me apoyé en la encimera para sujetarme.

—Te prometí algo divertido y sin complicaciones, no... todo este lío —dijo él.

Quise decirle que este lío había sido inevitable desde el momento en que empecé a enamorarme de él. Que un «descanso» no resolvería el problema entre nosotros. O confiábamos el uno en el otro, o no lo hacíamos. O los dos queríamos lo mismo, o no.

Si yo hubiera sido más valiente y sincera, le habría dicho que, incluso con el complicado lío emocional entre los dos y todo el daño que nos habíamos hecho, él seguía siendo lo mejor que me había pasado nunca. Le habría dicho que siguiera conmigo, que no se alejara.

Si hubiera sido más compasiva, le habría dicho que debíamos dejarlo en ese momento. No teníamos futuro. Incluso aunque consiguiéramos arreglar las cosas por ahora, solo estaríamos retrasando lo inevitable.

Éramos demasiado diferentes. Yo quería seguir adelante, explorar nuestra historia juntos, pero Declan era demasiado cauteloso, estaba demasiado consumido por las sombras de su pasado. Al final, solo nos acabaríamos haciendo daño el uno al otro.

Por muy difícil que fuera aceptarlo, eso parecía ser lo correcto. Por el amor de Dios, Catie ya nos había encontrado discutiendo dos veces, y no quería que ocurriera una tercera vez. Sería mejor romper ahora limpiamente, o de la forma más limpia posible, aunque mi corazón quedara hecho añicos en el suelo entre ambos.

Yo era lo bastante egoísta como para querer pasar más tiempo con él, y demasiado cobarde como para querer proteger mi corazón, así que me obligué a aceptar su propuesta.

—De acuerdo, sí. Será mejor darnos un descanso y volver al principio.

¿Fue mi imaginación, o él pareció decepcionado? Si fue así, lo ocultó enseguida.

—Es culpa mía —dijo—. He hecho que todo fuera demasiado intenso, y ha ido demasiado rápido para los dos.

El corazón me dio un salto. ¿También había sido intenso para él?

Declan apartó la vista.

—Debería ir a hablar con mi madre y con Catie —dijo, y salió de la habitación.

La esperanza, pensé, era un sentimiento estúpido y doloroso.

29

OLIVIA

Una ventaja inesperada de que la madre de Declan viniera a cenar fue que invitó a Catie a pasar el día siguiente con ella. Además, se ocupó de que la conversación fluyera, mientras Declan miraba enfurruñado a su whiskey y yo comía demasiado helado con falsa alegría.

Bendita Marie, en serio.

A la mañana siguiente, decidí ser responsable y utilizar el tiempo libre imprevisto para solicitar nuevos trabajos de niñera en la página web de Sunny Days, Cuidado de Niños. Una vez que Declan les confirmó que había superado el periodo de prueba con nota, y que continuaría hasta el fin del contrato, el equipo de recursos humanos de Sunny Days me había permitido volver a solicitar trabajos con ellos.

Hasta ahora, no había querido conectarme para buscar otros trabajos, en parte porque había estado ocupada, y en parte porque no quería pensar en el fin de mi tiempo con Declan y Catie. Sin embargo, lo ocurrido el día anterior me había recordado que no podía permitirme ser sentimental. Por mucho que me sintiera parte de esa familia, solo se trataba de un trabajo, después de todo, y yo solo estaba de paso en sus vidas. Con todo lo ocurrido, no tenía ninguna posibilidad de quedarme con ellos, así que sería mejor empezar a preocuparme de lo que haría después.

Me hice una taza de té y volví a mi habitación. Me puse la sudadera de Declan, ya que la mañana era un poco fresca, abrí mi portátil y empecé a revisar las ofertas de trabajo disponibles. Había una oferta de una familia de Chicago que parecía bastante complicada, a juzgar por los requisitos que pedían. Otra oferta era de una actriz de Hollywood algo atolondrada, que vivía en un rancho en Montana cuando no estaba rodando películas y necesitaba una nueva niñera para los hijos de su marido. El trabajo parecía prometedor, hasta que me fijé en que los hijos tenían diecisiete y dieciocho años.

No, ni hablar, pensé. Ya había trabajado de niñera para adolescentes, pero, con esa edad, verían una niñera como un ataque a su independencia, y tendrían razón.

Seguí buscando hasta encontrar una familia que parecía bastante normal e iba a pasar unas semanas de vacaciones en Faribault-Northfield a finales de agosto. Buscaban una niñera para que los padres pudieran pasar más tiempo juntos durante su tiempo libre. Yo solía evitar los trabajos de corta duración, pero un trabajo poco complicado cerca de casa parecía la combinación perfecta. Hice unas cuantas mejoras a mi perfil en la página web y empecé a redactar una carta de presentación para la familia. En eso estaba cuando sonó un golpe en la puerta que me hizo dar un salto, y casi tiro el té.

Era Declan, tenía que ser él. El estómago me dio un vuelco.

—Entra —contesté.

Él abrió la puerta y se quedó en el umbral. Llevaba una camiseta oscura que se ceñía a su amplio pecho y que, por experiencia, sabía que sería increíblemente suave, casi tan agradable al tacto como la piel que se ocultaba debajo. Una parte de mí, pequeña y débil, deseó acercarse a él y enterrar la cara en su pecho. Debía estar desquiciada para pensar en el hombre que me había hecho daño como la única persona que quería que me consolara.

Es posible que no estés desquiciada, dijo una voz en mi cabeza. *Tal vez así es como debe ser.*

La voz se parecía mucho a la de mi madre, así que aparté esa idea, un tanto inquieta. Mientras, Declan me miraba con una sonrisa ladeada.

—Me alegra que sigas robándome la ropa.

—¿Quieres que te la devuelva? —Sentí que me sonrojaba.

El destello travieso que había animado sus ojos se apagó.

—Quédatela —dijo con sequedad—. Por lo que a mí respecta, te la puedes llevar a Estados Unidos si quieres.

—¿Querías algo? —pregunté incómoda.

—Sí. —Se enderezó—. ¿Sigues queriendo venir a Praga conmigo? Catie quiere ir, pero si tú prefieres no venir, porque estamos… Si no quieres ir, le explicaré que ha habido un cambio de planes.

Yo parpadeé, recordando que el viaje era al día siguiente.

—Eso le desilusionaría mucho —dije.

—Ya lo superará. Puedo llevarla a algún otro sitio cuando te hayas marchado. —Me miró con atención—. No me importa ser el malo, si tú prefieres quedarte.

Lo que quería decir era: *si necesitas estar lejos de mí.*

Sentí que me abrumaba una ternura frustrada. Era muy propio de él estar dispuesto a cambiar sus planes y decepcionar a Catie si eso era lo que yo necesitaba. Maldito Declan.

—¿Y tú? —pregunté—. ¿Te será más fácil centrarte en tu trabajo si no voy?

Él se rio, no sin cierta amabilidad.

—*A ghrá*, nunca he tenido problemas para concentrarme en el trabajo. No soy esa clase de persona.

Sus palabras me hicieron sentir un poco de lástima. Tal vez ese fuera el problema, el hecho de que siempre pudiera apartarme de su mente cuando lo necesitaba, mientras que yo no era capaz de sacármelo de la cabeza.

—Iré —decidí—. No quiero dar un disgusto a Catie y, además, ¿cuándo voy a tener otra oportunidad de ir a Praga?

Declan se acercó a la cómoda y cogió una pequeña figurita de una rana enfurruñada, que procedió a estudiar con aire de fingido desinterés.

—Podrías quedarte algo más de tiempo en Europa cuando termine este trabajo. No sé, podrías comprar un billete de Interrail y hacer eso de viajar de mochilera.

Sentí una presión en el pecho. Eso era lo más cerca que había estado Declan de pedirme que me quedara en Irlanda cuando terminara mi trabajo con él, y me daba la sensación de que no pasaría de ahí.

—Creo que tendré que volver —dije, señalando mi portátil—. La mayoría de los trabajos de niñera que estoy buscando empiezan poco después de que acabe este.

Declan apretó un poco más la rana de cerámica.

—¿Ya estás buscando otro trabajo?

—Declan... —dije, derrotada.

¿Por qué tenía que hacerlo más difícil de lo que ya era? ¿Por qué tenía que hacerme desear ser la clase de persona que se quedaría? Yo no era así. Era una niñera, un hada madrina. Aparecía en las vidas de las familias, les ayudaba a superar momentos complicados y desaparecía hacia el siguiente trabajo cuando ya no me necesitaban.

Declan dejó la rana con más fuerza de la necesaria.

—Así que no vas a aceptar el patrocinio y dedicarte a escribir el blog de forma profesional.

Di un pequeño respingo. Esa era la primera vez, desde la discusión del día anterior, que se había referido a algo de lo que solo habíamos hablado como @1000words y @DBCoder. Se me pasó por la cabeza una idea que me resultó muy incómoda.

—¿Has sido tú el que me ha conseguido esa oferta, después de descubrir quién era?

—¿Y qué si he sido yo? —dijo, masticando las palabras—. Eres mejor que muchos otros blogueros profesionales que hay en Snug.

Aunque su buena opinión me resultó halagadora, el tono prepotente me dio ganas de golpearme la cabeza contra el escritorio.

—Declan, no quiero conseguir oportunidades profesionales por *acostarme* contigo.

—Ya no te estás acostando conmigo —señaló él con sequedad.

Hice un sonido gutural que sonó muy parecido a *aargh*, y hundí la cabeza en las manos.

—¿Por qué eres tan imposible?

Era un hombre imposible. Todo lo que tenía que ver con él, con nosotros, era imposible.

—Eh.

Su voz sonó más amable. Se acercó a mí y se arrodilló a mi lado. Sus manos, grandes y cálidas, separaron con cuidado las mías para poder mirarme a los ojos.

—No es lo que tú crees. Cuando alguno de los empleados de Snug encuentra un blog de buen nivel y con potencial para incluir contenidos patrocinados, avisamos al equipo que se encarga de las asociaciones empresariales y la publicidad. Yo no hice nada más que eso, y ellos encontraron un posible patrocinador en menos de una semana porque tu blog es muy bueno.

Vaya, eso no era tan malo, pero entonces recordé la cronología de los acontecimientos y miré a Declan con desconfianza.

—Si no tuvo nada que ver con que nos acostáramos juntos, ¿por qué no recomendaste mi blog a tu equipo antes de saber que era mío?

Él miró nuestras manos entrelazadas, las suyas rodeando las mías de forma protectora.

—¿Te parecería horrible si admito que soy un cabrón egoísta y no quería compartirte con el resto del mundo?

Noté una sensación cálida que surgió de mi estómago y se extendió por mi cuerpo. Me costó la vida no inclinarme hacia él y besarle, probar el sabor de esas palabras, perfectas y vulnerables, que acababa de pronunciar. Sin embargo, él soltó mis manos repentinamente, se puso en pie y se dirigió a la puerta. Cuando se volvió para mirarme por encima del hombro, su cara no mostraba ni rastro de esa ternura ansiosa de hacía un momento. La había ocultado tras una máscara impávida.

—Mañana salimos de Dublín a las diez y media, así que asegúrate de hacer tu maleta y la de Catie esta noche, porque nos iremos de casa temprano.

Tras decir eso, se marchó. Yo me quedé mirando la puerta un momento, luchando contra mis emociones, y luego volví a centrarme en el ordenador y en planear un futuro en el que no estaría Declan.

∽

Creo que habría disfrutado más del lujo que suponía viajar en un avión privado si no hubiera estado medio dormida, y si la situación con Declan no me hiciera sentir tan insegura. Él había mantenido una distancia fría y estoica desde que había salido de mi habitación el día anterior. Aunque con Catie se comportaba con toda normalidad, conmigo volvía a ser el hombre seco y poderoso que había sido cuando nos conocimos.

En otras circunstancias, me habría enfrentado a su actitud actuando de forma mucho más encantadora y alegre, pero me había tenido que despertar al amanecer para sacar de la cama a una niña de seis años muy malhumorada, y en ese momento, no era capaz de mostrar mucha alegría.

Nos acomodamos en nuestros asientos y nos abrochamos los cinturones de seguridad mientras la auxiliar de vuelo nos explicaba la información de seguridad y el elaborado menú de a bordo con todo detalle. Declan, que ya estaba leyendo sus mensajes de trabajo en el teléfono, apenas prestó atención.

—¿Puedo comerme dos galletas de chocolate, tío Declan? —preguntó Catie.

—Puedes comerte lo que quie... Bueno, eso va a ser demasiado azúcar. —Se corrigió en el último momento y, por fin, alzó la vista del teléfono y nos miró, primero a Catie y después a mí.

—¿Qué tal si te comes solo una galleta? —sugerí yo—. Pero tenemos que esperar a que despegue el avión.

Catie arrugó la nariz al oír eso, pero, por suerte, el avión empezó a moverse por la pista enseguida y se distrajo mirando por la ventana para ver cómo aceleraba. La velocidad nos empujó contra los respaldos de los asientos y Catie rio encantada.

—Me *encanta* esta parte —dijo.

Cuando el avión se separó del suelo y desapareció la resistencia que ofrecía la pista, Catie extendió los brazos con las palmas de las manos hacia abajo, como si fuera el avión.

—Estamos *volando* —dijo, feliz.

Declan y yo nos miramos sonrientes, encantados con esta niña que nos había vuelto a unir por el momento. Su sonrisa era amplia y sincera, y yo noté que me relajaba. Cuánto había echado de menos esa sonrisa.

—Este no es el mismo avión en el que fuimos cuando vinimos a tu casa —observó Catie, mirando a su alrededor interesada—. Ese tenía asientos rojos y las galletas eran distintas. No había galletas de chocolate.

Eso me hizo reír, sorprendida. Tenía razón. ¿Acaso ese hombre tenía dos aviones privados? Y, si era así, ¿por qué viajaba en clase turista el día que nos conocimos?

—Es que el avión no es mío, es de la empresa —explicó Declan—. Cuando tu madre me llamó para que viniera a buscarte, lo estaban usando otras personas, así que cogí un avión normal para llegar cuanto antes a casa de tu madre, y luego alquilé un avión diferente para que nos llevara a casa. Siento mucho que no tuvieran las galletas que te gustan.

—Si hubieras esperado a que acabara la otra gente de la empresa, podíamos haber cogido este avión —dijo Catie con aspecto pensativo—. Tienes que aprender a esperar tu turno, tío Declan.

—Es que no quería esperar —contestó él.

Yo recordé el día que nos conocimos en el avión. Le había tomado por un tío gruñón antisocial que estaba muy bueno, pero ahora entendía que debía haber tenido *jet lag* y estaría preocupado por Sinead. Se acababa de enterar de que su hermana era una alcohólica, y yo no había parado de quejarme por haber perdido un *trabajo*. Ahora entendía que no hubiera querido hablar conmigo.

—Además —dijo Declan, guiñándome un ojo—. Volando en un avión normal, se consiguen buenas recomendaciones para niñeras.

Eso me hizo reír. Tal vez este viaje no estaría tan mal. Era posible que hubiéramos superado la peor parte del «descanso» y pudiéramos pasar a algo más cómodo, como la amistad.

Tal vez.

Cuando llegamos al hotel, hicimos planes separados para el resto del día. Catie se echó una siesta, y Declan fue a reunirse con Grayson Frost, un multimillonario británico al que conocía. Al parecer, él vivía en Nueva York y estaba ampliando sus negocios en el mundo de la tecnología. Sin embargo, la forma en que Declan se refería a él no me permitió entender si se trataba de un amigo, o de un rival, aunque era posible que, en el mundo de Declan, ambas cosas fueran lo mismo.

Cuando Catie se despertó de la siesta, decidió que quería darse un baño en la elegante piscina del hotel. Yo intenté hacerle ver que Declan tenía una piscina en casa, y que estábamos en una ciudad nueva que podíamos ir a explorar, pero ella objetó que en la piscina del hotel había una cascada y unos albornoces blancos muy esponjosos que nos podríamos poner al salir del agua. No pude objetar a su argumento, así que estuvimos en la piscina hasta que nos cansamos de nadar. Después, volvimos a la suite, que tenía tres dormitorios, una sala de estar y una terraza, y pedimos comida al servicio de habitaciones.

Cuando Declan volvió al hotel después de cenar con Grayson, Catie y yo estábamos comiendo *strudel* mientras veíamos una película checa y nos inventábamos todos los diálogos, porque no entendíamos nada de lo que decían.

Declan se apoyó en una pared al entrar y nos miró con cariño, pero cuando me pilló mirándole, se enderezó y se dirigió a su habitación, de la que no salió hasta que llegó la hora de leerle a Catie el cuento de la hora de acostarse.

Yo recogí los platos sucios de la cena y los coloqué en una bandeja mientras escuchaba la voz grave de Declan leyendo el cuento en la otra habitación. El sonido de su voz me gustaba mucho más de lo que quería admitir. Cuando terminó de leer, me apresuré a sacar la bandeja al pasillo para que la recogieran, pero la puerta se cerró detrás de mí y me quedé encerrada fuera.

Llamé a la puerta con suavidad para no despertar a Catie, que normalmente se dormía hacia el final de la historia que le leía Declan. Cuando la puerta no se abrió al cabo de unos momentos, llamé un poco más fuerte. Me daría mucha vergüenza tener que bajar al mostrador de recepción para pedir otra tarjeta, aunque, al menos, estaba bastante segura de saber cómo se decía *estúpido americano* en checo, porque lo habían repetido varias veces en la película que habíamos visto Catie y yo. Estaba a punto de desistir cuando se abrió la puerta.

—¿Qué haces aquí fuera? —preguntó Declan, tratando de contener una sonrisa.

—Se me ha cerrado la puerta, y no llevo la tarjeta.

—Deberías llevarla siempre en el bolsillo —dijo él, haciéndose a un lado para dejarme entrar.

Yo señalé la camiseta de tirantes y los pantalones cortos de pijama que llevaba.

—¿Qué bolsillos?

Sus ojos parecieron oscurecerse al mirar mi relativa falta de ropa, y sentí que entre nosotros pasaba una deliciosa corriente de posibilidades.

Para, me advertí. *No hay ninguna posibilidad.*

Al intentar alejarme un poco de él, choqué con un sillón tapizado, y Declan me sujetó de las caderas para que no me cayera.

—Gracias —dije, en un tono que sonó casi como un susurro, sin que pudiera evitarlo.

—Ya he terminado por hoy —dijo él, sin apartar las manos de mis caderas—. Podríamos tomar un vaso de vino en la terraza, o jugar a la versión adulta de ese juego de películas al que estabas jugando con Catie.

Todo mi ser deseaba decir que sí, y por eso supe que debía rechazar su oferta. La corriente de posibilidades se convirtió en algo mucho más complicado y doloroso. Me separé de él, evitando con cuidado otras piezas de mobiliario situadas en lugares inconvenientes.

—Eso suena bien, pero ¿no crees que sería mejor evitar volver a las viejas costumbres?

Declan no me contestó. Se limitó a mirarme de forma muy intensa, ansiosa. ¿Por qué tenía que mirarme así? Mi determinación empezaba a flaquear.

—Los dos tenemos mucho que hacer mañana —balbuceé—. Voy a acostarme.

Agarré el pomo de la puerta más cercana, agradecida al comprobar que, efectivamente, era el de la puerta de mi habitación. Cerré la puerta detrás de mí, me apoyé en ella y dejé escapar un largo suspiro con los ojos cerrados.

Esto del *descanso* no era para cobardes.

30

DECLAN

—Señor Byrne, es un placer conocerle en persona.

El hombre de mediana edad que tenía delante era bajo y de pelo escaso, pero su sonrisa era auténtica y me estrechó la mano con entusiasmo.

—Supongo que usted es Ludvik Klima —pregunté.

Ludvik era el director ejecutivo de Orel, la *start-up* de vídeo que Anil y yo estábamos valorando comprar. Agradecí el hecho de que hubiera bajado al vestíbulo del edificio para recogerme en persona. Muchos en su posición habrían enviado a un subordinado a buscarme, para hacer alarde de su poder, pero estaba claro que Ludvik prefería un trato más humano.

Me pareció una decisión inteligente. Orel no era lo bastante grande como para hacer alardes de poder, pero si había conseguido establecer una cultura de trabajo positiva y eficiente que les permitiera retener a los mejores empleados a largo plazo, eso era importante, al menos para mí.

A Olivia le caería bien, pensé, pero deseché esa idea enseguida.

—Por favor, llámame Ludvik —dijo—. Estamos muy interesados en hablar de las ventajas de que Snug compre nuestra empresa, aunque, entre nosotros, te diré que ya hemos recibido otras ofertas.

Eso ya lo sabía, porque Grayson me lo había contado la noche anterior durante la cena. La pequeña empresa checa de vídeo había llamado la atención de varias personas importantes en el mundo de la tecnología y las inversiones, pero yo no iba a dejar que tener competencia influyera en mi decisión.

—Tengo muchas ganas de conocer a tu equipo —dije—. También tengo algunas preguntas sobre vuestro crecimiento durante el segundo trimestre del año pasado.

—Por supuesto, por supuesto. —Ludvik me precedió hacia el ascensor y subimos a las oficinas de su empresa.

Durante las horas siguientes, conocí a todos los empleados importantes de Orel, y a algunos de los menos importantes. Todo el mundo era amable y agradable, y algunos fragmentos del código que habían desarrollado eran realmente ingeniosos. Sin embargo, no pude evitar fijarme en que su contabilidad era un desastre, al igual que algunos de los protocolos de la empresa. Al tratarse de una compañía formada hacía poco, un cierto nivel de dejadez era tolerable, pero una empresa multinacional como Snug no se podía permitir cosas como esa. Integrar Orel en Snug sería todo un desafío, por decirlo con suavidad.

Por lo general, este tipo de reuniones se me daban muy bien. Anil se especializaba en caer bien a nuestros socios potenciales, pero yo era quien se encargaba de hacer las preguntas incómodas e investigar los detalles hasta determinar si se trataba de una inversión adecuada. Sin embargo, esta vez no conseguía dejar de distraerme.

No me ayudaba el hecho de haber dormido muy poco la noche anterior, porque no podía parar de pensar en Olivia, durmiendo con su diminuto pijama en la habitación de al lado. En algún momento, pasada la medianoche, me había rendido y me había hecho una paja, desesperado por conseguir algo de alivio, aunque solo fuera momentáneo. No había estado tan salido desde que era un maldito adolescente.

Volví a centrarme en la reunión, donde el director financiero de Ludvik estaba explicando el tipo de financiación que haría falta para permitirles ampliar sus capacidades hasta el nivel necesario para poder implantar su tecnología en la aplicación de Snug.

Mi móvil vibró en mi bolsillo, y lo miré con discreción por debajo de la mesa. La cara de Catie me sonreía desde la pantalla, delante de un antiguo reloj muy ornamentado que ocupaba dos pisos de un edificio.

Catie quería que vieras el reloj astronómico. Luego vamos a ir a ver un espectáculo de guiñol en el Teatro Nacional de Marionetas.

Sonreí al pensar en lo mucho que Catie y Olivia disfrutarían del espectáculo. Me hubiera gustado poder ver sus caras mientras exploraban esa preciosa ciudad por primera vez.

—Señor Byrne, ¿contesta eso a su pregunta? —preguntó el director financiero.

Levanté la cabeza y me encontré con que todo el mundo me estaba mirando.

—Sí, muchas gracias —dije, echándome un farol—. ¿Podéis enviarme esas cifras, para que se las muestre a mi gente? *Y para poder saber lo que me he perdido mientras estaba pensando en Olivia.*

La reunión continuó. Después de aquello, debería haber puesto mi teléfono en modo *no molestar*, pues esa gente merecía toda mi atención, y yo le debía a Snug funcionar a pleno rendimiento. Sin embargo, me quedé con el teléfono en la mano y seguí mirándolo, con sensación de culpabilidad, cada vez que Olivia me enviaba una foto en la que estaban visitando el castillo, comiendo en un mercado callejero o paseando por un parque. Incluso envió una foto delante de lo que parecía ser un mural dedicado a John Lennon y los Beatles.

No te puedo decir lo que estamos gastando en taxis, pero nos lo estamos pasando en grande. Ojalá estuvieras aquí.

Un dolor que no supe identificar me atenazó el pecho. Yo disfrutaba con este tipo de reuniones de trabajo, pero, por primera vez en mi vida, me encontré deseando estar en otro lugar.

Cuando hicimos una pausa para comer, Ludvik me llevó a un pequeño restaurante cercano.

—Creo que debe haber alguien muy importante al otro lado del teléfono, ¿sí?

Me sorprendí, pues había creído ser muy discreto, pero Ludvik no parecía ofendido, sino más bien divertido por haberme pillado en un descuido. Resultaba fácil entender por qué sus empleados eran tan leales.

—Es mi sobrina —dije—. Hoy está visitando Praga, y me ha estado enviando fotos de todos los sitios a los que ha ido.

—¡Ah! Me alegro de que esté disfrutando de nuestra bonita ciudad —dijo Ludvik—. ¿Va con un guía turístico?

—Está con mi novia —dije sin pensar.

Solo después de pronunciar esas palabras me di cuenta de hasta qué punto eran ciertas. Olivia y yo podíamos ser un desastre juntos, puede que lo hubiéramos dejado, pero ella era mía, de todos modos. Mi expresión debió reflejar algo de lo que se me pasó por la cabeza, porque Ludvik me dirigió una mirada interesada.

—Parece que es una relación complicada.

Yo me limité a gruñir, y él me dio una palmadita en la espalda.

—Haré una reserva para ti y tu familia en el mejor restaurante de la ciudad. A tu novia le encantará.

No creí que una reserva en un restaurante pudiera arreglar los problemas que teníamos Olivia y yo, pero di las gracias a Ludvik y volví de nuevo al tema de los negocios, y a intentar con todas mis fuerzas no volver a pensar en ella.

∼

A Olivia le encantó el restaurante que había propuesto Ludvik o, al menos, le encantaron las fotos que encontró en internet. Se trataba de un pequeño local en el barrio de Malá Strana, con manteles de cuadros, velas en todas las mesas y, si había que creer las opiniones, una comida increíble. Cuando terminé la última reunión en Orel, volví al hotel para reunirme con Olivia y Catie e ir todos juntos al restaurante.

—¿Estáis listas, chicas? —pregunté al entrar en la sala de estar.

Catie estaba tumbada en el sofá con su vestido favorito, mirando un libro de ilustraciones.

—A la señorita Olivia se le ha atascado la cremallera. Hemos comprado un libro sobre marionetas en el museo.

—Parece muy divertido —dije, y llamé a la puerta entreabierta de Olivia—. He oído que necesitas ayuda.

Olivia abrió la puerta, un poco sonrojada por el esfuerzo de pelearse con la cremallera de un bonito vestido verde. Estaba hecho de una tela ligera que se ajustaba a su torso y caderas, y flotaba alrededor de sus muslos. Era clásico y elegante, y hacía que su pelo rojo destellara como una preciosa llama. Tuve que apartar una fantasía en la que tumbaba a Olivia sobre la cama y le quitaba toda esa alegre tela verde.

—Te prometo que esta tarde la he podido cerrar en el probador —dijo.

—¿Te has comprado un vestido? —Esperaba que lo hubiera pagado con mi tarjeta de crédito, porque merecía darse un capricho.

—Es un vestido de celebración. Hoy he recibido buenas noticias.

—Ah, ¿sí? —pregunté.

¿Sería la clase de buena noticia que nos daría más tiempo para decidir qué queríamos hacer, o de la clase que me separaría antes de ella?

—Te lo contaré durante la cena —dijo Olivia, girándose para mostrarme su espalda desnuda, donde la cremallera se había atascado un par de centímetros por encima de su cintura—. ¿Puedes subir la cremallera?

No llevaba sujetador, y esa información fue directa a mi polla.

Cogí la delicada cremallera y sujeté la tela con dos dedos. Mis nudillos rozaron la piel de su espalda, cálida y suave, y ella dio un pequeño respingo. Tuve que hacer un esfuerzo para recordar por qué había creído que darnos un descanso era una buena idea. Casi me dolió subirle la cremallera y ocultar a la vista toda aquella deliciosa piel desnuda.

—¿Ya está? —preguntó Olivia, con voz jadeante.

—Sí —contesté, y mi voz sonó ronca, de una forma un tanto lamentable. Se hubiera dicho que nunca había visto la espalda desnuda de una mujer.

Olivia se puso los zapatos y nos dirigimos al restaurante. Las reseñas habían tenido razón: toda la comida era deliciosa, y el camarero hasta sugirió algo adecuado para una niña americana quisquillosa. La única pega era el pequeño tamaño del local. Olivia tuvo que sentarse prácticamente pegada a mí, pero no iba a quejarme por eso.

—Bueno, ¿cuáles son esas buenas noticias? —pregunté, para tratar de dejar de pensar en lanzarme sobre ella.

—He hablado con Molly hoy —dijo ella con una enorme sonrisa—. A su amiga, la editora, le ha gustado nuestro libro y, al parecer, han tenido algún problema con otro proyecto que iban a publicar, así que ahora tienen un hueco en su planificación. Es una editorial local muy pequeña, no ganaremos mucho dinero y no lo va a leer casi nadie, pero...

—Un momento, ¿os van a publicar el libro? —pregunté—. ¿Vas a ser una autora publicada?

Olivia se mordió el labio y asintió. Podía estar siendo modesta sobre lo que había conseguido, pero su cara resplandecía.

—Joder, qué orgulloso estoy de ti —dije.

—Palabrota —dijeron Olivia y Catie a la vez.

Yo mire al techo y Olivia rio. Me fijé en la curva de su garganta, y lo radiante que era su sonrisa y deseé con todo mi ser besarla. Creía haberla deseado antes de que nos liáramos, pero ahora que sabía lo deliciosa que era su boca y no podía saborearla...

Los ojos de Olivia encontraron los míos y su risa se apagó. Debió haber visto el deseo en mis ojos, porque los suyos parecieron más oscuros.

—¿Vas a *adquirir* la empresa de vídeo que has venido a ver, tío Declan? —preguntó Catie, pronunciando *adquirir* como si fuera una palabra extranjera que estuviera orgullosa de haber aprendido.

Yo me volví hacia ella, agradecido por la distracción.

—Aún no estoy seguro. Si pudieras elegir cualquier empresa del mundo para comprarla, ¿cuál querrías comprar? —le pregunté.

—El zoo, claro —contestó Catie con rapidez.

—¿Cuál de todos ellos? —insistí.

—Todos.

Después de eso, Olivia y yo mantuvimos la conversación centrada en Catie. Supuse que Olivia lo hacía porque era una buena niñera y le encantaban los niños, pero yo lo hacía sobre todo para protegerme a mí mismo y dejar de pensar en Olivia, en ese vestido verde, y en lo que no llevaba debajo.

Tras la cena, paseamos un rato por la zona antigua, admirando los hermosos edificios históricos, pero el día se hacía ya muy largo para Catie y al final tuve que cogerla en brazos. Olivia paró un taxi y nos dirigimos de vuelta al hotel. Para cuando llegamos, Catie se había dormido, así que la llevé directamente a la cama. Olivia le quitó los zapatos con cuidado y la cubrió con las sábanas.

—Algún día serás una buena madre —susurré, sin pensar en lo que decía.

—Quién sabe —dijo ella, con aire melancólico, y besó a Catie en la frente—. Mi trabajo actual no me permite conocer a alguien con quien formar una familia.

Me has conocido a mí, quise decir, pero me detuve justo a tiempo. ¿En serio estaba pensando en sugerir que yo era alguien con quien podría planificar su futuro? Porque eso sería una estupidez. Yo no tenía relaciones; ni siquiera me enamoraba, no de la forma en que lo habían hecho Thomas, Anil y la mayoría de mis amigos.

Tras acostar a Catie, nos dirigimos a la sala de estar y nos miramos incómodos. Sin Catie como amortiguador, una peligrosa tensión sexual chispeó entre ambos.

—Bueno, buenas noches —dije con sequedad.

—Un momento, ¿podrías…? —Se dio la vuelta y señaló la espalda de su vestido.

Yo resolví no ceder a la tentación de tocarla, pero esta vez la cremallera se deslizó con suavidad y rapidez hasta la hermosa curva de su culo, de un solo tirón.

Durante un momento, los dos nos quedamos quietos en la silenciosa habitación, donde solo se oía el sonido de nuestras respiraciones jadeantes. Pero enseguida, murmurando unas palabras de agradecimiento, Olivia se retiró a su dormitorio y cerró la puerta con firmeza en mis narices. Me serví un vaso de whiskey del minibar y salí a la terraza. La brisa nocturna era fresca, pero no hizo nada por calmar el calor que me hervía en la sangre.

Miré a la ciudad que me rodeaba, una desigual mezcla de lo antiguo y lo moderno. Aunque algún purista de la arquitectura podría considerarlo un desorden, a mí me parecía un desorden muy auténtico, maravilloso. Y, si yo no hubiera sugerido ese maldito descanso, Olivia podría haber compartido ese momento conmigo.

—Soy un puto idiota —murmuré.

Sí, ansiaba que Olivia me comprendiera, y eso significaba que deseaba hacerle entender que tenía toda la razón al odiar a los O'Rourke y desconfiar de ellos. Pero ¿de verdad era necesario que eso se interpusiera entre nosotros? Ella era la única mujer que había puesto mi mundo patas arriba de ese modo, y me quedaba menos de un mes con ella. ¿En serio quería pasarlo solo y malhumorado, en una terraza fría, en lugar de estar en la cama con ella, volviéndonos locos de placer?

—A la mierda —dije con decisión.

Me terminé el resto del whiskey de un trago y fui a reclamar a mi chica.

31

OLIVIA

Di otra vuelta más, tratando en vano de coger el sueño. Debería haberme sentido feliz: Declan y yo parecíamos haber encontrado el modo de transformar lo que sentíamos en algo parecido a una amistad; mi trabajo con Catie estaba yendo muy bien, Praga era preciosa y estaba a punto de convertirme en una autora publicada.

Sin embargo, lo único que sentía era un gran vacío en mi interior, aunque, al mismo tiempo, me sentía muy consciente de mi propio cuerpo. Casi tanto como del de Declan, que seguramente estaría ya dormido en la habitación contigua.

Alguien llamó a la puerta, y me senté en la cama, sujetando las sábanas contra el pecho. Había dejado el vestido sobre la silla cuando me lo quité, y me había acostado con solo las braguitas.

—Olivia —dijo Declan en voz baja desde el otro lado de la puerta.

Dios, cómo me gustaba la forma en que decía mi nombre.

—Te necesito. —Su voz sonaba grave e intensa.

Me estremecí, pero me repuse enseguida. No se referiría a que me necesitaba de *esa* forma. Seguro que se trataría de algo del trabajo, o quizá lo había dicho de modo amistoso.

—Voy —contesté.

Salí a toda prisa de la cama y me puse una camiseta de tirantes y uno de los albornoces del hotel. Abrí la puerta y alcé la vista para mirarle. Sus ojos parecían más oscuros, y me estaba mirando como lo había hecho durante algunos de los momentos más tensos en la cena. Me miraba de la misma forma en que lo hacía cuando estaba dentro de mí, reclamándome. La boca se me secó de golpe.

—Declan, ¿qué nece…?

Me interrumpió con un beso. Su boca fue como agua en el desierto para mí, y la recibí con tanta gratitud que casi me dolió. Sabía a volver a casa, a malas decisiones, a *él*. Me separé un poco.

—No podemos.

Pero sí podemos. Tenemos que hacerlo, pensé.

Él entró en la habitación y cerró la puerta. El gesto me pareció una promesa deliciosa que no me sentía capaz de resistir, aunque lo intenté una vez más.

—Tú querías un descanso.

—He sido un imbécil.

Se acercó a mí y me puso una mano en la mejilla. Noté el calor de su piel en la mía, como tenues hebras ardientes que encontraron el camino hasta mi corazón.

—No hace falta que estemos de acuerdo en todo, ni tampoco definir a dónde va esto. Solo necesito estar contigo.

Yo también necesitaba estar con él. Apoyé las manos en su pecho y me dije que, en cualquier momento, le apartaría de mí. Pero sabía que eso era mentira: era inútil resistirse.

—¿Por qué malgastar el tiempo que nos queda? —preguntó.

Sus labios encontraron mi sien, después un punto detrás de mi oreja, y luego la sensible curva de mi cuello. La respiración se me entrecortó y me agarré a su camisa. Mis dedos se agitaron ansiosos al notar sus botones bajo mis manos, deseando tocar la piel desnuda de su pecho.

—Declan, tenemos desacuerdos muy serios y una forma muy distinta de ver las cosas. No podemos fingir que todo eso no es importante solo porque echamos de menos el sexo.

—Claro que podemos —dijo, riendo contra mi cuello. Con una mano en mi culo, me hizo ponerme de puntillas para apretarme contra su erección. Santo cielo, qué duro estaba...—. El sexo contigo es una puta maravilla.

Sus palabras eran groseras, y también lo era la forma en que me estaba tocando. Me hacía sentir desinhibida, traviesa, deseada, y por eso abandoné cualquier intento de resistir y me rendí a él. Cerré los ojos, sintiendo los latidos de mi corazón como un tambor de guerra, y le devolví el abrazo. Mis labios encontraron los suyos y le besé, perdiéndome en su aroma, su tacto, su sabor. Esa vez, fue él quien se separó primero, pero solo para hacerme retroceder con cuidado hasta la cama.

—No deberíamos —dije, pero ya había hundido los dedos en su suave pelo, y me estremecía al notar la aspereza de su barba incipiente sobre mi piel—. Dijimos que no lo haríamos.

—Entonces, solo nos besaremos —dijo Declan y, aunque sabía que era una mentira enorme, le permití recostarme sobre la cama.

El colchón se hundió bajo nuestro peso cuando se colocó sobre mí, mientras tiraba con una mano del cinturón de mi albornoz.

—Podría vivir solo de tus besos, Olivia.

—No seas ridículo —dije, sacudiendo la cabeza.

—No lo soy.

Deslizó una mano con reverencia sobre la fina tela de mi camiseta, y el pulso me latió con fuerza al contacto. El instinto se unió al intenso deseo que sentía, y empecé a desabrocharle la camisa.

Una sola vez, pensé. *Solo una vez más.*

Declan me cogió las muñecas y las sujetó por encima de mi cabeza con una sola mano.

—No me distraigas, *a ghrá*. Hace días que no te tengo, y voy a disfrutar de ti. —Me miró a los ojos y, aunque pude haber contestado un millón de cosas, no dije nada—. Voy a tomarme mi tiempo.

Por el puto amor del cielo, ¿cómo podía nadie resistirse a eso? Me sentí impotente, excitada, atendida y...

Entonces, su boca encontró mi pecho, empezó a chuparme un pezón por encima de la tela y perdí la capacidad de pensar.

—Te he echado muchísimo de menos —murmuró con voz entrecortada—. Echo de menos pasar tiempo contigo, y oír tu risa, y que entres en mi oficina y me interrumpas. ¿Tienes idea de lo que me haces, Olivia?

—Solo han pasado tres días. —Di un respingo y me arqueé hacia él, impotente ante el ataque de su boca. Sus labios, su lengua, su barba... Me sentía abrumada, inundada de placer.

—Lo sé —dijo, como si eso le enfadara; como si tuviera intención tanto de castigarme como de venerarme por eso.

No pude hacer nada más que rendirme. A sus manos sobre mi cuerpo, tiernas un instante y bruscas después; a su boca, a sus palabras, a la forma en que me volvía loca. Se comportaba como si yo fuera especial, la única mujer del mundo para él y, durante esos preciosos minutos, me permití creerlo.

—Delicioso —murmuró, deslizando los labios lentamente por mi estómago—. Cada centímetro de tu cuerpo es...

No terminó esa frase. En lugar de ello, presionó la boca contra mi ropa interior, y la sensación casi me hizo perder la cabeza. Arqueé la espalda y, sin pensar, enredé los dedos en su pelo una vez más. Durante un momento, no supe si seguía respirando.

—Delicioso —repitió al cabo de un momento.

Me bajó las braguitas sin utilizar nada más que los dientes, me las quitó y las tiró a un rincón de la habitación. Después, volvió a mí y procedió a saborearme, en un asalto dulce y salvaje por momentos, e hizo lo que me había prometido: disfrutó de mí, y se tomó su tiempo. Me mordí el labio e intenté contener mis gemidos, pero fue imposible. Cada pasada de su lengua, cada movimiento deliberado de sus dedos... era demasiado perfecto. Me sentía electrificada. Me sentía *viva*.

—Declan... —Dije su nombre en un suspiro que salió de mis labios como si no pudiera retenerlo.

—Declan, yo... creo que...

—No —dijo él, moviendo los labios con suavidad contra mi ansioso cuerpo—. No pienses.

¿Qué podía hacer, sino obedecer?

Cerré los ojos y dejé que una oleada de placer se apoderase de mí, mientras mis músculos se tensaban y sufrían espasmos. Con los talones clavados en el colchón, me agarré a su pelo y me apreté contra su boca, perdiendo el control por completo.

—Sí —dijo Declan cuando me relajé—. Así me gusta.

—Aún no... —Me costaba hablar porque me había quedado sin respiración—. Aún no hemos acabado.

Me obligué a incorporarme y me puse sobre él, tomando la iniciativa para poder besarle todo lo que necesitaba. Declan me lo permitió, embriagado de deseo. Deseo por *mí*, si bien el sentimiento era mutuo. No creía haber necesitado nunca a nadie como le necesitaba a él.

Me encantó la forma en que sus manos apretaron mis caderas cuando le mordí con suavidad el labio inferior. Me encantó sentir la fuerza de sus brazos, su pecho, sus muslos. Me encantó la forma en que me dio un azote cuando le excité durante demasiado rato, y me amenazó con hacerme toda clase de cosas maravillosas si no le dejaba entrar en mí, *ya*.

La forma en que gruñó cuando agarré su polla y rocé con ella mi entrada fue maravillosa.

—Mierda, espera. Condón —jadeó—. No he traído...

—Estoy tomando la píldora —dije—. Y no tengo nada. ¿Y tú?

Él asintió, me besó y ya no hablamos más. El momento de las palabras había terminado.

Nos unimos, moviéndonos tan despacio como nos fue posible, y sentí los fuertes latidos de su corazón bajo la palma de mi mano. Durante unos momentos, nos quedamos quietos y nos limitamos a disfrutar de la sensación de nuestros cuerpos unidos. Después, empezó a besarme de nuevo y comenzamos a movernos al unísono, meciéndonos juntos hasta que perdí la noción de dónde terminaba mi placer y empezaba el suyo.

—Declan —gemí con suavidad, sin saber qué más decir.

Había mil cosas que quería decirle, que pugnaban por salir de mí, pero no quería romper el hechizo.

—Olivia —susurró él en mi oído.

Rodeé su cintura con las piernas y ambos nos dejamos llevar por el momento. Moví las caderas al ritmo de las suyas, buscando su cuerpo en cada movimiento, e intenté ignorar la desesperación oculta bajo mi placer.

¿Y si ya no encuentro otro hombre igual en todo el mundo? Era una idea peligrosa, impensable, terriblemente vulnerable, pero en ese momento, también era cierta, y me llevó a un orgasmo largo e intenso, que me dejó jadeando en los brazos de mi amante.

—Olivia —dijo él una vez más, y su cuerpo se tensó al alcanzar su propio éxtasis.

Nos quedamos unidos y quietos durante un largo rato, como si los dos supiéramos que, si nos separábamos, nos arriesgábamos a perder el tenue lazo invisible que nos unía. Y eso…

Eso me daba mucho miedo.

~

Desperté despacio por la mañana, consciente poco a poco de la suave respiración regular de Declan y el peso de su brazo sobre mi cintura. La luz de la mañana jugueteaba sobre su cara y resaltaba sus oscuras pestañas, su nariz recta y su pelo alborotado.

Me mordí el labio. Parte de mí sentía que algo importante había cambiado. Habíamos superado nuestra primera gran discusión de pareja, aunque tampoco es que fuéramos una pareja, en realidad.

Teníamos algo más que un rollo, pero no éramos novios oficialmente. ¿Seríamos amantes?

Sonreí para mis adentros. Eso parecía adecuado: sonaba muy europeo y glamuroso.

La sonrisa no me duró demasiado, porque aún me preocupaba su sed de venganza. Sabía que los O'Rourke le habían hecho mucho daño, y comprendía su afán por proteger de ellos tanto a su familia como a toda la comunidad, pero eso no era lo mismo que tratar de hacerles daño. En teoría, la venganza tenía mucho atractivo, pero, en la realidad solía ir acompañada de consecuencias imprevistas que solían afectar también a personas inocentes, como Catie en este caso, que podrían salir perjudicadas en el proceso.

Por otro lado, estaba el problema que tenía que ver conmigo. Al haber pasado unos días, podía perdonarle por no haberme contado que era @DBCoder. Aunque me preocupaba mucho mantener mi vida personal separada de mi vida en internet, había proyectado mis temores sobre sus acciones de un modo injusto. Ahora que sabía más, comprendía que él solo había intentado proteger nuestra relación, pero no me gustaba que, para él «proteger nuestra relación» implicara ocultarme información. Si queríamos que lo nuestro durase, teníamos que poder comunicarnos con sinceridad.

Sin embargo, una relación duradera era imposible por definición. Incluso si Declan fuera de los que tienen relaciones, que no lo era, yo volvería a América en menos de un mes. La distancia me asustaba, y lo último que quería era seguir con él desde el otro lado del océano. ¿Y si me quedara en Irlanda? Si pudiera…

No, Olivia, no juegues con fuego, dijo una voz dentro de mí. *No rompas tu propio corazón.*

—Para —murmuró Declan, somnoliento.

—¿Qué? —pregunté.

—Me estás mirando y te estás comiendo la cabeza. Lo noto.

Abrió un ojo y me miró, enfurecido y acusador a la vez. No pude evitarlo, eso me hizo reír. Él sonrió y tiró de mí para colocarme sobre su pecho. Después dejó escapar un largo suspiro teatral.

—Venga, cuéntame qué te preocupa para que pueda convencerte de que te equivocas.

Me pareció demasiado personal admitir que una parte de mí quería una relación seria y duradera, así que cambié de tema.

—Cuéntame lo de tu nombre en internet. @DBCoder. ¿Por qué lo escogiste? Es una referencia a aquel tío que secuestró un avión, ¿no?

—DB Cooper —confirmó él—. Secuestró un avión en los años setenta sin hacer daño a nadie, robó una bolsa de dinero y se tiró en paracaídas. Nunca se supo nada más de él. Siempre me ha gustado la idea de alguien que rompe las reglas, se hace rico y desaparece sin dejar rastro.

Agité un poco los dedos de los pies, disfrutando de la sensación de nuestras piernas enredadas bajo las suaves sábanas del hotel.

—Tú has conseguido lo que querías. Te has hecho rico, y no te ha hecho falta secuestrar un avión.

—Sí. —Acarició mi espalda lánguidamente, deslizando una mano arriba y abajo—. Antes, lo que más le envidiaba era el dinero. Ahora me da envidia la forma en que desapareció.

Yo me aparté un poco para poder mirarle mejor a la cara.

—¿A qué te refieres?

—A nada. Es solo que… Ser responsable de Snug me da mucho poder, pero también me impone ciertas responsabilidades. Sinead pudo marcharse a Estados Unidos cuando quiso, pero yo… yo no puedo.

El corazón se me paró un momento. ¿Estaba diciendo lo que creía que estaba diciendo?

—No sabía que quisieras vivir en algún sitio que no fuera Irlanda —dije con cuidado.

—No quería. No quiero. Mi madre vive allí, y allí es donde están mis amigos. Además, si me voy, no habrá nadie que impida a O'Rourke avasallar a todo el maldito pueblo. —Se sentó y se giró, para poner los pies en el suelo y quedar sentado de espaldas—. Pero... bueno, la idea se me ocurrió hace una semana o así y, en cuanto lo pensé, me di cuenta de que no era una opción.

Hacía una semana, pensé, sintiendo una cierta falta de aliento. Eso había sido poco después de que empezáramos a acostarnos. ¿Lo que había pensado, aunque solo fuera un segundo, era mudarse a Estados Unidos por mí?

Declan se levantó y se puso los pantalones.

—Otra respuesta, menos interesante, es que @DBCoder solo son mis iniciales y mi trabajo.

Parpadeé. Tenía razón: *Declan Byrne, programador*.

—Dicho así, me siento idiota por no haberme dado cuenta antes —dije, lo que le hizo reír—. ¿No me vas a preguntar por mi nombre en internet?

Él levantó la cabeza de los botones de la camisa que se estaba abrochando.

—¿@1000words? Es una referencia a «una imagen vale más que mil palabras», porque haces críticas de libros ilustrados para niños, ¿no?

—Eso es —dije, arrugando la nariz mientras me ponía el albornoz—. Supongo que no soy muy misteriosa.

—Eres lo bastante misteriosa para mí —contestó con una sonrisa torcida.

Cogió el cinturón de mi albornoz y tiró de él para acercarme y darme un beso. Me apoyé contra él, sintiendo la tentación de ceder al placer que me ofrecía su boca, pero había algo que me molestaba. Necesitaba saber una cosa más.

—Dijiste que recomendaste mi blog para los patrocinios de tu empresa porque era bueno y lo merecía, pero ¿lo hiciste por alguna otra razón, o eso fue todo?

Sus ojos destellearon durante un momento con algo que no supe interpretar. Esperé su respuesta pensando que, si se trataba solo de dinero y él pensaba que había que encontrar la forma de generar ingresos con cualquier tipo de afición…

—Quería que tuvieras otras opciones —dijo por fin—, por si descubrías que estás harta de arreglar las vidas de otras personas y quieres quedarte en algún lugar el tiempo suficiente para tener una vida propia.

—Oh —dije.

No me estaba diciendo con claridad que le gustaría seguir conmigo, pero, a su manera, había planeado la forma de hacerlo posible. Me sentí llena de esperanza.

Él también quiere un futuro.

Ahora bien, si íbamos a intentar seguir juntos, no podía ignorar lo que nos había llevado a tomarnos un descanso. Para pasar de *amantes* a una *relación de verdad* había que resolver una serie de cuestiones que podían volver a separarnos.

—Bueno, solo es un patrocinio —dije en plan evasivo—. Aún pueden rechazarme.

—¿Quieren un vídeo en el que leas su libro, verdad? Yo podría ayudarte a grabarlo cuando volvamos a casa —ofreció Declan.

Cuando volvamos a casa. Probablemente no se habría dado cuenta de lo que había dicho, y de la forma casual en la que me había ofrecido su casa. Alcé una mano para acariciarle la mejilla.

—Gracias.

Esta vez, cuando se inclinó para besarme, ignoré todo lo demás y le devolví el beso.

32

DECLAN

Me senté en mi escritorio con un bostezo y una taza de té, contento de estar otra vez en casa. Tras varias reuniones más y medio día de turismo con Olivia y Catie, habíamos llegado a casa la noche anterior, bastante tarde. Había decidido que Orel no encajaba bien con nosotros en ese momento, pero me alegraba de haber hecho el viaje. A Catie le había encantado la aventura, y Olivia y yo habíamos conseguido arreglar el problema entre nosotros. Por esos resultados, habría aguantado todas las reuniones aburridas que hicieran falta.

Estaba silbando una canción de ABBA por lo bajo cuando recibí una llamada de Thomas.

—¿Qué pasa?

—La ha puesto a la venta. O'Rourke vende la puta mansión —soltó él.

Levanté las cejas todo lo que pude. Thomas no era de los que sueltan tacos, pero si alguna ocasión lo justificaba, era esta. Hostia, hasta yo podía encargar fuegos artificiales para escribir en el cielo: Joder, por fin.

El corazón se me salía del pecho. Ahora que había llegado el momento, no podía creerlo.

—Creía que estaba tratando de vender un último edificio antes. ¿Cómo lo has impedido?

—Con un montón de burocracia, palabrería y favores. De hecho, creo que le debo a alguien un jersey hecho a mano. No preguntes. Lo que importa es que hemos retrasado la venta el tiempo suficiente, y hemos conseguido el resultado que esperábamos. Mark O'Rourke ha puesto la mansión a la venta hace diez minutos, y tu nueva empresa está lista para comprarla. Ya está. Lo hemos conseguido.

—Es fantástico, Thomas. Es fantástico de cojones.

Me apoyé en el respaldo de la silla y empecé a asumir la noticia. Lo habíamos conseguido. *Yo* lo había conseguido. La venganza con la que había soñado durante catorce años había llegado por fin.

—Quería confirmar que sigues queriendo comprarla, y preguntar qué presupuesto tienes, antes de hacer nada —dijo Thomas.

A Olivia no le va a gustar.

Aparté la idea de mi mente. Esta era una parte de mi vida sobre la que ella no podía opinar. Si dejara que el asesino de mi padre se fuera de rositas, solo para evitar una conversación incómoda con una mujer, estaría traicionando a mi padre como un cobarde. Me obligué a ignorar la sensación incómoda que notaba en el pecho.

—Cómprala —ordené—. Cueste lo que cueste. No hay límite de presupuesto. Paga lo que sea necesario para superar cualquier otra oferta y cerrar el acuerdo, pero usa esa empresa nueva. A mí no me la venderá.

—Entendido. —La línea quedó en silencio mientras Thomas tomaba notas—. Otra cosa más. A veces es más fácil convencer al vendedor con alguna promesa sobre cómo se va a utilizar la propiedad.

—No hagas promesas —dije con una sonrisa cínica y dura—. Puedes dar a entender que representas a un americano rico y caprichoso al que le encanta *El ciervo y el guerrero*, que seguramente se cansará de ella y la pondrá a la venta en unos cuantos años.

—Y así abrimos la posibilidad de que crea que puede volver a comprarla cuando mejore su situación financiera —terminó Thomas—. Entendido. Daré algunas pistas vagas y dejaré que la imaginación de Mark haga el resto. Solo por curiosidad, ¿qué vas a hacer con la mansión? Con lo interesado que estabas en ella, seguro que ya has pensado algo.

Estaba a punto de contestar cuando pensé en toda la gente de Ballybeith que trabajaba con Thomas. A algunos de ellos les sentaría muy mal que echara abajo la mansión, porque formaba parte del festival, y el festival atraía turistas que llenaban los bolsillos de muchos negocios locales. Ellos no consideraban a O'Rourke un cáncer para nuestra comunidad, ni verían que esa era la única manera de detenerlo. Sin embargo, yo no quería complicarle las cosas a Thomas con sus clientes, así que evité la cuestión.

—No te preocupes por eso ahora. Ya te lo contaré cuando hayamos cerrado la venta.

Seguimos hablando un rato hasta que tuve que finalizar la llamada y ponerme los auriculares para una videollamada con Anil. Cuando se conectó, parecía muy molesto.

—¿Qué te pasa? —pregunté.

—Buenos días a ti también —dijo con sarcasmo—. Creo que la chica con la que salí anoche me ha robado la tarjeta de crédito.

—¿Qué quieres decir con que «crees»? —pregunté, haciendo una mueca.

—Es que no me acuerdo de cuántas tarjetas de crédito tengo, en realidad. —Dejó escapar un sonido de frustración y se pasó la mano por el pelo—. Tengo que empezar a salir con otro tipo de mujeres.

—O no salir con ninguna durante una temporada —sugerí yo—. A veces, la mujer adecuada simplemente aparece en tu vida.

—Me sorprende lo optimista que suena eso, viniendo de ti —dijo, mirándome intrigado—. ¿Va todo bien con Olivia?

Para evitar *esa* conversación, abrí el calendario de trabajo que compartíamos.

—Estoy pensando en trabajar desde Dublín la mayor parte de la semana que viene, considerando todo lo que tenemos que hacer.

—Me parece bien, sobre todo si vamos a comprar Orel —dijo Anil—. Puedes quedarte en mi habitación de invitados si piensas quedarte por las noches hasta que lo resolvamos todo. Te evitarás tener que buscar un hotel.

—Creo que no deberíamos hacer una oferta por Orel —dije, negando con la cabeza—. Son buena gente y su producto es muy interesante, pero me ha parecido que su modelo de negocio no está bien definido, y eso nos plantearía muchos problemas si lo conectáramos a Snug e intentáramos hacerlo crecer —suspiré—. Te enviaré los archivos para que decidas por ti mismo, pero yo creo que no encajaría bien.

—Bah, me fío de ti —dijo Anil—. Aunque, si no compramos, no va a haber quien aguante a Grayson Frost en el próximo congreso de tecnología.

Esa idea me hizo soltar un resoplido.

—No podemos tomar decisiones de negocio basadas en lo que piense Grayson. —Se trataba de un hombre muy competitivo y con la inteligencia necesaria para justificarlo, y era la persona con más éxito en los negocios que conocía.

—¡Contra! Me llama la compañía de la tarjeta de crédito —dijo Anil.

Hice un gesto para indicarle que contestara y cortamos la llamada. Al quitarme los auriculares, di un salto cuando Olivia carraspeó un poco.

—¿Cuánto tiempo llevas ahí? —pregunté, tratando de recordar lo que había dicho cuando Anil me había preguntado por ella.

—Solo unos minutos. —Cambió el peso de un pie a otro, incómoda—. Yo… bueno, quería preguntarte si podrás ayudarme a grabar el vídeo para la editorial.

—¡Claro! —contesté con una sonrisa, contento de que fuera a hacerlo—. Deberíamos hacerlo durante el día para utilizar la luz natural. O también podría contratar a un cinematógrafo de Dublín para que venga y…

—Me vale con la luz natural —interrumpí—. ¿Cuándo tendrás un hueco durante el día?

Miré el calendario e hice una mueca. Puede que no fuéramos a comprar Orel, pero seguía teniendo un montón de cosas que hacer. No quería limitarme a encontrar un hueco de quince minutos en el que ayudar a Olivia a toda prisa: quería poder ofrecerle todo el tiempo y la atención que necesitara. Podríamos hacerlo durante el fin de semana, pero, por desgracia, habían anunciado un tiempo asqueroso.

—¿No vas a comprar Orel? Creía que te habían gustado —dijo Olivia.

—Y me gustaron, pero ahora mismo están muy desorganizados.

—Entonces, ¿por qué no trabajas con ellos para ayudarles a mejorar? ¿Por qué renunciar a algo solo porque no es perfecto?

Algo en su voz me hizo pensar que no se refería solo a la posibilidad de negocio para Snug. Me giré en la silla para mirarla de frente.

—El mundo está lleno de socios potenciales. A largo plazo, es mejor esperar a encontrar el adecuado, en lugar de invertir recursos en una empresa que no encaja.

—Oh.

Ella cruzó los brazos y se miró los pies, y en ese momento, creí entenderlo.

—¿Tiene todo esto que ver con la editorial que ha propuesto publicar tu libro? Porque, si no te gustan, puedo ayudaros a Molly y a ti a resolver el contrato y buscar otro editor. No tienes por qué conformarte con ellos.

—No, no es eso —dijo ella, negando con la cabeza—. Es solo que me da curiosidad cómo piensas, y cómo decides en qué invertir tu tiempo.

—Ah. Bueno, soy un libro abierto. Si alguna vez quieres consejos de negocios…

—Ya sé a quién acudir. —Ella sonrió, pero en su sonrisa había una incertidumbre que no me gustó—. Bueno, ¿cuándo grabamos el vídeo para el patrocinador?

—Si lo hacemos dentro de nueve días, ¿será demasiado tarde? —pregunté, rascándome la nuca—. Si lo es, puedo cancelar…

—Dentro de nueve días me va bien —dijo ella—. Me voy, creo que Catie me está llamando.

Fruncí el ceño, porque yo no había oído nada. Pero, claro, seguramente me había destrozado los oídos por llevar años utilizando los auriculares a todo volumen. Olivia se marchó y yo volví a mi trabajo, intentando ignorar la sensación de que se me había escapado algo importante.

33

OLIVIA

—Gracias por encargarte de Catie —dije a Marie cuando llegó a recogerla para llevársela a pasar la tarde a su casa y atiborrarla de cosas ricas.

—Estoy encantada. Declan ha dicho que necesitas su ayuda con algo del trabajo —dijo Marie.

—En realidad no es exactamente una cosa de trabajo —dije, y no pude evitar sonrojarme—. Bueno, podría llegar a serlo. Es un vídeo de prueba para un patrocinio para mi blog.

—Ah. —La cara de Marie se iluminó al comprender—. Como esos tutoriales de maquillaje en internet.

—Algo así, solo que mi blog, bueno, es de reseñas sobre libros.

Era la primera vez que lo decía en voz alta, pero si el patrocinio salía adelante, y si iba a tener que mostrarme en mi blog, la barrera que había alzado con tanto cuidado entre mi vida real y mi vida en internet desaparecería en un instante. Sería mejor que empezara a acostumbrarme a eso cuanto antes. Esperé que la tierra se abriera bajo mis pies y me tragara al decirlo, pero... no pasó nada. De hecho, me resultó agradable admitir la existencia de algo en lo que me había esforzado tanto.

Marie me estaba mirando con los ojos muy abiertos.

—Un momento... No me digas que tú eres la persona de la que Declan hablaba siempre. La que le recomendó todos los libros favoritos de Catie.

—Sí, soy yo. —Ahora sí que me ardían las mejillas.

—Y yo creyendo que os habíais conocido en un avión. —Marie sacudió la cabeza—. Hombres. Nunca les cuentan nada a sus madres.

No tenía ninguna gana de explicar a Marie toda la situación, así que llamé a Catie y le ayudé a prepararse para salir. En cuanto se fueron, admití por fin que no podía retrasar más lo del vídeo. Cuando Declan dijo que no podría ayudarme hasta pasada más de una semana, lo tomé como una bendición, porque no me había sentido preparada. Sin embargo, en ese momento, me pregunté si habría sido un error retrasarlo tanto, porque no había dejado de darle vueltas. ¿Y si mi voz sonaba rara? ¿Y si mi ropa les parecía ridícula? ¿Y si pronunciaba mal el nombre del autor? ¿Y si la cámara se rompía y no completábamos el vídeo a tiempo, y la editorial decidía no trabajar conmigo, después de todo?

Dejé escapar una larga exhalación.

—Hazlo y ya está.

Subí al piso de arriba para coger el libro de mi habitación, y fui a buscar a Declan. No le encontré en su despacho, así que recorrí la casa hasta encontrarle preparando una cámara en una pequeña habitación del primer piso en la que nunca me había fijado. Tenía una gran ventana que daba al lateral de la casa.

—Creía que lo íbamos a hacer fuera —dije.

—Le pregunté a uno de los fotógrafos de la empresa —dijo Declan, ocupado con la cámara que estaba situada sobre un trípode, de una forma un tanto precaria—. La luz natural va bien, pero no te debería dar el sol directamente. ¿Puedes sentarte ahí?

Señaló un pequeño sillón verde colocado frente a la cámara. Yo me senté, sintiéndome muy consciente de mis codos y mis rodillas. ¿Qué vería Declan cuando me enfocara con la cámara?

—¿Vas a llevar esa ropa? —preguntó.

—¿No te gusta? —Miré mi camiseta amarilla.

—Me gusta todo lo que te pones —dijo Declan, con una mirada cálida que me hizo saber que no mentía—. Pero el fotógrafo me ha dicho que el amarillo puede hacer que la gente de piel más clara parezca algo descolorida.

La forma tan precisa en que lo explicó me dio la impresión de que había memorizado las instrucciones exactas del fotógrafo. Me sentí un poco culpable: él se había esforzado en prepararse para el vídeo, y yo me había limitado a morirme de miedo.

—El amarillo es agradable y destacará contra el sillón. Además, no necesito parecer una modelo.

—Claro. —Declan asintió y terminó de enfocar la cámara—. De acuerdo, adelante.

—¿Empezamos ya? —grité—. ¡No estoy preparada!

—No pasa nada —Declan rio y apagó la cámara—. Respira hondo. ¿Quieres practicar antes de que grabemos?

—Sí —contesté, agradecida.

El intento de prueba no salió muy bien. Declan no paraba de indicarme que sujetara el libro en diferentes ángulos, hasta encontrar uno que permitiera ver el libro con claridad mientras yo leía. La incómoda postura hizo que se me durmiera el brazo al poco tiempo, y se me enredaron las palabras al intentar leerlas con el libro torcido.

—Fantástico —dijo Declan para animarme—. Ahora vamos a intentar grabarlo, ¿vale?

No quería hacerlo, no me sentía preparada, pero me obligué a asentir. Volví al principio del libro y empecé a leer.

—Había una vez…

—¿No crees que deberías presentarte? —interrumpió Declan—. ¿Y tal vez decir el título del libro?

—Ay, lo siento —dije, dándome una palmada en la frente.

—No pasa nada. —Su sonrisa era tan cálida y confiada que me hizo sentir aún más inepta, como un fraude.

Declan pulsó el botón de grabación.

Hice una presentación atropellada y empecé a leer. Las palabras me resultaban extrañas e incómodas en los labios. Al principio, pensé que era culpa mía, pero, tras la cuarta toma, me di cuenta de que el problema no era yo o, al menos, no era todo el problema.

Ese libro era malísimo.

La narración era torpe; el argumento, sobre un cerdito que se hacía amigo de una ardilla, era aburrido, y la moraleja, «los adultos siempre tienen razón», resultaba muy anticuada. Convencer a los niños de que confiaran a ciegas en todos los adultos era un consejo estúpido. Se trataba de la clase de libro del que yo solía reírme en mi blog, y ahora me iban a pagar por recomendarlo.

Pensé en lo que había dicho Declan sobre elegir a los socios en los negocios, que era mucho mejor elegir al socio perfecto, en lugar de invertir tiempo y energía en alguien que no lo era. Me equivoqué con otra palabra.

—Mierda. ¿Volvemos al principio?

—Es mejor que sigamos. —Declan hizo una mueca—. Vamos a continuar, y luego podemos editarlo uniendo diferentes porciones, si no conseguimos una sola toma perfecta.

Otra vez esa palabra. Perfecto.

Me pregunté si también buscaría la perfección en sus relaciones románticas. Tal vez una de las razones por las que no creía necesario resolver ninguno de los puntos de fricción que había entre nosotros era que no le parecía eficiente perder el tiempo en ello. ¿Por qué se iba a preocupar de arreglar nada, si lo nuestro era demasiado imperfecto, demasiado complicado?

Los temores fueron en aumento y se fueron enredando hasta que no pude soportar la tensión. Mi respiración se empezó a acelerar. Aunque Declan solo estaba a unos metros, el hecho de que estuviera al otro lado de la cámara hacía que la distancia entre nosotros me pareciera enorme.

—Sigo grabando —me recordó Declan—. Puedes continuar leyendo cuando quieras.

—No, páralo.

—Relájate, Olivia. Tenemos tiempo de sobra para terminarlo.

—He dicho que lo *pares* —dije, poniéndome en pie.

Declan paró la grabación con actitud cautelosa.

—¿Quieres hacer un descanso?

—¡No! No quiero hacer esto. No me gusta estar delante de una cámara, y este libro es muy malo. —Lo agité ante su cara para enfatizar mis palabras—. Me encanta mi blog, no quiero arruinarlo solo por el dinero.

Declan se alejó de la maldita cámara, se acercó a mí y me puso las manos en las mejillas.

—Respira, *a ghrá*.

Yo inspiré hondo y solté el aire. Eso me ayudó un poco.

—El libro que estás escribiendo trata sobre los consejos que te daba tu madre, ¿no? —me instó Declan.

Yo asentí.

—¿Qué consejo te daría tu madre ahora mismo?

Eso hizo desaparecer la poca calma que había conseguido reunir.

—No tengo *ni idea*.

Me separé de Declan y me pasé las manos por el pelo, frustrada.

—Ninguno de sus consejos tenía nada que ver con blogs anónimos, ni con convertirse en *influencer*, ni con salir con un multimillonario obsesionado con su carrera.

Había esperado que Declan replicara enfadado que no estaba obsesionado con su carrera. En ese momento, discutir con él casi resultaría un alivio, porque me permitiría descargar toda la tensión que había acumulado. Sin embargo, él se limitó a mirarme a los ojos y entrelazar sus dedos con los míos, muy despacio.

—Anda, vamos a salir a que nos dé un poco el aire.

Con un gruñido, dejé que me condujera a través de la casa y me llevara al jardín. Al salir, noté una ligera brisa sobre la piel y el dulce y delicado aroma de las flores. Recorrimos los descuidados caminos del jardín hasta que me relajé un poco.

—Vale —admití, no sin algo de rencor, pero con un esbozo de sonrisa—. Puede que necesitara un descanso.

—No me digas —bromeó él, aunque enseguida bajó la voz y me apretó la mano—. Ya sé que te resulta difícil no poder pedir consejo a tu madre. A mí también me gustaría poder recurrir a mi padre, pero, cuando pienso en los años que pasé con él... Sí, recuerdo algunas cosas concretas que me dijo, pero sobre todo, recuerdo que estaba muy orgulloso de la persona en que me estaba convirtiendo. Parecía seguro de que podría conseguir todo lo que me propusiera. Es posible que, cuando ya no puedes recurrir a la persona que te daba consejos, lo que puedes hacer es confiar en que te haya ayudado a convertirte en la mejor versión de ti mismo, en alguien capaz de afrontar cualquier desafío que se presente. Si llegas a ese punto, es posible empezar a fiarse del instinto.

Sus palabras se habían acercado a la verdad de una forma que me incomodó. Para mí, el problema era que, en lo que tenía que ver con él, mi instinto me decía dos cosas muy diferentes. Una parte de mí quería quedarse en Irlanda cuando acabara este trabajo; la otra, en cambio, pensaba que la situación con Declan era demasiado frágil para poder considerarla una posibilidad.

—Ese es un consejo bastante bueno —repuse—, pero ponerlo en práctica no es tan fácil.

Él se detuvo, se situó frente a mí, y me levantó la barbilla con cuidado para poder mirarme a la cara.

—¿Cuál es el auténtico problema, Olivia?

De entre todas las pequeñas cosas que me habían molestado ese día, intenté elegir la principal.

—Ese libro no me gusta nada.

Declan asintió con una expresión tan seria como si estuviera hablando de algún negocio importante para Snug.

—Entonces, vamos a pedir otro libro, o busquemos otros patrocinadores. Tienes demasiado talento como para ceder ante el primer obstáculo. No pienso…

—No piensas hacer ¿qué? ¿Permitírmelo? Ese es el otro problema. —Le interrumpí y, con una sacudida de los hombros, me aparté de sus manos—. Me tratas como a uno de tus proyectos. Ni siquiera sé si quiero patrocinadores para mi blog. Es posible que no quiera ser nada más que una niñera que hace críticas de libros para entretenerse.

—Y una mierda. —Declan me miraba enfadado—. Si quisieras ser una niñera para siempre, no habrías estudiado escritura creativa en la universidad. No habrías *vendido* un libro. No habrías escrito un blog que leen cientos de personas en todo el mundo. —Se acercó a mí hasta que sus pies tocaron los míos—. Buscas algo más, pero te da miedo admitirlo.

Su acusación me atravesó el corazón como una flecha y echó abajo mis defensas. Tenía razón: una parte de mí quería mucho más. Quería una familia, un hogar, y aceptar el riesgo de empezar una carrera artística con pocas probabilidades de estabilidad.

Me había esforzado tanto en vivir el día a día, en disfrutar de lo que tenía y no anhelar lo que me faltaba, que había dejado de prestar atención a esa parte de mí que se había atrevido a tener sueños y ambicionar algo. Me crucé de brazos.

—Tal vez me cuesta admitir lo que quiero, pero a ti te pasa lo mismo.

—Yo no…

—No dejas de intentar ayudarme con cosas que los dos sabemos que me permitirían quedarme en Irlanda. —Sabía que debía dejar de hablar, pero ya no podía detener el torrente de palabras que pugnaban por salir—. Pero no eres capaz de pedirme que me quede. Ni siquiera eres capaz de decir si lo que quieres es una relación *real,* seria.

—¿Eso es lo que quieres? —Declan me miraba atónito—. ¿Que te pida que te quedes?

—¡No lo sé! —Alcé las manos, impotente—. Yo solo… Uf. No puedo pensar cuando estás cerca de mí.

Me di la vuelta y entré a paso rápido en la casa.

Por una vez, no me lo impidió.

34

DECLAN

Miré como Olivia se alejaba en dirección a la casa. Con su camiseta amarilla, me hizo pensar en una estrella fugaz alejándose de mí a toda velocidad. ¿Querría quedarse en Irlanda de verdad? ¿O solo quería que *yo* quisiera que se quedara?

Me apreté el puente de la nariz, mientras mis pensamientos saltaban de un lado a otro. ¿Por qué todo tenía que ser tan difícil? ¿Por qué no lo intentaba, y dejaba de darle vueltas? Después de todo, yo sabía lo que quería. Quería más tiempo con ella, ¿no?

Sin embargo, no podía evitar la sensación de que, si le pedía que se quedara, eso implicaría una promesa que no sabía si estaba dispuesto a hacer. Supondría pedirle que abandonara el trabajo que había estado haciendo desde que dejó la universidad, y el país en el que había nacido, todo ello por algo a lo que yo no estaba dispuesto a dar nombre. Por mucho que quisiera pedirle que se quedara, no era justo hacerlo sin ofrecerle algo mejor a cambio.

Dudé, sin estar seguro de si debería seguirla o darle un poco de tiempo. Mientras trataba de decidir, sonó mi teléfono con una llamada de un número que no reconocí.

—Hola, soy Declan Byrne.

—¡Hola, Declan! Soy Colm, del *Ballybeith Press*. Seguro que has oído hablar de él.

Alcé los ojos al cielo. El *Ballybeith Press* era un boletín digital que se enviaba por correo electrónico a todos los habitantes del pueblo, tanto si querían como si no. Daba igual cuántas veces te dieras de baja de la lista: algún alma bienintencionada te volvía a incluir enseguida en la lista. Colm se había jubilado de su trabajo hacía unos cinco años y, desde entonces, dedicaba todo su tiempo libre a redactar el boletín de noticias locales.

—Claro, Colm. ¿En qué puedo ayudarte? —pregunté, dando una patada a una piedra.

Era probable que se tratara de otra maldita recaudación de fondos. Nunca me había molestado donar dinero para apoyar las cosas del pueblo, pero odiaba toda la palabrería y los tira y afloja que lo precedían. Quería acabar esta conversación enseguida para poder ir a buscar a Olivia.

—Como sabrás, alguien compró ayer la mansión O'Rourke, y cierto concejal ha dado a entender que has sido tú —dijo Colm.

Al oír eso, me puse en alerta y centré toda mi atención en la llamada.

—Me encantaría escribir un artículo corto para el boletín de mañana y anunciar que eres el nuevo propietario, explicar tus planes para la casa y todo eso. —Con una carcajada, añadió—: ¡Aún no puedo creer que el viejo O'Rourke la haya vendido, y mucho menos, a ti! ¡Y qué rápido!

Yo sonreí satisfecho. Sí que había sido una venta rápida. O'Rourke estaba desesperado por vender, y yo había hecho una oferta en efectivo por un precio superior al de venta. Seguro que estaría convencido de haber hecho un buen negocio. Si él supiera…

—¿Declan? —insistió Colm—. ¿Puedes confirmar que eres el nuevo propietario de la mansión?

Qué cojones, pensé. No había pensado en hacer un anuncio público formal, pero ahora que la mansión era mía, este era un modo tan bueno como cualquier otro de darle a Mark O'Rourke en las narices.

—Sí, soy el nuevo propietario de la mansión O'Rourke —confirmé, disfrutando de la forma en que sonaban las palabras.

—Bueno, entonces me gustaría ser uno de los primeros en darte la enhorabuena —dijo Colm—. ¿Qué tienes pensado hacer con ella? ¿Vas a vivir allí, o la utilizarás como oficina? ¿O has pensado en convertirla en un museo dedicado a *El ciervo y el Guerrero*?

Disfruté del momento y me imaginé a Mark O'Rourke a punto de explotar por la rabia.

—La voy a arrasar hasta los putos cimientos, y puedes citar esa frase textualmente.

—No puedes... es decir, sí puedes, pero... ¿por qué? —balbuceó Colm.

—Mark ya sabe por qué —dije, tras hacer una larga pausa intencionada—. Que pases una buena tarde, Colm.

Colgué el teléfono. Mi búsqueda de la venganza había llegado a su fin. Había esperado sentirme satisfecho, y así era; pero, al mismo tiempo, a una parte de mí le preocupaba cómo recibiría Olivia la noticia. ¿Entendería por qué había tenido que hacerlo? No, eso no parecía probable. Mi único consuelo era que no leyera el *Ballybeith Press*, y ganar tiempo para darle la noticia yo mismo.

Pero antes, tenía que arreglar las cosas con ella.

Encontré a Olivia en la piscina del sótano, haciendo largos. Nadaba con mucha elegancia y total concentración, con el pelo rojo flotando tras ella de una forma que le hacía parecer alguien salido de una leyenda.

Me quedé mirándola nadar durante un rato, simplemente por placer; después me quité la ropa, me metí en el agua llevando solo los calzoncillos y nadé hasta ella, con brazadas rápidas y seguras. Ella se sobresaltó y salió a la superficie.

—¡No me des esos sustos!

—Lo siento —dije, tratando de sonar arrepentido.

—No, no lo sientes.

—Bueno, no me refiero a lo de asustarte. —Dejé de sonreír—. Siento haberte presionado tanto esta mañana. Te apoyaré en cualquier decisión que tomes sobre tu blog.

No quería admitir que había tenido razón acerca de cuánto deseaba pedirle que se quedara, pero no podía tener esa conversación con ella sin saber cómo iba a terminar. Nos quedamos mirándonos en el centro de la piscina.

—Yo también lo siento —dijo Olivia por fin—. No debería haberla tomado contigo.

Me fijé en que no había admitido que yo tenía razón acerca de que ella quería algo más que una vida de niñera. Bien jugado por su parte. Tenía la sensación de que, a pesar de lo mucho que a cada uno le importaba el otro, cada vez que arreglábamos una grieta en nuestra relación, aparecía otra diferente.

Cuando se entere de que vas a echar abajo la mansión, lo que se va a formar será más grande que una grieta, dijo una voz en mi cabeza. La ignoré, porque no quería pensar en los O'Rourke, ni en mi pasado o su futuro. En ese momento solo quería disfrutar de estar con ella.

Me acerqué y le pasé un brazo por la cintura para acercarla a mí. Eso le hizo reír.

—¿Me lo compensas? —pregunté.

El agua había oscurecido sus pestañas y sus ojos parecían tan verdes como el mar. Ella me rodeó el cuello con los brazos.

—Creía que eras tú quien me lo tenía que compensar a mí.

La besé, notando el sabor a cloro, a verano y a ella.

—Tal vez deberíamos compensárnoslo el uno al otro.

Ella me miró con atención y, cuando asintió, me pareció que estaba diciendo que sí a algo más que sexo de reconciliación. Tal vez así era como se establecían las relaciones. Había que compensarse las cosas mutuamente, volver a encontrar los puntos de unión y arreglar las grietas durante todo el tiempo posible. Aunque fuera desagradable, y aunque hubiera que ser humilde. E incluso, aunque fuera imposible retener a la mujer de la que te estabas enamorando.

La besé con ganas, y ella me devolvió el beso con igual intensidad. Sin hacer pie, no era fácil encontrar el ángulo adecuado, y todo fue un poco atropellado y torpe, como la primera vez. Por fin, Olivia se apoyó en mis hombros para sujetarse mejor y besarme desde arriba, y conseguimos estabilizarnos. Devoré sus labios. Besaba tan bien que se me olvidó dónde estábamos y, por un momento, nos hundimos bajo la superficie. Olivia me soltó y sacó la cabeza del agua riendo.

—¿Qué demonios ha pasado? —preguntó.

—Me has distraído.

Ella me dedicó una sonrisa traviesa, volvió a sumergirse y buceó hasta el borde de la piscina. Yo fui tras ella; siempre estaba persiguiendo a esta mujer. Llegué al borde un segundo después y la atrapé contra la pared. Esta vez, cuando ella me rodeó las caderas con las piernas, pude sujetarnos contra la pared de la piscina y mantenernos estables. Si tan solo pudiera encontrar la forma de mantenernos estables el resto de nuestras vidas…

Aparté esa idea y me incliné hacia ella para susurrarle en el oído.

—Distráeme un poco más.

—¿Estás pensando en algo en particular? —dijo ella con un estremecimiento.

Le bajé el escote del bañador por debajo de los pechos. El agua y el tejido elástico los alzaron, como para ofrecérmelos.

—Eso —gruñí—. Podemos empezar así.

Ella hizo un sonido gutural, entre un respingo y un suspiro, muy femenino. Levanté uno de sus pechos hasta mis labios y lo mordí, lo justo para que ella se retorciera y se apretara un poco más contra mí, y después lo calmé con la lengua, murmurando palabras obscenas y tiernas como si estuviera colocado. Me perdí en la sensación resbaladiza de su piel, en cómo hacía que su respiración se acelerase, en la forma en que se entregaba a mí y me respondía con la misma intensidad.

Cuando ya no pude más, la levanté del agua y la senté en el borde de la piscina, le separé las piernas y la besé a través de la tela del bañador. Ella gimió y me enredó los dedos en el pelo para llevarme a donde quería. La primera vez que hice eso, ella se había mostrado tímida, casi como si pidiera disculpas. Ahora entendía que yo lo necesitaba casi tanto como ella, y que para mí era un puto privilegio hacer que disfrutara tanto.

—Tus manos —jadeó—. Necesito que me toques.

Deslicé dos dedos bajo la tela del bañador para tocarla de la forma que le gustaba, y le di todo lo que deseaba. Cuando se deshizo bajo mis caricias, sus gloriosos gemidos resonaron por toda la sala. Estuve a punto de correrme solo al escucharla.

Apoyé la cabeza en su suave muslo e intenté recuperar la respiración yo también. Olivia me pasó las manos por el pelo, despacio y con suavidad ahora que estaba satisfecha. Sin embargo, yo la necesitaba ya, cuanto antes.

Busqué con la mirada, tratando de encontrar un lugar adecuado en el que follar, pero todas las superficies de la zona de la piscina eran demasiado duras. Esta noche no tenía la menor intención de ser cuidadoso con ella, pero no quería hacerle daño. La vida ya nos estaba poniendo las cosas bastante difíciles, y tenía la sensación de que iba a perderla en cualquier momento si no me aferraba a ella.

Ella me tiró un poquito del pelo.

—Quieres follar sin miramientos, ¿no?

Sonó a medio camino entre una provocación y una regañina, y me puso las cosas aún más difíciles. Me excitaba mucho que Olivia, que nunca decía palabrotas, fuera tan explícita. A continuación, se puso en pie y se quitó el traje de baño, y fue como si Afrodita saliera del océano; si Afrodita hubiera sido pelirroja y pecosa que, en mi opinión, debería haberlo sido.

Incluso después de lo que acabábamos de hacer, ella se sonrojó cuando admiré su cuerpo abiertamente. Se mordió el labio y, tras dirigirse a una estantería llena de toallas, desplegó todas las que encontró y las colocó una encima de otra, formando una improvisada superficie blanda en esa sala de cemento. Después, se arrodilló sobre ellas para ajustarlas hasta quedar satisfecha, me miró por encima del hombro y me guiñó un ojo.

—¿Esto te parece bien, jefe?

Salí del agua tan rápido que la piscina se desbordó. En dos segundos, estaba arrodillado detrás de ella, agarrándola de las caderas tras separarle un poco las piernas.

—Baja un poco —le ordené, en un tono de voz que casi sonaba como un rugido.

Puse una mano sobre su espalda y acaricié su sedosa piel con la mano abierta, subiendo por su columna. Presioné un poco hacia abajo hasta que sus pechos se apoyaron sobre las toallas y su cuerpo describió una curva espectacular. Ella se estremeció y se dejó hacer bajo mi mano.

—Sí, justo así.

—Sí, jefe.

Le di un azote en el culo.

—Para, o acabaré teniendo un fetiche con las niñeras.

Olivia rio sin aliento, y apretó sus caderas contra mí. Algo en su risa sugería que ya había dejado de luchar contra el incontenible deseo que sentíamos el uno por el otro.

—Eso sería justo. Por tu culpa, acostarme con el jefe es ahora un fetiche para mí.

La penetró de un solo impulso. Mi boca la había dejado húmeda y preparada, pero, aun así, su respingo de sorpresa resonó por la amplia sala. Dejó caer la frente sobre las toallas y gimió.

—Dios, Declan, me encanta.

Impuse un ritmo rápido e intenso que no nos permitiera pensar en nada que no fuera lo que estábamos haciendo. Quería que nuestros cuerpos y nuestras mentes quedaran exhaustos durante las horas siguientes. Es posible que una parte de mí hubiera querido dejarle algún tipo de señal. Ella estaba dejando su huella en todos los aspectos de mi vida, y algo me impulsaba a hacerle sentir lo mismo.

Seguimos moviéndonos hasta que perdí la noción del tiempo, y luego cambié de ángulo, de una forma que le hizo gritar de nuevo, con sonidos jadeantes. Arqueó la espalda, se aferró a las toallas con los puños cerrados, y sus músculos se contrajeron a mi alrededor, arrastrándome a un éxtasis delicioso. Salí de ella con un grito y me corrí sobre su espalda. Al terminar, la giré para recostarla con cuidado y la besé mientras ambos recuperábamos la respiración. Con una mano, acaricié una de sus rodillas.

—¿Me he pasado? ¿Te he hecho daño?

Ella se mordió un labio, mirándome con atención, y eligió las palabras con cuidado.

—Creo que, hagamos lo que hagamos, vamos a terminar haciéndonos daño, así que más vale que nos divirtamos mientras podamos.

Eso no me gustó nada. Algo en mi interior se oponía sin condiciones a la idea de hacerle el más mínimo daño.

—No me has contestado.

—Estoy bien, Declan —dijo ella, acariciándome el pelo—. Me ha gustado, sobre todo al final. Sonabas como un animal, totalmente salvaje.

—Tú haces que me vuelva un salvaje —dije, e hice un gesto para señalar las toallas—. Creo que eso es evidente.

Ella me miró un instante con los ojos muy abiertos, y luego los cerró y sacudió la cabeza.

—Cuando dices cosas como esas, yo… no sé qué hacer contigo.

Me quedé mirándola. Estaba claro que no tenía ni idea de lo increíble que era. Yo jamás había permitido a nadie poner mi vida patas arriba como lo estaba haciendo ella.

—Puedes creerme —le insté.

La besé una vez más, como si la petición de que creyera en mí fuera un pacto que acabáramos de sellar.

Tienes que creerme cuando te demuestro lo mucho que significas para mí, aunque no siempre me entiendas, pensé.

Al cabo de un rato, subimos a ducharnos, demasiado cansados como para pensar en todas las grietas que había en nuestra relación.

∽

Cuando me desperté a la mañana siguiente, Olivia ya estaba despierta y miraba algo en su teléfono. Le besé la nuca.

—No me digas que ya estás leyendo tus mensajes tan temprano.

—Todos los días miro el correo a primera hora, por si Sunny Days me ha enviado algún mensaje que tenga que contestar rápido —explicó Olivia—. Además, me gusta leer las noticias.

—¿Qué noticias? —pregunté.

—Resúmenes de noticias, boletines de organizaciones benéficas a las que contribuyo, algunos autores a los que sigo y las noticias locales de sitios en los que he vivido. Me gusta estar al día de lo que pasa por ahí —dijo ella.

—Oh —dije—. Vamos, que lees el correo basura. ¿Cómo es que no sabía eso de ti?

Ella se frotó contra mi polla para vengarse de mi broma. Con un gemido ahogado, intenté hacerla girar para colocarme sobre ella, más que dispuesto a distraerla de esta discusión en particular. Ella rio y se apartó de mí.

—Un momento, acaba de llegarme el *Ballybeith Press*. Molly me ha suscrito, dice que es una risa.

A mi cerebro, atontado por el deseo, le costó un segundo procesar sus palabras y, para cuando lo hice, Olivia se había puesto tensa a mi lado. Tendí una mano hacia ella, pero saltó de la cama, con la sábana apretada contra el pecho.

—Espera, deja que te lo explique.

—¿Cómo has podido, Declan? ¿Esto es verdad?

Noté una opresión fría y pesada en el pecho. Me miraba horrorizada, como si esto fuera algo que no sería capaz de perdonar. Esperaba una respuesta, esperaba que lo negara, pero, por desgracia, una negativa era lo único que no podía darle.

—Sí, es verdad.

35

DECLAN

Me preparé para la ira de Olivia, pero fue aún peor que eso. Parecía desilusionada.

Me dio la espalda para ponerse los pantalones cortos y la camiseta que se había quitado la noche anterior.

—No lo entiendo, Declan. Sin esa casa, no habrá festival de verano y, sin festival de verano, la mitad de las empresas del pueblo tendrán que cerrar.

—A esas empresas no les pasará nada si se adaptan a un modelo de negocio distinto —expliqué.

Olivia se giró para mirarme.

—¿*Qué* clase de modelo de negocio? No todo el mundo en Ballybeith es un genio capitalista como tú y, según Molly, cada año se va más gente del pueblo. Y ahora tú vas a hacer desaparecer lo último que les quedaba para atraer gente de fuera.

Yo aparté las sábanas, me levanté y me puse los pantalones de un tirón.

—Claro, la culpa de que la gente se vaya del pueblo también es mía, y no de Mark O'Rourke, que lleva años subiendo tanto los alquileres que la gente ya no puede vivir aquí. —Sacudí un dedo para enfatizar mi argumento—. Le he hecho un favor a este pueblo. Ahora Mark no puede utilizar el festival para presionar a la gente. Alguien tenía que pararle los pies.

—Eso lo entiendo. —Olivia dio un paso hacia mí, con los brazos abiertos en una súplica—. Está bien que hayas comprado la casa, pero no tienes que demolerla. Déjala, deja que la gente la utilice para el festival. Ya has ganado. Has derrotado a Mark O'Rourke, ya puedes parar. No hace falta que perjudiques al pueblo, ni tampoco a Catie.

Se acercó a mí y me puso las manos sobre el pecho, pero me aparté de ella.

—De eso se trata, ¿no? No quiera Dios que se cabree el hombre que abandonó a Sinead. El hombre que abandonó a *Catie*.

Ya había temido que Olivia no lo entendería. Ella, como todo el mundo, solo veía la encantadora sonrisa de Seamus y sus palabras amables, y no miraba más allá. Aun así, que eligiera a Seamus y no a mí me sentó como si me hubiera clavado un cuchillo en las entrañas.

Eso solo me hizo odiar aún más a los O'Rourke. Era como si esa familia no dejara de perseguirme, como si fueran detrás de mí a cada paso. Habían matado a mi padre, arruinado la vida de mi hermana, nos estaban separando a Olivia y a mí... La lista era interminable

—Esto no tiene nada que ver con Seamus —dijo Olivia, cruzando los brazos—. Se trata de Catie. Ella tiene derecho a tomar sus propias decisiones cuando sea mayor, y tú vas a hacer que le resulte imposible tener una buena relación con la otra mitad de su familia.

—*¡Ellos no son su familia!* —rugí—. *¡Ellos mataron a su abuelo!*

La intensidad de mi rabia hizo retroceder a Olivia, y una remota parte de mí notó que parecía asustada. Di un paso atrás, avergonzado, y traté de controlar mis emociones.

—Olivia, tienes que entender que no estoy haciendo esto en contra del pueblo o de Catie. Lo hago por ellos.

—Pero ¿y si te equivocas?

—Aún no he terminado —dije en un tono que no admitía más interrupciones—. Creo que destruir esa mansión y el legado de los O'Rourke será lo mejor para todo el mundo. Pero, incluso aunque no lo pensara, también lo haría, hostia. Te recuerdo que nadie en este pueblo, ninguna de esas personas a las que pareces tan desesperada por salvar, le ha exigido jamás ninguna responsabilidad por sus actos. —Bajé la voz y continué en un tono muy serio—. Si no hay nadie que se atreva a castigar a Mark O'Rourke, lo haré yo, y a la mierda las consecuencias.

Olivia me miraba con ojos brillantes, mejillas enrojecidas y barbilla temblorosa. Se dirigió hacia la puerta y, justo antes de salir, se volvió para mirarme.

—Iba a quedarme en Irlanda por ti —dijo—. Después de lo de anoche, pensé... pensé que no importaba que no te atrevieras a pedirme que me quedara, porque lo notaba en la forma en que me tocabas. Lo sentía en tu corazón, pensé que podíamos tener un futuro juntos. Pensé que yo podría ser valiente por los dos.

¿Había pensado quedarse? Todo mi ser se emocionó ante la idea.

—Pero ahora ya no puedo hacerlo —continuó, en un tono que sonaba definitivo—. No puedo jugarme el futuro por alguien que está tan empeñado en vengarse que no le importan las consecuencias. Te lo pido por favor, Declan. Deja de vivir en el pasado.

Sentí que mi ira se centraba en ella. ¿Cómo se atrevía a decirme ahora que había pensado en quedarse, solo para dejar claro que había cambiado de opinión? ¿Estaba jugando conmigo?

—Al menos, yo aprendo de mi pasado —contesté—. A ti te da tanto miedo pensar en lo que has perdido, y en lo que de verdad quieres, que te has pasado la vida huyendo de todo. Te ocultas en las vidas de otras personas, en otras familias.

—Para —dijo Olivia tapándose la cara con las manos—. No puedo seguir con esto.

—Oh, eso es muy maduro por tu parte, qué buena idea. Es mucho mejor huir de la conversación.

Ella se quitó las manos de la cara, y me dejó ver lo que había intentado ocultar: estaba llorando. Sus lágrimas me retorcieron las entrañas. Quise caer a sus pies y besar cada una de las gotas; pero, al mismo tiempo, quería gritarle que ella no era la única que lo estaba pasando mal.

—No me refería a esta conversación, Declan —dijo ella, limpiándose las lágrimas con gestos furiosos—. Me refería a nuestra relación.

De repente, no pude respirar, pero ella no se dio cuenta y siguió hablando.

—Si sigues decidido a actuar como la peor versión de ti mismo, no puedo seguir contigo.

—Bien, pues yo no quiero estar con alguien que solo me quiere cuando hago exactamente lo que ella dice —repliqué, harto yo también—. Creo que me merezco algo mejor.

Olivia miró al suelo y supe que se estaba recluyendo en sí misma, se alejaba hacia un lugar al que no podía seguirla. Cómo odiaba que hiciera eso.

—Olivia, espera...

Ella levantó la vista, y su mirada era ahora mucho más segura y directa.

—Creo que los dos nos merecemos algo mejor, Declan. Ninguno es capaz de ofrecer al otro lo que quiere. Esto se ha acabado; de hecho, ya hacía tiempo que se había acabado. Es solo que yo no he sido capaz de admitirlo.

No podía creer lo que estaba diciendo. Sabía que lo de la mansión no le iba a gustar, pero nunca pensé que le costaría tan poco dejarme. Pero claro, por supuesto que podía. Eso era lo que hacía siempre, joder. Toda su vida consistía en vivir en el momento presente, y salir huyendo en cuanto la situación se complicaba.

—Por suerte solo nos quedan diez días juntos —dijo, haciendo una broma sin gracia—. En cuanto llegue Sinead, no tendrás que volver a verme.

—¿Por qué esperar? —dije con amargura—. Mi madre puede hacerse cargo de Catie durante diez días. Ya no te necesitamos aquí.

—Le prometimos a Catie que no volveríamos a hacer esto —repuso ella, mirándome preocupada—. Le prometimos que me quedaría incluso si discutíamos...

—¡Me importa una mierda lo que prometiéramos! —Me había dolido tanto que confirmara que se iba a marchar, que sentía la necesidad de apoyarme en algo para no caerme. Pero no pensaba dejar que me viera derrumbarme, maldita sea, y mucho menos, dejar que se pasara los diez próximos días siendo encantadora y profesional mientras yo me venía abajo—. ¿En serio crees que lo mejor para Catie es ver cómo dos adultos a los que quiere se miran con cara de asco durante diez días?

—Podemos ser profesionales...

—Yo *no puedo* —dije—. Contigo no, nunca podría.

Ella me miró, entre alarmada y conmovida, y yo sentí una punzada de humillación.

—Haz las maletas y despídete de Catie —dije, dándole la espalda—. Te compraré un billete y llamaré un taxi.

Tras un momento de tenso silencio entre ambos, Olivia se marchó e hizo lo que le había pedido.

~

La casa se quedó muy silenciosa tras la marcha de Olivia. Catie no quería hablar conmigo, y se metió en su habitación para ver dibujos animados en mi iPad. Salió tan solo una vez, para coger algo de comer; me miró desafiante a los ojos mientras cogía cinco galletas, y volvió a encerrarse en su cuarto. No fui capaz de reprenderla; me sentía insensible, vacío.

Olivia se había ido. Al final, se había marchado de una puta vez.

Me había servido un vaso de whiskey, pero lo tenía junto a mí en la cocina, sin tocar. Me dije que, antes o después, habríamos acabado en esa situación. Olivia siempre iba a marcharse, y lo ocurrido solo adelantaba el momento de su partida. Yo había hecho bien al acabar las cosas ahora, porque no podía traicionar mis principios, ¿no? ¿Acaso iba a prometerle que no derribaría la mansión, solo para tenerla una semana más en mis brazos?

Apreté un puño con la otra mano y respiré hondo. Esa era la verdadera razón por la que había querido que se fuera enseguida: ya estaba empezando a dudar de mis decisiones. Una vez más, sentí la necesidad de ir a su habitación para convencerla de que esto era tan solo otro problema que podríamos resolver.

Debería cambiar las sábanas de su cama, pensé. Se trataba de una tarea que normalmente haría el personal de la casa, pero necesitaba borrar cuanto antes cualquier rastro de ella. En algún momento, desaparecería esta insensibilidad que se había apoderado de mí, y terminaría haciendo algo absurdo, como apoyar la cabeza en su almohada e inhalar su aroma a lavanda. Subí a su habitación y abrí la puerta, pero ella se me había adelantado: Ya había quitado las sábanas de la cama y borrado de la habitación todas las huellas de su estancia. Lo único que había dejado era la vieja sudadera que le había prestado aquella noche, que había dejado doblada con cuidado en la silla junto a la ventana. Ver aquella sudadera me hizo salir de mi estupor. Se había ido. Ya no estaba. Olivia se había marchado, y no volvería a verla jamás.

Deseé que se hubiera llevado la puta sudadera. A ella le gustaba mucho, y a mí me gustaba la idea de protegerla del frío, incluso cuando ya no estuviera conmigo. Pero no se lo había dicho nunca, solo había aludido a ello entre bromas. Tampoco le había dicho cuánto deseaba que se quedara en Irlanda, ni le había dicho lo que sentía por ella de verdad. No le había contado que ya no era capaz de imaginar un futuro sin ella. No había confesado que, de alguna manera, ella se había convertido en el único norte de mi vida.

No le había dicho que la quería.

Me apoyé en la cómoda para sujetarme. Ella había dicho que había decidido quedarse en Irlanda y, en lugar de contestarle que la quería, la había metido en el primer avión disponible. Me había centrado tanto en tener la razón en la discusión, en defenderme, que no había prestado atención a sus palabras. Yo solo había escuchado *Ya no puedo quedarme*, cuando lo que quería decir en realidad era *Estaba a punto de decidir quedarme. Por favor, dame una razón para hacerlo.*

—No —dije en aquella habitación vacía—. No, esto no va a acabar así.

Ya la había recuperado dos veces después de echarlo todo a perder. *A la tercera va la vencida*, pensé.

Cogí el teléfono y la llamé, pero la llamada fue directa al buzón de voz. Abrí la aplicación de mensajes para enviarle uno, pero no supe qué decir. Una vez nos habíamos llevado bien a través de los mensajes, pero, en realidad, no conectamos de verdad hasta conocernos en persona. *No te subas al avión*, escribí. *Espérame, Olivia.*

Ella no contestó. No sabía si había visto el mensaje, ni si querría esperarme, pero sí sabía que tenía que intentarlo.

—¡Catie! ¡Ponte los zapatos! —grité, corriendo escaleras abajo para coger las llaves del coche—. ¡Nos vamos al aeropuerto!

∽

No conduje tan rápido como habría querido porque llevaba a Catie en el coche, pero, aun así, llegamos al aeropuerto en tiempo récord. Aparqué en un lugar prohibido, cogí a Catie de la mano y entré en la terminal. El aeropuerto de Shannon era pequeño y tranquilo, y de un solo vistazo pude comprobar que Olivia no estaba en la zona de salidas. Debía haber pasado ya por el control de seguridad.

Miré el reloj. Su avión no empezaría a embarcar hasta dentro de media hora, así que me dirigí al mostrador de la aerolínea más cercana.

—Necesito dos billetes.

—¿A dónde? —preguntó el empleado.

—Da igual, a donde sea.

—Señor, esto no es muy normal. ¿Tiene equipaje? —Me miraba con aire de sospecha.

—Tío Declan —dijo Catie—. Yo no he traído el pasaporte.

—¿Es usted su tutor legal? —preguntó el empleado—. Porque, si no lo es, la niña necesita mostrar su identificación.

—Solo tiene seis años —dije—. Da igual, no vamos a ningún sitio. Solo necesito dos billetes para poder pasar el control de seguridad. Necesito hablar con alguien que está al otro lado.

—Lo siento, no podemos hacer eso —dijo el empleado.

—*Por favor* —dije y, en un arranque de desesperación, saqué la cartera y puse en el mostrador todos los billetes que llevaba—. Compraré el billete más caro disponible.

—¿Por qué no nos dejan ver a Olivia? —preguntó Catie, tirando de mi camisa.

—Nos dejarán, cariño —prometí—. Ya verás.

—Por supuesto que no —dijo el empleado, indignado.

Apoyé las manos en el mostrador de un golpe.

—La mujer a la que quiero está a punto de subirse a un avión, y no se lo he dicho… Ella no lo sabe… Y no me coge el teléfono. *Por favor*.

—Si tiene un destino concreto al que desee ir, y la niña tiene identificación, puedo ayudarle —dijo el empleado, que empezaba a parecer indeciso—. De lo contrario, no puedo hacer nada.

Me pasé la mano por el pelo. Yendo con Catie, no conseguiría pasar por el control de seguridad a tiempo antes de que despegara el vuelo de Olivia. Y no podía dejarla sola para pasar yo al otro lado.

—Joder —dijo Catie, como si estuviera probando la palabra—. ¿Ahora se puede decir?

—Sí, ahora se puede decir —contesté, valorando mis opciones—.

¿Podrían enviarle un mensaje? ¿Podrían decirle que estoy aquí? Le pagaré lo que quiera.

—¿Declan? —dijo Olivia detrás de mí.

Me giré hacia ella con el corazón a punto de saltar de mi pecho. Tenía los ojos enrojecidos, como si hubiera estado llorando, y su pelo era un desastre. Estaba como la primera vez que la vi, en aquel otro avión, con su enorme bolsa de ropa. Pero aquel día, había habido una cierta chispa en ella, a pesar de lo disgustada que estaba. En cambio, ahora no había ni rastro de esa chispa.

—Alguien ha dicho que un padre soltero se estaba volviendo loco en la zona de facturación y ofreciendo dinero a todo el mundo —dijo Olivia—. Después de leer tu mensaje, me la he jugado a que eras tú.

Sonreí. Tuve la sensación de que respiraba por primera vez desde que había salido de su dormitorio esa mañana. Tendí una mano hacia ella.

—Olivia, yo....

—No —contestó ella, alzando las manos—. Solo he venido a decirte que te vayas a casa. No podemos seguir haciendo esto.

—Pero yo te quiero —dije, y las palabras sonaron firmes y sencillas en aquel aeropuerto gris—. Te quiero, Olivia. Quédate conmigo, por favor. —Le tendí la mano, desesperado por tocarla y solucionarlo todo—. Una vez quisiste quedarte conmigo. Te prometo que puedo conseguir que quieras quedarte otra vez.

—No lo entiendes, Declan —dijo ella, sacudiendo la cabeza—. Por supuesto que quieres conseguir que me quede, pero eso no sería bueno para ninguno de los dos. No podemos seguir haciéndonos daño una y otra vez, sin resolver nunca nada.

Francamente, eso sonaba como lo que le pasaba a la mitad de las parejas a las que conocía, pero, si nos queríamos, no entendía por qué iba a ser un problema. *Tal vez ese sea el problema*, me susurraron al oído mis dudas. *Tal vez ella no me quiere.*

Catie nos miraba del uno al otro con ansiedad. Cómo me disgustaba que estuviera presenciando todo esto.

—Solo necesitamos tiempo —dije a Olivia, con una súplica en los ojos.

Era lo único que podía decirle, y una parte de mí sabía que no era suficiente, pero no podía rendirme. Ella inspiró hondo.

—¿Estarías dispuesto a vengarte de los O'Rourke de otro modo? ¿De cualquier otro modo que no implique destruir la mansión? De una forma que no perjudique... —miró a Catie— ¿a nadie más?

Solté un juramento. ¿Otra vez con ese tema?

—Ya sabes que no puedo —contesté—. Puedo darte lo que quieras, salvo eso.

—Entonces, no puedo quedarme. —Olivia recogió la maleta—. Lo siento. Adiós, Catie. Declan.

Se dio la vuelta y vi que se frotaba las mejillas mientras se alejaba. Corrí tras ella y la tomé del brazo.

—Espera.

—Va a despegar mi avión, el avión para el que me has comprado un billete. —Se soltó de mi mano con un tirón—. No vuelvas a seguirme, deja que me vaya. Será mejor para los dos.

Lo que me destrozó fue comprender que, esta vez, lo decía en serio. Lo había dicho con toda intención. Me quedé allí, como el capullo con el corazón roto que era, viendo cómo Olivia St. James se alejaba de mí. No me moví hasta que Catie puso una de sus pequeñas manos en la mía.

—Vamos a casa, tío Declan.

Asentí y, juntos, dimos media vuelta y nos dirigimos hacia algo que Olivia no tenía: un hogar.

36

OLIVIA

Te quiero, Olivia. Quédate conmigo, por favor.

Me quedé dormida llorando, con aquellas palabras resonando en mi cabeza y en mi corazón, mientras sobrevolaba el Atlántico y media América del Norte. Me dolía todo el cuerpo a causa de la tensión, la pérdida y la tristeza. Daba igual estar dormida o despierta: no dejaba de recordar la vulnerable sinceridad de Declan al decirme que me quería, y la mirada esperanzada de Catie mientras esperaba mi respuesta.

Sin embargo, esta vez el amor no había sido suficiente. Me había pedido que abandonara la vida que tenía en América y la carrera de niñera que me había labrado, pero él no había abandonado la idea de que castigar a Mark O'Rourke justificaba perjudicar a todos los que le rodeaban.

Siempre me había molestado ver a mis amigas defender a los capullos con los que salían diciendo: «Oh, conmigo no es un capullo. A mí me quiere». Sí, sabía que la situación con Declan era más mucho complicada que las otras. Él había tomado una decisión que haría daño a otras personas, pero no se debía a que no le importara, o a que fuera mala persona. En todo caso, lo iba a hacer porque se preocupaba demasiado por los demás. Sin embargo, yo no podía limitarme a verle seguir en esa dirección y esperar el día en que la venganza acabara con él. Sinead no era la única de los Byrne que había desarrollado una adicción como consecuencia de la pérdida y el dolor, pero sí era la única que había sido lo suficientemente valiente como para pedir ayuda.

Así pues, evité hablar con el hombre agradable y atractivo sentado a mi lado en el avión cuando me ofreció un pañuelo de papel, y tampoco dije una palabra al taxista que me llevó a casa cuando, por fin, aterricé en Faribault-Northfield. Y no recordé hasta la mañana siguiente, cuando estaba deshaciendo la maleta, que no había avisado a Molly de que me iba de Irlanda.

Miré el cuaderno que tenía en las manos, donde había estado esbozando la historia para nuestro libro. Solo pensar en abrirlo me resultaba doloroso. El recuerdo de escribir, la idea de creer en esa historia, estaban demasiado relacionados con Declan como para reconfortarme en ese momento.

Podría haber seguido trabajando a distancia con Molly. Después de todo, la editora no había pedido que hiciéramos ningún cambio, y yo no quería ser la clase de mujer que deja pasar la oportunidad de convertirse en una autora publicada por culpa de un hombre. Pero no se trataba de cualquier hombre, sino de Declan, y yo sabía en el fondo de mi corazón que, si seguía trabajando en esta historia, sería como arrancarme los puntos de una herida reciente, una y otra vez.

Miré la hora para asegurarme de que Molly estaría despierta, teniendo en cuenta la diferencia horaria, y la llamé.

—¡Hola! —dijo con voz alegre—. Estaba a punto de llamarte. ¿Quieres pasar de Declan y tomar algo conmigo esta noche?

Yo contuve una risa amarga y tragué el bulto que se me había formado en la garganta.

—Me encantaría, pero he vuelto a Minnesota. Declan y yo lo hemos dejado y… no creo que pueda seguir con la historia. —Le expliqué que podía quedarse con la historia que había escrito hasta ahora y con todos los derechos de autor, y que lo sentía mucho.

Molly me interrumpió mientras trataba de convencerla de que encontrara a otro escritor con el que terminar el libro.

—Eso es una estupidez enorme, no voy a buscar a otro escritor. Ya hablaremos de esto dentro de un mes, cuando haya pasado un poco de tiempo y no estés tan… —Buscó las palabras adecuadas—. Emocionalmente trastornada.

—Dentro de un mes estaré trabajando de niñera. —Su comprensión me llegaba al alma—. Y es difícil saber cuánto tiempo libre tendré cuando viva con otra familia distinta. A lo mejor no tengo ni un minuto libre para nada. La editora va a necesitar el libro mucho antes de que acabe ese trabajo. Será mejor que no me esperes.

Molly protestó, pero yo volví a disculparme, le expliqué que tenía cosas que hacer y terminé la llamada. Me quedé allí, mirando la maleta en la que había acarreado toda mi vida desde que empecé a trabajar de niñera.

Debería limitarme a ser la persona que ayuda a las familias de otros, pensé.

Me había permitido soñar otra vez con tener mi propia familia… y me sentía destrozada ahora que el sueño se había venido abajo.

～

Cuando llamaron de Sunny Days, Cuidado de Niños y me dijeron que tenían disponible un trabajo para mí ese mismo día, si estaba dispuesta, agradecí la distracción. Me arrastré hasta la ducha, me vestí con ropa presentable y me conecté a una videollamada con una sonrisa fingida, preparada para saludar a mis posibles futuros jefes.

Quince minutos más tarde, me empezó a costar un gran esfuerzo mantener esa sonrisa.

—No creemos en las siestas —afirmó la madre.

—¿No han dicho que el niño tenía dos años? A esa edad, las siestas son muy favorables para su desarrollo —contesté.

—Si duerme la siesta, está muy activo cuando volvemos a casa después del trabajo —explicó el padre—. Si no duerme durante el día, cuando le acostamos por la noche se duerme enseguida. Es un sistema mucho más eficaz.

—Pero no es lo mejor para el niño —dije con precaución.

—Hablas igual que nuestra niñera anterior —dijo la madre, mirándome con suspicacia—. Se negaba a usar la crema orgánica que compré específicamente para Trent, porque decía que le salían unos granitos diminutos. ¡Si casi no se veían!

—Bueno, bueno, no nos precipitemos —dijo el padre—. Sunny Days nos ha asegurado que Olivia se adaptará muy bien. —En voz más baja, recordó a su mujer—: *Ha trabajado de niñera para el tipo que inventó Snug.*

La mirada de la madre se volvió más interesada.

—¿Tal vez podrías presentarnos, si te ofrecemos el trabajo? —Se arregló un poco el pelo—. Yo soy *influencer*, ¿sabes?

Me quedé mirándola sin creer lo que oía. ¿Los padres siempre habían sido así de terribles? Al pensarlo, comprendí que sí, siempre lo habían sido. Era solo que el cambio había sido gradual, y yo no me había dado cuenta. La primera familia para la que trabajé había sido realmente maravillosa, pero todos los demás, hasta llegar a Declan, habían sido cada vez más horribles, de formas que me resultaban cada vez más insoportables. En ese momento, tuve una revelación.

No quiero seguir haciendo esto.

Declan había tenido razón. Era hora de empezar a construir mi propia vida, en lugar de intentar arreglar las de los demás. Sobre todo, si los demás se comportaban como estos dos.

—Creo que no me va a interesar este trabajo —dije—. Será mejor que vuelvan a contratar a la anterior niñera, y dejen que el niño duerma la siesta.

Corté la llamada, sorprendida al sentir que me había quitado un gran peso de encima. Ahora que las cosas se habían puesto feas, no había tenido que dejar mi trabajo por Declan. Lo había dejado por mí misma. Sin embargo, no pensaba que hubiera sido capaz de hacerlo antes de conocerle. Su forma de ver el mundo, su seguridad en sí mismo, su valor... esas cualidades suyas se me habían pegado un poco, de alguna forma.

Si te atreves a dejar el trabajo de niñera, tienes que atreverte a escribir el libro, me dije, *aunque te recuerde a Declan.*

Tampoco quería ser la clase de persona que huía del pasado, ni siquiera ahora que mi pasado estaba lleno de recuerdos de ese hombre guapísimo que me había roto el corazón. Envié un correo electrónico a Sunny Days para pedirles que borraran mi perfil de su página y recibí una respuesta suya enseguida, con un mensaje muy breve.

Ya era hora.

Al menos, por una vez, habíamos estado de acuerdo en algo.

Llamé a Molly y no pude evitar dar vueltas por mi habitación con ansiedad mientras esperaba que contestara. Sería tarde para ella, pero no solía acostarse muy pronto.

—Voy a volver —dije en cuanto contestó—. Quiero trabajar en el libro.

—Ya he encontrado a otro escritor —dijo Molly con un bostezo.

—¡¿Cómo?! —grité.

—Es broma, pero te lo mereces por dejarme tirada —contestó ella—. ¿Qué te ha hecho cambiar de idea?

—He dejado el trabajo de niñera —expliqué—. Ya sé que me costará un tiempo ganar dinero como escritora, pero tengo un blog en Snug que ya ha recibido una oferta de patrocinio. La verdad es que la oferta en sí no me ha entusiasmado, pero si he conseguido una, puedo conseguir otras. Y si no encuentro nada, al menos tengo ahorrado lo suficiente como para vivir una temporada, porque trabajando de niñera no he tenido que pagar la casa ni la comida durante años.

—Así me gusta —me animó Molly—. Persigue tus sueños.

—Y hablando de eso… Creo que quiero hacer unos cambios, aunque no los haya pedido la editora. —Me pasé una mano por el pelo—. Declan dijo algo el otro día que me hizo pensar en un final mejor para la historia.

—¿Estás segura de que es una buena idea, y no una forma rara de procesar tu pérdida? —preguntó Molly, dudosa—. A mí me gusta el final que has escrito.

Era una pregunta válida, pero…

—Es cuestión de instinto. Este final será mejor. Si te lo envío, ¿podrías hacer algunas ilustraciones para enviarlo a la editora?

—Vaaaaaale —contestó ella con un suspiro—. Me voy a fiar de ti.

—Así me gusta.

Por primera vez en mucho tiempo, yo también me fiaba de mí misma.

37

DECLAN

Estaba sentado en el jardín viendo cómo Catie dedicaba toda su atención a buscar bichos, algo alejada de mí. Habían pasado tres días desde la marcha de Olivia, y Catie y yo habíamos hecho lo posible para establecer una nueva rutina que ocultara el hueco que Olivia había dejado en nuestras vidas.

La marcha de Olivia me había dejado como único adulto responsable, y eso me obligaba a mantener el consumo de galletas en niveles adecuados y fomentar el juego en exteriores en lugar del uso de pantallas. Olivia había tenido razón. Catie no tenía por qué sufrir las consecuencias de que yo lo hubiera echado todo a perder.

Y al decir todo, me refería a *todo*.

Thomas se había enfurecido al enterarse de lo que pensaba hacer con la mansión O'Rourke. Me acusó de querer sabotear la economía y la paz del pueblo en aras de mi venganza privada y, lo que era peor, no me creyó cuando le expliqué que solo le había mantenido al margen por su propio bien. Me dijo que le había utilizado.

Y las cosas no acababan ahí: la última vez que había pasado por el pueblo, había visto a una niña pequeña y su abuela situadas delante de la mansión O'Rourke, mostrando carteles que instaban a salvar el festival. Ahora todo el mundo me veía como el malo de la película.

Si no hubiera echado tanto de menos a Olivia, era posible que todo eso me hubiera importado mucho más. El día después de que se marchara, Anil había hecho una broma inocente sobre nosotros dos en una videollamada, y mi cara de pena le había hecho creer que ella había muerto, o algo así.

La noche anterior me había puesto a ver *El ciervo y el guerrero* después de acostar a Catie y, tal vez a causa del whiskey que había bebido, o a lo malísimo que era el diálogo, me eché a llorar como un niño cuando Fionn volvió de la batalla y se encontró con que su prometida había desaparecido.

Claro, que eso no tenía que saberlo nadie. Nunca.

Mi teléfono empezó a vibrar cuando recibí una llamada de la clínica de rehabilitación de Sinead. Durante un segundo, me quedé mirándolo sin reaccionar. Desde que supe quién era el padre de Catie, había evitado hablar con ella de ningún tema serio y, hasta ahora, me había resultado bastante sencillo, porque ella solo había querido hablar con su hija. Sin embargo, siempre solía llamar a última hora del día.

—Hola —contesté, tratando de sonar alegre. Había decidido que no mencionaría a Seamus si ella no me daba pie para hacerlo, para evitar así un tema que podría dificultarle la recuperación.

—Mamá está preocupada por ti —dijo ella—. Dice que te has enfrentado a todo el pueblo porque vas a derribar la vieja casa de los O'Rourke. Y no me creo que Olivia te dejara en medio del aeropuerto. Suena como una versión deprimente de *Love Actually*.

—¿Cómo se ha enterado mamá de lo del aeropuerto? —pregunté, tras soltar un quejido.

—Mamá no lo sabe, eso me lo ha contado Catie. Está muy orgullosa porque supo en qué situación decir la palabrota que empieza por «j».

—Lo siento por eso.

—Es una Byrne —dijo Sinead, sin darle importancia—. Iba a empezar a decir tacos tarde o temprano. Pero bueno, vamos a lo que importa. ¿Cómo estás?

Mi reacción inicial fue decirle que estaba bien. No quería que nadie se preocupara por mí, y mucho menos, Sinead. Yo era su hermano mayor, un hombre duro y capaz al que podía recurrir en momentos de crisis, no al revés.

Sin embargo, ahora necesitaba consejo y ella era la única persona en la que podía confiar, así que le conté toda la historia, sin adornos. Le hablé de las discusiones que había tenido con Olivia, incluyendo la que tenía que ver con Seamus, y le conté cómo todo el problema giraba en torno a lo mismo: ella pensaba que yo estaba viviendo en el pasado, y yo creía que a ella le daba miedo enfrentarse al suyo para poder construir un futuro.

—Ahora entiendes por qué tengo que derribar la casa, ¿no? —pregunté—. Es por lo que le hicieron a papá.

—Entiendo por qué quieres hacerlo —contestó ella con cautela—. Y, créeme, yo también quiero hacerles daño. Unos días después de la muerte de papá, Mark me sonrió con superioridad y hubiera deseado poder clavarle una navaja allí mismo.

Esa idea me hizo sonreír. Así era Sinead: dura como el hierro.

—No sé si Olivia tiene razón en lo de que estás viviendo en el pasado —continuó—, pero no deberías destruir la casa, Declan. Si haces daño a otras personas inocentes solo por dar prioridad a los sentimientos de tu familia por encima de todo lo demás… eso no va a acabar bien. Tal vez acabes convirtiéndote en otro Mark O'Rourke.

Abrí la boca para protestar, pero la cerré enseguida. Le había pedido consejo, y ella me había respondido con una verdad incómoda que me iba a tener toda la noche en vela.

—¿Cómo llevas lo de la ruptura? —preguntó, en tono más amable.

—Creía que sería suficiente con amarla —dije con seriedad, en lugar de bromear sobre el tema, y me incliné un poco para mirar al suelo sin verlo—. No me había enamorado hasta ahora, y creo que lo he hecho todo mal.

La línea quedó en silencio, como si mi hermana estuviera pensando en qué decir para ayudarme.

—A veces no basta solo con querer a alguien —dijo ella al cabo de un momento—. Para tener la posibilidad de un futuro en común, la otra persona tiene que sentir lo mismo y, además, estar dispuesta a hacer los cambios razonables que le pidas. Cuando era más joven, quería a Seamus. Era divertido, le caía bien a todo el mundo y, cuando estaba con él, se preocupaba por mí. Pero era un cobarde delante de su padre, y tratar de cumplir las expectativas de Mark sacaba lo peor de él.

No tenía ni idea de qué tenía que ver todo eso con mi situación, pero no dije nada, porque por fin estaba hablando conmigo sobre Seamus.

—Cuando solo estábamos saliendo, eso no me preocupaba, pero cuando supe que estaba embarazada de Catie, sí que empecé a preocuparme. Nunca le dije que era su hija.

Eso me sorprendió. Había asumido que Seamus lo sabía y había conocido a Catie hacía tiempo. Si solo se había enterado recientemente… Bueno, seguía sin poder soportarle, pero entendía que quisiera conocer a su hija.

—A lo que voy —siguió diciendo Sinead—, es a que tú no solo le has pedido a Olivia que salga contigo. Le has pedido que deje su carrera y se mude a un país extranjero por ti, así que va a necesitar algo más que tu amor. Necesita saber que estás tan dispuesto a construir un futuro con ella como ella debe estarlo para hacer lo que tú le pides.

Me quedé callado mientras pensaba en lo que había dicho. Si tenía razón y yo me había equivocado con Olivia, entonces había malgastado mi última oportunidad con ella de la forma más tonta.

Desde el otro lado del jardín, Catie me mostró triunfante un gusano muy gordo.

—¿Quieres hablar con tu hija? —pregunté—. Está investigando la población local de gusanos.

—Esa es mi niña —dijo Sinead con afecto.

～

Mi madre se quedó con Catie el resto de la tarde para que yo pudiera trabajar, pero, en lugar de hacerlo, acabé en el bar del mismo hotel de Galway, mirando con desgana una pinta de Guinness.

¿Sería posible vengarse de Mark O'Rourke sin perjudicar a nadie más? Pero, por otro lado, ¿y si estaba tan desesperado por recuperar a Olivia que tratar de encontrar una alternativa a derribar la mansión no era sino una forma de engañarme a mí mismo?

—¿Te la vas a beber, o solo la estás mirando? —preguntó el camarero.

Le contesté con un gruñido, pero me distraje porque mi teléfono sonó en ese momento. El corazón me dio un vuelco al mirar la pantalla y ver un mensaje de *@1000words*. ¡Olivia me había escrito! Pulsé la pantalla rápidamente, desesperado por leer sus palabras.

No sé si está bien que te escriba por aquí, pero aquí es donde nos hicimos amigos, así que, allá voy. He hecho un cambio a mi libro del que estoy muy orgullosa, y creo que te gustará. ¿Quieres leerlo?

Al leer sus palabras, fue como si escuchara su voz en mi mente, y la sensación fue como un rayo de sol cálido en un día frío de invierno. No era suficiente, pero era *ella*. Una parte de mí, dispuesta a aceptar una simple amistad por internet si eso era lo único que Olivia iba a ofrecerme, empezó a escribir una respuesta, pero me detuve en seco. No podía engañarme a mí mismo. Durante un breve y maravilloso verano, Olivia me había permitido enamorarme de ella y, ahora que había experimentado esa sensación, no podía conformarme con menos. Borré lo que había escrito y empecé de nuevo.

No puedo limitarme a ser tu amigo en internet, Olivia. Respeto que no sientas lo mismo que yo, pero aún no estoy listo para ser solo tu amigo.

Envié el mensaje antes de empezar a cuestionarme a mí mismo. Después, apagué el móvil y me bebí la cerveza de un trago.

—¿Estás bien, *a chara?* —preguntó un hombre sentado en la barra, un poco más lejos.

Levanté la mirada, sorprendido al oír hablar gaélico en un bar para turistas, y me encontré cara a cara con Seamus O'Rourke.

—Mierda, no me he dado cuenta de que eras tú —dijo Seamus, azorado—. Llevas la ropa arrugada, no te has afeitado y tienes el pelo… —Se interrumpió y tragó—. Y la postura también. Estás como encorvado, pareces derrotado. No tenía ni idea de que fueras capaz de encogerte así.

Me limité a mirarle enfurruñado.

—Bueno, te dejo, me voy a sentar allí —dijo Seamus.

Se levantó del taburete y, haciendo un gesto vago hacia las mesas del bar, se alejó en esa dirección. Yo volví a mirar lo que quedaba de mi cerveza, pero él se dio entonces media vuelta y volvió a acercarse a mí. Se quedó a la distancia justa para que no le alcanzara de un puñetazo e inspiró hondo, claramente nervioso.

Por el amor del Dios, pensé. Si ese atontado me decía lo más mínimo sobre la compra de su puta casa...

—Quería darte las gracias por hacerte cargo de Catie —dijo Seamus—. No solo este verano, me refiero a todos estos años. Todo el mundo dice que es una niña estupenda, y sé que eso se debe, en parte, a que tú te has ocupado de ella mientras yo... no lo he hecho.

Le miré a los ojos y esperé a que recurriera a la excusa de que no había podido cuidar de Catie porque Sinead se lo había ocultado, pero, en lugar de eso, dijo algo que me sorprendió.

—Querría saber si puedo hacer algo para demostraros a Sinead y a ti que estoy listo para formar parte de la vida de Catie.

Esperó, muy decidido, y por primera vez, pude ver lo que Sinead podría haber visto en él.

—Eso se lo tienes que preguntar a Sinead —dije despacio y, como no quería deberle nada, añadí—: Siento haber reaccionado tan mal cuando hablamos la última vez. No sabía que te acababas de enterar.

—Al principio, me sentó muy mal que Sinead no me lo hubiera contado —dijo Seamus, ansioso por encontrar algo en lo que estuviéramos de acuerdo—. Pero mi hermana me recordó que, en aquella época, yo era un capullo inmaduro sometido al control de mi padre. Y bueno, nuestras familias no se llevan bien.

—¿Así es como llamamos a que tu padre matara al mío? —dije, con una ceja arqueada.

Él se encogió un poco y se sonrojó aún más. Me imaginaba que, o bien se iría, o empezaría a poner excusas por sus padres, pero él se limitó a asentir.

—Tienes razón. Los eufemismos solo protegen a los culpables, ¿no?

Parpadeé, sin dar crédito. ¿De verdad era un hombre tan razonable? ¿O acaso había madurado, por fin? Él dejó su cerveza en la barra y me miró con franqueza a los ojos.

—Siento mucho no haber detenido a mi padre aquella noche. Sabía que había bebido demasiado, pero cuando estaba así, nunca me atrevía a enfrentarme a él porque se ponía como un loco. Pero debí haberlo hecho. James era un buen hombre. Cuando me enteré de que había sido él quien había muerto, vomité.

La sensación fue muy extraña. El adolescente airado que llevaba dentro por fin escuchaba algo que había deseado oír desde aquella noche horrible: por fin alguien asumía la responsabilidad, me había mirado a los ojos y se había disculpado. Pero la otra parte de mí era un hombre de treinta años, muy consciente de que la responsabilidad de evitar que su padre condujera borracho no recaía sobre su hijo adolescente.

—Tú no eras más que un crío —dije con brusquedad.

—Tú te habrías enfrentado a él, y Sinead también. A veces creo que esa es la razón por la que me enamoré de tu hermana. Ella no tiene miedo a nada.

No se equivocaba, pero yo podía admitir que no se trataba solo de eso. Puede que Seamus hubiera crecido con muchas ventajas que nosotros no tuvimos, pero también había crecido con un padre que era un hijo de perra.

—Nosotros tuvimos a alguien que nos enseñó a no tener miedo —dije.

Durante unos momentos, ambos bebimos en silencio.

—Seguramente tú no te acuerdas de esto, pero cuando yo tenía, no sé, creo que diez años, estábamos jugando un partido de fútbol en un parque en Galway. El caso es que el fútbol siempre se me dio fatal, y mi padre me había estado gritando un buen rato, hasta que volvió a su oficina a seguir trabajando. No sabes el alivio que sentí cuando se fue. —Seamus rio, como si solo estuviera contando una anécdota divertida y sin consecuencias, en lugar de darme otra razón por la que Mark O'Rourke se merecía un puñetazo en los dientes—. Tú estabas en el parque con tu familia, haciendo un picnic o algo así, y tu padre se acercó a mí para decirme que estaba animando mucho al equipo, y que gracias a mí todos se estaban sintiendo mucho mejor, aunque estábamos perdiendo. Dijo que había cosas más importantes que ganar. —Seamus bajó la vista a su vaso—. En aquel momento no lo entendí, pero nunca olvidé sus palabras, y a lo largo de los años, me han ayudado cuando lo he necesitado. Creo que tu padre fue una de las primeras personas que me enseñaron otras formas de ser un hombre que no tienen nada que ver con la mierda que hacía mi padre. Bueno. —Levantó su cerveza hacia mí—. Te dejo en paz. Hasta luego.

Se dio la vuelta para marcharse, mientras yo admitía, a regañadientes, que Olivia tenía razón. Mark era odioso, pero el resto de su familia no eran los monstruos por los que yo los había tomado. Seamus hacía todo lo que podía, y su hermana tenía la empatía suficiente como para entender por qué Sinead no le había contado lo de Catie, y defenderla por ello. En mi mente se empezó a formar una idea, una forma de castigar a Mark y proteger a Ballybeith de él, sin hacer daño a nadie más.

Lamentablemente, iba a necesitar la ayuda de Seamus, pero conseguirla no parecía tan imposible en ese momento como hubiera creído un rato antes. La idea no me ilusionaba mucho, pero, al menos, sería algo con lo que podría vivir.

—Seamus.

Él se dio la vuelta, ansioso como un cachorrito. Dios, esto no iba a ser fácil. Señalé el taburete junto al mío.

—Siéntate. Hay algo de lo que quiero hablar contigo.

38

OLIVIA

Paseé hasta el lago con las manos en los bolsillos. Como no ningún trabajo previsto, me había acostumbrado a pasear por la orilla del lago para tomar el aire, hacer algo de ejercicio, y como excusa para no pasar el día entero en pijama. También me servía como distracción mientras esperaba que llamara Molly para decirme si le había gustado el nuevo final que había escrito para nuestro libro.

Ahora que había cambiado el final, no podía imaginar ningún otro modo de terminar la historia. Pero ¿y si me equivocaba? Tal vez Molly tardaba tanto en llamar porque estaba tratando de pensar en cómo decirme con suavidad que era un final malísimo.

Saqué el móvil para intentar distraerme de mis temores. Podía llamar a alguna amiga para charlar un rato, escuchar música o sentarme en la orilla del lago y navegar un rato por las redes sociales; pero, en lugar de eso, dejé escapar un largo suspiro.

—No. Respira, siéntelo todo —me dije.

Se me había quedado grabado el comentario de Declan sobre cómo yo huía de mi doloroso pasado, así que, poco a poco, estaba intentando ser más honesta conmigo misma y no buscar distracciones constantes. Al llegar al lago, me acerqué hasta la orilla, me quité los zapatos y metí los pies en el agua, pensando en lo que me asustaba de verdad.

No es que Molly vaya a pensar ahora que soy una mala escritora, pensé. *Lo que me pone nerviosa es que ese final es una parte de Declan que acabará en el libro y, ahora mismo, todo lo que tenga que ver con él es demasiado personal y me afecta mucho.*

Exhalé para liberar algo de tensión mientras el agua fresca me lamía los tobillos, y tratando de relajarme por completo. Molly me llamaría cuando estuviera lista, y no había nada más que pudiera hacer.

Había descubierto que los paseos por el lago eran una buena forma de dejar que mi mente divagara hacia cuestiones que normalmente trataba de evitar. Recordaba, por ejemplo, algunas discusiones que había tenido con mis padres y que había intentado olvidar, porque ahora que ya no estaban, me parecía desleal recordar comentarios suyos que me habían disgustado, pues daría lo que fuera por pasar algo más de tiempo con ellos. Recordaba también cómo había soñado con ser escritora cuando estaba en la universidad, a todos los niños a los que había cuidado… y el cariño que aún sentía por ellos, incluso después de todos estos años.

Había creído que los intensos sentimientos que se habían despertado en mí mientras estaba en Irlanda se debían a Declan, pero ahora comprendía que siempre habían estado ahí, bajo la superficie, y que el tiempo pasado con Declan solo había sido un catalizador para hacerlos salir. Le debía mucho, y eso me hacía sentir culpable por la forma en que había roto con él. Había creído que enseñarle los cambios que él había inspirado en mi libro era una buena forma de agradecerle que me hubiera inspirado a cambiar, a pesar de que no pudiéramos estar juntos. Pero en ningún momento había esperado que se limitara a expresarme su respeto.

Respeto que no sientas lo mismo que yo.

Habían pasado dos días y aún no había podido sacarme esas palabras de la cabeza. ¿En serio pensaba que yo no le quería? No conocía a nadie con más razones para estar seguro de sí mismo que Declan. Parecía ser muy consciente de sus propios méritos, en el trabajo, la cama y todo lo demás. En los ocho años que había trabajado de niñera, él había sido el único cliente que me había hecho sentir la tentación de dejar a un lado la profesionalidad y limitarme a ser yo misma. Le había confesado lo cerca que había estado de abandonar toda mi vida para estar con él, y había creído que él sabía lo que yo sentía. Si hubiera admitido con franqueza lo que sentía por él en el aeropuerto, solo para subirme al avión de todos modos, habría sido muy cruel; sin embargo, tal vez había sido peor marcharme así, dejándole creer que no le quería, que no sentía nada por él, cuando lo cierto era que le quería demasiado para quedarme a ver cómo se destruía a sí mismo.

Estaba dándole vueltas a todo eso cuando sonó mi móvil y vi que era Molly quien llamaba. Contesté al instante.

—¿Qué te ha parecido?

—Tenías razón. Este final es la hostia de bueno. Ya no volveré a cuestionar tus habilidades creativas —contestó ella, y yo sonreí, aliviada.

—¿Sería más fácil terminar el libro si vuelvo a Irlanda? Podría conseguir un vuelo con los puntos que he acumulado.

—A ver, a mí me encantaría verte, pero también podemos trabajar a distancia. Tal vez sea mejor que te guardes los puntos para venir cuando se publique el libro. Para firmar ejemplares y todo eso, ya sabes.

Miré hacia el lago. Para eso faltaba más de un año, y la idea de esperar tanto tiempo para tener la oportunidad de ver a Declan, tal vez, hacía que me escocieran los ojos. Me parecía moralmente intolerable que él pasara un año creyendo que su amor no era lo más maravilloso que nadie me había ofrecido nunca.

—Claro, eso tiene sentido —contesté a Molly.

Ella hizo un sonido un tanto sospechoso.

—¿Por qué tengo la sensación de que estás tratando de buscar excusas para ir a visitar a cierto multimillonario que solo te hace sufrir?

—No me gusta cómo lo dejamos —dije, con un suspiro—. Además, tampoco me despedí de ti, ni de Marie o Thomas. Todo el mundo fue encantador conmigo, y yo me largué sin avisar.

—Oye, el sofá de mi casa está disponible para ti siempre que quieras, y trabajar en este libro contigo en persona sería la hostia. Lo único que digo es que no pasa nada por proteger los sentimientos. Tampoco es que Declan Byrne necesite un montón de puntos de vuelo. Si quisiera «arreglar las cosas», ya habría llamado a tu puta puerta.

Sacudí un pie en el agua y miré cómo se formaban ondas y las gotas de agua destelleaban al sol.

—Le dije que no me siguiera, pero ahora no sé si…

—Si no te ha seguido, es porque respeta tu petición, o porque no quiere volver a verte.

—Eso mismo —contesté con un quejido—. Empiezo a ver las ventajas de romper una relación gracias a un mago malvado que te convierte en un ciervo encantado.

—Por supuesto, las soluciones sencillas siempre son mucho mejores —confirmó Molly.

A pesar de tener el corazón roto, y a pesar de la incertidumbre, no pude evitar echarme a reír.

—¿Sabes? —dijo Molly de repente—. Acabo de darme cuenta de que va a ser totalmente imposible terminar este libro si no vienes a Irlanda a trabajar conmigo. Estoy segurísima.

—¿En serio? ¿Crees que eso será lo mejor? —pregunté, sintiéndome llena de ilusión al pensar en volver a casa.

—Claro que sí. Estoy haciendo justo lo que decimos en el libro: escucho a mi instinto, y el instinto me dice que ya estás tardando en volver a Irlanda.

Solo después de terminar la llamada, caí en la cuenta de que había pensado en Irlanda como mi *casa*.

39

DECLAN

Dos días después del providencial encuentro con Seamus en el bar, me presenté en la oficina que Mark O'Rourke había alquilado a toda prisa en Galway. No hacía mucho, habríamos tenido esta reunión en su mansión, pero gracias a mí, eso no sería posible nunca más. Estaba esforzándome por ser una persona mejor, menos centrada en la venganza, pero tenía que admitir que esa parte aún me resultaba muy satisfactoria.

Seamus estaba sentado a mi lado y parecía nervioso, pero resuelto. *No te vengas abajo ahora*, pensé. Cuando le conté mi plan, lo había escuchado con entusiasmo, pero planear algo tomando unas cervezas en un bar no era lo mismo que enfrentarse cara a cara con el hombre que te había estado sometiendo desde la infancia.

—Yo acepté reunirme contigo —dijo Mark, dirigiéndose a Seamus—, no con él. Él nos ha traicionado, y al pasar tiempo con él, tú también nos traicionas.

Seamus se puso pálido.

—Qué oficina más agradable —interrumpí con sequedad, para intentar atraer la ira de Mark antes de que Seamus perdiera el aplomo—. Claro, que no tanto como la que tenías antes.

Mark se puso en pie y golpeó la mesa con ambas manos.

—¡Lárgate de aquí, cabrón!

Me encogí un poco en la silla, sobre todo porque sabía que había enfadado a Mark y, si quería que esto funcionara, tenía que hacerle creer que ya no le quedaba ninguna opción.

—Había pensado en reducir tu casa ancestral a una montaña de escombros. —Hice una pausa para que mis palabras calaran hondo, y él me miró con odio—. Pero Seamus ha sugerido otra alternativa que creo que te gustará más.

Mark rechinó los dientes y miró a Seamus.

—¿Es eso cierto?

—Es mejor que le escuches, papá —dijo Seamus.

—Te doy cinco minutos —dijo Mark, volviendo a sentarse despacio—. Después, te echaré de aquí, a patadas, si es necesario.

Bien, pensé. El depredador que llevaba dentro estaba afilando las garras para saltar. Mark iba a escucharnos, y eso significaba que Seamus y yo teníamos una oportunidad.

—Estoy dispuesto a no derribar la mansión, si tú te jubilas definitivamente y dejas a Seamus a cargo del negocio de la familia O'Rourke.

Mark soltó una risotada.

—¿Dejar a cargo a este pelele? Es él quien nos ha arruinado. ¡Él es la razón por la que he tenido que vender!

—También es la razón por la que ahora mismo no hay una excavadora en el salón de la casa.

—¿Me la vas a volver a vender? —Mark cambió de tema.

—Ni de puta coña —dije, con una risotada—. Mientras yo viva, no volverás a poner un pie en ella.

Mark me miró furioso, pero le sostuve la mirada y me aseguré de que mis ojos le dejaran claro que hablaba con total seriedad, para que acabara por entender que se había quedado sin opciones.

—¿Y qué gano yo con todo esto?

Los ojos de Mark saltaron de Seamus a mí, como si empezara a sentirse acorralado. Dios, era patético. No podía entender cómo había conseguido que tanta gente le temiera durante tanto tiempo.

—Tu dignidad, y el legado de tu familia —dijo Seamus, inclinándose hacia delante—. Tienes la posibilidad de retirarte con elegancia. Declan se ha comprometido a legar la mansión a mi primogénito, cuando cumpla los dieciocho años.

Tan pronto como tomé la decisión de no derribar la mansión, Seamus y yo nos habíamos puesto de acuerdo en ese punto con sorprendente facilidad. Estaba claro que la casa debía ser para Catie.

—Antes de eso, deberás tener un hijo —gruñó Mark.

Bien, estaba claro que estaba considerando nuestra propuesta, pero debía estar pensando también en cómo podría manipular e influir en su futuro heredero. Como si Sinead fuera a permitírselo. Y ahora que Seamus había representado el papel de buen hijo y le había ofrecido una salida, a mí me tocaba hacer de malo.

—La otra posibilidad, por supuesto, es destruir la mansión, y utilizar los escombros para alzar un monumento público a la mayor derrota de tu vida. Después, me dedicaré a arruinar tus negocios de uno en uno. —Le dediqué una sonrisa afilada—. Esa es la alternativa que más me gusta a mí, pero Seamus ha insistido en que serías razonable y elegirías el otro plan.

—Necesito tiempo para pensarlo —dijo Mark, acomodándose en su silla.

Apreté los dientes. No era eso lo que esperaba oír, pero había demasiado en juego y debía ir con cuidado. Abrí la boca para concederle a Mark hasta última hora del día para pensarlo, pero Seamus se me adelantó.

—No. No hay más tiempo —anunció en un tono que, por primera vez en su vida, sonaba imponente. Se puso en pie y colocó delante de su padre el contrato que Thomas había redactado la noche anterior—. Ahora mismo vas a firmar esto y me vas a transferir la empresa, o nos iremos de aquí y le diré a todo el mundo que has elegido derribar la mansión solo por no aceptar la generosa oferta de Declan.

Tuve que contener una sonrisa. El crío había madurado, por fin. Miré el reloj con fingido aburrimiento.

—Tienes sesenta segundos para pensarlo antes de que llame a las excavadoras.

Mark amenazó y protestó a gritos durante unos cincuenta y nueve segundos, pero Seamus no flaqueó en su determinación. En el último instante, Mark cedió y firmó los documentos, con el bolígrafo apretado con tanta fuerza que los nudillos se le pusieron blancos y la punta atravesó el papel sobre la línea de firma, como un cuchillo.

Y así fue como todo quedó resuelto. Seamus y yo salimos a la calle con un contrato firmado que mejoraría considerablemente la vida de todos los habitantes del pueblo.

—Lo has hecho muy bien ahí dentro —dije, mirando a Seamus.

—Pensé en lo que habría dicho Sinead —admitió con un deje de vergüenza.

Yo reí y extendí la mano para estrechar la suya.

—Llámame si alguna vez necesitas consejos de negocios. Puedo ayudarte a encontrar el punto medio entre la forma de tu padre de hacer las cosas y tus… —Intenté encontrar una forma de referirme con diplomacia a su mala, aunque bienintencionada, gestión anterior.

—¿Mis decisiones anteriores? —sugirió Seamus.

—Eso mismo.

Nos estrechamos la mano y nos despedimos. Me alejé sintiendo la sensación familiar de euforia resultante de la victoria, pero, esta vez, no estaba empañada por el miedo a lo que pensaran los demás. Estaba seguro de haber tomado la decisión correcta.

Y de que mi padre habría estado de acuerdo con ella.

∽

Sinead llegó cinco días más tarde. Nunca olvidaría la alegría de Catie al ver a su madre en el aeropuerto, o la forma en que Sinead la abrazó con fuerza mientras le murmuraba: «Ya estoy aquí, cariño, ya estoy aquí».

En lugar de volver directos a casa, nos dirigimos a comer con mi madre en Galway, y después fuimos a dar un paseo junto al mar. Catie se adelantó con su abuela, pero no dejaba de volverse para mirar a su madre con una enorme sonrisa en la cara.

—He abierto una cuenta corriente para Catie —dije, tras aclararme la garganta—. Y he metido algo de dinero en ella para vosotras.

Para ser exacto, había depositado un millón de euros.

—No tenías que hacerlo…

—Así, si alguna vez necesitas dinero, lo tienes disponible sin tener que darme explicaciones —continué con una sonrisa torcida—.

Alguien me dijo que a veces soy demasiado controlador, y es posible que no *siempre* sepa qué es lo mejor.

Sinead se detuvo y me miró con las manos en la cintura.

—Eres un cabrón. Sabes que no puedo rechazar nada que sirva para mejorar la vida de Catie.

Sonreí aún más y le di un beso en la cabeza.

—Yo también te quiero.

Seguimos paseando, y le puse al día sobre mi nuevo plan para la mansión O'Rourke.

—Voy a convertirla en un centro social para el pueblo, y le voy a poner el nombre de papá. Sé que piensas regresar a Estados Unidos, pero si alguna vez decides volver aquí, tal vez podrías ayudarme a gestionarlo.

Me metí las manos en los bolsillos y miré hacia el mar, para disimular lo mucho que deseaba que dijera que sí.

—Me lo pensaré… —contestó Sinead.

—Hazlo, por favor. —Le apreté la mano—. Creo que será bueno para el pueblo, y puede que sea bueno para ti también. Algunas personas… —De hecho, me refería a Seamus, pero aún no me sentía cómodo hablando de él con Sinead—. Bueno, algunas personas están pensando en organizar algún tipo de celebración para conmemorar la ocasión.

No me entusiasmaba mucho la idea de una fiesta, porque no había hecho todo aquello para recibir una palmadita en la espalda, pero Seamus se había mostrado inflexible, y yo no había querido limitar sus decisiones ahora que nos acabábamos de asociar, así que había cedido.

—Deberías venir —terminé.

—Bueno... —Ella se mordió el labio inferior, pensativa—. Una parte de mí no quiere quedarse más tiempo del necesario, pero una de las cosas que he comprendido durante la rehabilitación es que las razones por las que me fui ya no importan tanto. En cambio, cada vez tengo más razones para volver.

Me mordí una mejilla, para no sonreír esperanzado. Sinead se estaba recuperando, y era posible que Catie y ella volvieran para quedarse definitivamente.

—¿Qué dijo Olivia cuando le contaste que vas a convertir la mansión en un centro social?

—Aún no se lo he dicho.

—¿Por qué? —preguntó ella, dándome un empujón con el hombro—. El pueblo te lo va a agradecer con una fiesta, ¿y no le has dicho nada a Olivia?

Sacudí el brazo que me había golpeado.

—La fiesta no es para mí —le corregí—. Es una reunión para celebrar el nuevo centro social, no en mi honor ni nada de eso. —Sinead arqueó una ceja, pero tuvo la amabilidad de no decir nada más, así que continué—. Además, Olivia me pidió que no la siguiera, y no creo que ignorar su petición sea la mejor manera de conseguir que vuelva, si es que quiere volver conmigo.

—¿Por qué no iba a querer volver contigo? —preguntó Sinead, confundida—. Estaba dispuesta a mudarse a Irlanda por ti.

Yo negué con la cabeza y aplasté sin piedad el destello de esperanza que brotó al oír sus palabras.

—Hace unos días me escribió para hablar de algo que es muy importante para ella, pero en plan amigos, ya sabes. Me pilló en un mal momento y la rechacé, y desde entonces no ha vuelto a ponerse en contacto conmigo.

Sinead pareció desilusionada.

—Qué pena, tenía ganas de conocerla.

—Catie está deseando enseñarte los bichos que ha cogido —dije, para cambiar de tema—. Los guardaba en una caja de zapatos, pero la convencí para comprar un terrario.

Al cabo de un rato volvimos al coche, y nos estábamos despidiendo de mi madre cuando Catie vio a Molly al otro lado de la calle y empezó a dar saltos entusiasmada.

—¡Mamá! ¡Esa es la señora que me vende los libros! —señaló.

Molly y Sinead se vieron, y ambas reaccionaron con alegría al reconocerse. Me sorprendí durante un momento, hasta que recordé que habían sido amigas en el colegio.

—Molly está ilustrando el libro de Olivia —añadí yo, e inmediatamente deseé haberme quedado callado, porque había sonado como un adolescente hablando de la chica que le gustaba.

—Bueno, entonces tendremos que ir a saludarla —dijo Sinead, con un brillo divertido en los ojos.

Tiró de Catie y de mi madre en dirección al otro lado de la calle, y yo las seguí a desgana, pero me mantuve un poco apartado. Apenas llevaban un par de minutos hablando cuando Sinead tuvo que sacar el tema.

—Tú eres amiga de Olivia —dijo, señalándome con un gesto—. Explícale a Declan hasta qué punto está haciendo el tonto. Se niega a ir a buscar a Olivia, aunque está claro que está loco por ella.

Sinead me miró como si llevara mi amor por Olivia escrito en la cara, aunque, quién sabía, tal vez era así. Me crucé de brazos y miré enfadado a la pesada de mi hermana.

—Me pidió que no la siguiera, ya te lo he dicho.

—¿Y de verdad quieres hacerle caso en eso? —preguntó Sinead, levantando una ceja—. ¿Tu instinto te dice que no vayas a buscarla?

Tuve que contenerme. Sabía que tenía buenas intenciones, pero esto no era ningún juego.

—Lo que me diga el instinto no importa.

Molly nos estaba mirando con ojos muy abiertos.

—Hum, creo que hay algo que tendrías que ver, Declan.

Sacó de su bolso una carpeta llena con lo que parecían ser bocetos para las ilustraciones del libro, y me la entregó. Reconocí las palabras de Olivia debajo de cada uno de los dibujos. Volví las páginas con cuidado, sintiendo una mezcla de orgullo y dolor a partes mientras admiraba la creación de Olivia. Cuando llegué al final, me di cuenta de que la historia terminaba de un modo distinto al que yo recordaba.

Antes, el final animaba a no olvidar los consejos de los seres queridos que ya no estaban, y recordar que sus palabras podían servir de guía. En cambio, en el nuevo final, el patito comprendía que siempre se enfrentaría a situaciones para las que su madre no le había preparado, y que en esos momentos podía seguir su propia intuición, porque sabía que sus padres le querían, y le habían educado para tener un buen corazón.

Apreté las páginas involuntariamente. Eso era lo que yo le había dicho a Olivia en el jardín de casa. Cuando me propuso enseñarme el nuevo final de su libro, había creído que era un intento de volver a establecer la amistad casual que habíamos tenido a través de internet, pero ¿y si había querido decirme que hiciera caso a mi propio corazón?

—Respira, Declan —dijo mi madre.

Inspiré hondo y me dejé llevar por los agradables aromas de una cálida tarde de verano. Sentí que volvía a la vida y que, de repente, el mundo se había llenado de esperanza. Era bonito de cojones. Olivia me estaba dando permiso para ir tras ella una vez más y, esta vez, no iba a desperdiciar la oportunidad. En cuanto terminara con la apertura del centro social, ya sabía lo que iba a hacer, y a dónde tenía que ir.

40

OLIVIA

Seis días después de confesar a Molly que necesitaba ver a Declan una última vez, me encontraba corriendo por el aeropuerto de Minneapolis para llegar a tiempo a mi puerta de embarque. Esa mañana me había ido todo mal, y si perdía el vuelo solo porque el conductor del coche que había reservado a través de una aplicación no creía en los mapas…

Llegué a la carrera a la puerta en el último minuto, y subí al avión jadeando como si acabara de completar una maratón. Me dejé caer en mi asiento, sin que esta vez me ayudara con el equipaje un irlandés malhumorado. Media hora más tarde, cuando ya estábamos en el aire, miré por la ventana y dejé escapar un largo suspiro.

Me estaba dejando llevar por la intuición, y una parte de mí todavía estaba asustada. Las cosas no habían ido bien con Declan, y no había nada que sugiriera que esta vez sería diferente. Era posible que me estuviera comportando como una idiota y aferrándome a alguna absurda ilusión de que todavía había esperanza. Después de todo, ¿cuántas mujeres se habían dejado engañar por el mito de «yo conseguiré cambiar a ese hombre»?

¿Y eso es lo que quieres?, me pregunté. *¿Hacerle cambiar?*

No sabía cómo contestar esas preguntas.

—Ya no importa —me dije en voz baja—. Ahora estoy aquí.

La mujer sentada a mi lado me miró de una forma que me hizo ruborizarme, avergonzada. Me aclaré la garganta y volví a mirar por la ventana. Inspiré hondo para intentar aclararme las ideas y asentí con la cabeza.

Sí, estoy muerta de miedo, admití, *pero necesito verle. Más que ninguna otra cosa, necesito verle una última vez y decirle lo que siento.*

∽

—A Ballybeith pues, ¿no? —El canoso conductor del taxi, que hablaba con el acento irlandés más pronunciado que había escuchado hasta el momento, dejó escapar un silbido—. Vaya, vaya, eso no está exactamente aquí al lado, te aviso.

—Lo sé, pero ahí es a donde voy.

Me acomodé en el asiento del taxi, esperando que no me echara y verme obligada a esperar un autobús. El conductor pareció considerar durante unos momentos las dos horas de trayecto entre Dublín y Ballybeith, y terminó por encogerse de hombros.

—Me imagino que vas a los festejos, ¿no?

—Yo... ¿Qué festejos?

—Pues al parecer, han organizado algún tipo de asunto en Ballybeith, o eso he oído. La hermana de mi mujer es de allí, y nosotros estábamos pensando ir, pero, ya sabes... —Volvió a encogerse de hombros y tamborileó con los dedos en el volante—. Las cosas están difíciles en estos últimos tiempos, y si no se trabaja, no se cobra. —Me miró a través del retrovisor y se tocó un sombrero imaginario con las puntas de los dedos—. A Ballybeith pues, jovencita.

—A Ballybeith —repetí, demasiado cansada para tratar de analizar el resto de lo que había dicho.

A decir verdad, tampoco sabía si le había entendido demasiado bien, con el acento que tenía. Apoyé la frente en una de las ventanillas y miré cómo las autopistas que rodeaban Dublín daban paso al verde paisaje irlandés, cuajado de colinas. Intenté no pensar en lo que me encontraría al llegar, pero me resultó prácticamente imposible. No podía pensar en nada que no fuera Declan.

¿Cómo reaccionaría cuando me viera? ¿Se alegraría, o acabaríamos discutiendo otra vez? O, lo que era aún peor, ¿y si ya me había olvidado? ¿Y si...?

Pensar en todo eso me estaba volviendo loca, así que decidí distraerme mirando Snug. Casi no me quedaba batería, pero había estado intercambiando mensajes con un posible patrocinador y quería saber si me había respondido. Al abrir la aplicación, vi que tenía cientos de notificaciones y, por un momento, pensé que se trataría de algún tipo de problema técnico. Después pensé en que tal vez mi blog había sido atacado y me habían enviado un montón de mensajes basura. Empecé a revisar los mensajes, muy confundida, hasta que uno de ellos llamó mi atención.

¡Me encanta cómo escribes! Me alegro mucho de que @DeclanByrneOfficial te haya incluido en su lista de las diez mejores voces nuevas. ¡Hacía siglos que no publicaba una de esas!

Solo necesité tres clics para encontrar las publicaciones más recientes en la página oficial de Declan en Snug. Hacía unas horas, había publicado una lista con diez blogs relevantes en Snug. El mío era el número 2.

Por un momento, mi lado más competitivo se indignó por no haber recibido el primer puesto, hasta que vi que lo ocupaba un embajador de Naciones Unidas que se dedicaba a luchar contra el cambio climático en el mundo. De acuerdo, eso era justo.

Mientras volvía a mi blog, empecé a darme cuenta de lo que Declan había hecho por mí. Mi número de seguidores había aumentado ya en un 92%, y el nivel de participación era estratosférico. Si mis cifras seguían creciendo de este modo, tendría acceso a un tipo de patrocinadores muy diferente. Eso me daba poder, me ofrecía muchas alternativas. Yo le había roto el corazón en un aeropuerto y, a cambio, él se estaba esforzando por hacer algo por mí.

Seguía navegando por Snug, aún sin creer lo que veía, cuando me llamó Molly. Tardé menos de medio segundo en contestar al ver su imagen en la pantalla.

—¡Por fin! —Molly prácticamente me gritó en el oído—. Llevo siglos tratando de hablar contigo.

—Lo siento, la wifi del avión iba fatal y…

—Eso da igual —me interrumpió—. Estás ya aquí, ¿no?

—Voy de camino hacia…

—Oh, gracias a Dios, menos mal. Tienes que llegar lo más rápido que puedas. No te lo vas a creer, pero Declan acaba de…

Y eso fue todo. Mi móvil dio un pitido y, cuando lo miré para ver qué pasaba, la pantalla estaba negra. Se me acababa de agotar la batería.

—Tecnología. Siempre dejándote tirado, ¿eh? —observó el taxista.

Tenía toda la razón. ¿Qué habría querido decirme Molly? ¿Qué estaría pasando en Ballybeith? Sentí una opresión en el pecho. ¿Les habría pasado algo a Declan, o a Catie? Me incliné hacia delante y le di un toquecito al taxista en el hombro. No me hizo falta decir nada.

—Reconozco a una damisela en apuros cuando la veo —dijo, para mi alivio—. Tienes prisa por llegar a Ballybeith, ¿no? Cuenta conmigo, jovencita. No seré yo quien decepcione a una clienta.

Eso debía ser la forma de decir «pisar a fondo» en irlandés, porque, al momento, estábamos volando por las estrechas carreteras secundarias como si los límites de velocidad fueran meras sugerencias. Seguro que a Declan no le haría ninguna gracia si se enterase, pero no me importaba. Solo sabía que tenía que llegar a él lo más rápido posible.

Para cuando llegamos por fin a Ballybeith, estaba de los nervios. Recorrimos a toda velocidad la calle principal que cruzaba el centro del pueblo, pero no llegamos muy lejos. La policía había cortado la calle y había gente por todas partes. Por un momento, pensé que habría habido algún accidente horrible, pero entonces escuché música a todo volumen.

—Que me aspen. Cuando mi mujer habló de un festejo, no me imaginé algo así. Supongo que tengo que dejarte aquí, jovencita. —El conductor miraba con anhelo el otro lado de la calle, como si estuviera deseando dejar tirado el taxi y venir conmigo, pero debió decidir que no era posible y volvió a llevarse la mano al sombrero imaginario —. Te deseo suerte y que encuentres lo que estás buscando.

—Muchas gracias —contesté, sinceramente agradecida por su amabilidad.

El conductor me ayudó a sacar las maletas del coche y esperó con paciencia mientras sacaba la cartera. Tuve que reprimir una mueca cuando me dijo lo que había costado el viaje, pero le dejé una buena propina y le saludé con la mano mientras daba la vuelta con el coche y se alejaba en dirección contraria. Después, tirando de mi equipaje, me dirigí al policía más cercano que vi por la zona, y que hablaba con un hombre vestido con un traje gris oscuro, situado de espaldas a mí.

—Disculpen que interrumpa, pero…

—¿Olivia? —El hombre del traje gris se dio la vuelta. Era Seamus—. ¿Qué estás haciendo aquí? Creí que te habías ido.

—Me fui, pero... —Inspiré hondo. Ahora no era el momento—. ¿Sabes dónde está Declan? ¿Le ha pasado algo?

—¿Declan? —Seamus me miró, sorprendido—. No, no le pasa nada, acabo de hablar con él hace un momento. Pero igual ya no le ves. Ha dicho que tenía que irse al aeropuerto cuanto antes. Es una pena, ¿sabes? Ha conseguido que venga todo el mundo, pero parece que tiene algún asunto importante que atender en Estados Unidos, así que... —Se encogió de hombros, como diciendo «ya sabes cómo son esas cosas».

Solo que yo no tenía ni idea de qué estaba hablando.

—No entiendo nada. ¿Qué está pasando?

Miré a la ruidosa multitud congregada en la calle, y al enorme escenario erigido en la plaza del pueblo. Incluso desde lejos, reconocí al mismo grupo de música que había tocado en el festival. Madre mía, parecía que había pasado un siglo desde entonces.

—Ah, ¿no lo sabes? —preguntó Seamus, sorprendido a su vez.

—¿Qué es lo que no sé? —Le miré directamente y empecé a sentir que perdía la paciencia—. Por favor, dime qué demonios está pasando aquí, porque está claro que las cosas han cambiado bastante desde que me fui.

—Y que lo digas, ¿eh? —confirmó Seamus—. Es por lo que ha hecho Declan.

—Lo que ha hecho Declan... —repetí angustiada, imaginándome la mansión O'Rourke destruida hasta no dejar ni rastro. ¿Lo habría hecho por fin? Aunque, a juzgar por la amplia sonrisa en la cara de Seamus, eso era difícil de imaginar.

—Sí, el centro social —dijo Seamus—. Declan ha comprado la mansión de mi familia y la va a convertir en un centro social para el pueblo. A estas alturas ya lo sabe todo el mundo, pero soy yo quien ha organizado todo esto. —Hizo un gesto con la mano señalando a nuestro alrededor—. Es para que Declan pueda hacer el anuncio oficial. Yo quería celebrarlo en la casa, pero Declan no ha querido esperar para contratar una empresa de reformas, y ya ha empezado las obras de renovación.

La sorpresa me había dejado sin palabras, así que Seamus siguió hablando.

—Y cuando sea mayor, la mansión será para Catie. —La sonrisa de Seamus se hizo aún más grande, si eso era posible—. ¿Te lo puedes creer? Y no creo que nada de esto hubiera sido posible de no ser por ti. —Volvió a hacer otro gesto con la mano hacia la multitud, pero me dio la sensación de que quería abarcar todo el pueblo—. Dios, qué agradable es pasar página.

Me sentí abrumada. Al irme, había dejado a un Declan inmerso en la venganza y en hacer pagar a los O'Rourke, pero el hombre del que hablaba Seamus parecía ser una persona distinta. Aunque, ¿de verdad había tanta diferencia?

El hombre al que Seamus se refería era *mi* Declan, el hombre que yo sabía que estaba bajo la superficie. El hombre al que había visto acostar a Catie todas las noches; el hombre que me había abrazado antes de dormir y me había hecho creer que el mundo era un lugar seguro. El hombre al que amaba.

—¡AHÍ ESTÁS! —Un grito se alzó por encima del ruido de fondo y me giré para ver a Molly avanzando hacia mí a toda velocidad. Llevaba un vaso medio vacío de Guiness en una mano, que se estaba vaciando aún más mientras corría—. No dejaba de preguntarme cuándo llegarías. Tienes que darte prisa, Olivia.

—Tengo... ¿qué? —Todo estaba pasando demasiado rápido y no me daba tiempo de asumirlo—. Tengo que ver a Declan.

—Se ha ido al aeropuerto —interrumpió Seamus.

—No, no se ha ido —dijo Molly—. En cuanto me enteré de que se iba a ir, yo... —Me miró un tanto avergonzada—. Bueno, yo sabía que ibas a venir, así que he pedido a unas cuantas personas que me ayudaran a retrasarle. No le ha hecho ninguna gracia, pero de no ser por eso, ya estaría a medio camino hacia Dublín, y luego...

—Estados Unidos... —Terminé la frase por ella. Seamus había dicho que Declan tenía algo que hacer allí, pero ¿sería posible que fuera a ir a verme?—. Dime dónde está.

—Por supuesto.

Molly me cogió de la mano y tiró de mí a través de la muchedumbre en dirección a la plaza del pueblo. Mis maletas quedaron olvidadas junto a Seamus, pero apenas me paré a pensar en eso, porque tenía algo mucho más importante de lo que preocuparme.

—Quitaos de en medio —ordenaba Molly a gritos, empujando a la gente que rodeaba el escenario para abrir paso.

Cuando por fin llegamos al otro lado... Ahí estaba él.

Me miró y nuestros ojos se encontraron. El tiempo se detuvo.

Los músicos seguían tocando, la multitud seguía haciendo ruido, pero en mi cabeza, todo estaba en silencio. Mientras nos acercábamos, solo escuché los latidos acelerados de mi propio corazón.

—Olivia —dijo Declan cuando llegó junto a mí, mirándome como si no pudiera creer lo que veía—. Has venido, *a ghrá*.

—He venido.

—Iba a ir a verte —dijo—. Tenía un vuelo a Estados Unidos esta noche. Pero ahora estás aquí.

Su mirada se oscureció y, por un momento, pensé que iba a besarme.

Sí, suplicó mi alma. *Una última vez.*

Las manos de Declan acariciaron mis brazos, de arriba abajo, como si quisiera asegurarse de que estaba allí en persona. Yo sentía lo mismo.

—He soñado con esto más veces de lo que estoy dispuesto a admitir —dijo, después de aclararse la garganta. Sacudió la cabeza y continuó—. Pero sí admitiré que nunca me había imaginado que vendrías. ¿Por qué has vuelto, Olivia? Dios, tengo tantas cosas que contarte, tanto que decir... ¿Podemos hablar?

Me humedecí los labios. Me habría gustado permitirle tomar el control de la situación, pero había algo que debía decirle antes de perder el valor.

—Hay algo que tengo que decirte yo antes.

Le tomé de la mano y tiré de él para llevarle a un callejón mal iluminado, lejos de las miradas curiosas de todo el pueblo. Me tomé un momento para disfrutar de su hermosa cara, tan familiar.

—Declan... —empecé—. Aunque hayamos terminado, tienes que saber que pienso que eres increíble. Has hecho que mi vida sea mejor, y me has dado el valor para perseguir un sueño que casi había olvidado que tenía.

—Olivia —suspiró él, poniendo una mano en mi mejilla.

—Pero, lo que es más importante, me recuerdas lo mucho que deseo tener una familia. Aunque las cosas entre nosotros no han salido como esperaba, quiero que sepas que te quiero, Declan —confesé—. Jamás me arrepentiré del tiempo que hemos pasado juntos.

Casi me asustaba la intensidad de sus ojos. ¿Le parecería ridículo que estuviera diciéndole todo esto? ¿Era demasiado poco, o demasiado tarde?

—Tu mensaje me hizo pensar que creías que no sentía lo mismo que tú, pero sí lo siento —balbuceé—. Necesito que sepas que te quiero. Has sido la mejor decisión que he tomado en mi vida.

La mirada de Declan buscó algo en la mía.

—¿Me estás diciendo todo esto a pesar de que te dije que no iba a cambiar de idea? ¿A pesar de que juré que echaría abajo la mansión?

—Pero no lo hiciste, ¿verdad? —pregunté, con dificultad.

—Tú no podías saber lo que yo iba a hacer, Olivia.

—No —admití—. Pero yo solo... Necesitaba que supieras que yo... Que veo cómo eres. Y eres magnífico.

Declan cerró los ojos y apoyó su frente en la mía.

—Dios, no te merezco.

Claro que sí, susurró mi corazón.

Él se apartó lo suficiente para poder mirarme a la cara, pero no me soltó. Deslizó las manos por mis brazos hasta llegar a mis manos, y las tomó entre las suyas.

—Había estado preparando un discurso, si puedes creerlo. Pensaba perfeccionarlo antes de llegar a Estados Unidos, pero supongo que ya no hará falta. —Rio, con una carcajada brusca e insegura.

Está nervioso, pensé. No recordaba haberle visto nervioso jamás, ni siquiera el día en que me siguió hasta en el aeropuerto y me declaró su amor. Él inspiró hondo.

—Tenías razón, Olivia. Estaba demasiado aferrado a mi pasado, y me obsesioné con la venganza ideada por un adolescente destrozado. Me has recordado que es posible cambiar de opinión, y me ofreciste una razón por la que valía la pena hacerlo.

El corazón me latía a toda velocidad.

—Seamus me contó lo que hiciste.

—Tenías toda la razón —sonrió él—. Seamus no es como su padre, así que obligué a Mark a ceder el negocio a Seamus utilizando la ventaja que me daba amenazarle con derribar la mansión. Sinead me va a ayudar a convertir la mansión en un centro social, y seguiremos celebrando el festival cada año —me aseguró Declan.

Me estaba costando respirar. Había visto cuánta gente se había reunido para celebrarlo, y tanto Seamus como Molly me habían contado lo ocurrido, pero oírselo decir al propio Declan era distinto. El hecho de que se sintiera en paz consigo mismo después de tomar esa decisión hacía que fuera todavía más significativa. ¿Me iba a echar a llorar? Tenía la sensación de estar a punto de hacerlo. Él me estaba ofreciendo algo que no había soñado con esperar.

—También estoy intentando ayudar a Seamus a llevar el negocio de forma más justa, ética, pero que tenga sentido desde un punto de vista financiero —continuó Declan—. No deja de enviarme mensajes. De verdad que ese hombre es totalmente inútil en lo que se refiere a los números.

Eso me hizo soltar una risa sorprendida.

—Sinead tendrá que decidir si quiere que Seamus forme parte de la vida de Catie —añadió Declan—, pero yo no me voy a interponer en eso.

Asentí con un nudo en la garganta. Yo le había pedido que pensara en no derribar la mansión, y no solo no lo había hecho, sino que se le habían ocurrido un montón de soluciones distintas, todas ellas mucho mejores de lo que yo pudiera haber imaginado. Le apreté las manos con fuerza.

—Te lo he dicho. Eres maravilloso, Declan Byrne.

Él sacudió la cabeza con terquedad, y su obstinación me mostró una vez más al hombre gruñón y prepotente del que me había enamorado. Esa parte de él me gustaba tanto como la otra, como esa parte nueva y más vulnerable. Una parte de sí mismo que había estado dispuesto a cruzar un océano para mostrarme.

—Solo he hecho esto por ti. No para ti, sino gracias a ti. Tú también has cambiado mi vida, Olivia, y lo has hecho más de una vez —dijo, con una mirada en la que se debatían el cariño y la exasperación, hasta que en sus ojos solo quedó algo parecido a la admiración—. Haces que sea mejor persona. Antes era un desastre, pero ahora... es distinto, todo es diferente. Yo... —Dudó solo un momento, me miró a los ojos y sonrió—. Joder, te quiero muchísimo.

—Qué poético —bromeé.

—Deberías ver mi despacho. La papelera está llena hasta los topes de papeles arrugados llenos de metáforas malísimas que intentaban expresar lo que siento por ti. Pero lo cierto es que no tengo palabras para expresarlo, Olivia.

Vale, ahora sí que estaba llorando, sin duda. Él me limpió las lágrimas con cariño.

—¿Me das otra oportunidad, *a ghrá*?

—Sí, sí. Oh, dios mío, sí. Todas las que quieras.

Nuestros labios se encontraron y sentí mucho más que un simple chispazo. Fue como si una enorme hoguera ardiera en mi interior, cálida, intensa y auténtica.

—No vuelvas a despedirme.

—Nunca más —prometió. Sus labios encontraron mis párpados, mi nariz y mis mejillas, antes de rozar mis labios de nuevo—. Y tú no vuelvas a decirme que no te siga. Eso casi acaba conmigo.

—Nunca más —confirmé—. A partir de ahora, los dos tendremos tantas oportunidades como sea necesario.

—Bien —dijo Declan.

Esa palabra terminó la conversación, pero también era un comienzo. Él tiró de mí y me besó con toda su alma.

Después de unos minutos que parecieron eternos, entramos en casa de Declan cogidos de la mano.

Por fin en casa, pensé.

41

OLIVIA

—¡Olivia! Sinead necesita más leña para la hoguera —gritó Molly.

—¡Voy! —contesté.

Era el último día del festival de verano, y Sinead se había superado a sí misma.

Era cierto que yo solo había asistido a un festival antes de éste, pero la versión de Sinead me parecía una enorme mejora. Había añadido dos días más de fiesta, uno de ellos lleno de acontecimientos para las familias, y el otro para adultos, pero sin una sola gota de alcohol. Ahora que había tomado las riendas de su vida, no le molestaba estar rodeada de gente que bebía, pero quería que otros adictos se sintieran bienvenidos también. Además, se había puesto en contacto con diferentes programas de estudios de cinematografía por todo el país, y eso había atraído al pueblo a un considerable torrente de estudiantes universitarios, algunos de los cuales parecieron enamorarse de Ballybeith tanto como yo.

Me dirigí al cobertizo donde se guardaba la leña, pasando junto a donde Catie y sus amigos jugaban al pillapilla. Catie ya tenía amigos, en plural, y yo me sentía muy orgullosa de ella. Su risa se alzó sobre los sonidos de la fiesta, alegre y sin preocupaciones. La niña nerviosa a la que había conocido en un aeropuerto había desaparecido hacía mucho tiempo. Era indudable que Catie estaba creciendo bien, y eso me alegraba el corazón.

Cuando entré en el cobertizo, oí la voz de Declan detrás de mí.

—¿Qué crees que estás haciendo?

—Recoger leña —dije.

Su expresión reflejó por un instante todas las bromas subidas de tono que se le habían ocurrido, pero finalmente, decidió no soltar ninguna.

—Deja que te ayude. Necesito alejarme de Anil y Thomas un rato.

—Oooh —bromeé—. ¿Se están riendo de ti los otros niños?

—Sí, y lo estaba pasando fatal —contestó muy serio, aunque con los ojos llenos de risa—. ¿Me das un beso para que me sienta mejor?

—Si insistes...

Él se apoyó contra la pared del cobertizo y me atrajo hacia sí, colocándome entre sus piernas. Daba igual cuántas veces lo hiciéramos, sus besos siempre me derretían.

—Joder —gruñó Declan, deslizando su boca por mi cuello mientras una de sus manos encontraba mi pecho—. Qué buena estás.

Me estremecí bajo sus manos. Últimamente, había notado los pechos más sensibles y, según internet, esa era una de las consecuencias del secreto que planeaba contarle a Declan esa noche.

—Ya lo hemos hecho esta mañana —le recordé.

—Esta mañana solo has disfrutado tú —protestó él—. A Sinead no se le ha ocurrido nada mejor que llamar para pedir ayuda con la mesa de picnic justo cuando acababa de comerte.

—Te lo compensaré esta noche —dije, pasándole las manos por el pelo—. Podemos hacer eso que te gusta.

—Eso no me da ninguna pista —rio él—. Me gusta todo lo que me haces.

—Estaba pensando en lo que hicimos el día de tu cumpleaños —dije, susurrándole al oído de forma que mis labios rozaron su oreja.

Él se detuvo durante un segundo, y luego me estrechó aún más contra sí y me besó con pasión, aunque nos interrumpieron cuando la puerta se abrió de golpe.

—Ay, vaya. Lo siento. Sinead me ha pedido más leña —dijo Seamus. Cogió dos grandes manojos de leña con rapidez y se dispuso a marcharse—. El festival está yendo genial este año, ¿verdad? Hasta hay un puesto en el que hacen tu cóctel favorito, Olivia.

—Seamus —dijo Declan en tono amenazador—. Lárgate de aquí ya o no volveré a ayudarte con el trabajo.

Seamus se marchó a toda prisa, para no arriesgarse a enfrentarse a la ira de Declan otra vez. Ese último año le había ido bien. El negocio familiar se había recuperado y volvía a florecer, y lo había logrado sin tener que recurrir a ninguna de las prácticas agresivas de Mark. Con ayuda de Sinead, estaba haciéndose cargo de sus obligaciones como padre. Hacía un mes o así, había empezado a cortejarla en serio, y ella claramente estaba disfrutando de la atención, pero aún no había cedido del todo.

La puerta se cerró tras él y Declan volvió a besarme con una mirada decidida que hizo revolotear mil mariposas en mi estómago. Sin embargo, le detuve con una mano en su pecho.

—Tiene razón. Deberíamos volver ahí fuera y hablar con la gente.

—También podemos quedarnos aquí. Echa el pestillo —dijo Declan, jugueteando con el tirante de mi vestido—. A ver si consigues no hacer ningún ruido cuando haga que te corras.

Me temblaron las rodillas, pero reuní la fuerza suficiente para quitarle la mano de mi tirante.

—Para. La amiga editora de Molly iba a intentar venir hoy, y no puedo estar follando contigo en un cobertizo mientras me busca.

Nuestro libro se acababa de publicar y ya estaba recibiendo buenas críticas, que yo estaba encantada de reproducir en mi blog, ahora con patrocinadores y mucho más éxito. Cuando llegara la amiga de Molly, teníamos previsto hablar de nuevas ideas para otros libros.

Declan dejó escapar un suspiro de protesta, pero permitió que le sacara del oscuro y fresco cobertizo y le llevara a la fiesta. Cuando Marie nos vio acercarnos, me entregó una margarita de frambuesa.

—Para ti, cielo. Es demasiado fuerte para mí, pero me han dicho que a ti te gustan.

—Oh. Vaya, muchas gracias, pero acabo de tomarme una ahora mismo —contesté, y dejé la copa sobre una mesa cercana.

Cuando me volví, Declan me estaba mirando con preocupación.

—¿De qué estás hablando? No has probado ni una gota de alcohol en todo el día.

Los ojos de Marie buscaron los míos, con una pregunta implícita. Yo me sonrojé y ella sonrió de oreja a oreja. Declan, aún sin comprender, me tocó la frente con una mano.

—¿Te encuentras mal?

—No, estoy bien —protesté, pero él seguía preocupado.

—Te has pasado el día al sol. Voy a traerte un poco de agua.

Se volvió hacia la mesa donde estaban las bebidas, pero yo le sujeté por la muñeca y me lo llevé a un lado del jardín un poco más alejado. No era así como había planeado darle la noticia, pero tenía demasiadas ganas de hacerlo, y el momento parecía adecuado. Ya no podía esperar más para contárselo.

—Declan, estoy embarazada —le dije, con una sonrisa tan grande que creí que iba a explotar.

Él se quedó mirándome durante un segundo, y no supe cómo interpretar las diferentes emociones que pasaron por su cara.

—¿Declan? —Empecé a sentirme insegura por primera vez desde que había visto el resultado de la prueba de embarazo.

Entonces él, despacio y sin dejar de mirarme, clavó una rodilla en el suelo.

—Olivia St. James. ¿Quieres casarte conmigo?

—Sí. Por supuesto, ¡sí!

El corazón no me cabía en el pecho de alegría. Declan se levantó y me besó, y la gente que nos rodeaba empezó a aplaudir y lanzar gritos.

—Un momento —dije, separándome de él al caer en la cuenta—. Espera, si no quieres... No tienes que casarte conmigo solo porque esté embarazada.

—¡Claro que sí! —gritó Marie, y eso dio pie a que todo el mundo empezara a opinar a gritos, pero Declan los ignoró a todos.

—Por supuesto que quiero casarme contigo, Olivia. Hace meses que lo sé, pero no quería presionarte. Te lo iba a pedir esta misma noche.

Mi expresión debió reflejar un cierto escepticismo, porque él dejó escapar un sonido de frustración y me cogió de la mano.

—Ven conmigo. No pienso pasarme el resto de la vida dejando que pienses que te he pedido matrimonio por una razón distinta a que te quiero de una forma insoportable.

Y tras decir eso, me llevó hasta el coche para conducir de vuelta a casa. Al alejarnos, me volví para mirar por la ventanilla trasera.

—Parece que nos sigue la mitad del pueblo, con tu madre a la cabeza de la comitiva.

Sin mucha alegría, Declan murmuró algo sobre pueblos pequeños y mujeres que iban a acabar con él.

Cuando paramos delante de la puerta de casa, Declan se inclinó hacia mí y sacó de la guantera del coche un estuche de joyería, uno con aspecto muy caro. Al verlo, por fin asimilé del todo lo que estaba ocurriendo, y tuve que cubrirme una enorme sonrisa con la mano.

—Vale, me lo creo. Quieres casarte conmigo.

—Sí, pero no basta con eso —amenazó Declan. O quizá fue una promesa.

Me ayudó a bajar del coche, como si fuera una princesa, o algo así, y me llevó de la mano a la parte trasera. Mientras tanto, los coches que nos seguían habían llegado a la casa y estaban aparcando donde podían. Al llegar al jardín trasero, no pude contener un respingo.

Declan había organizado un picnic como en nuestra primera cita, pero muchísimo más romántico. El jardín estaba decorado con pequeñas lucecitas que destelleaban por todas partes, y el césped estaba cubierto de lavanda y pétalos de rosa que desprendían un intenso y agradable aroma. Giré sobre mí misma, admirándolo todo, mientras Declan me miraba con su sonrisa torcida.

—¿Estás lista? —preguntó cuando volví a mirarle.

Asentí y, esta vez, cuando se dejó caer sobre una rodilla, su cara me mostró todo lo que sentía. Amor, esperanza, ilusión... y todo ello bañado en una intensa determinación.

—Olivia. Mi amor. *A ghrá*. Te he llamado así desde mucho antes de admitir lo que significas para mí. —Me cogió la mano y besó el dorso con reverencia, como un caballero en un cuento de hadas—. Eres el amor de mi puta vida. La madre de mi hijo. Cásate conmigo y compartamos todos los días de nuestras vidas. Todo lo que soy, y todo lo que pueda llegar a ser, es tuyo.

—Claro que sí. Eso mismo. —Me dejé caer de rodillas y le besé. Él me devolvió el beso y dejó caer la caja del anillo para poder abrazarme.

—Te quiero muchísimo, Declan. Cada parte de ti. Todas tus versiones. Ahora y para siempre.

—Vale, pero ¡a ver ese anillo! —gritó alguien detrás de nosotros.

Declan rio contra mi boca, y sentí la alegría en sus labios como un logro personal. Una noche, ya tarde, me había confesado que era como si yo le hubiera devuelto a la vida, y sabía a qué se refería. Después de pasar nuestras vidas sumidos en el dolor, conocernos nos había permitido a ambos salir de la oscuridad a la luz de las estrellas.

Y ahora viviríamos juntos, bajo esas estrellas, durante el resto de nuestras vidas.

FIN DE EL MÁS PREPOTENTE
LOS ARROGANTES MILLONARIOS DE GLENHAVEN LIBRO 1

El más prepotente, Julio 30, 2024

El más gruñón, Septiembre 24, 2024

El más antipático, Noviembre 26, 2024

P. D.: ¿Te encantan los multimillonarios rebeldes? Entonces, lee estos fragmentos exclusivos de **El más gruñón** y **Un jefe insoportable.**

¡GRACIAS!

Muchas gracias por comprar mi libro. Las palabras no bastan para expresar lo mucho que valoro a mis lectores. Si disfrutaste este libro, por favor, no olvides dejar una reseña. Las reseñas son una parte fundamental de mi éxito como autora, y te agradecería mucho si te tomaras el tiempo para dejar una reseña del libro. ¡Me encanta saber qué opinan mis lectores!

Puedes comunicarte conmigo a través de:

ACERCA DE LESLIE

Leslie North es el seudónimo de una autora aclamada por la crítica y best seller del USA Today que se dedica a escribir novelas de ficción y romance contemporáneo para mujeres. La anonimidad le da la oportunidad perfecta para desplegar toda su creatividad en sus libros, sobre todo dentro del género romántico y erótico.

SINOPSIS

Nunca pensé que acabaría como limpiadora en Branson Couture.

Y tampoco pensé que estaría a punto de decapitar al presidente de la empresa con una fregona.

En mi defensa, no sabía que era el presidente. Yo solo pensé «intruso» y «guapísimo», aunque tal vez no en ese orden.

Así es James Branson: insoportablemente guapo, escandalosamente rico y tan encantador como un portazo en la cara.

Él es el rey de la alta costura y, al parecer, también es lo único que puede amargarme el día.

Lo malo es que parece querer algo más que amargarme el día. Cuando salí corriendo después de atacarle con la fregona, olvidé llevarme mi cuaderno de diseños. James lo ha descubierto y me ha ofrecido una cantidad *descabellada* de dinero para que trabaje con él.

Cada célula de mi cuerpo me dice que no acepte. James es el amo de la sala de juntas, y su corazón es de hierro fundido. Cuando se enfada, su expresión podría ahuyentar un huracán. Pero sus enormes manos guardan la llave de mi corazón.

Bueno, es mejor que no piense en su enorme… nada, nada.

En el mundo de la moda, no solo se descartan los diseños sin ningún miramiento. También se descartan los sentimientos. Pero si James cree que le voy a dejar pisotear los míos, se va a enfrentar a la lucha más difícil de su millonaria vida.

Tengo un plan: presentarme todas las mañanas, hacer mi trabajo y no pensar en mi jefe desnudo. Muy sencillo, ¿no?

Obtén tu ejemplar de *El más gruñón*
www.LeslieNorthBooks.com

FRAGMENTO

Capítulo 1
James

Siempre me he considerado un hombre muy paciente. Lo digo en serio.

Pero hasta los hombres pacientes tienen sus límites, sobre todo si su paciencia se enfrenta a estridentes chillidos a todo volumen y a última hora del día.

—¿Disculpe? ¿*Hola*?

Cruzado de brazos, observé a la ruidosa criatura que parecía haberse adueñado de *mi* tienda y estaba bailando por todo el local utilizando el palo de la fregona como soporte de un micrófono imaginario. Había ignorado mis palabras por completo, pero claro, ¿cómo iba a oírme, con el volumen al que tenía la música? Aunque no estaba en absoluto al tanto de las tendencias en música pop, hasta yo me daba cuenta de que este sucedáneo de aspirante a *American Idol* estaba tratando de emular a Beyoncé, y se le daba rematadamente mal.

Me apreté el puente la nariz, en un fútil intento de contener el dolor de cabeza que amenazaba con formarse entre mis ojos.

—Eh, ¡oiga! Tiene que...

Ella echo la cabeza hacia atrás con gesto teatral y aulló a todo pulmón.

—¿*WHO RUNS THE WORLD*?

Bueno, el que mandaba en todo esto era yo, pero estaba claro que ella aún no lo sabía.

Por muy molesta que me resultara esa desconocida, no podía quitarle la vista de encima con la esperanza de verle la cara. Cuando agitaba la melena castaña que le llegaba hasta los hombros, su pelo brillaba como el de una modelo en un anuncio de champú. Y cuando se contoneó, apoyada en el palo de la fregona, su cuerpo me hizo imaginar ciertas cosas interesantes. Cantar no era lo suyo, pero desde luego, sabía moverse y lo hacía de un modo muy sugerente, casi como una *stripper*. Se sacudía y agitaba el culo de una forma que no pude por menos que disfrutar, a pesar de la estridencia de su voz, y a pesar de la montaña de trabajo en la que debería de estar pensando, en lugar de perder el tiempo con… lo que fuera que estaba ocurriendo allí.

Tras observarla durante unos minutos, miré mi reloj. Eran pasadas las diez, lo que significaba que la mujer debía ser una de las limpiadoras, una dependienta que se había quedado hasta tarde, o bien la peor ladrona de la historia. En cualquier caso, daba igual lo que fuera. Lo único que me importaba en ese momento era volver a mi hoja de cálculo, y esta desconocida me lo estaba impidiendo.

Cuando por fin logré apartar la vista de ella y mirar a otro lado, el *showroom* en el que me encontraba me recordó lo mucho que tenía en juego y la razón por la que había venido a trabajar a esas horas de la noche. El negocio y su legado eran mi responsabilidad, y de mí dependía que continuaran o se vinieran abajo. La empresa iba por mal camino: las ventas habían disminuido, nuestras últimas colecciones habían recibido malas críticas y el valor de la marca se había deteriorado. Si no encontraba la forma de reorientar el negocio, podíamos tener graves problemas. El destino de nuestros empleados estaba en mis manos, y entre ellos se encontraba la penosa cantante que tenía ante mí, dedicada a sacudir el culo en lugar de trabajar.

—Por el puto amor del cielo —murmuré, atravesando la sala a paso rápido.

Me acerqué a la mujer, que debía ser una dependienta a juzgar por la camisa gris oscuro que vestía, y le toqué en el hombro. O, al menos, intenté hacerlo. En ese momento, estaba a mitad del estribillo y yo me había acercado justo cuando decidió girar como enloquecida. El palo de la fregona me golpeó en el brazo, apartándolo sin que llegara a tocarla. No era así como había planeado llamar su atención, pero fue suficiente. Ella dio un salto atrás y soltó un grito de susto.

—Apague la música —dije, intentando ocultar mi sorpresa al ver lo increíbles que eran sus ojos, de un azul intenso y enmarcados por largas pestañas oscuras. A pesar de la cara de susto que había puesto, me recordó a una princesa de cuento.

—¡Apártate! —replicó ella con los ojos muy abiertos, y alzando la fregona para apuntarme con el extremo mojado—. No sé quién eres ni qué quieres, pero te aviso de que sé defenderme.

—Ah, ¿sí? —Aparté la fregona de mi pecho, pero volvió a apuntarme con ella, lo que hizo que se formara un charco de agua en el suelo entre ambos—. Espero que lo haga mejor de lo que canta.

—Yo... Bueno, tú...

Sin terminar la frase, bajó por fin la fregona y sacó el teléfono del bolsillo de sus vaqueros. Con un toque en la pantalla, la tienda quedó, por fin, sumida en el más dulce de los silencios.

—Creí que estaba sola —explicó, frunciendo los labios.

—Eso es evidente.

—¡Pero esa no es la cuestión! —replicó ella, tratando de tomar el control de la conversación—. ¡Quién eres tú y qué haces aquí? La tienda está cerrada y aquí no queda nadie. —Apretó con fuerza el palo de la fregona, lo que me resultó divertido. Aunque no tenía la más mínima intención de atacarla, ¿en serio creería que podría enfrentarse a mí con eso?

—Tal vez soy yo quien debería hacer las preguntas —contesté.

—No es que te deba ninguna explicación, pero tengo mucho que hacer, ¿vale? —espetó ella, usando ahora la fregona para señalar al otro lado de la tienda—. Las muestras de la nueva colección han llegado tarde y hemos tenido que prepararlo todo antes de mañana. Y encima Lucy ha tenido que irse, y yo le he dicho que no pasaba nada, porque necesito las horas extra, y entonces... —Se interrumpió y se aclaró la garganta, como para evitar que su boca fuera más rápido que su cerebro—. Bueno, da igual. Yo estoy aquí porque tengo que estar aquí. ¿Y tú?

—Yo he venido a revisar la contabilidad —expliqué, esperando que aquí acabara todo—. Y, si no le importa, ahora que ha dejado de aullar, hemos terminado.

Me volví, dispuesto a enfrentarme a la maldita hoja de cálculo cuanto antes y esperando que el dolor de cabeza desapareciera como por arte de magia en el camino hasta mi oficina. Revisar la forma en que se reducían nuestros ingresos nunca resultaba agradable, pero desde luego era mejor que…

CHOF.

La fregona, muy cargada de agua, cayó sobre mi hombro. Ríos de agua sucia helada empezaron a correr por mi pecho y mi espalda. La camisa que llevaba había costado seiscientos dólares, y aquella desquiciada la estaba tratando como si fuera un harapo. Le había mostrado paciencia, había sido cortés con ella ¿y esto era lo que recibía a cambio? El dolor de cabeza se intensificó, y apenas pude contener un gruñido de frustración.

—¿Está de puta coña? —murmuré, haciendo todo lo posible por controlar la ira que sentía.

—No vas a ir a ningún sitio —ordenó la mujer, detrás de mí—. ¡No te muevas!

La miré por encima del hombro y la vi ahí, con el palo de la fregona fuertemente apretado entre los puños. Sin acobardarse, mantuvo la cabeza de la fregona sobre mi hombro y me dedicó una mirada desafiante. Su actitud era retadora, en uno de esos desafíos a los que uno no puede evitar querer enfrentarse. Un desafío *divertido*, excitante; es decir, de los peores que hay, de la clase que menos necesitaba en mi vida en ese momento.

—Ha cometido un error —pronuncié despacio—. Un error muy grave.

—No, tú eres quien se ha equivocado —replicó ella—. No me fío de ti, tienes pinta de dar problemas—. Sus ojos se entrecerraron con desconfianza.

En cualquier otra circunstancia, me habría perdido en esos ojos, pero en ese momento, estaba empezando a enfadarme en serio. ¿Qué yo daba problemas? Era yo quien mantenía este negocio a flote, prácticamente con mis propias manos, mientras intentaba encontrar la forma de devolverlo a la cima, como antes. Yo era quien trabajaba dieciocho horas al día, y quien dedicaba todo su esfuerzo a evitar que Branson Designs desapareciera del mapa. Eso también significaba que era yo, por cierto, quien daba trabajo a esta fierecilla. ¿Y así era como me lo agradecía? Me daba igual lo guapa que fuera, de ninguna manera toleraría esa actitud. A todo esto, ¿por qué cojones me miraba como si fuera un matón que había intentado robarle el bolso? ¿En serio no sabía con quién estaba hablando?

—¿Sus criterios para identificar a posibles atacantes incluyen la ropa hecha a medida? —le repliqué, haciendo un gesto hacia mi cuerpo y observando cómo sus ojos seguían el movimiento de mis manos—. Porque, en ese caso, le debe resultar horrible pasear por la Quinta Avenida, o por el distrito financiero. Supongo que esos lugares le aterran.

—No me refería a eso —escupió, enfadada—. Me da igual lo caro que sea tu traje o lo guapo que seas. Ted Bundy también era un tío muy guapo, y mira lo que hizo.

A pesar de mi enfado, podía admitir que no me disgustó el cumplido.

—Así que le parezco guapo, ¿eh? Bueno, gracias, supongo. —Fingí que me ajustaba unos gemelos imaginarios.

—¡No! ¡Eso es lo de menos! —gritó ella con frustración. Soltó una mano del palo de la fregona y tocó la identificación que le colgaba del cuello—. Tú no llevas identificación, así que no trabajas aquí, y conozco a Bryan, el contable. Eso significa que solo eres un tío raro que estaba aquí *espiándome*, como una especie de acosador, o algo así.

—¿Me toma el pelo? —¿*Acosador*? Estaba claro que no sabía que, de toda la empresa, yo era la única persona que no necesitaba identificación. ¿Tal vez tendría algún problema mental? —Bueno, ya está bien. Quítese de en medio.

—No. A mí no me das órdenes.

—¿No?

—No. —Volvió a tocar su identificación—. Aquí no puede estar nadie sin identificación fuera de las horas de trabajo, y hay que llevar la identificación encima en todo momento. Es la política…

—De la empresa. —Terminé la frase por ella—. Créame, conozco muy bien la política de la empresa.

—Puede que la conozcas, pero está claro que no la cumples —refunfuñó ella—. Y eso quiere decir que no puedes estar aquí.

Estaba ya hasta las narices de esta desconocida tan molesta. Hacía rato que se me había agotado la paciencia, y yo también estaba agotado. Era hora de acabar con esta situación.

—Si hay alguien que no debería estar aquí, esa es usted —dije, apartando la fregona de mi hombro con un gesto firme que le hizo dar un salto, asustada—. He venido a trabajar, y sus aullidos no me iban a permitir hacerlo. Ya estoy harto de sus estupideces. Se ha acabado la música, vuelva al trabajo inmediatamente. ¿O eso es demasiado pedir? ¿Es usted capaz de algo que no sea hacerme perder el tiempo? Puede que le haya tocado hacer este turno porque carece de la capacidad mental necesaria para hacer algo más complicado que fregar el suelo, y eso cuando no utiliza la fregona como un poste para bailar, pero yo sí he venido a trabajar.

Ella abrió mucho los ojos, y después los entrecerró enfurecida. Me di la vuelta para dirigirme hacia la puerta, solo para recibir un golpe en la espalda con el palo de la fregona.

—No vas a ir a ningún sitio.

—¿En serio va a seguir con esto? —pregunté, tratando de controlar mi voz—. Porque creo que lo va a lamentar.

—Oh, no, no seré yo quien lamente nada. —Me dedicó una sonrisa de oreja a oreja, que mostró el rastro de dos hoyuelos en cada mejilla. Eran monos, si es que podía utilizar esa palabra para describir una característica de la persona más insoportable que había visto en mi vida—. Acabo de llamar a seguridad.

**Obtén tu ejemplar de *El más gruñón*
www.LeslieNorthBooks.com**

SINOPSIS

¿Os confieso algo?

Odio las despedidas de soltera. Odio la idea de pasar una noche llena de pajitas con forma de pene, pasos de baile ridículos y mujeres diciéndome: «¡Tú serás la siguiente, Kaitlyn!». Y las odio todavía más si son en una discoteca superglamurosa de Miami, exactamente el tipo de lugar donde no encajo. La cosa no podría ser peor, ¿no?

Pues sí, podría ser peor. Con ustedes, el señor «Más-Guapo-Imposible». El rey de los insoportables. Hasta su ceño fruncido tiene el ceño fruncido. Y se pone todavía más insoportable después de que, sin querer, le tire encima unas bebidas. El tipo debe de ser el gerente de la discoteca, porque tiene las llaves del ático que está en el piso de arriba. El ático al que me invita después de compartir un beso en el balcón. El ático donde tenemos el mejor sexo de mi vida. El ático del que me echa minutos después al recibir una llamada. ¡Os he dicho que la cosa se ponía peor!

¿Estáis listos para que se ponga incluso peor? Es el primer día en mi nuevo trabajo y ese tipo insoportable resulta ser mi jefe. James Morris, un empresario multimillonario dueño de discotecas y un completo imbécil como jefe (si es que las revistas de cotilleos dicen la verdad). Y también padre soltero de una niña adorable que necesita mi ayuda.

Pero ¡de ninguna manera puedo aceptar el trabajo! Cada vez que miro a James, recuerdo esa noche en el ático. Y, por el modo en que me mira, sé que él piensa lo mismo que yo. Pero después me explica por qué es importante para él que acepte el trabajo. Y por qué no puedo negarme.

¿Os confieso algo más?

Odio a mi jefe.

Obtén tu ejemplar de *Un jefe insoportable* a
www.LeslieNorthBooks.com

∽

FRAGMENTO

Capítulo 1

Kaitlyn

*Había dos cosas que d*ebería haber hecho. Una era quedarme en casa y la otra, ponerme las gafas. Claro está que no hice ninguna de las dos.

—¡Cuidado con las escaleras!

—¡La madre que...!

—¡Se va a...!

Aunque la gente suele gritar mucho en las discotecas, no llegué a oír el final de la última frase. Mis pies se precipitaron hacia la nada, las luces parpadeantes de la discoteca comenzaron a girar a mi alrededor y fue entonces que me di cuenta de que iba a salir volando a toda máquina.

Lo primero que hice fue lanzar los brazos al aire para recuperar el equilibrio, pero mi tobillo se torció cuando el zapato chocó contra el escalón. Ahí comprendí que mi final era inminente. En lugar de disfrutar de una vida larga y provechosa, mi existencia iba a limitarse a una línea triste en la sección de esquelas: «Joven se rompe el cuello en una discoteca». En eso estaba cuando apareció alguien más.

Lo único que alcancé a ver fue la silueta borrosa de un hombre, del que intenté sujetarme tan fuerte como pude. Pero, en lugar de tantear su cuerpo, mi mano palmoteó una bandeja llena de copas de champán.

—¡Señorita, no! ¡Cuidado! —gritó el camarero, que ahora estaba lo suficientemente cerca como para poder identificarle, pero su advertencia llegó tarde. Agarré el borde de su bandeja, en la que había tanto champán como para celebrar un *brunch* con una barra libre inagotable de mimosas, y tiré de ella para estabilizarme.

La buena noticia era que, efectivamente, había conseguido estabilizarme. La mala era que el camarero no. El pobre se tambaleó, lo que provocó que la bandeja volara por los aires y termináramos los dos bañados en una oleada de champán, así como todos los que se encontraban cerca. Bueno, al menos yo ya no me estaba cayendo: en cambio, ahora chapoteaba en un mar de champán. Vaya manera de empezar la noche.

En mi intento de ayudar al camarero, hice un movimiento demasiado rápido y volví a tropezar. Una vez más me precipité hacia el suelo y tuve que prepararme para recibir el impacto. Y entonces fue cuando él apareció.

—Tiene que ser una puta broma.

Oí una voz grave e irritada resonar en el ambiente y noté también un par de manos que me encandilaron. Sus dedos, largos y fuertes, me sujetaron el codo con firmeza para que me mantuviera en posición vertical y, eso bastó para que sintiera un escalofrío de lo más agradable recorrer toda mi espalda.

—Lo siento mucho —balbuceé—. No he visto por dónde iba. No es culpa suya, no llevo las gafas y… ¡oh, al diablo!

Me deshice de su agarre, metí la mano en el bolso y saqué unas enormes gafas fucsia con estrás y forma de ojo de gato.

No tenía pretensiones de ir a la última moda, se suponía que eran una broma. La clase de gafas que tienes a mano en caso de emergencias o como un accesorio divertido para hacer la gracia durante alguna cena. Pero, como Dios tiene un sentido del humor muy retorcido, la noche anterior me había sentado sobre mis gafas habituales y mi pedido de lentillas no había llegado a tiempo para la despedida de soltera de Cassie. Por eso, había tomado la insensata decisión de salir esa noche sin llevar siquiera las gafas puestas. El mundo se volvió a enfocar cuando me las coloqué sobre la nariz.

—¿Qué diablos acaba de pasar?

El hombre de la voz portentosa seguía de pie delante de mí, con la expresión de alguien que acababa de pillar a un intruso intentando llevarse la cubertería de plata. No supe descifrar si estaba enfadado conmigo o con el camarero.

—¿Está bien, señorita? —Sus palabras eran corteses, pero su actitud las dotaba de un significado diferente: en vez de querer saber si me había magullado, parecía estar sugiriendo que me hallaba mal de la cabeza. .

—Este, yo... Bueno...

«Santo cielo, Katie», pensé. «Espabila, tú puedes. Eres capaz de armar frases completas y con sentido».

Aun así, las palabras no me salían con facilidad. En un vano intento de despejar mi mente, me volví hacia el camarero, cuya camisa blanca se había teñido de color amarillo pálido, y luego miré de nuevo al otro hombre que estaba frente a mí. Él era... Maldición. Era todo.

Alto y de hombros anchos, llevaba una pulcra camisa negra que se adaptaba a su torso esbelto de una forma muy apetecible. En su cara se mezclaban tanto facciones suaves como duras, que le otorgaban una apariencia de estar esculpida en mármol y luego pulida hasta la perfección, y sus ojos eran, sencillamente, encantadores.

«Céntrate, por lo que más quieras», ordenó mi voz interior. «Ya sé que ha pasado mucho tiempo, ¡pero este no es el momento ni el lugar!».

—¿Hola, hola? ¿Puede oírme? —insistió el hombre, agitando la mano delante de mis ojos—. ¿Qué es lo que ha pasado, exactamente?

—Lo siento mucho —repetí, corriendo junto al camarero para comprobar cómo estaba. Era lo menos que podía hacer—. Estoy bien, de verdad que sí. Pero usted...

—Estoy bien, señorita—. El camarero me apartó de la forma más cortés posible, con la mirada puesta en la alfombra de cristales rotos que cubría el suelo de la discoteca, y cerró los ojos. A mí me estaba yendo fatal, pero su noche no parecía ir mucho mejor. Y todo por mi culpa.

—Ocúpate de esto, Fernando —le indicó el hombre misterioso.

Un pequeño batallón de camareros surgió de la nada tras un rápido chasquido de sus dedos. Moviéndose como una máquina bien engrasada, el grupo acordonó el desastre y comenzó a recoger los cristales y fregar el suelo, trabajando a toda velocidad mientras la fiesta continuaba sin pausa a nuestro alrededor. Me resultó odioso.

Había ido allí a pasarlo bien, no a complicarles la vida a los demás. Y esa discoteca, Dios, esa discoteca no era lo que esperaba. Para nada. Al estar situada en el ático de uno de los rascacielos más altos de Miami, esperaba que el ambiente del sitio fuera más del estilo típico de la ciudad, con luces de neón, palmeras y demás. Me había sorprendido mucho cuando entré y me topé con una escena que ejemplificaba la elegancia en su máxima expresión. El interior estaba decorado en tonos azul marino, con bancos bajos de cuero rodeando la pista de baile; las paredes estaban pintadas de color negro azulado y, en lo alto, unas arañas de cristal centelleaban como gotas de lluvia. El conjunto creaba la impresión de que Bloom era un club muy pijo y al que solo se ingresaba si eras miembro. Todo resultaba suntuoso, cómodo y opulento en extremo, y a mí eso me hacía sentir fuera de lugar.

—Me siento fatal, en serio. Puedo pagar por el incoveniente.

—En absoluto —me interrumpió el hombre, al que di por una especie de director de sala—. Ha sido un accidente y... —me miró estrechando los ojos y su expresión pasó de enfadada a sorprendida.Me miraba a los ojos con una intensidad suficiente como para partirme el alma, y sentí que me acaloraba sin remedio hasta que me di cuenta de que solo era por mis gafas—.¿Qué se supone que es esto?

Ay, ese tono. Podía tolerar un poco su mala educación, pero esto ya era demasiado.

—Gafas —contesté, resaltando la palabra con tono afilado—. Ya sabe, para ver.

—¿Y le funcionan? —replicó levantando una ceja. Sus ojos parecían soltar rayos láser, casi podía sentir cómo la montura de plástico de las gafas se derretía sobre mi cara.

De acuerdo, había algo que sí entendía. En lo que respectaba a discotecas, Bloom era el no va más del entretenimiento nocturno en Miami. Era imposible entrar salvo que estuvieras forrado o tuvieras el aspecto de una estrella de cine. Yo, desde luego, no estaba forrada, y me figuraba que aquellas gafas no cuadraban del todo con el estilo de Hollywood, pero ni en broma iba a aguantar que me juzgaran de tal modo por mi aspecto, a pesar de que no estaba demasiado orgullosa de él.

—Quizá unas gafas más prácticas le habrían ido mejor —continuó él, con la vista puesta en las escaleras que casi habían acabado conmigo—. ¿Cómo es que no las ha visto? No son difíciles de ubicar.

—No llevaba gafas —admití—. Está claro que debería habérmelas puesto, porque si... yo...

—Ah, así que no son para ver —dijo él—. Solo funcionan en retrospectiva, ¿no? Ya entiendo —se apretó el puente de la nariz y cerró los ojos un momento, como si tratara de contenerse para no destrozarme con más juegos de palabras inconducentes—. Supongo que no puedo culparla por no querer ponérselas.

Apretó los labios y un brillo divertido iluminó sus ojos. Estaba claro que, fuera quien fuera, a este tío le costaba mantener la profesionalidad en ese momento. Se había dado cuenta de que yo no encajaba ahí y se estaba divirtiendo a mi costa y, aun así, por mucho que me irritara, no era capaz de encontrar las palabras apropiadas con las que replicarle. Tenía la mente obnubilada por su mandíbula de simetría perfecta y con esos labios, que daban tantas ganas de besarlos. Ese hombre era, sin duda, una cruel broma del destino. Su actitud era tan cáustica que podía arrancar la pintura de las paredes, pero estaba oculta en un envoltorio tan espectacular que hubiese sido preciso que llevara un letrero de advertencia.

—Mire, no se preocupe, la próxima vez, solo… ¡Oh, vaya!

Su mirada recorrió mi cara y luego descendió hasta mi cuerpo y, de inmediato, fui consciente de la forma en que el vestido se me pegaba a las curvas. No recordaba que fuera tan ajustado ni que se hubiera mojado al punto de incomodarme.

—Oh, mierda —murmuré tocando la tela empapada del vestido estropeado por completo—. Estoy toda…

—¿Húmeda? —sugirió el hombre, y por sus labios se extendió una sonrisa de superioridad que había contenido hasta ahora. Hizo una pausa breve mientras intentaba borrar lasonrisa, que le daba un aspecto estúpido a su cara, y después continuó—: Le pido disculpas por todo esto, señorita, en serio. Tenemos una asistente maravillosa en el tocador de señoras que dispone de un armario lleno de ropa limpia para que pueda cambiarse a gusto. Ella le ayudará a arreglarse para el resto de la noche. Por supuesto que yo me haré cargo de todos sus gastos, así como de reemplazar su… —dejó la frase en el aire, pues intentaba averiguar la marca de mi vestido y fracasó en el intento—. Bueno, eso.

—¡A mi vestido no le pasa nada! —Tiré de la tela húmeda para separarla de mi cuerpo. El movimiento hizo que el vestido se pegara a mi trasero y revelara unos cuantos centímetros más de pierna. Noté que un calor incómodo se extendía por mis mejillas e intenté tirar de la prenda hacia abajo.

—No he dicho que le pasara nada. —Volvió a apretar los labios, como si estuviera intentando contener la risa, y obligó a su mirada a subir desde mi escote a mi cara—. Es solo que parece estar...

—Húmedo, ya lo sé.

—Por favor —insistió en un esfuerzo por mantener el tono profesional—, vamos a…

Bueno, ya era suficiente..

—No es necesario. Puedo pagar por mí misma, y también puedo ocuparme de esto. Eché los hombros hacia atrás y enderecé la espalda. Parecía un pez mojado al que un gato callejero había arrastrado, y las gafas ridículas desde luego que no ayudaban en nada, pero quise aferrarme a la poca dignidad que todavía tenía. Fuera quien fuera aquel idiota condescendiente, no necesitaba de su ayuda inservible ni tampoco quería deberle nada. Me daba igual que, en cuanto a atractivo , él fuera para mí tan peligroso como una bomba nuclear—. Además, no creo que me vaya a quedar mucho rato.

—Deje al menos que la ayude a encontrar a su grupo —propuso él, y me di cuenta de que elegía con cuidado sus palabras—: O a su pareja, en su caso.

—No tengo pareja. —La frase brotó de mis labios antes de que mi consciencia pudiera contenerla.

—¿Ah, no? —la sonrisa de superioridad volvió a aparecer—. ¿Y supongo que tampoco busca encontrar una? A ver, no quiero volver a sacar a relucir el tema de las gafas, pero…

—Escúcheme, señor «Vista Perfecta» —estallé—. No todos tenemos la suerte de ver bien y yo, desde luego, ni quiero ni necesito una pareja. Ni siquiera aunque…

«Ni siquiera aunque esa pareja fueras tú», estuve a punto de decir.

—¿Ni siquiera aunque? —me instó, con los brazos cruzados sobre el pecho. Sus ojos estaban clavados en los míos y casi podía sentir que intentaba leerme la mente. La actitud del muy capullo comenzaba a afectarme, me alteraba las ideas y disfrutaba de cada una de mis reacciones.

—¡No tengo por qué darle explicaciones!

—Por supuesto que no. Pensé que iba a decir que... —dejó la frase a medias y, aunque me di cuenta de que lo hacía a propósito, no me pude contener.

—¿Que qué?

Él se encogió de hombros.

—No tengo por qué darle explicaciones.

Quise estrangularle, pero, en lugar de eso, di dos pasos hacia él. El primero lo di muy enfadada, pero el segundo fue distinto.

—No tengo ni idea de por qué cree que tiene derecho a ser tan... —Apreté los dientes y, al no encontrar las palabras adecuadas, solo pude agitar la mano hacia él con irritación.

—¿Alto? —Ahora era él quien daba un paso hacia mí. Vaya, sí que era muy alto—. ¿Encantador?

—¡Molesto! —le solté—. ¡Y nada profesional!

Eso le dolió.

—¿No soy profesional? —Su boca se convirtió en una delgada línea y el rastro de una sombra oscureció sus facciones—. Me han llamado muchas cosas, pero nunca eso.

—¡Nada profesional! —repetí, sabiendo que había encontrado su punto débil—. Ya me ha oído. Su comportamiento no es profesional y no me está ayudando lo más mínimo. ¡Yo solo quiero encontrar a mis amigos, hacer mi parte y marcharme a casa! —Agité la mano hacia la elegante pista de baile que era un caos—. Esto no es para mí. Yo lo sé y usted también lo sabe, así que, por favor, ¿podemos terminar de una vez con todo esto?

—Muy bien —dijo, con tono neutro y profesional. Por alguna razón, eso me decepcionó—. ¿Puede decirme a quién está buscando?

—He venido a la despedida de soltera de Cassandra Thorn.

—¿Cassandra Thorn? —dijo él pestañeando—. ¿Quiere decir Cassie?

—Sí, Cassie —repetí—. Es mi hermana. Espere, ¿cómo sabe su nombre?

Y ese fue el momento en que mi hermana eligió hacer su aparición, invocada, al parecer, por la simple mención de su nombre. Envuelta en un torbellino de volantes blancos y un tocado de tul, se estrelló contra mí, rodeándome en un abrazo achispado.

—¡KATIE! —me gritó al oído, con un aliento que contenía el tequila suficiente como para embriagarme a mí también—. ¡Puaj, estás empapada! ¿Qué te ha pasado?

Cassie me miró a mí, después miró a mi némesis y, abriendo mucho los ojos con sorpresa, se echó a reír.

—¿James? ¿Qué está pasando? ¿Por qué estáis los dos empapados? No sabía que os conocíais.

—No nos conocemos —protestamos James y yo a la vez.

—Antes no —corrigió Cassie, con los ojos brillantes mientras seguía riendo—. Pero ahora ya os conocéis.

Obtén tu ejemplar de *Un jefe insoportable* a www.LeslieNorthBooks.com